MARTIN ROOS

Jan Wellem im Salon

MARTIN ROOS

Jan Wellem im Salon

DÜSSELDORFER
ESKAPADEN

Roman

DROSTE VERLAG

BIBLIOGRAFISCHE INFORMATION DER DEUTSCHEN NATIONALBIBLIOTHEK
Die Deutsche Nationalbibliothek verzeichnet diese Publikation in der Deutschen Nationalbibliografie; detaillierte bibliografische Daten sind im Internet über http://dnb.d-nb.de abrufbar.

Umschlaggestaltung: Katja Holst, Frankfurt
Satz: Droste Verlag
Druck und Bindung: CPI – books GmbH, Leck
ISBN 978-3-7700-2026-3

WWW.DROSTEVERLAG.DE

„Das Leben ist wie eine Rolle
auf dem Theater. Es kommt nicht darauf an,
dass lange, sondern dass gut gespielt wird.“

Seneca

1
BESUCH DER ALTEN DAME

Jeden Morgen, wenn er seinen Schönheitssalon betreten hat, zieht sich Jean-Baptist Dänzer-Valotti als Erstes Schuhe und Socken aus, um sich die Füße zu waschen. Er ist berühmt für seine Pediküre, und deshalb will er nicht in den Verdacht geraten, seinerseits keine gepflegten oder sauberen Füße zu haben. Stets ist er darauf gefasst, dass seine Kunden seine Füße sehen wollen, so wie ja auch ein Fitnesstrainer seine Muskeln oder der Friseur seine Haare präsentiert. „Stell dir doch bitte nur einmal einen Zahnarzt mit faulen Zähnen vor", sagt er immer zu Luisa, seiner Frau, wenn sie ihm wieder einmal unterstellt, er habe einen Waschzwang.

Er bietet jede Art der Körperpflege an und ist auch ein Meister der Düfte. Doch die Mehrheit seiner Kunden liebt vor allem seine Pediküre. Sie kommen nicht nur aus seinem Viertel, das stets so gepflegt ist, dass hier ohnehin jeder barfuß laufen könnte, sondern aus der ganzen Stadt. Wenn Dänzer-Valotti dann um halb zehn Uhr sein Geschäft, den Beauty-Salon Schambatíst, schließlich öffnet, kocht er Kaffee – natürlich mit dem Handfilter. Alle Zubereitungstechniken hat er ausprobiert, von der achteckigen Mokkakanne über die French Press, die Siebträgermaschine bis zum Vollautomaten und der Kapselmaschine mit Milchschäumer und mehrstufiger Kaffeemühle. Doch der von Hand aufgebrühte Kaffee ist der magenfreundlichste, und er schmeckt ihm einfach am besten.

„Schambes", ruft Eveline Ginsterfing zu Mayer-Träsch begeistert, als sie hereinspaziert, „Schambes, Schätzelein, stellen Sie sich vor, gestern wollte ich meinen Mann erschießen. In den Rücken!"

Die betagte Dame ist eine seiner treuesten Kundinnen. Und nur die treuesten dürfen ihn „Schambes" nennen. Das ist die Abkürzung von „Schambatist", und das wiederum ist die rheinische Aussprache seines Vornamens – er heißt Jean-Baptist, auf Deutsch: Johannes der Täufer. Dänzer-Valotti legt großen Wert darauf, dass der Name auf der letzten Silbe betont wird, also: „Schambatíst".

Eveline Ginsterfing zu Mayer-Träsch, deren langer Name noch einen letzten Hauch ihrer ruhmreichen adligen Ahnenlinie verspüren lässt, besucht Schambatíst regelmäßig am Vormittag – eine temperamentvolle und manchmal aufbrausende, aber im Grunde liebenswürdige Dame, die nie ohne Hut aus dem Haus geht und sich trotz ihres Alters wie ein junges Mädchen leichtfüßig und fast anmutig durch Raum und Zeit bewegt.

„Setzen Sie sich doch erst einmal", sagt Schambatíst. Er stellt ihr den Kaffee auf den kleinen Tisch neben den Kosmetikstuhl gleich neben dem großen Prunkkamin aus weißem Marmor, der mit seinen eleganten Gewänden, konsolenartigen Voluten, dem leicht geschwungenen, vorspringenden Sturz, dessen Mitte eine Blüte ziert, eine Präsenz besitzt, die fast den ganzen Salon füllt. „Erschossen also. Und? Hat es wieder nicht geklappt?"

„Schambes, mein lieber junger Mann, seien Sie doch nicht so streng mit mir!"

Schambatíst schüttelt den Kopf. „Ich hatte Ihnen doch schon das letzte Mal gesagt, dass Sie aus dem Alter für solche Sachen längst heraus sind."

Eveline schaut etwas gequält. Trotz ihrer 82 Jahre sieht sie deutlich jünger aus, manche schätzen sie auf Anfang sechzig. Dezente und kontinuierliche Eingriffe von Schönheitschirurgen haben diese trügerische Frische möglich gemacht. „Was glauben Sie eigentlich, mein Guter, aus was ich in meinem Alter alles schon heraus sein müsste." Sie nippt am Kaffee.

„Aber ich bitte Sie, Eveline, manche Dinge braucht man sich ab einer gewissen Reife einfach nicht mehr zu leisten. Das wissen Sie doch."

Sie spitzt ihren Mund und flattert mit ihren Wimpern. „Schambes, es geht um Gefühle. Wie eine Frau fühlt, wenn sie sich nicht mehr fühlt, davon verstehen doch selbst Sie nichts."

Schambatíst setzt das verständnisvolle Lächeln eines Galans auf, der weiß, dass Schweigen die angemessenste Form der Nachsicht sein kann. Er spült das gewärmte Wasser um ihre Füße, fügt zwei Löffel Rosmarinöl hinzu, holt aus dem Kühlschrank in der Küche ein Trittenheimer Altärchen, schenkt ihr ein und stellt das gefüllte Weißweinglas neben den Kaffee.

„Ich wollte es schon länger tun. Ich wusste nur nicht wie. Vor zwei Jahren hatte mich mein Nachbar zur Jagd eingeladen. Sie erinnern sich doch sicher, wie ich Ihnen erzählte, dass ich neben ihm auf dem Hochstand saß und welches Kribbeln mir dort durch den Körper ging, als ich anlegte, um auf das Schwein zu zielen, also das Schwein vor mir auf der Lichtung, ein prächtiges Wildschwein!"

Schambatíst nickt.

„Nun, ich habe es damals zwar verfehlt, doch das Gefühl der vollkommenen Erschütterung, der nachhaltigen Befriedigung und der absoluten Macht blieb. Ich genoss es. Bis vor einer Woche. Ich fragte meinen Nachbarn, ob ich eine der alten Pistolen aus seiner historischen Waffensammlung ausleihen könnte. Eine dieser wunderbaren alten Radschlosspistolen mit Nussholz-Vollschaft, graviert mit diesen fantastischen Ornamenten und der eisernen Knauf-Kappe. Kennen Sie die? Aus dem 17. Jahrhundert. Was für eine Eleganz!"

„So eine habe ich auch", ruft Schambatíst erstaunt und beginnt, ihre Beine zu massieren, bis zum Knie hinauf und sanft wieder hinunter.

„Ich weiß", sagt Eveline, beugt sich vor und streichelt ihm leicht über den Kopf. „Wir sind uns ja so viel näher, als Sie es ahnen, mein lieber Schambes."

Schambatíst zieht verlegen den Kopf nach hinten.

Sie versteht, lehnt sich zurück, schließt die Augen und sagt: „Ich legte also an. Ohne zu zittern. Dann zielte ich." Sie streckt langsam den Arm aus und zielt mit dem Zeigefinger auf den Kamin. „Dann schoss ich. Wumms!", schreit sie so laut, dass sich das „Wumms" klirrend als Echo im Kamin verfängt.

Schambatíst schreckt hoch, entschuldigt sich kurz und beugt sich wieder über ihre Füße. Er umschließt mit den Fingern jede einzelne ihrer Zehen, vorsichtig wie kleine Champignons, deren Hüte man streichelt, und massiert sie behutsam. Er stellt sich vor, wie ihr Ehemann, Carl Ginsterfing zu Mayer-Träsch, zehn Jahre älter als seine Frau, im Wohnzimmer seiner Villa ahnungslos mit dem Rücken zu ihr steht – ein Mann, der zu denen gehört, die nie etwas Böses vermuten, und wenn es doch eintritt, es eher als notwendiges Übel betrachten. „Haben Sie ihn wirklich nicht getroffen?"

„Das Projektil verfehlte seine Schulter nur um einige Zentimeter. Es sauste zu unserem Kummer in den goldenen Rahmen des Porträts der wunderschönen Marquise d'Espinasse. Wissen Sie, das unglaubliche Bild, das die Marquise auf einem Düsseldorfer Kostümball von 1695 zeigt."

Schambatíst runzelt die Stirn. „Wie hat Ihr Mann reagiert?"

„Wie gesagt, er war sehr betrübt. Immerhin hatte er damals für das Bild, ein echter Jan Frans Douven, 67.000 Euro bezahlt. Ein vollkommen überteuerter Preis. Fast absurd – das muss ich zugeben. Es war auf einer Auktion. Die Leute waren wie besessen. Wie im Rausch. Sie wussten nicht mehr, wo ihnen der Kopf steht. Aber ich bestand darauf. Der Gute hat es mir dann gekauft."

„Ich meinte eigentlich, wie er auf den Schuss reagiert hat."

„Ach, Schambes. Was für ein Reinfall! Der Knall war so laut, dass mein Mann vor Schreck fast umfiel. Zuerst dachte er wohl, eine der üblichen Sicherungen in unserem Haus sei durchgeknallt. Dann schaute er auf den durchschossenen Rahmen. Er wirkte sehr besorgt."

„Hat er nicht die Polizei angerufen, als er Sie mit der Waffe sah?"

„Nein. Gar nicht. Warum? Er war nur ziemlich erstaunt, als er endlich verstand, was passiert war. Er fragte mich, wie ich es bloß geschafft hätte, diese uralte Pistole erfolgreich mit Schwefelkies und Zündkraut zu laden und zum Abschuss zu bringen. Das sei ja unglaublich, rief er fast bewundernd aus."

„Und dann?"

„Ich ging zur Kommode, öffnete die oberste Schublade, legte die Radschlosspistole neben meine Lippenstifte und sagte ihm, wir sollten das Ganze jetzt schnell vergessen. Er nickte und holte eine Flasche unseres Lieblingschampagners heraus, einen Dom Ruinart aus dem Jahr 2002, goss ein und sagte, dass solche Momente doch auch nach 47 Jahren Ehe immer noch etwas Besonderes seien."

Ganz leicht lässt Schambatíst nun die Feile über die Kuppen ihrer Zehen gleiten.

Sie greift zum Trittenheimer Altärchen.

„Warum haben Sie denn auf ihn geschossen?"

Eveline spitzt den Mund und nippt. „Mein Lieber", sagt sie, nachdem sie das Glas wieder abgesetzt hat, „warum nicht? Manche Dinge, die wir tun, sind Hirngespinste, verrückte Ideen, die wir uns für einen besonderen Tag aufheben. Und ich kann Ihnen sagen, manche Dinge nehmen wir uns schon lange, sehr lange vor. Doch uns fehlt der Mut. Sie treten erst ein, wenn wir nicht mehr mit ihnen rechnen."

Schambatíst sitzt weiter gebeugt und feilt sorgfältig an ihren Zehen.

Eveline will ihn mit dem Zeigefinger an die Schulter ticken, um seine ganze Aufmerksamkeit zu fordern. Doch noch in der Bewegung hält sie inne. „Manchmal bedarf es nur eines kleines Auslösers", sagt sie, „einer Begegnung, eines Wortes. Und dann kommt die Gelegenheit." Sie lächelt erlöst.

„Ja, sicher, aber …" Schambatíst zögert. „Aber warum haben Sie es getan?"

„Mein lieber, guter Junge, ist das so schwer zu begreifen? Ich wollte eine Veränderung." Wieder flattert sie mit ihren Wimpern, beugt sich leicht nach vorn und fächelt sich mit beiden Händen Luft zu. Mit halb geöffnetem Mund, aus dem lautlos ihr Atem strömt, lässt sie sich zurückfallen. „Wissen Sie, Schambes, glauben Sie nicht, ich sei verbittert! Nein, das bin ich nicht. Absolut nicht. Ich habe mich im Denken nie einschränken lassen. Ich habe lange gesucht. Immer. In vielen Variationen. Ich habe Reisen nach Ozeanien, Malkurse auf den Balearen und Gesangworkshops auf den Känguru- und den Lord-Howe-Inseln gemacht. Ich habe mich in Yoga, Bauchtanz und Pilates ergangen und viele Tage und Monate meditiert. Ich bin ins Kloster gezogen, habe Pilgerwege beschritten, einiges inhaliert und chinesische Heilkräuter konsumiert. Es war alles durchaus delikat. Ja. Heute nun denke ich, es ist schade, dass ich einfach nicht mehr jung genug bin, um zu glauben, dass da noch etwas kommt, etwas Verborgenes, das wir in uns tragen, irgendetwas, das uns treibt und auf das wir hinzueilen wie ein Meteorit auf einen Planeten. Diese Vorstellung ist eine wunderbare Verlockung. Ja, das ist sie. Aber ich verliere sie zunehmend – mit jedem Tag, den ich länger lebe. Es ist ein Jammer."

Schambatíst nimmt einen warmen Lappen und benetzt ihre Füße. „Geht es so mit der Temperatur?", fragt er.

Eveline reagiert nicht. Ihre Augen sind geschlossen.

Von draußen dringt Lärm in den Salon, das Klingeln eines Fahrrads und ein Quietschen der Reifen, aufgeregte empörte Stimmen, Menschen, die sich ankeifen.

Eveline öffnet die Augen. „Schambes, Sie kennen doch die Rede vom gefühlten Alter, nicht wahr? Lord Dahrendorf zum Beispiel, dieser furchtbar schlaue und wissende, aber auch unappetitlich hässliche alte Mann, hatte immer behauptet, sein gefühltes Alter sei achtundzwanzig. Was für ein eitler Kerl, nicht wahr?! Na ja, nein, so kokett will ich nicht sein. Aber sagen wir, ich fühle mich wie achtunddreißig. Oder dreiundvierzig. Ja, und dann habe ich eben manchmal das Gefühl, mit meinem Mann ist gar nichts mehr möglich. Der ist uralt!"

„Und deswegen müssen Sie ihn erschießen?"

„Ja, was denn sonst? Alles andere wäre doch widerlich. Sich trennen? Ins Altersheim abschieben? Nein. Ein sauberer Schuss – das reicht."

„Machen Sie sich denn keine Sorgen, dass Sie dafür verurteilt werden?"

„Aber, mein Lieber, Sorgen? Sorgen? Nein, um Gottes willen! Nein! Wofür sollte ich verurteilt werden? Das wäre doch nur ein Unfall gewesen, ein tragischer Unfall. Mehr nicht. Und wenn doch – ja, so etwas müsste man doch erst einmal beweisen. Und, ich sage Ihnen, ich kenne die Richter. Ich kenne sie sogar sehr gut."

Es klingelt, und die Eingangstür wird geöffnet. Carl Ginsterfing zu Mayer-Träsch betritt den Schönheitssalon.

Eveline schaut leicht empört. „Ich hatte dir doch gesagt, du sollst mich erst um elf abholen."

Carl zuckt mit den Schultern. „Draußen gab es einen Fahrradunfall, ich konnte mir das Geschrei einfach nicht mehr anhören."

Eveline blickt ihn streng an. „Nun, jetzt bist du zu früh. Dann musst du halt warten." Sie atmet laut, blickt zur Decke, rollt die Augen und schließt sie.

Schambatíst begrüßt den Mann und bittet ihn mit einer Handbewegung, auf einem der Freischwinger aus rötlichem Büffelleder Platz zu nehmen. „Möchten Sie Kaffee? Einen Wein?"

„Nein, vielen Dank." Carl setzt sich.

Schambatíst hat die Familie des alten Herrn schon immer bewundert. Sie stammt aus Mettingen im Kreis Tecklenburg im nördlichen Münsterland. Seit Generationen besteht sie aus westfälischen Kaufleuten. Ginsterfing ist Nachfahre der Tiöttenpioniere, die vor einigen Hundert Jahren als Handelsreisende in ganz Europa Niederlassungen gründeten und durch den Handel mit Leinen sehr reich wurden. Sein größtes Talent heute ist es, das Geld der Familie zu verwalten. Und das gelingt ihm gut. Sehr geschickt hat er es in verschiedenen Stiftungen und Fonds angelegt, aber auch in Kunst – und natürlich in körperlicher Ästhetik. Gegen den Selbstoptimierungsdrang seiner Frau hatte er zwar anfangs Zweifel gehegt, doch irgendwann gewöhnte er sich daran. Und bald hatte er nichts mehr dagegen einzuwenden. Im Gegenteil. Er war zu klug, um sich gegen ihre befehlsartigen Ratschläge und Vorstellungen zur Wehr zu setzen, und mittlerweile ist er sogar genauso interessiert daran wie sie, den welkenden Körper punktuell zu straffen. Seine perfekt sitzenden Anzüge und seine Ganzjahres-Urlaubsbräune sind schon seit jeher sein Markenzeichen. Und bei den Schönheitschirurgen auf der Königsallee haben sie sich mittlerweile beide einen Ruf als kongenial gealtertes Ehepaar erworben, das eine gemeinsame Botox-Spritze nie verschmäht.

„Ach, es wäre doch besser, wenn du noch mal draußen warten könntest." Eveline lässt ihre Hände nervös in der Luft flattern. „Ich kann mich jetzt gar nicht mehr konzentrieren."

Ihr Mann erhebt sich ohne Zögern. Sein Verständnis für die Suche seiner Ehefrau nach ihrem eigenen Weg und für ihre Versuche, emotional und spirituell eine bessere Version ihrer selbst zu werden, hat sich in den vergangenen Jahren bis ins Unendliche ausgedehnt. Auch wenn diese Suche immer öfter im Champagner endet. Eine kostspielige Angelegenheit. Für den Durst seiner Frau hat Carl bereits einen seiner Fonds auflösen müssen – den er folglich *Fonds Cuvée* getauft hat. „Natürlich, mein Funksenporschi, ich warte draußen auf dich", sagt er und verlässt den Salon. Aber die kleine Spitze sitzt, denn „Funksenporschi" ist dem Humpisch entlehnt, der Geheimsprache seiner Väter, und heißt so viel wie „Schnapsschweinchen". Es ist der einzige zarte Anflug von Rebellion, den Carl seiner Frau gegenüber zu zeigen gewillt ist.

Schambatíst füllt den Wein nach. Moselweine gehören zu seinen Favoriten.

„Schambes, wir lieben dieses Gemälde sehr", sagt sie. Wieder streichelt sie ihm leicht über den Kopf.

Er versucht sich unauffällig zu schütteln. „Wenn Sie es lieben, warum sind Sie dann das Risiko eingegangen, es mit ihrem Schuss zu zerstören?", fragt er.

„Ich meinte eigentlich *Ihr* Bild." Sie zeigt auf das große Ölgemälde, das vor ihnen über dem Marmorkamin hängt. Es ist ein Abbild von Jan Wellem, dem Kurfürsten, in Purpurrot, Hermelin und Schmuckharnisch, entschlossen und mächtig. Lang fallen die Locken seiner Allongeperücke über seine linke Schulter. Sein Gesicht ist in Licht getaucht, und doch fällt gleichzeitig ein kleiner Schatten auf seine rechte Wange, sodass das Antlitz eine verblüffende Lebendigkeit erhält. Im linken

Arm hält er auf einem roten Samtkissen eine Krone, der rechte Arm stützt sich auf das Zepter. Neben ihm sitzt seine italienische Gattin, Anna Maria Luisa de' Medici, in einem weit fallenden blauen Samtkleid mit goldenen Mustern, eine schöne junge Frau, anmutig und sanft im Blick, ihre schwarzen Haare kunstvoll zu einem Turm hochgesteckt, der bis zu den Wolken der mediterranen Landschaft im Hintergrund reicht. Grazil hält sie in der rechten Hand einen Ölzweig, während ihr die linke entspannt in den Schoß fällt. Das ganze Gemälde thront in einem riesigen Goldrahmen über dem Prunkkamin und wacht über jeden, der sich im Schönheitssalon aufhält.

„Sie wissen doch, ich habe es von meiner Mutter, und die hat es von ihrer Mutter geerbt. Es ist schon ewig in Familienbesitz."

„Ich weiß", sagt Eveline, „ein wunderbares Bild. Auch ein echter Douven, nicht wahr?"

„Nein, nur eine Kopie."

„Ich glaube nicht."

„Aber, liebe Eveline, das muss ein Missverständnis sein. Es ist sogar die Kopie einer Kopie, nämlich der von Alfons Hollaender von 1889, die im Stadtmuseum lagert."

Wieder läutet die Schelle an der Eingangstür. Ein jüngerer Mann tritt ein. Über der Jeans trägt er ein weißes T-Shirt, auf dem das Abbild des europäischen Zürgelbaums zu sehen ist, der zur Familie der Hanfgewächse gehört. In seinen braun gebrannten und muskulösen Armen trägt er ein größeres Paket. „Ah, Herr Vogelsang, ich hatte Sie für morgen erwartet."

„Es tut mir leid, Herr Dänzer-Valotti, aber ich dachte, ich könnte Ihnen Ihre Bestellung Yarsagumba heute schon bringen. Unser Lager ist nämlich voll, und wir müssen die Ware jetzt dringend verteilen."

„Yarsagumba?", fragt Eveline dazwischen.

„Darf ich vorstellen, das ist Fletcher Vogelsang, der beste Yarsagumba-Züchter in ganz Europa. Herr Vogelsang, das ist Frau Ginsterfing zu Mayer-Träsch, die große Mäzenatin und die treueste meiner Treuen."

„Guten Tag."

„Sehr erfreut", sagt sie. „Yarsagumba – das klingt ja wie afrikanische Dichtung."

„Nein", erklärt Vogelsang, „nicht afrikanisch. Tibetanisch! Raupenpilz aus dem Himalaya – als Paste ein großartiges Regenerationsmittel für die Haut."

„Fabelhaft", kreischt Eveline, „das muss ich ausprobieren."

„Aber das kostet. Sie zahlen für 30 Gramm bis zu 800 Euro", meint Schambatíst. „Stellen Sie die Kiste doch bitte vor den Kamin, Herr Vogelsang."

Fletcher schiebt die beiden Kisten fast in den Kamin hinein. Da er schon lange nicht mehr der Feuerung dient, ist er heute sauberer als ein Pizzaofen. „Die Nachfrage steigt gerade enorm", meint Vogelsang.

Die beiden schauen ihn fragend an.

„Wegen der Tour de France natürlich!", lacht Vogelsang und klatscht vor Eifer in die Hände. In wenigen Wochen wird das größte Radsportereignis der Welt ausgerechnet in Düsseldorf starten, der erste Tag, *le Grand Départ* am Rhein. Schon jetzt steht die Stadt kopf. „Wer heute als Radsportler verbotene Substanzen nimmt, ist für immer raus. Das ist doch klar", erklärt Vogelsang und führt die Kante seiner Hand an seinem Hals vorbei, „aber mein Yarsagumba, das ist eines der wenigen Mittel, die erlaubt sind – auch in großen Mengen. Und viele Radsportler schätzen meine Dienste sehr." Vogelsang schaut triumphierend in die Runde.

„Ach ja, natürlich. Wie recht Sie haben. Die Tour de France beginnt ja dieses Mal in Düsseldorf." Evelines Stimme wandert vor Begeisterung in eine höhere Tonlage. „Der *Grand Départ*! Eine wunderbare Idee, die Tour hier starten zu lassen. Das wurde ja wirklich auch einmal Zeit. Düsseldorf und Frankreich gehörten immer schon zusammen." Die alte Dame klingt etwas aufgekratzt.

„Nun, der Absatz steigt auch deswegen", meint Vogelsang zufrieden, „weil es ein außerordentlich wirksames Potenzmittel ist."

„Davon habe ich gehört", grummelt Schambatíst, „aber es funktioniert nicht. Kinder bekommt man trotzdem nicht."

„Das stimmt nicht", unterbricht ihn Vogelsang, während er die Kisten mit dem Fuß mittig im Kamin zurechtrückt. „Das Mittel ist ja uralt. In Europa gibt es das ja schon mindestens seit Jan Wellems Zeiten. Und auch er soll es ausprobiert haben. Habe ich zumindest gelesen. Und der hatte ja Kinder, nicht wahr, Herr Dänzer-Valotti?"

„Natürlich", ruft Eveline dazwischen, „und nicht zu knapp."

Schambatíst stutzt. In Jan Wellems erster Ehe starben zwei Kinder kurz nach der Geburt, und mit seiner zweiten Frau hatte er keine Kinder. „Stimmt nicht", antwortet Schambatíst kurzerhand.

„Das bezweifele ich", erwidert Eveline.

„Also, äh, wie auch immer, ich muss weiter." Vogelsang geht zur Tür. „Die Rechnung finden Sie in den Kartons, Herr Dänzer-Valotti. Auf Wiedersehen."

Bevor die Tür zufällt, sehen sie noch, wie er sich in den Sattel eines Lastenfahrrads mit einer großen Transportbox vor dem Lenkrad schwingt.

„Sind Sie sicher, Schambes?"

„Was meinen Sie?"

„Sind Sie sicher, dass Sie da mit diesem Gemälde eine Kopie der Kopie haben?"

„Natürlich! Eine Kopie. Ein sehr gute Kopie natürlich. Aber die beiden kleinen weißen Drachen mit den blauen Mustern dadrunter auf dem Kaminsims – die sind echt."

„Inwiefern?"

„Echt Meissener Porzellan."

„Das glaube ich nicht." Sie nippt am Wein und lässt ihn anschließend ein wenig im Glas schaukeln. „Na ja", sagt sie, „wer weiß schon, was echt und wahr ist und was nicht."

„Das Vergangene ist wahr!", fährt Schambatíst sie energisch an.

„Das glauben Sie! Ha! Was für ein Irrtum!" Eveline schnappt nach Luft. „Wer weiß denn schon, was an der Vergangenheit wahr ist? Da kann man doch viel erzählen." Sie richtet sich auf, nimmt die Füße hoch und will aufstehen. Doch Schambatíst hält sie fest und deutet ihr an, dass er ihre Beine noch abtrocknen will. „In Wahrheit", setzt sie wieder an, „in Wahrheit ist doch die Vergangenheit nur eine Geschichte, die wir uns selbst erzählen. Insofern würde ich niemals wirklich dem glauben, was vergangen ist."

Schambatíst nickt ihr zu, auch wenn er ihre Meinung nicht teilt, nimmt ein wenig von ihrem Lieblingsbalsam, Allgäuer Latschenkiefer, streicht es auf ihre Haut und massiert noch einmal nach.

„Schambes, wenn Ihre Frau versucht hätte, Sie bereits das dritte Mal zu erschießen – wie würden Sie reagieren?"

Schambatíst und seine Luisa haben keine Kinder. Es sollte nicht sein. Aber sie erschießen? Nein, das würde er nicht. 22 Jahre sind sie jetzt verheiratet, und es ist auch nicht abzusehen, dass sich das ändern wird. „Irgendwann", sagt er langsam, „irgendwann würde ich vielleicht doch mal wenigstens zurückschießen."

„Schambes, seien Sie vorsichtig", zwitschert Eveline und

nimmt noch einmal vom Trittenheimer Altärchen. „Ihre Frau ist ja so schlank, die trifft man ja gar nicht."

Schambatíst holt den Fön und lässt warme Luft über die balsamierten Füße strömen.

„Ich hasse Fett", sagt sie. „Ein Mensch mit Fett kann sich doch nicht gut fühlen. Er kann sich doch nur schlecht fühlen. Und ein Mensch, der sich schlecht fühlt, ist ein schlechter Mensch."

Schambatíst schweigt. Schlank ist er nicht. Eher korpulent und etwas untersetzt – für einen Mann von rund 50 Jahren nicht ungewöhnlich. Ändern will er es nicht, vor allem weil er dann seine wöchentliche Leidenschaft aufgeben müsste: Polenta mit zerlassener Butter und Parmesan, nicht unbedingt ein Fettlöser-Essen.

„Fett ist ein Zeichen der Schwäche", ruft Eveline scharf in seine Richtung. Dann schaut sie ihn an.

Er fühlt sich ertappt und bemüht sich, den Bauch einzuziehen. Gleichzeitig freut er sich schon jetzt auf das Cranberry-Vollkornbrötchen, das er sich immer am späten Vormittag als Pausensnack bei seinem Nachbarn Matteo Alberti in dessen italienischem Restaurant holt. „Essen ist Glück", entfährt es ihm.

„Schambes, nein, ich weiß nicht, ob ich auf diese Art glücklich sein will", gibt Eveline zurück.

„Wie denn sonst?"

„Ach, diese Sache mit dem Glück, das ist alles so wechselhaft. Sobald wir das Glück fühlen, ist es schon wieder fort. Und wenn es bleibt – Schambes, stellen Sie sich doch mal vor, Sie hätten den Zustand des Glücks erreicht. Was dann? Was wollen Sie dann tun? Was wollen Sie denn dann noch machen?"

Er holt ihre Schuhe und Socken, zieht sie ihr an und denkt an sein Cranberry-Vollkornbrötchen. „Wenn Sie Ihren Mann umgebracht haben werden – sind Sie dann glücklich?"

„Ach, das weiß ich doch erst, wenn es so weit ist." Sie hält inne. „Es ist aber sicher einen Versuch wert. Oder auch mehrere. Wissen Sie, es gibt Momente, die stehen über dem Glück, kurze Momente der Überraschung, der Leichtigkeit, unbeschwerter Trunkenheit. Solche Momente halte ich für vollkommen angemessen und erstrebenswert."

Carl klopft von außen an die Eingangstür. Er gibt ihr zu verstehen, dass er nun draußen auf sie warten wird.

Betont langsam zieht sie sich den Mantel wieder an.

Schambatíst schenkt noch einmal vom Trittenheimer Altärchen ein. „Ein letzter Schluck?"

„Aber nur, wenn Sie mittrinken." Eveline strahlt.

Er füllt auch sein Glas, und sie stoßen an.

„Vertraue keinem, der nicht trinkt", sagt sie und zwinkert ihm zu. „Auf Sie, mein Lieber!"

2

DER KURFÜRSTLICHE ROTTWEILER

Manchmal werden Menschen in die Provinzialität eines Lebens hineingeboren, in dessen geregelter Häuslichkeit und strengem Behütetsein sie zwar die Liebe und Nestwärme für glückliche Kindheitstage erleben, doch in dessen Enge und Horizontferne sie allmählich um Atem ringen und begreifen, dass sie diesem Ort und seiner erstickenden Mittelmäßigkeit alsbald entfliehen müssen, um sich neu und für sie richtig zu erfinden.

Anselm Bohlscheid ist einer von ihnen – ein Mann, dem nichts fremder ist, als sich anzupassen, ein Kosmopolit, der die Wiege seiner Kindheit nur noch selten besucht. Er kann es sich leisten, an vielen Orten zu sein. Als Geigenbogenhändler verdient er ein Vermögen. In der sehr diskreten Branche des internationalen Bogenhandels hat er sich einen Namen erarbeitet. Nicht wenige behaupten, dass weltweit kein Bogen über den Verkaufstisch geht, den er nicht kennt oder bei dem er nicht seine Hände im Spiel hat. Doch ganz gleich, mit wem er handelt, wo er kauft und verkauft, wo er wohnt, liebt und lebt – immer zieht es ihn an einen bestimmten Ort zurück.

„Morgen, Herr Bohlscheid", ruft Schambatíst, als er den beleibten Bogenhändler an seiner Eingangstür sieht.

Bohlscheid ist fast einen Kopf größer als er und trägt die Haare schulterlang und wild um den Kopf. „Morgen, Herr Dänzer-Valotti", grüßt Bohlscheid zurück, „oder darf ich Sie nach all den Jahren nicht doch endlich Schambes nennen? Oder ist Ihnen Schampus lieber?" Bohlscheid lacht laut auf.

Sein penetranter Hang zu Wortwitzen ist einer der Gründe, warum sich Schambatíst bisher immer eine gewisse Distanz zu ihm bewahrt hat. „Äh, wie Sie möchten“, sagt er mit etwas starrer Miene und bietet Bohlscheid einen Platz an.

Dieser setzt sich auf den Kosmetikstuhl vor dem Prunkkamin.

Schambatíst bringt Kaffee.

Unter dem wallenden, weißen Hemd mit bis zum zweiten Knopf geöffneten Hemdkragen trägt Bohlscheid knielange, knallgrüne Bermudashorts. Seine nackten Füße stecken in zwei Pantoffeln mit breitem, flauschigem Kunstfell-Bommel, der wie eine Pudeltolle über dem Schaft der Hausschuhe wippt. Ob auf der Straße, im Auto oder zu Hause – bei diesem frühsommerlichen Wetter trägt er sie fast den ganzen Tag. Auch beim Reisen und den vielen Flughafenkontrollen empfindet er Pantoffeln als viel praktischer. „Schambes, schön, Sie zu sehen. Hier hat sich ja nichts verändert. Auch der gute Jan Wellem hängt an seinem gewohnten Platz.“

„Was dachten Sie, Herr Bohlscheid – hätte ich das Bild abhängen sollen?“

„Nein. Aber vielleicht hätten Sie es verkaufen können.“

„Nein, niemals. Sie wissen doch, das ist ein Erbstück meiner Mutter. Und die hat es von ihrer Mutter und die von ihrer und so weiter. Es zieht sich wie ein roter Faden durch unsere Familie.“

„Natürlich weiß ich das. Aber es ist ein so interessantes Bild, dass ich mir vorstellen könnte, dass es Kaufanfragen gibt.“

„Kaufanfragen? Für eine Kopie? Und noch dazu eine nicht autorisierte?“ Schambatíst taucht Bohlscheids Füße ins warme Fußbad und spült ihm das Wasser um die Zehen. „Das kann ich mir nicht vorstellen.“

Zehen verraten einiges über ihre Besitzer. Über die Hast oder Entspannung in ihrem Leben, über ihre Sensibilität, ihre Härte oder schlichtweg ihren Umgang mit Hygiene. Doch die

Vorstellung, dass jeder einzelne Zeh Träger eines Gefühls ist und Kreativität, Vertrauen, Freude, Kummer oder Liebe symbolisieren soll, ist Schambatíst nicht geheuer. Er glaubt lieber an das, was er sieht, und die Verhärtungen vor allem an Bohlscheids dicken Zehen sind offensichtlich.

„Und wo befindet sich Ihrer Meinung nach das Original?“, fragt Bohlscheid.

„In Italien natürlich. Es hängt in Florenz in der Galleria Palatina, gemalt von Jan Frans Douven.“

„Und das sieht doch sicher aus wie Ihres.“

„Eine gewisse Ähnlichkeit gibt es.“

„Ähnlichkeit? Das sieht doch genauso aus. Woher stammt Ihr Bild eigentlich?“

„Das weiß ich nicht“, antwortet Schambatíst. „Es hat aber für mich große persönliche Bedeutung, da wir es schon so lange haben.“

„Natürlich.“ Bohlscheid lässt seinen Blick durch den Raum schweifen. Dann lächelt er vielsagend und nickt sich selbst so heftig zu, dass seine Haare wirr auf dem Kopf wippen. „Die eigene Wahrnehmung macht das Leben besonders, nicht wahr, Schambes? Viele Leute vergessen das.“

Schambatíst schaut verdutzt, ist aber nicht bereit, sich weiter von seiner Arbeit abhalten zu lassen, und pflückt Bohlscheids verknotete Zehen auseinander. Es sind kleine dicke Zehen, die wie zusammengequetschte Kirschen eng beieinanderliegen – und ihm ein wenig leidtun. Vom Doppelzentner, den sie täglich tragen, sind sie arg strapaziert. Schambatíst nimmt sich jeden einzelnen von ihnen vor.

„Mögen Sie Hunde, Schambes?“

„Meine Frau und ich hatten früher einmal einen Cavalier King Charles Spaniel“, sagt Schambatíst. „Und zwar perlweiß mit kastanienroten Flecken.“

„Ah“, Bohlscheid zeigt mit dem Finger auf das Ölgemälde, „ähnlich wie dort der kleine Hund des Fürstenpaares?“

Schambatíst schüttelt den Kopf. „Nein, das muss irgendein anderer Schlosshund sein. Jedenfalls gibt es wohl kaum einen Hund mit einem dämlicheren Namen als diesen Cavalier King Charles.“

Er entdeckt zwischen Bohlscheids Zehen leichte Risse in der Haut. Über Hunde zu reden, hat er nun gar keine Lust. Natürlich weiß er, dass auch Jan Wellem sich des Adels seines kleinen Köters bewusst war. Schon im 16. Jahrhundert war der Cavalier King Charles Liebling von Ludwig XIV., dann auch von Marie Stuart, Elisabeth I. und vor allem von Charles II. Dieser soll ihn mehr geliebt haben als seine Staatsgeschäfte. Aber wiederum nicht so sehr wie seine Mätressen, mit denen er eine Unzahl illegitimer Kinder zeugte – und sie allesamt adelte. Seine bekanntesten Nachkommen sind Prinzessin Diana und Camilla Parker Bowles. Auch sie teilten wie ihr Urahn eine Liebe zu einem gewissen Cavalier Charles. Aber das ist eine andere Geschichte.

„Der Name der Rasse mag vielleicht bizarr sein“, sagt Bohlscheid, „aber da kann der Hund ja nichts für. Wie haben Sie ihn genannt: Château Noblesse? Windsor Superflair? Oder Moët et Chien?“

Während Bohlscheid laut über seinen Witz lacht, fragt sich Schambatíst, warum die Leute immer noch dieses Hündchen für adlig halten. Wenn etwas an diesem Spaniel heute noch blaublütig ist, dann höchstens seine Ohren. Genau wie bei Prinz Charles. Und ob man mit solchen Segelohren überhaupt König werden kann, ist tatsächlich fraglich. „Nein, nein“, wehrt Schambatíst ab, „nicht so überkandidelt. Ganz einfach: Fuchs. Fuchs haben wir ihn genannt.“

„Ah, sehr gut, ein Hund, der Fuchs heißt. Schlau wie ein

Fuchs. Das passt, denn diese Spaniels sind wirklich sehr pfiffig. Aber auch strebsam, schlau, manierlich, nett, fröhlich und ideal für Kinder!"

„Wir haben keine Kinder", sagt Schambatíst.

„Oh, das wusste ich nicht. Tut mir leid." Bohlscheid streicht sich verlegen über den Ehering. Für seine Frau und seine vier Kinder hat er sich neben dem Haus am Schliersee für ein paar Millionen eine zweite Villa in Berlin gekauft – eine Art Dependance für die Flucht ins Urbane übers Wochenende. Es hat ihm damals Spaß gemacht, den alten Schuppen in der Lentzeallee in Berlin-Dahlem zu kaufen, angeblich die ehemalige Residenz von Reichsaußenminister Ribbentrop. Hier sollen Hitler und von Papen unmittelbar vor der Machtergreifung die Zukunft Deutschlands verhandelt haben – die dunkle Geburtsstunde des Dritten Reiches. Der Gedanke faszinierte und ekelte Bohlscheid zugleich. Was ihn aber damals bei dem Kauf am meisten amüsierte, war Ribbentrop selbst. Vor seiner unsäglichen Polit-Karriere hatte der Exportkaufmann Joachim von Ribbentrop Annelies Henkell, eine Tochter der gleichnamigen Sektdynastie, geheiratet und war damit auch zum ersten Champagner-Vertreter Deutschlands aufgestiegen. Was für ein armer Tropf, pflegt Bohlscheid stets laut prustend zu sagen, ein echter „Ribbentropf".

„Schambes, der kleine Hund auf dem Jan-Wellem-Bild ist doch jetzt ein Spaniel, oder nicht?"

„Kann sein", murmelt Schambatíst. Er ist nun ganz in Bohlscheids Füße abgetaucht.

„Der dürfte ja dann wohl ein Schoßhündchen von Anna Medici gewesen sein, nicht wahr?"

Schambatíst lässt sich nicht aus der Ruhe bringen. „Es wäre noch besser, wenn Sie Sandalen tragen würden, Herr Bohlscheid, dann können auch Ihre Zehen leichter atmen."

„Ich trage doch schon Pantoffeln?"

„Sicher, aber Sandalen lassen mehr Luft zu."

„Und der andere Hund?"

„Welcher andere Hund?"

„Auf Ihrem Gemälde. Das ist doch wohl ein Rottweiler. Ein kurfürstlicher Rottweiler." Bohlscheid kneift die Augen zusammen. „Ja, wenn ich es genau betrachte, ist der große Hund ein Rottweiler. Und zwar mit einem sehr großen Halsband. Ist Ihnen das schon einmal aufgefallen, Schambes?"

Schambatíst hebt die Augenbrauen. Gespräche wie dieses rauben ihm die Konzentration. Er ist es gewohnt, mit großer Präzision zu arbeiten. Mit ein paar geübten Griffen ist meist alles erledigt, schnipp und schnapp, wie in der Maßschneiderei. „Nein", sagt er schließlich, und sein Blick senkt sich wieder Bohlscheids Kirschenzehen zu.

„Doch, doch, ein tolles Halsband. Schauen Sie mal genau hin. Es ist ein silberbeschlagenes Halsband mit zwei Initialen. Einem C und einem P. Wissen Sie, was das heißt?"

Schambatíst antwortet nicht und feilt nun noch einmal sehr akribisch an der faserigen Außenseite der Zehen, so schnell und eifrig, dass sich ein kleines Summen durch den Salon schlängelt.

„C und P stehen für *comes Palatinus*", fährt Bohlscheid unbeeindruckt fort. „Das ist lateinisch, auf Deutsch: Hofpfalzgraf."

Schambatíst horcht auf: „Holzpfahlgraf?"

Bohlscheid stößt ein lautes Lachen aus. „Ha! Der könnte von mir sein! Sie sind ja ein richtiger Witzbold. Nein, der Hund bezieht sich natürlich auf Jan Wellem und als Zeichen der Macht trägt er dieses Halsband."

„Jan Wellem?"

„Nein, der Hund. Schambes, sagen Sie mal, das scheint Sie überhaupt nicht zu interessieren."

„Doch, doch, sicher. Und – äh, meinen Sie, dieses Halsband gab es wirklich?"

„Sehr gute Frage. Endlich mal. Ja, das könnte ich mir durchaus vorstellen. Oder besser gesagt, ich bin überzeugt, dass es davon ein Original gibt." Bohlscheid schaut Schambatíst erwartungsvoll, fast triumphal an.

Ihre Blicke begegnen sich für mehrere Sekunden, bis Schambatíst spürt, dass er an der Reihe ist, etwas zu erwidern, eine Regung des Erstaunens oder eine interessierte Bemerkung. Ihm fällt nichts ein. Gerade will er seinen Blick wieder senken, da schießt ihm endlich die passende Frage durch den Kopf. „Aber wo steckt das Halsband?"

Bohlscheid lächelt erlöst: „Ach, das kann überall sein, im Fundus von historischen Archiven, in Museen, auf Speichern von Privatleuten oder im Keller alter Villen."

„Und? So wie ich Sie kenne, haben Sie schon jemanden auf die Suche geschickt, stimmt's?"

„Ah, Schambes, jetzt sind Sie also wieder aufgewacht."

„Nun, äh, ich mache meine Arbeit und muss mich konzentrieren."

„Sie haben völlig recht. Aber stellen Sie sich einmal vor, man würde es finden. Wie erkenne ich, dass es sich wirklich um das Original handelt?" Bohlscheid reibt sich über das Kinn. „Ich bräuchte einen Beweis, Bildmaterial also. Und der beste Beleg wäre zum Beispiel das Original-Gemälde Ihrer Kopie. Da könnte man dann genau erkennen, wie es wirklich aussah."

„Dann fahren Sie doch nach Florenz und klauen Sie es!"

„Ach, Schambes, Sie wissen gar nicht, was das für eine gute Idee ist. Nur der Ausdruck ‚klauen' gefällt mir nicht. Sagen wir besser: kaufen."

Schambatíst stutzt. „Sie wollen den Italienern das Gemälde abkaufen?"

Bohlscheid verschränkt die Arme über der Brust. „Sie glauben, das geht nicht? Ich habe im Laufe der Jahre gelernt, dass nichts unverkäuflich ist." In den vergangenen Jahren hat er sich auf Geigenbögen von François Tourte und Dominique Peccatte spezialisiert, die um 1800 in Paris die goldene Periode des Bogenbaus maßgeblich mitbestimmten. Tourte hat den ausgewogensten Bogen von allen gebaut und gilt heute noch als der „Stradivari des Bogens" – und damit als Leitzins des Marktes: Steigt der Preis seiner Bögen, ziehen alle anderen nach. Auf Auktionen und im Handel erzielen sie höhere sechsstellige Beträge. „Schambes, mit meinen Bögen habe ich eine ganz ähnliche Erfahrung gemacht. Sie können sich vorstellen, ein Bogen ist zunächst ein ganz sensibles Stück Handarbeit, angefangen von den Köpfen, den Stangen, den Fröschen, den Ringen bis zu den Beinchen. Doch gerade die alten Bögen haben sehr charakteristische Gesichter und Biografien. Denn der Bogen ist die entscheidende Verbindung des Spielers zu seinem Instrument, er verbindet die Seele mit dem Klang. Und da können Sie sich denken, dass so ein Stückchen Holz, ein Fernambukholz, irgendwann einen fast unersetzbaren Wert erhält, nicht wahr?"

„So wie der Pinsel für den Maler?"

„Nein, viel mehr. Außergewöhnliche Bögen haben eine außergewöhnliche Schönheit – sie sind fantastische Arbeit und zeugen von Präzision, Perfektion und unglaublich regelmäßiger Schwindung."

„Schwindung?"

„Ach, Schambes, ein Maler-Pinsel kann da einfach nicht mithalten. Und wie gesagt, jetzt versuchen Sie mal einen solchen Bogen zu bekommen und zu verkaufen. Da brauchen Sie schon Geschick. Und ein gutes Netzwerk. Und Vertrauen."

Schambatíst steht auf und holt Kaffee. Er kennt Bohlscheids unbescheidene Elogen, und dennoch würde es ihm niemals in den Sinn kommen, ihn als Sprücheklopfer abzustempeln. Nein, der Mann hat sich seinen Erfolg erarbeitet, ein Mann, der als Musiker anfing und sich zu einem der wenigen echten Genies im Bogenhandel entwickelt hat.

„Wieso haben Sie eigentlich ihre Karriere als Geiger beendet?“, fragt Schambatíst, als er zurückkommt.

„Ich habe sie überhaupt nicht beendet. Sie hat mich beendet. Die Geige erkannte, dass mir einfach die Fähigkeiten zum wirklichen Virtuosen und Künstler fehlten. So sehr ich mich auch bemühte, sie ließ mich nicht den Klang spielen, der einen wirklich berührt.“

„Ich hoffe, es war letztlich aber doch Ihre Entscheidung.“

„Ja, natürlich. Aber wie ich schon sagte, es ist alles eine Frage der Wahrnehmung. Und bis ich verstand, dass ich nicht der große Geiger werden konnte, der ich sein wollte, musste ich viel leiden.“

„Na ja, ist ja noch mal gut gegangen. Statt der Musik dürfen Sie jetzt das Geld lieben.“

„Glauben Sie nicht, Schambes, dass ich Ihre kleine Spitze nicht verstehe.“

„Was heißt hier Spitze? Auch ich bin schon gescheitert. Ich wollte auch mal etwas anderes werden. Ich träumte davon, als Professor an der Universität zu arbeiten. Ich hatte doch sogar schon promoviert, über den russischen Logiker Afrikan Alexandrowitsch Spir. Na ja, ein Missverständnis. Mir waren dann doch diese ganzen akademischen Taktikspielchen viel zu mühsam. Jetzt bin ich halt Doktor der Düfte.“

Sie schlürfen Kaffee, Bohlscheid hat sich im Kosmetikstuhl breitgemacht, die nackten Füße ausgestreckt, Schambatíst steht und hält Tasse und Untertasse in den Händen. Von draußen tönt Geschrei herein. Zwei Fahrradfahrer in aerodynamischem Dress brüllen einander an. Der eine ist dem anderen beim Entgegenkommen wohl zu nahe gekommen und hat ihn vom Sattel geworfen.

„Taktik ist wichtig", sagt Bohlscheid schließlich. „Ohne Taktik stehen Sie da wie ein Geist ohne Spuk oder ein Porzellan-Klo ohne Spülung. Taktik ist schlau. Taktik zeigt Ihr Überlebensgenie. Ja, ich würde sagen, Taktik ist so etwas wie auf den Hund gekommene Intelligenz."

Schambatíst überlegt. Dann setzt er seine Tasse ab. „Na ja, aber es kann ja wohl keine Taktik sein, in alle abgehalfterten Hinterteile akademischer Elfenbeinturmler und Vollzeit-Soziopathen zu steigen."

Bohlscheid richtet sich abrupt auf. „Und deswegen sind Sie dann Drogist geworden und haben aus Frust dieses Geschäft aufgemacht?"

„Nein, nicht aus Frust. Eher aus Zwang. Oder, besser gesagt, aus leidenschaftlicher Notwendigkeit. Denn ich wollte nicht mehr allein Gedanken lockenwickeln. Ich wollte mit Menschen zu tun haben, mit echten Menschen, und ihrem Gefühl für Schönheit und Leben."

„Da hätten Sie auch Pfarrer werden können."

„Nein. Das bin ich nicht. Aber es war schon so schwierig genug für mich. Das sieht jetzt in meinem Salon für viele zwar so aus, als ob das ein einfacher Schritt gewesen wäre. Aber das war es nicht."

„Alle Dinge sind schwierig, bevor sie einfach werden."

Schambatíst hält inne. Niemals hätte er möglicherweise so ungeschminkt mit Menschen reden können wie in seinem jetzigen Beruf, der Schönheitspflege. Niemals hätte er wohl als dozierender Professor ein so großes Vertrauensverhältnis zu Menschen aufbauen können wie heute zu seinen Kunden. „Manchmal hat man vielleicht auch einfach nur Glück."

„Was meinen Sie, Schambes?"

„Och, ich meine, wie die Dinge so spielen. Sie zum Beispiel: Ich könnte mir schon vorstellen, dass auch bei Ihnen der Zufall eine große Rolle spielt. Da tauchen bestimmt auch mal alte Bögen irgendwann plötzlich auf einem Dachstuhl auf."

„Stimmt."

„Und es ist dann sicher nicht immer so ganz eindeutig, ob es sich um ein Original handelt oder eben nicht."

„Nun, ein Tourte ist schon schwer zu fälschen. Allein das Holz bekommen Sie so schnell nicht hin."

„Ich will niemandem etwas unterstellen", sagt Schambatíst, „aber wir alle wissen doch, dass der Antiquitätenhandel, der Teppichhandel und auch der Kunstmarkt vom überflüssigen Geld lebt."

„Natürlich, aber meine Kunden und ich wollen mit dieser zum Party-Event mutierten Kunstwelt nichts zu tun haben. Da ist es ja wirklich fast egal, ob ein Werk Qualität hat, ob es ein Original ist oder Betrug. Wir leben in der Bogenbranche von hör- und fühlbaren Werten. Da gibt es kaum Möglichkeiten der Fälschung."

„Herr Bohlscheid, vor der Versuchung ist doch niemand gefeit. Schauen Sie doch, wer sich alles von diesem Kunstfälscher Beltracchi hat verführen lassen. Darunter waren große Namen. Sie glauben doch nicht, dass die alle nicht gewusst hätten, auf was sie sich da einließen? So ein Typ wie Beltracchi mit seinen schulterlangen Afghanen-Hundelocken ist doch dafür wie gemacht!" Schambatíst nimmt Bohlscheids Füße, reibt sie mit dem Handtuch noch einmal ab und reicht ihm die Pantoffeln.

„Na gut, Schambes, eigentlich wollte ich es Ihnen ja nicht sagen, aber ich glaube, Sie sind reif dafür."

Schambatíst hält die Pantoffeln hoch, und erst jetzt sieht er sie sich etwas genauer an. Auf dem Schaft kurz unter dem dicken Bommel sieht er die eingestickten Initialen FXT, DP und AB: François Xavier Tourte, Dominique Peccatte, Anselm Bohlscheid.

„Ich habe ja diese Villa in Berlin gekauft. Kurz nachdem meine Familie dort einzog, haben die Kinder auf dem Dachboden doch tatsächlich einige wohl längst vergessene Skurrilitäten gefunden. Zum Beispiel einen Fleischwolf aus der Küche des berühmten New Yorker *Four Seasons*, das im vergangenen Jahr aufgelöst wurde. Und auch die Maschine, mit der die köstliche Zuckerwatte gemacht wurde, die es im *Four Seasons* als Dessert gab. Die Dinge waren da oben auf dem Speicher kaum zu sehen und standen tief unter einer dieser grünen Plastikplanen an den Dachschrägen, die solche alten Villenspeicher von innen notdürftig vor dem eindringenden Regen bewahren. Und dann gab es da noch eine Kiste, mit Leder bezogen. Sie war unverschlossen, von innen dick gepolstert mit blauem Tuch. Da lagen eine Pfanne drin, ein Besteckset und viele angelaufene große Silberlöffel. Und ganz unten ein silberbeschlagener großer, breiter Ring, der sicher irgendwelchen Giraffenhalsfrauen gut gestanden hätte. Dann habe ich mir diesen Fund aber mal genauer angeschaut. Er wirkte eigentlich eher wie ein Halsband, ein Halsband für Hunde. Und dann sah ich da zwei große Initialen, C und P Und jetzt raten Sie mal, was das für ein Halsband ist."

„Wirklich? Nein, das muss ein Missverständnis sein!"

Ξ

3

DAS ALBERTI

Mit einem winzigen Ruck kommt der Alfa zum Stehen. Millimeter von der Stoßstange des anderen Autos entfernt.

Schambatíst, der gerade seinen Laden aufschließen will, zuckt zusammen.

Und schon ruft eine ihm wohlbekannte Stimme mit einem leicht italienischen Akzent: „Schambes, schon auf den Beinen?“ Matteo Alberti springt aus dem offenen Wagen und schlägt seinem Freund krachend die Hand auf die Schulter. „Es ist halb neun, und du öffnest doch erst in eine Stunde. *Allora*, komm, wir gehen noch auf eine schöne Espresso in mein *ristorante.*“ Sein breites, gewinnendes Lächeln unter der etwas gebogenen Nase, den blauen Augen und den dunklen, welligen Haaren wirkt auf viele Frauen unwiderstehlich. Und auch auf manche Männer.

Nicht jedoch auf Schambatíst. „Nein, Matteo, heute nicht“, sagt er ungehalten und seine wulstigen Lippen plustern sich zu einem Schnuller-Mund auf.

„*No*, ach komm schon. Ich lade dich ein“, sagt Matteo und schiebt seinen Freund in das Restaurant.

Seit einigen Jahren betreibt Matteo Alberti erfolgreich in dem linksrheinischen Stadtteil das italienische Szene-Restaurant, gleich neben Schambatísts Schönheitssalon. Das *Alberti* will so etwas wie das *Borchardt* von Düsseldorf sein und natürlich mindestens so weltoffen und mindestens so diskret wie das Berliner Vorbild. Freilich mit ein paar weniger Prominenten. Aber das macht nichts, im Gegenteil. Das Restaurant ist nicht auf Promis angewiesen. Und will es auch nicht sein, denn Matteos Wahlspruch lautet: In Düsseldorf kann jeder prominent sein. Und so feiert hier jeder, der sich gut fühlt, feiern will – und es sich leisten kann. Denn im *Alberti* lacht auch gern das Geld.

Das Restaurant ist großzügig gebaut. Acht ockerfarbene Marmorsäulen mit goldverzierten Kapitellen recken sich in dem vier Meter hohen Raum empor. Die gedeckten Tische mit doppelt gelegten weißen Decken stehen an breiten und hohen Bänken aus rotem Veloursposter, deren Formation das Restaurant in unterschiedlich große Sitzecken und lange Gänge einteilt. Über den Bänken glänzen Messingstangen. Auf dem Boden leuchten italienische Fliesen, gemustert mit Blütenstielen in Ocker, Rot und Grün. Manche Fliesen sind ausgetreten, hier und da bricht die Spur ab. Musik gibt es im *Alberti* nicht. Dafür aber lautes geschäftiges Reden, Besteckklappern, Gläserklirren, Küchenlärm, natürlich Gelächter, und manchmal singen auch die Kellner oder gar Matteo das eine oder andere Lied.

Die beiden Freunde stellen sich an den langen, mit Aluminium beschlagenen Mangobaum-Massivholz-Tresen. Das *Alberti* öffnet um halb acht Uhr in der Früh, für alle, die sich auf dem Weg zur Arbeit einen Kaffee genehmigen wollen. Es lohnt sich. Bis neun Uhr haben bereits mehrere Hundert Passanten auf dem Weg zu ihrem Job bei *Alberti* im Stehen einen Espresso getrunken.

„Du siehst müde aus. Hast du wieder zu viele Füße gewaschen?"

Schambatíst nippt an seinem Kaffee, er mag ihn lieber handgeschöpft, aber für seinen Freund tut er viel und trinkt fast alles, was dieser ihm anbietet. „Gestern war Anselm Bohlscheid bei mir. Kennst du ihn?"

„Der dicke Bogenhändler?"

„Ja, der."

„*Claro*, an dem hast du dich natürlich überarbeitet."

„Unsinn. Der ist gar nicht dick. Etwas kräftig vielleicht. So wie ich."

„Ja, fast. In jedem Fall hat er seine Dicke von mir."

„Wie meinst du das?"

„Nun, immer wenn er bei dir ist, kommt er anschließend zu mir ins *ristorante*. Er liebt es."

„Ah, dann weißt du also schon Bescheid?"

„Worüber?"

„Über seinen Fund."

„Nein, nix, nix weiß ich davon."

„Natürlich nicht."

„Natürlich nicht! Er erzählt mir nicht alles. Was glaubst du? Nur weil ich schweigen kann wie ein Toter und große Herz habe wie ein Schlossturm, muss er mir doch nix erzählen, hä? Also, was gibt es?"

„Du kennst doch das Douven-Gemälde mit dem Porträt von Jan Wellem und seiner Anna, das bei mir im Salon hängt."

„Oh, Anna *mia*, natürlich!"

„Auf dem Bild ist auch ein Hund zu sehen, der ein sehr breites Halsband mit den Initialen CP trägt."

„Hund?" Matteo macht eine abfällige Handbewegung. „Das ist mir noch nicht aufgefallen. Aber dafür diese Landschaft, diese wunderbare italienische Landschaft. Weißt du? Hast du gesehen? Im Hintergrund. Toskana. Toskana!"

„Also dieses Halsband ist ein kurfürstliches, und CP – das ist Latein."

„*Du* willst *mir* Latein erklären?"

„Nein, aber dieses CP kommt aus dem Lateinischen und bedeutet Comes Palatinus. Auf Deutsch: Hofpfalzgraf."

„Holzpfahlgraf?"

„Ja, genau. Und dann erzählte mir Bohlscheid, dass er in irgendeiner alten Nazi-Villa, die er gekauft hat, in einer Truhe ein sehr breites silberbeschlagenes Halsband gefunden hat – mit den Initialen CP, verstehst du?"

„Schambes, *amico*, Zufall!", ruft Matteo. „Der Mann ist Verkäufer. Der weiß, wie man aus Schulden Reichtum machen kann."

„Nein, erst dachte ich auch, es könne sich ja wohl nur um ein Missverständnis handeln. Aber er hat es prüfen lassen. Das Halsband stammt aus der Zeit von Jan Wellem, und es ist ein kurfürstliches Hundehalsband."

„Und hat er es dir geschenkt? Bravo!"

Schon immer hat Schambatíst die Leichtigkeit seines italienischen Freundes bewundert und seine Gabe, das Leben in jeder Nuance als ein ständig Geschenke spendendes Fest zu betrachten. Eigentlich liebt er diese Eigenschaft, die er auch gern hätte, die er aber trotz aller Übung bisher nicht wirklich verinnerlichen konnte. Zu sehr überkommt ihn beizeiten die Schwermut. Auch bei Schambatísts Frau, immerhin eine Halbitalienerin, tritt dieses Phänomen manchmal auf. Nur nicht ganz so häufig und offensiv wie bei Matteo. Dass ihn diese so leidenschaftlich optimistische Art stets so berührt, muss wohl auch an seiner eigenen Herkunft liegen, seiner Kindheit unter rheinischen Frohnaturen. Zumindest ist das für Schambatíst die einzige vernünftige Erklärung, warum er sich in Matteo immer so gern spiegelt.

„Nein, er hat es mir nicht geschenkt. Im Gegenteil. Er will es behalten und seinen Wert noch steigern."

„Wie?"

„Er will das Halsband verkaufen. Aber am besten mit einem wunderbaren Ergänzungsstück."

„Vielleicht mit einem lebenden Hund? Meine Nachbarin hat da eine ganze reizende kleine Mops. Dem könnten wir das Halsband als Krone aufsetzen."

„Er will das Bild haben!"
„Welches Bild?"
„Das Gemälde von Frans Douven."
„Deine Bild?"
„Das Original."
„Aha. Und wer hat das?"
„Die Italiener, also die Galleria Palatina in Florenz."
„Oh, das dürfte teuer werden. Oder besser gesagt: Geht das überhaupt?"
„Das ist das Problem. Das Bild dürfte unverkäuflich sein. Aber er hat mir einen anderen Weg vorgeschlagen."
„Du sollst es klauen?"
„Fast. Mein Gemälde ist auch schon sehr alt und immer noch in einem ziemlich guten Zustand. Allein der Rahmen und die Leinwand – uralt. Ich soll aus ihm ein Original machen lassen."
„Du meinst, es fälschen?"
„Na ja, so kann man das nicht sagen. Ich soll es ... einzigartig machen."
Matteo hat mittlerweile den zweiten Kaffee vor sich stehen. Er schließt die Augen und inhaliert den Duft. Die richtige Röstung eines Kaffees macht den Meister aus, und Matteo kann die Meisterschaft fast immer erschnuppern. Der gelungene Kaffee ist eine große Kunst, denkt er immer wieder – genau wie ein Gemälde, nur dass der Kaffee besser riecht. „Eine super Idee! Schambes, *Madonna*", ruft er plötzlich, „du wirst ein Vermögen verdienen! Was glaubst du, wirst du dafür bekommen?"
„Dreieinhalb Jahre, zwei davon auf Bewährung."
„*No*, ah, Schambes, *no*, so läuft das Leben nicht."
„Du weißt also, wie das Leben läuft?"
Matteo schaut ihn mit großen Augen an. Dann lächelt er,

legt Schambatíst die Hand auf die Schulter und beginnt ganz leise zu singen: „*Aaam alten Schlooossturm zu Düüüsseldorf am Rhein.*" Dabei schunkelt Matteo kaum merklich, und Schambatíst ärgert sich, dass er ihm dieses Karnevalslied vor Jahren in einer nächtlichen Stunde höchster Heiterkeit beigebracht hat und Matteo es ihm nun bei jeder noch so unpassenden Gelegenheit zum Besten gibt. „*Daaa wohnt ein kleiiines, blondes Mägdälein*", schmettert Matteo weiter.

„Matteo", versucht ihn Schambatíst zu unterbrechen.

„*Eiiin stilles Weinhaus, geraaade vis-à-vis …*"

„Matteo, bitte, hör auf."

„*Bene*", sagt er, „aber wenn du das Bild nicht fälschst, dann mach ich es."

„Das ist doch alles nur ein Missverständnis! Ich behalte mein Bild. Für mich ist es bereits einzigartig. Es ist ein Erbstück, seit Jahrhunderten in meiner Familie."

Das Restaurant hat sich mittlerweile gefüllt. Über den Tresen klappern lauter kleine und große Tassen mit Espresso und Cappuccino hinweg, der Cappuccino natürlich nur mit Milchschaum, niemals mit zusätzlicher Milch. In den letzten Tagen sausen jedoch nicht nur Tassen und Unterteller über das Aluminium, sondern auch Fahrradtrinkbecher und -flaschen aus Kunststoff und mit ergonomischem Design. Manche mit einem Fassungsvermögen für einen ganzen Liter Kaffee. Kein Wunder – kurz vor dem *Grand Départ* in der Stadt wirbt Matteo mit „Coffee-to-Cycle" und hat sogar „Coffee-to-Bike"-Becher aus Edelstahl in allen Größen im Angebot. Dass aber auch der radelnde Deutsche den italienischen Cappuccino den ganzen Tag über trinkt, wird Matteo nie begreifen. Ein so magenfüllendes Getränk schmeckt dem Italiener nur am Morgen. Ab mittags ist es viel zu schwer, zur Verdauung hilft ihm nur der pure Kaffee.

„Warum kann Bohlscheid für dich das Bild nicht fälschen?"

Schambatíst schaut genervt, stützt sich, um die Fassung nicht zu verlieren, mit dem Arm auf den Tresen und hält sich mit Zeigefinger und Daumen die Stirn. „Dann wäre er ja ein Betrüger, hat er gesagt. Und das wolle er nicht sein. Ich hingegen, als Besitzer des Bildes, könne ja schließlich damit machen, was ich wolle."

„Aber wenn du es dann verkaufst, kommt es in den Handel. Und dann bist du eine Fälscher."

„Genau. Und das will ich nicht."

„Aber dann verstehe ich nix. Was soll das?"

„Er sagt, allein die Vorstellung, dass hier in meinem Laden ein Original hängen könnte, würde die Leute entzücken. Sie würden möglicherweise etwas ganz Neues in mir und meinen Fähigkeiten sehen."

„Du wärest noch beliebter?"

„Weiß ich nicht, aber Bohlscheid sagt, ein Jan-Wellem-Original in meinem Schönheitssalon – das würde sich herumsprechen. Alles Mögliche könnte dann passieren."

„Ja, das stimmt. Das ist wie Pisa und Turm. *Fantastico* Marketing! Musst du machen. Das machst du, oder? *Claro*, Schambatisto! Du musst das zumindest überlegen, hä!"

„Das habe ich getan."

„Und?"

„Ich will das nicht."

„Nino! *No*! Schlaf mal drüber."

„Hab ich. Und zwar schlecht."

„Schambes, *Madonna*, nicht so schnell. Du musst überlegen, gut überlegen."

„Danke für den Espresso. Ich muss rüber in mein Geschäft." Er legt zwei Euro auf den Tresen und geht.

„Du bist eingeladen", sagt Matteo.

„Danke. Aber erzähl die Geschichte nicht weiter. Das Ganze bleibt unter uns."

„Natürlich nicht", erwidert Matteo, und während Schambatíst das Restaurant verlässt, hört er noch, wie Matteo strahlend die letzte Zeile des Karnevalsliedes anstimmt: *„Diiie schönen Stunden dort vergääässs iiich nie."*

4
FANTAS VERLOCKUNGEN

Ein kurzer, leichter Regen setzt ein und greift raschelnd in die Blätter der großen Linden vor Schambatísts Beauty-Salon. Fanta Silberling erreicht gerade noch die Eingangstür. Mit einem großen Satz stürmt sie in den Salon. Schambatíst springen vor Schreck wie bei einem *Jack in the Box* die ohnehin schon leicht heraustretenden Augen aus den Augenhöhlen. Nein, Glupschaugen hat er nicht. Gegen diese umgangssprachliche Despektierlichkeit hat er sich immer gewehrt. Wenn überhaupt, leidet er unter einem leichten Exophthalmus. Das Wort versteht wenigstens keiner. Dass ihm die Ärzte aufgrund einer Schilddrüsenfehlfunktion lange Zeit eine endokrine Orbitopathie, also eine Erkrankung der Augenhöhlen, angedichtet haben, hat er ihnen zunächst übel genommen. Er kannte solche Menschen mit derartigen Kugelaugen nur von den Geisterbahnen der Größten Kirmes am Rhein, die im Sommer nur wenige Hundert Meter von seinem Salon entfernt stattfindet. Seitdem er jedoch weiß, dass eines seiner großen Idole, der britische Komiker Marty Feldman, ebenfalls an dieser Krankheit litt, hat er sich mit den Witzen über seine Augen arrangiert. Denn wer kann schon echten Komiker-Augen widerstehen?

„Schambes", ruft Fanta Silberling fröhlich, „ich habe dich vermisst." Fast tänzerisch bewegt sie sich durch den Raum. Sie trägt einen tailliert geschnittenen, knallroten, schulterfreien Jumpsuit mit breitem Hosenschlag, gehalten von zwei vor dem Hals gekreuzten roten Bändern, die eine dezente wie eindeutige Sicht auf die Innenseiten ihres halb nackten, bebenden Busens bieten.

„Misha Nonoo!“, ruft Schambatíst und strahlt.

„Was du wieder alles weißt“, lacht Fanta.

Er küsst sie auf die Wangen, nimmt sie in den Arm und muss aufpassen, sie nicht zu lange an seine Brust zu drücken. „Ich kenne deinen Geschmack – und deine Designerin.“

„Heute bitte Hände und wie immer Kopfmassage.“ Sie setzt sich auf einen der beiden Kosmetikstühle und schleudert mit einer schnellen Bewegung der Beine ihre Plateau-Sandaletten aus Veloursleder vor den Kamin. Dann drückt sie an der Stuhlseite den Knopf, der diesen automatisch in die Senkrechte gleiten lässt, legt ihren Kopf mit dem schwarzen langen Haar nach hinten, streckt die Arme aus und platziert die Hände flach auf den breiten Lehnen, deren Enden je in einer tellerbreiten Konsole münden.

Selbst eine Hand mit den weltweit längsten Fingern sähe auf diesen eingebauten Maniküre-Konsolen, einer Schambatíst-Sonderanfertigung, noch klein aus. Auf diesen Armlehnen erarbeitet er sich akribisch die Hände seiner Kunden wie ein Chirurg die Knochen seiner Patienten auf dem OP-Tisch. Bei manchen macht er allerdings eine Ausnahme – wie bei Fanta Silberling. Stets setzt er sich zunächst neben sie, legt ihre Hände sanft in seine und massiert fast unmerklich die einzelnen Finger. Für ihn war sie schon immer die schönste Frau, die er je leibhaftig gesehen hat. Doch nie hatte er sich getraut, ihr das zu sagen.

„Was ich dich immer schon mal fragen wollte“, setzt Schambatíst an, blickt hoch über ihre geschwungenen Lippen und schaut in ihre grünen Augen, „was ich, wie gesagt, immer schon mal fragen wollte“, fährt er fort, „ist, äh, was ist eigentlich das schönste Kompliment, das man dir jemals gemacht hat?“

Fanta betrachtet ihre Hände und blickt auf Schambatíst.

Er schaut verlegen weg und beginnt, ohne eine Antwort abzuwarten, ihre Nägel auf Länge und Form zu feilen.

„Viele sagen mir, wie gut ich aussehe oder wie schön ich sei. Das ist sicherlich nett gemeint. Aber lange kam das bei mir überhaupt nicht an. Ich habe die Leute nicht ernst genommen. Ich war immer der Meinung, dass ich nicht besonders hübsch bin. Du musst wissen, ich bin in einem kleinen russischen Dorf aufgewachsen. Da haben die Jungs mich immer geärgert, weil ich so dünn war. Ich hatte dann als Spaß auch noch immer High Heels an. Nun ja, dann nannten sich mich Stock. Knochenstock. Das hat mich natürlich provoziert. Aber auch abgehärtet. Als ich acht Jahre alt war, zogen meine Eltern von Russland fort. Wir landeten nach mehreren Übergangslagern schließlich in Düsseldorf. Das war alles keine einfache Zeit. Neues Land, neue Sprache, neue Lieder."

„Neue Lieder?"

„Ja, wir Russen singen ja sehr gern. Aber vor allem traurige Lieder. Du weißt doch, die russische Seele und das Leiden. Und wir haben viel gelitten, Mongolensturm, Tatarenjoch, Petersburger Blutsonntag, Stalinismus, Despotismus. Wir können das, und wir lieben das. Und weißt du, was ich dann als Kind in Düsseldorf als Erstes lernen musste?"

„Karnevalslieder?"

„Genau! Das war wilder als die Oktoberrevolution."

„Das kann ich mir vorstellen."

„Besonders ein Lied." Fanta erhebt sich so schnell, dass ihr Hosenschlag flattert, breitet beide Arme aus, dass ihre Brüste beben, und setzt mit einem gewaltigen Sopran an: *„Aaam alten Schlooossturm zu Düüüsseldorf am Rhein. Daaa wohnt ein kleiiines, blondes Mägdälein."*

Schambatíst hat sich vor Schrecken geduckt. „Fanta, ja, ich verstehe, ja, das verstehe ich", ruft er.

Sie setzt sich wieder, summt noch ein wenig und sagt schließlich: „Heute höre ich meistens gar nicht zu, wenn die Leute was Gutes oder Schlechtes über mich sagen. Oder über mein Äußeres. Jeder kann seine Meinung haben. Und man sollte nicht zu empfindlich sein. Es ist mir egal, was andere über mein Äußeres denken."

Schambatíst schaut sie gebannt an, bewegungslos hält er seine Feile über ihren Händen. „Womit kann man dir dann ein Kompliment machen?" Er setzt seine Feile wieder an.

„Wenn man etwas über meine Persönlichkeit sagt. Zum Beispiel, dass ich originell bin oder witzig oder selbstbewusst."

„Na ja", Schambatíst stockt ein wenig, „das lässt sich wahrscheinlich leicht sagen und man sagt es immer, wenn man so ..., wenn man so schön ist wie du."

„Vielleicht. Aber ich kann dir sagen, für mich ist das alles eine Frage der Erfahrung, also vor allem der Begegnung mit vielen Menschen, mit guten und mit schlechten Menschen. Das Allerwichtigste im Leben ist die Beziehung zu einem selbst. Wenn man eine gute Beziehung zu sich selbst hat, ist man auch zu anderen gut. Und tut anderen gut."

Schambatíst staunt, wie selbstverständlich sie über sein Kompliment hinweggegangen ist und wie einfach es war, ihr ein Kompliment zu machen. „Dennoch bist du einfach sehr schön", wiederholt er und atmet tief durch. Er ist so aufgeregt, dass er die Worte fast nuschelt. Doch jetzt ist ihm gleich, ob sie den Satz hört oder nicht. Ob sie ihn gut findet oder nicht. Ihm ist dieser Satz wichtig. Für sich selbst.

Fanta schaut ihn wieder an und lächelt. „Ach, Schambes, das ist nett von dir, dass du das sagst. Aber weißt du, was wirklich wahr ist? Wenn man bei dir in diesem Salon ist, ist es wirklich sehr leicht, schön auszusehen."

Ihm stößt das Blut durch den Körper. Doch er lässt sich

nichts anmerken, nimmt ihre linke Hand aus dem Fingerbad und trennt noch mal sorgfältig einige Feilreste seitlich der Nägel. „Worauf achtest du als Erstes bei einem Mann?", fragt er nun. Mut fühlt sich gut an, denkt er.

Fanta hat ihren Kopf zurückgelehnt und öffnet die Augen. „Es klingt vielleicht ein wenig oberflächlich, aber es ist wirklich so: Als Erstes achte ich auf die Schuhe. Ich kann dir gar nicht sagen, warum."

„Wegen der russischen Militärschuhe?"

Fanta lacht. „Vielleicht."

Er schiebt ihre Nagelhaut mit einem Manikür-Stäbchen zurück, nimmt einen Polierblock und schleift die einzelnen Nägel. „Warum warst du die letzten vier Tage nicht da?" Gebannt blickt er über die schlanken Arme und die nackten Schultern zu ihr hinauf. Normalerweise kommt Fanta jeden zweiten Tag zu ihm. Regelmäßige Schönheitspflege hat sie sich aus ihrer Zeit als Model beibehalten. Mit 28 Jahren entschied sie, ihrem professionellen Modeldasein ein Ende zu bereiten, um Journalistin zu werden. Das ist zwei Jahre her. Seitdem ist sie freie Autorin. „Sag bloß, du trainierst auch wie die meisten Verrückten in dieser Stadt für diese unsäglich unnötige Tour de France?" Er schaut sie streng an.

„Nein", lacht sie, „mein Vater hat mich gestern besucht."

„Aus Russland?"

„Ja, mit dem Fahrrad!"

„Was?"

„Nein, natürlich nicht. Mit dem Flugzeug. Er kommt zwei Mal im Jahr vorbei. Meistens ist es eine Geschäftsreise. Aber ich freue mich trotzdem, ihn zu sehen."

„Du musst ihn sehr lieben."

„Jedes Mädchen liebt seinen Vater. Und manchmal ist es egal, wie scheußlich er sich verhält."

„Ist Silberling der Name deines Vaters?"
„Nein, wir haben diesen Namen angenommen, als wir nach Deutschland kamen. Eigentlich heiße ich Anna Chulpan Serebro. Du kennst bestimmt den Namen Serebro, oder?"
„Nein, woher sollte ich?"
„Serebro ist eine russische Mädchenband. Ganz berühmt. 2007 vertrat sie Russland beim Eurovision Song Contest in Helsinki."
„Aha. Ich kann mich nur noch an den Song Contest in Düsseldorf erinnern. 2011 war das."
„Klar."
„Und wie kommst du jetzt auf deinen Namen?"
Sie erklärt, Chulpan sei Tatarisch und bedeute Morgenstern. Ihre Großeltern väterlicherseits waren Tataren. „Serebro wiederum ist Russisch und heißt auf Deutsch Silber. Als wir uns in Düsseldorf melden mussten, hatte mein Vater beschlossen, dass wir als neue Bürger des Landes auch wie Deutsche klingen sollten. So hat er sich für den Namen Silberling entschieden."
„Ein schöner Name! Also heißt du eigentlich Anna Morgenstern Silberling?"
„Wenn du so willst, ja."
„Und woher kommt Fanta?"
„Na ja, das ist eher banal. Als kleines Mädchen kannte ich alle diese Brausegetränke nicht. Wie gesagt, in Düsseldorf war ich zunächst ein kleines fremdes Kind aus einem russischen Dorf einige Stunden von Moskau entfernt. Ich kannte wirklich nicht viel. Nur gegen Jungs konnte ich mich gut wehren. Hier war alles neu. Und meine Eltern waren streng. Sie verboten mir viel. Ich durfte nicht allein U-Bahn fahren, ich durfte nicht mal tagsüber allein in die Altstadt und abends nach neun Uhr keinen Film mehr schauen. Ich musste unbedingt Tischmanieren lernen, mit Servietten unterm Arm das Gradesitzen ler-

nen, und Cola trinken durfte ich auch nicht. So bestellte ich stets Limonade, Orangenlimonade, Fanta. Und weil ich so viel Fanta trank, nannten mich meine neuen Freunde Fanta. Ich fand das witzig und bin bei dem Namen geblieben. Ein guter Künstlername, findest du nicht?"

„Also doch ein Missverständnis?"

„Nein! Absicht natürlich."

Ein Quietschen auf dem Platz vor dem Geschäft lenkt die beiden ab. Sie drehen sich zum Fenster und sehen draußen einen größeren Lastwagen, der ziemlich rücksichtslos mitten auf dem Marktplatz zwischen den Gemüse-, Fisch- und Käseständen geparkt hat. Die Händler laufen auf ihn zu und protestieren lautstark. Auf den blauen Seitenwänden des 14-Tonners prangt in roten und weißen Lettern die Aufschrift *Velo de Ville*. Über dem Führerhäuschen des Wagens sind drei Lautsprecher angebracht, aus denen es scheppernd herauströtet: „Nur noch wenige Tage bis zur Tour de France – kaufen Sie bei Velo de Ville – hochwertige Fahrräder mit individueller Ausstattung für jeden Einsatzzweck!" Und während die Händler und manche ihrer Kunden den Lastwagen umringen und einige sogar beginnen, den Wagen wegzuschieben, kurven schon die ersten Fahrradfahrer quer über den Platz auf den Lastwagen zu. Da springt ein junger Mann aus dem Führerhäuschen und verneigt sich tief wie ein Gaukler vor dem Publikum. Auf seinem Kopf wackelt eine fleischfarbene Narrenkappe, die wohl einen Hahnenkamm darstellen soll. Er verbeugt sich nochmals tief, ruft: „*Bonjour, bonjour*, ihr lieben Leute, freie Fahrt für alle! Lasst euch beschenken!", und beginnt aus aufgepumpten Fahrradschläuchen lustige Tierchen zu knoten.

Schambatíst schüttelt den Kopf und dreht sich wieder zu Fanta. „Dein Vater besucht dich selten, oder?", fragt er. „Bring ihn doch das nächste Mal mit. Oder hat er es immer eilig?"

„Ja, er ist ständig beschäftigt. Er arbeitet als Investor für vermögende Privatkunden. Aber er handelt auch mit andern Dingen. Dieses Mal war er hier, um Kunst zu kaufen. Einen alten Meister. Die sind ja mittlerweile fast nichts mehr wert. Er kauft sie als billige Anlage. Kaum zu glauben, nicht wahr: Da zahlt man für so einen dämlichen Hirst Millionen, aber so Gemälde, 300 bis 400 Jahre alt, sind je nach Größe nur 3000 bis 8000 Euro wert."

„Ich wusste gar nicht, dass du so altmodisch bist und die alten Meister schätzt."

„Das bin ich nicht. Ich sehe ja ein, dass man bestimmten modernen Künstlern die Meisterschaft und die geniale Idee nicht absprechen kann. Die sind wirklich gut. Georgia O'Keeffe zum Beispiel oder Richter, also Daniel Richter."

„Was stört dich dann?" Schambatíst schiebt seine Hände über ihre Handgelenke und beginnt mit leichtem Druck ihre Unterarme zu massieren. Sanft gleitet er über die weiche Haut, über jede Pore, immer wieder geht seine Hand in kreisenden Bewegungen von unten nach oben und wieder nach unten.

„Na ja, es ist doch vor allem heute auch eine Frage der Wahrnehmung, also der Story", sagt Fanta. „Kennst du zum Beispiel diese kleinen schwarzen Notizbüchlein, diese Moleskines?"

„Ja, da bekomme ich dauernd welche geschenkt."

„Siehst du, und die sind viel teurer als alle Konkurrenzprodukte und verkaufen sich dennoch wie verrückt. Warum? Weil die Eigentümer immer erklären, dass bereits Ernest Hemingway sie genutzt haben soll. Und wer will nicht mal sein und schreiben wie der alte Kuba-Suffkopf? Jeder natürlich, der schreibt. Und wenn es nur die Einkaufsliste ist. Auch Bruce Chatwin soll die Büchlein benutzt haben, Picasso und sogar Vincent van Gogh. Toll, nicht wahr? Ein Notizbuch für wahre

Größen! Doch was ist die Wahrheit? Nichts davon stimmt. Als der erste Moleskine 1997 auf den Markt kam, waren alle genannten Personen schon längst tot."

„Du willst sagen, solange die Geschichte gut ist, glauben die Leute sie, egal, ob sie stimmt oder nicht?"

„Genau. Die Geschichte um die Produkte oder eben auch um Künstler und Kunstwerk entscheidet. Ein anderes Beispiel: Neulich habe ich auf dem Trödel so eine Karaffe aus Keramik gefunden. Eine Karaffe in Form eines Hahns. Ein scheußliches Teil. Mit einem Sprung quer durch den Kopf. Der muss also mal abgebrochen sein. Und irgendjemand hat ihn mühsam mit einem Kleber wieder drangemacht. Also das ganze Ding keine zwei Euro wert. Da fragte mich der Verkäufer, ob ich den Hahn kennen würde. Ich antwortete natürlich: Nein. Das sollte ich aber, sagte er. Er würde 120 Euro kosten. Was?, rief ich. Doch, sagte er, ich sei doch bestimmt auch Jüdin. Ich sagte wieder: Nein, wie er denn darauf käme. Ich sähe so aus, meinte er. So dunkel, so hübsch. Was für ein Schleimer, dachte ich mir. Dann fragte er mich, ob ich den Eichmann-Prozess kennen würde. Ich hätte zwar davon gehört, sagte ich, aber ich hätte damals noch nicht gelebt. Aber doch wohl den Film, sagte der Mann. Nein, antwortete ich wieder. Das sollte ich aber, sagte er. Und so ging das weiter. In dem Film *The Eichmann Show* von 2015 ginge es um den US-amerikanischen TV-Produzenten Milton Fruchtman und den US-Regisseur Leo Hurwitz. Sie hätten die sehr komplizierten Filmaufnahmen des Nazi-Prozesses in Jerusalem organisiert und gedreht und seien damit diejenigen, denen wir heute dieses großartige Zeitdokument zu verdanken hätten. Ja, sagte ich, das sei bestimmt bewundernswert, aber was hätte das alles mit dem Hahn zu tun. Nun, sagte der Mann, in dem Film gebe es eine Szene, in der Milton Fruchtman, gespielt von Martin Freeman, völlig verzweifelt und von Morddrohungen eingeschüchtert vor einem riesigen Bücherregal säße – und zwar vor der echten Bibliothek von Milton Fruchtman mit allen Original-Büchern und -Requisiten. Und mitten in den Bücherreihen würde man einen Hahn sehen – einen Keramik-Hahn, mitten zwischen den Büchern, über dem Sofa, auf dem Fruchtman saß. Und jetzt solle ich doch mal raten, was ich da in der Hand halten würde."

„Und?", fragt Schambatíst.

„Genau den Hahn. Und wer hat den Hahn gekauft?"

„Du natürlich."

„Richtig. Ich habe ihm sogar 150 Euro gegeben."

„Für so einen Hahn?"

„Natürlich, für so einen Hahn! Jerusalem, Eichmann, Fruchtman, Juden, wenn drei Mal der Hahn kräht und so weiter, verstehst du? Das bekommt alles einen neuen Wert!"

„Und jetzt meinst du, die alten Meister bräuchten alle nur wieder eine neue Geschichte und stiegen dadurch im Wert."

„Genau. Schau dir doch mal dein Gemälde an. Ein Typ mit der Allonge-Perücke und Kaiserklamotten. Wer will so etwas schon haben?"

„Jan Wellem?"

„Ja, eine neue Story, und der Kurfürst kehrt zurück! Dann könntest du das Gemälde locker für 180.000 Euro verkaufen."

„Unmöglich. Das ist doch nur eine Kopie."

„Das merkt doch keiner." Sie lächelt ihn an.

„Ach, ich verstehe. Du willst also unbedingt eine Geschichte um dieses Bild stricken?"

„Ich bin sicher, dass mir zu diesem wunderbaren Gemälde etwas einfallen wird." Wieder lacht sie, und als Schambatíst verlegen den Blick senkt, gibt sie ihm einen Kuss auf die Wange.

Er schweigt, sieht sie an, schaut weg, sieht wieder hin, geschmeichelt, verschämt und irgendwie auch stolz.

„Bist du fertig?“, fragt sie. „Ich muss nämlich jetzt gehen.“

„Ja, einen kleinen Moment noch.“ Schambatíst trägt eben noch die Pflegecreme auf ihre Hände auf, massiert sie ein und sehnt sich danach, mehr Geschichten aus dem Mund mit diesen geschwungenen Lippen erzählt zu bekommen.

5

RAUPENPILZ UND TIGERHODEN

Es ist schon erstaunlich, wie versessen die Leute auf Ihre Raupenpilzpaste sind." Schambatíst betrachtet die große Kiste mit der Aufschrift *Vogelsang Tinctura composita* neben sich. „Brauchten Sie für die Anmeldung eigentlich ein Patent?"

„Nein", sagt Fletcher Vogelsang. Mit geschlossenen Augen sitzt der muskulöse Mann auf dem Kosmetikstuhl und lässt sich die Füße massieren. „Ich habe nur private Kunden. Ich mache so gut wie keine Werbung. Das spricht sich auch so rum. Außerdem sind das ja alles organische Produkte. Das Einzige, was man dazu braucht, sind gute Verbindungen ins Himalaya-Gebirge."

„Um den Raupenpilz zu kaufen?"

Die Haut zwischen Vogelsangs Zehen ist so trocken, dass sie fast wie Farbe von der Dachrinne abblättert.

„Sie kennen wohl nicht seine Geschichte?", fragt er Schambatíst.

Der greift gerade nach einer Tube mit hochwertigem Kaviarextrakt, Panthenol, Mandel- und Aprikosenkern-Öl und beginnt die Füße oberhalb des Knöchels langsam von oben nach unten einzucremen.

„Nicht? Das ist wohl auch besser so, denn viele Leute würden die Paste bestimmt nicht kaufen, wenn sie wüssten, was da so genau drinsteckt." Vogelsang erklärt ihm, wie sich der tibetanische Raupenpilz entwickelt. „Yartsa Gunbu bedeutet wörtlich übersetzt Sommergras-Winterwurm. Ende Sommer bis Ende Winter, etwa so lange dauert seine Entstehungsphase. Denn auch wenn er ein Pilz ist, wächst er nicht auf Holz oder einem anderen pflanzlichen Substrat – sondern er mordet. Er ist ein Parasit, der seinen Wirt ermordet. Er nistet sich in den Körper einer Raupe ein und frisst diese langsam und genüsslich von innen heraus auf. Wie Parasiten das halt so machen. Bevor die Raupe stirbt, also Anfang Herbst, zwängt sie sich noch ein paar Zentimeter in den Boden und treibt dann im Frühling als keulenförmiger brauner Pilz aus."

Schambatíst knetet jetzt jeden einzelnen von Vogelsangs Zehen durch. Sie liegen so eng aneinandergequetscht, als ob sie wochenlang eng umschlungen in einem langen Winterschlaf verbracht hätten.

„In 5000 Metern Höhe sammeln die tibetischen Bauern ihn dann ein – pro Jahr bis zu 600 Millionen Pilze". Vogelsang zuckt ein wenig. Seine Zehen schmerzen.

„Ist das jetzt viel?", fragt Schambatíst.

„Nun, das war einmal viel. Inzwischen ist die Nachfrage viel größer als das, was die Natur liefern kann. Für ein Kilo zahlt man mittlerweile mehr als für ein Kilo Gold."

„Völlig verrückt. Aber sicher nur eine Modeerscheinung – so wie das Tamagotchi oder Pokémon."

„Aber nein! Yarsagumba wird schon sehr lange in der traditionellen tibetischen und auch in der chinesischen Medizin eingesetzt. Es stärkt die Abwehrkräfte, vor allem von alten Menschen, und hilft auch gegen Leber-, Nieren- und Lungenbeschwerden."

Schambatíst dehnt und lüftet die Zehen, indem er ihnen ganz unmerklich etwas Luft zupustet. Dann greift er zur Creme. „Und was haben Sie da neulich mit der Tour de France gesagt?"

„Herr Dänzer-Valotti, das ist doch klar. Alle dopen heute. Man wäre ja wirklich schon dämlich, sauber zu bleiben. Die Kunst ist es, Mittel zu nehmen, die entweder noch niemand kennt, selbst die internationale Anti-Doping-Behörde nicht, oder man nimmt Zusatzstoffe, die ganz legal, aber trotzdem hilfreich sind. Zum Beispiel eben Yarsagumba. Es ist wissenschaftlich erwiesen, dass dieser Pilz den Energiestoffwechsel verbessert."

Schambatíst geht in die Küche, um den Kaffee zu holen. Vorsichtshalber bringt er noch ein Glas Wasser mit. Dann beginnt er, Vogelsangs Füße zu massieren. „Und dieser Raupenpilz wird erst jetzt vom Sport entdeckt? Das glaube ich nicht."

„Das ist ja auch nicht so", erklärt Vogelsang. „Anfang der 90er Jahre hatten die chinesischen Sportler viel Erfolg – angeblich, weil sie den Raupenpilz eingenommen hatten."

„Und haben die auch gewonnen?"

„Ja, zwei chinesische Athletinnen, bei der Leichtathletik-Weltmeisterschaft 1993."

„Die haben wahrscheinlich noch Testosteron geschluckt, Raupenpilztestosteron."

„So was gibt es nicht."

„Aber irgendein Zusatz muss es doch gewesen sein. Sonst würden doch alle heute das Zeug nehmen und nicht diese Mittel, die auf dem Index stehen."

„In jedem Fall steigert es die sportliche Leistung. Aber auch die sexuelle. In New York beispielswiese gibt es gerade Yarsagumba-Kapsel-Partys. Ich würde sagen, kleine Lustorgien."

Schambatíst schaut verächtlich. „Reicht Koks nicht mehr?"

„Koks ist doch nur was für Spießer. Für Pseudo-Kreative. Für Menschen, die ihrer Mittelmäßigkeit davonlaufen wollen. Und denen es nicht gelingt."

„Und ich dachte immer, Baldrian wäre was für Spießer." Er streicht Vogelsang jetzt von den Füßen aus über die Unterschenkel.

„Herr Dänzer-Valotti, wollten Sie nicht auch immer Kinder haben?"

Schambatíst schaut Vogelsang verärgert an. „Wie kommen Sie darauf?" Er unterbricht die Massage und steht auf.

„Oh, es tut mir leid. Ich wollte Sie nicht kränken."

Schambatíst holt ein Tuch und wischt irritiert über den Kosmetikstuhl. „Doch, meine Frau und ich wollten immer Kinder haben. Es hat nicht geklappt. Ich habe natürlich alles Mögliche versucht. Viagra brauchte ich nicht. Aber ich habe tatsächlich eine Zeit lang Yarsagumba geschluckt. Ich dachte, ich könnte damit irgendwas reinigen oder beschleunigen. Es hat alles nichts gebracht. Seitdem steht für mich fest: Dass der Pilz so beliebt ist, hat nichts mit einer möglicherweise anschwellenden Gier von Impotenten zu tun. Dieses Gerede von der Wunderpille als dem Viagra des Himalajas ist eben nur das: Gerede. Das ist gutes Marketing. Sie können es gern verkaufen, Herr Vogelsang. Es ist ja nicht gesundheitsschädlich und vielleicht auch gut für die Organe. Aber als Potenzmittel halte ich es für Bullshit und Placebo-Mist! Nashornpulver und Tigerhoden, Kapernöle und Walfischschwanz! Was es da alles gibt! Die Besessenheit der Menschen nach exotischen Potenzmitteln ist vollkommen krank."

Sie schweigen.

Draußen ist plötzlich großer Lärm zu hören, das Splittern von Glas und lautes Geschrei. Die beiden sehen durch das Fenster, wie Leute aufgeregt zum *Alberti* laufen. Ein Unfall! Matteo hat wohl eine Lieferung neuer Weine bekommen, und ein Fahrradfahrer, ganz in Gelb gekleidet, muss mit voller Wucht in die Kartons, die noch auf der Straße standen, hineingefahren sein. Matteo gestikuliert mit den Armen, während der Fahrradfahrer vor Wut mit den Füßen gegen die restlichen Weinkisten tritt.

„Ich kann Ihre Enttäuschung gut verstehen", sagt Vogelsang, „meine Frau und ich haben auch keine Kinder. Ich wollte Kinder. Sie aber nicht."

„Warum nicht?"

Vogelsang stockt. Er zieht die Beine zu sich heran. „Sie war zu der Zeit, als es noch möglich war, der Ansicht, dass man keine Kinder in diese Welt setzen dürfte. Sie war damals ziemlich stur. Aber was sollte ich machen? Mich trennen? Weil wir keine Kinder haben? Die meisten trennen sich doch heute wegen Kindern oder unterschiedlicher Ansichten über die Erziehung der Kinder. Nein, das kam für mich nicht infrage."

„Und was denkt Ihre Frau heute?"

Vogelsang steht auf. Er zittert. „Sie meint, dass sie damals vielleicht doch nicht unbedingt recht gehabt habe. Sie meint, dass Kinder aufzuziehen in allen Zeiten eine Herausforderung sei. Sie habe vielleicht einen Fehler gemacht. Und wenn alle so denken würden wie sie damals, dann wäre auch die Bibel nur eine sehr dünne Biografie über Adam und Eva geworden."

Während sich Vogelsang mit den Händen wie bei der Prüfung eines neuen Geschenks über die Füße streicht, die Haut erfühlt und sich dann schließlich Socken und Schuhe wieder anzieht, geht Schambatíst zum Ladentisch seiner altmodischen Registrierkasse, an der die Tasten wie Stufen in einem winzigen Amphitheater emporlaufen. Es ist ein bronzenes Modell der französischen Marke *National* aus dem Jahr 1880. Er tippt den Betrag ein, dreht an der Kurbel, und klingelnd öffnet sich die Schublade. „Vielen Menschen fehlt anfangs die Demut", sagt Schambatíst. „Demut muss man lernen."

„Sie meinen, dass es vielen schwerfällt, die Dinge zu akzeptieren, wie sie sind?"

Die beiden Männer schauen einander schweigend an. Dann fällt Vogelsangs Blick auf das Gemälde. „Jan Wellem hatte auch keine Kinder."

„Nein, hatte er nicht", erwidert Schambatíst.

„Wie gesagt, Yarsagumba war schon damals bekannt. In

Pulverform. Soweit ich weiß, benutzten es die Adligen. Im Gegensatz zu den heutigen Pasten und Tinkturen wirkte es aber tatsächlich wohl eher schlapp." Vogelsang lässt seinen Blick abermals über das Gemälde schweifen. „Es ist mir nie aufgefallen, wie schön es ist. Es muss viel wert sein."

Schambatíst presst seine wulstigen Lippen zusammen. „Es ist eine Kopie, und sie ist nichts wert", sagt er fast tonlos. Er geht zur Tür und öffnet sie Vogelsang. „Es ist schon merkwürdig, wie viele Menschen mich in den vergangenen Tagen auf das Gemälde angesprochen haben. Ich führe dieses Geschäft schon seit einigen Jahrzehnten, aber so oft wie jetzt wurde es noch nie erwähnt. Das muss alles ein großes Missverständnis sein. Irgendwas ist in der Luft."

„Vielleicht ein Raub-Pilz."

„Wie meinen Sie das?"

„Ach, nur ein kleines Wortspiel. Ich vermute, manche Dinge sind immer mal wieder en vogue. Warum nicht auch alte Gemälde? Wir sehen es ja auch an unseren Pilzen. Wir kommen mit der Produktion kaum nach."

„Wieso? Ich denke, sie werden Ihnen aus Tibet geliefert?"

„Aber nein, das reicht doch schon lange nicht mehr. Wir züchten mittlerweile selbst."

„Ach so?"

„Natürlich!"

„Und warum brauchen Sie dann noch gute Beziehungen ins Himalaja-Gebirge?"

„Die Zucht ist nicht leicht. Sie benötigen schon Experten. Wir haben zwei Leute aus dem Tibet bei uns angestellt. Die arbeiten bei uns, wenn Saison ist. Sie sollten sich das mal anschauen. Wir haben unsere kleine Farm im Rotthäuser Bachtal im Osten der Stadt, nur ein paar Kilometer von hier entfernt, auf einem Stück Land mit alten Bäumen und einer fast verfallenen Scheune. Ich sage Ihnen, eine ganz ländliche und blühende Welt. Kommen Sie doch mal vorbei."

Schambatíst nickt. „Ich könnte mal am Wochenende kommen. An einem Samstag zum Beispiel."

Vogelsang verlässt das Geschäft. Draußen dreht er sich noch einmal um. „Rufen Sie vorher an. Und bringen Sie Ihre Frau mit. Wir werden da sein."

6

SERENITY-BLAU

Sie sind zum ersten Mal hier, nicht wahr?“ Schambatíst muss den Kopf leicht in den Nacken legen, um dem großen Mann, der vor ihm steht, ins Gesicht zu blicken.

Unter dem wenig behaarten Kopf trägt sein Gegenüber auf der spitzen Nase eine schwarze Hornbrille, die so groß und schwer ist, dass sie ihm ständig herunterrutscht. Aus seinem Einreiher aus maßgeschneidertem, englischem grauem Tweet mit dezenten Streifen, extrabreiten Revers, weißem Einstecktuch und pastellblauer Krawatte strahlt eine rote Weste hervor. „Ich komme auf Empfehlung. Mein Name ist von Preuß. Archibald von Preuß.“ Mit dem rechten Finger zupft er sich leicht über das bleistiftdünne Menjou-Bärtchen, dann gleitet seine Hand seitlich über den Haarkranz hinweg, der seinen Kopf ziert, eine Geste, die er sich aus frühen Tagen erhalten hat, als sein Haupt noch mit braunen Locken umhüllt war.

„Angenehm, Dänzer-Valotti. Wer hat mich denn empfohlen?“

„Meine Kunden. Ich bin Vermögensverwalter. Einige von denen, die zu Ihnen kommen, schwärmen von Ihren Künsten. Sie sind die absolute Benchmark.“

„Nun, das ist sehr liebenswürdig. Ich gebe mein Bestes.“

„Sie sehen mir sicher nach, dass ich ohne Anmeldung erscheine. Zeit ist Geld. Und Geld habe ich genug. Nur Zeit nicht. Deswegen …“ – er zieht leicht die dünne lange Nase hoch – „… deswegen würde ich gern jetzt bleiben und gleich drankommen.“ Er nimmt seine Hornbrille ab, schaut kurz hindurch, ob sie sauber ist, setzt sie wieder auf und will sich gerade setzen.

„Nein", sagt Schambatíst, „das geht leider nicht. Den nächsten Kunden erwarte ich in einer Dreiviertelstunde."

Der große Mann blickt überrascht auf ihn hinunter.

Schambatíst schaut in seine Richtung, aber an ihm vorbei, durch die großen Glasscheiben des Salons hindurch und auf die knallrote Corvette Sting Ray vor seinem Geschäft, ein Modell aus dem Jahr 1965 mit V8-Motor.

„Das ist äußerst bedauerlich", erklärt von Preuß, „ich muss heute Mittag schon wieder im Flieger sitzen. Aber man sagte mir, ich dürfe nicht fahren, ohne Sie zumindest vorher einmal besucht zu haben."

Wenn sich eine Schwäche in Schambatísts Leben eingeschlichen hat, dann ist es die der Höflichkeit. Natürlich gilt Höflichkeit als eine Tugend. Doch was hilft alle Tugend, wenn sich aus ihr mehrheitlich Nachteile ergeben? „Na ja …" Schambatíst zögert. „Sie könnten doch auch noch mal in ein paar Tagen oder Wochen vorbeischauen."

Von Preuß reißt entrüstet die Augen auf. „Nein", sagt er, „keine Zeit. Sie müssen wissen, wenn ich mit Menschen Geschäfte mache, dann möchte ich mich gut vorbereiten. Ich brauche eine gewisse Eingewöhnung, es muss sich bei mir ein Gefühl entwickeln."

Schambatíst steigt das Parfum seines Gegenübers in die Nase, ein kräftiger Geruch mit einer Kopfnote aus irgendeinem Holz, einer dieser eher penetranten Düfte, von denen es dann in der Werbung heißt: von Frauen begehrt, von Männern beneidet. „Um sich hier verwöhnen zu lassen, brauchen Sie keine Eingewöhnung", sagt er.

Von Preuß lächelt breit, bevor er die Augen zusammenkneift. „Ich werde in ein paar Wochen gern Ihren Service nutzen", sagt er etwas bissig, „aber es geht mir um etwas anderes."

„Sie sind Vermögensverwalter, sagten Sie?"

„Ja."

„Also so etwas wie ein Spekulant?"

„Nun, ich versuche, das Geld meiner Kunden gewinnbringend anzulegen. Das ist mein Beruf."

„Und wie machen Sie das?"

„Mit Finanzprodukten natürlich. Was dachten Sie denn?"

„Weiß nicht. Vielleicht legen Sie das Geld der Kunden in Autos an."

„Nein. Der Wertverfall ist ja viel zu hoch. So was machen nur Dämliche. Ich setze auf eine synthetische Vanilla-Mezzanine."

„Ach, Sie sind Drogenhändler?"

„Unsinn. Eine synthetische Vanilla-Mezzanine-RMBS-CDO ist eine bestimmte Form eines Derivats, also eines Finanzproduktes, dessen Preis und Entwicklung vom Preis eines anderen Finanzproduktes, zum Beispiel einer Aktie, abhängt."

„Oh, das muss ja aufregend sein. Sie sind also ein echter Kapitalist?"

Von Preuß schiebt sich die Brille hoch. „Wenn Ihnen das Wort besser gefällt, bitte. Aber lassen Sie uns lieber ‚Berufskapitalist' sagen. Persönlich ist mir Geld ziemlich gleichgültig."

„Machen Sie sich keine Sorgen. Mit Geld habe ich überhaupt kein Problem", sagt Schambatíst und grinst ihn an. „Ich frage mich immer nur", fährt er fort, „was Menschen daran fasziniert, mit Geld Geld zu verdienen. Also mit dem Geld der anderen reich zu werden. Das hat doch überhaupt nichts Substanzielles."

Von Preuß zuckt mit den Achseln. „Ich habe eigentlich längst aufgegeben, zu erklären, warum ich mich mit Dingen beschäftige, die andere Menschen für überflüssig halten. Aber ich will es für Sie doch noch mal tun. Ich habe mein ganzes Leben lang spekuliert. Wissen Sie, als meine Eltern starben, blieb mir nicht viel, nur ein Umschlag mit 2000 Mark fürs Studium. Ich musste mich also über Wasser halten und habe erst bei einem Magazin für Anleger als Analyst gearbeitet. Da konnte man sofort einsteigen, ohne jede Vorkenntnis. Ich konnte mich gut verkaufen und kam nebenbei schnell an Kunden, denen ich half, ihr Geld steuergünstig in ganz Europa in Immobilien anzulegen. Daraufhin habe ich mich schon nach zwei Jahren selbstständig gemacht. Ich kam recht zügig an Prominente heran, Caterina Valente, Vicco von Bülow, Bud Spencer. Und was ist verkehrt daran, wenn diese Menschen ihr schwer verdientes Geld sicher anlegen wollen?"

„Daran ist nichts verkehrt. Nur, man liest so oft von Steuertricks."

„Ich habe noch nie etwas heimlich verschwinden lassen oder umschifft. Das haben die Banken getan. Ich nicht. Solange alles legal ist, was ist daran falsch? Warum sollen vermögende Leute ihr Geld durch grassierende Inflation und ständige Abwertungen dahinschmelzen sehen? Das wäre doch einfach nur dumm."

„Na ja, wenn diese Leute ihr Geld steuerfrei ins Ausland verschachern, sind diejenigen die Dummen, die sich ans Gesetz halten. Das kann nicht gut gehen."

„Was über meinen Tisch geht, ist immer legal. Und Hand aufs Herz: Sollen wir die Menschen dafür anklagen, dass sie ihr Geld vor einem Staat in Sicherheit bringen, der ihren Reichtum nur verschwendet hätte?"

„Und wie Sie jetzt klingen, sind Sie sogar noch der Held der Geschichte."

Von Preuß muss lächeln. Er legt Schambatíst leicht die rechte Hand auf die Schulter. „Kennen Sie die Farbe meiner Krawatte?"

Schambatíst presst die Lippen zu einem Schmollmund zusammen, überlegt und antwortet leicht genervt: „Natürlich. Serenity-Blau."

„Genau. Es ist die Farbe der Gelassenheit. Und glauben Sie mir: Ich habe schon viele Dinge in meiner Laufbahn gesehen und mir viele Anschuldigungen angehört. Aber ich muss kein schlechtes Gewissen haben. Geld ist für viele Dreck. Und zu viel Dreck verträgt niemand. Aber ohne diesen Dreck geht es nun mal nicht. Deswegen muss man lernen, mit Geld umzugehen. Und ich bringe es den Leuten bei. Ich bin überzeugt: Wer spekuliert, der tut etwas Gutes!"

„Ach so, Sie gehören also zu den Guten? Na, so kann man es auch sehen."

Von Preuß setzt sich auf einen der beiden Kosmetikstühle, nimmt seine Brille ab, holt ein Tuch heraus und reinigt sie. „Herr Dänzer-Valotti, jeder hat das Recht, sein eigenes Leben zu führen – nach seiner eigenen Façon zur Hölle zu fahren. Ich bin durchaus für absolute Freiheit. Der Zensus sollte abgeschafft werden. Auch alle Gesetze gegen Drogen. Gebt doch Heroin frei! Warum muss uns der Staat alles vorschreiben? Warum müssen wir gesagt bekommen, dass wir uns im Auto anschnallen müssen? Warum werden wir bestraft, wenn wir es nicht tun?"

Schambatíst kratzt sich am Kinn, dann am Kopf, und schließlich fragt er: „Sind Sie erfolgreich mit dem, was Sie machen?"

„War ich immer. Zudem verdiene ich mein Geld ja auch an der Börse. An der Wall Street. Ich habe einen guten Riecher für Unternehmen, bei denen engagierte oder auch aktive Aktionäre das Sagen haben. Da sind die Amerikaner ja viel weiter als wir hier in Europa. Als aktiver Aktionär können Sie offensiv auf die Unternehmensstrategie Einfluss nehmen und erfolglose Manager feuern."

„Sie feuern die Manager?"

„Indirekt. Sie müssen sich das so vorstellen: Ich pirsche mich an ein Unternehmen heran, indem ich mehr und mehr Aktienanteile kaufe. Dann engagiere ich eine PR-Firma und lasse sie eine gute Presse machen, damit die Kurse steigen. Und wenn andere Investoren endlich auch fleißig Aktien kaufen, bin ich meistens schon wieder draußen und habe gut verkauft."

Schambatíst schaut auf die Uhr. In zwanzig Minuten erwartet er seinen nächsten Kunden. Normalerweise bereitet er sich gern ungestört auf jeden seiner Kunden vor, legt schon einmal das notwendige Besteck und Material zusammen, stellt die Tassen für den Kaffee bereit oder öffnet den Wein. „Wie kann ich Ihnen denn jetzt weiterhelfen?", fragt er ungeduldig.

„Ach ja, entschuldigen Sie, dass ich Sie überhaupt so lange aufhalte. Aber ich komme aus einem ganz bestimmten Grund. Ich fördere nämlich die Kunst."

„Welche Kunst? Die Kunst des Zeitvertreibs?"

„Ich verstehe, dass ich Ihre Geduld schon längst zu sehr strapaziert habe. Aber wissen Sie, ich bin ein großer Förderer der Düsseldorfer Kunstszene."

„Ja, schön. Und was genau soll das heißen?"

„Ich bin seit Jahren für die Stadt auf der Suche nach Aristide Maillols wunderbarer Steinskulptur *Sérénité*. Eine sitzende nackte Frau." Er setzt sich die Brille wieder auf, stellt fest, dass immer noch Fettflecken auf den Gläsern die Sicht trüben, holt wieder das Tuch heraus und beginnt aufs Neue, sie zu reinigen. „Die *Sérénité* wurde 1926 in Düsseldorf bei der Ausstellung für Gesundheitspflege, soziale Fürsorge und Leibesübungen – kurz GeSoLei – im heutigen Ehrenhof aufgestellt und verschwand danach spurlos. Sie soll zerstört sein, doch das glaube ich nicht. Ich bin sicher, sie wurde gestohlen. Ich lasse sie überall auf der Welt suchen. Es kostet mich ein Vermögen. Doch ich bin Idealist."

Schambatíst ist versucht, Beifall zu klatschen. Ironisch, versteht sich. Doch er sagt nur: „Ein wahrer Held also."

Von Preuß beachtet seine Bemerkung gar nicht. Er breitet die Arme aus, streckt und rekelt sich, als ob er zu lange gelegen hätte.

Schambatíst steigt nun noch stärker der holzig-würzige Duft seines Gastes in die Nase – eine Mischung aus Rosen- und Sandelholz, Koriander, Tabak, Vanille und Damaszenerrose.

„Na ja, und zuletzt habe ich der Stadt Düsseldorf beim Kauf eines Manuskripts von Heinrich Heine unter die Arme gegriffen", setzt von Preuß unbeeindruckt fort. Es ist offensichtlich, wie er sich selbst beim Sprechen gefällt. „Es handelt sich um eine lange verschollen geglaubte Handschrift aus der frühen Schaffensphase des Dichters. Die Handschrift des sogenannten *Sonettenkranzes Friederike*."

„Ach, davon habe ich gehört." Schambatíst beginnt, in seinem Terminkalender zu blättern.

„Ja, ein auffällig schöner Text", erzählt von Preuß, „sehr sorgfältig und eben nicht so schnell wie sonst von Heine aufs Papier gebracht. In absoluter Schönschrift! Ein Text an die höchst attraktive Berliner Salondame Friederike Robert."

„*Madame! Sie sind die schönste aller Frauen*!", ruft Schambatíst wie aus der Pistole geschossen.

„Ach, Sie kennen den Text?"

„Natürlich. Heine hat doch mit diesen für die damalige Zeit sehr freizügig erotischen Texten für einen echten Skandal gesorgt."

„Und Sie mögen Skandale?" Von Preuß lächelt süffisant und blickt wie ein Geier auf Schambatíst hinunter.

„Nein. Überhaupt nicht."

Von Preuß setzt sich die Brille wieder auf, rückt sich die Krawatte zurecht und lächelt triumphierend.

„Sie haben also diesen Brief finanziert?", fragt Schambatíst. „Die Namen der Förderer wurden doch gar nicht genannt."

„Natürlich nicht. Ich bin auch selbst gar nicht in Erscheinung getreten, sondern habe das Geschäft diskret über einen Mittelsmann abwickeln lassen."

„Und das soll ich Ihnen glauben?"

„Hören Sie, ich bin ein großer Heine-Fan."

„Sie, als Spekulant?"

„Gerade ich! Sie glauben ja gar nicht, was die Finanzwelt alles von Heine lernen kann."

„*Das Geld ist der Gott unserer Zeit und Rothschild ist sein Prophet* – das hat er gesagt", gibt Schambatíst zurück.

„Sehr gut. Natürlich hat er Rothschild zunächst einmal ironisiert, weil er es albern fand, wie sehr ihm die Pariser Finanzwelt zu Füßen lag. Gleichzeitig hat er ihn aber auch bewundert."

„Und was wollen Sie jetzt von ihm gelernt haben?"

„Heine hat schon mit großer Achtung über die Rolle des Bankers gesprochen. Der Bankier half, Staatsanleihen als neue Einkommensquelle zu etablieren, die nicht an Grund und Boden gebunden war. Bankiers waren für ihn auch ein Katalysator des technischen Fortschritts. Sie stellten Kapital für den Eisenbahn- und Städtebau bereit."

„Das ist 250 Jahre her. Sie haben schon mitbekommen, dass für die letzte Weltfinanzkrise hauptsächlich die Banken verantwortlich waren?"

„Natürlich. Auch Heine waren solche Seifenblasen sehr gut bekannt. Rasante Abstiege von Bank- und Handelshäusern gab es auch schon früher. Wissen Sie, was Heine zur heutigen Lage gesagt hätte?"

„Sagen Sie es, Sie scheinen mir gut vorbereitet."

„Geld ist flüssiger als Wasser, windiger als Luft, und dem jetzigen Geldadel verzeiht man gern seine Impertinenz, wenn man seine Vergänglichkeit bedenkt ... Er zerrinnt und verdunstet, ehe man sich dessen versieht."

Schambatíst klatscht langsam und tonlos in die Hände. „Was wollen Sie mir eigentlich sagen?"

„Finanzieller Reichtum ist nicht unantastbar, sondern er muss laufend neu verdient werden, damit er nicht zerrinnt. Das ist ein entscheidendes Argument, das unser Wirtschaftssystem rechtfertigt und auch die damit verbundenen Eigentumsverhältnisse."

„Und was habe ich damit zu tun?"

„Ich habe gehört, Ihr Geschäft läuft hervorragend und Ihre Kunden sind Ihnen treu."

„Richtig."

„Dennoch biete ich Ihnen an, Sie zu fördern."

„Mich zu fördern? Das muss ja wohl ein Missverständnis sein. Ich kenne da ganz andere Dinge, die Sie fördern könnten. Da gibt es bald so ein kleines Radrennen in der Stadt. Die Leute sind ganz jeck danach. Die brauchen noch Geld für irgendwelche Fähnchen und Wimpel. *Die* können Sie fördern."

„Verehrter Kollege ..."

„Ich bin nicht Ihr Kollege."

„Herr ... äh, also, ich möchte Sie und Ihre Kunst fördern."

„Meine – was? Meine Kunst? Wie meinen Sie das?"

„Ich möchte Ihnen Ihr Gemälde abkaufen."

„Mein Gemälde? Sie meinen meinen Jan Wellem?"

„Genau den!"

„Sagen Sie mal, haben Sie zu viele von Ihren Vanilla-Mezzaninen geschluckt? Wie kommen Sie darauf, dass ich ihn verkaufen will?"

„Ich habe davon gehört, und ich habe auch bereits genaue Kenntnisse über den historischen Hintergrund Ihres Bildes."

Schambatíst tritt zwei Schritte zurück, verschränkt die Arme und nimmt eine angriffslustige Haltung ein. „Ach, das ist ja interessant. Was wissen Sie denn?"

„Es ist ein wunderbares Doppelporträt, das Jan Frans Douven noch zu Lebzeiten von Jan Wellem malte. Anders als viele seiner Porträts, die der Maler erst nach Jan Wellems Tod vollendete. Es zeigt noch diesen Stolz in der Stadt, die Freude über das Glück des Kurfürsten, mit Düsseldorf eine präsidiale Heimat gefunden zu haben. Das merkt man diesem Bild an."

„So, das merkt man also?"

„Ja, schauen Sie doch mal auf den Hintergrund! Diese mediterrane Landschaft, italienisch anmutend, wahrscheinlich aber eher eine Traumlandschaft, ein Akazien."

„Und das soll das Bild so wertvoll machen?"

„Ja", bekräftigt von Preuß.

„Das ist ein Missverständnis", ruft Schambatíst.

„Wirklich?"

„Ihnen ist schon bewusst, dass hier eine Kopie hängt."

„Tatsächlich?"

„Natürlich, was wollen Sie also von mir?"

„Ich würde dieses Gemälde dennoch gern kaufen. Ich hatte es Ihnen ja vorher gesagt, Geld zerrinnt, aber Kunst nicht."

„Das Bild ist unverkäuflich."

„Sie wissen sicher auch, wie Heine in seinem Buch *Le Grand* die Stimmung in Düsseldorf beschreibt, als die Franzosen kommen, der Kurfürst stirbt …"

„Das war doch lange nach Jan Wellem."

„Natürlich, aber mit dem Abgang des kurfürstlichen Glanzes verschwand im Grunde die Eleganz der Stadt, eine Ära des Wohlstands, der Kunst und des Glücks."

„Wir erleben doch heute in unserer Stadt genau eine solche Ära. Nur halt ohne Jan Wellem."

„Ja, und deswegen möchte ich dieses Bild ja auch haben. Denn für mich schließt sich damit ein Kreis."

„Das Bild ist unverkäuflich."

„Was möchten Sie dafür haben?"

„Bitte, Herr von Preuß, ich verstehe Ihr Interesse. Das heißt, ich verstehe es eigentlich nicht. Aber gleich kommt ein Kunde. Bitte gehen Sie jetzt. Ich muss mich vorbereiten."

„150.000 Euro?"

„Wie bitte?"

„180.000?"

„Kann es sein, dass Ihnen jetzt ein wenig die Sensibilität fehlt?" Schambatíst schüttelt den Kopf.

„Schlagen Sie einen Preis vor."

„Sagen Sie doch gleich: eine halbe Million."

„Gut. Ein hoher Preis. Aber wie Sie wollen. Ich werde es mir überlegen. Wenn ich Ihre Zeit übermäßig beansprucht habe, möchte ich mich noch einmal entschuldigen. Ich danke Ihnen aber dennoch für Ihre Geduld. Ich darf mich empfehlen." Von Preuß steht auf, nickt und geht zur Tür. Dann dreht er sich noch einmal um: „Meine Freunde hatten recht, man kann sich bei Ihnen durchaus wohlfühlen. Auf Wiedersehen!"

7
NÜSSLEINS TRÜFFEL

„Sie sollten doch nix weitererzählen!“ Matteo Alberti ist verärgert.

„Aber was ist denn passiert?“, will Katharina Nüsslein wissen.

„Heute Morgen kam mein guter Freund Schambes zu mir hier ins *ristorante* und beschwerte sich, dass die Welt nun seinen Jan Wellem haben wolle. Zuletzt sei noch so eine Finanzheini in seine Salon marschiert und habe ihm so eine unverschämte hohe Angebot für das Gemälde gemacht.“

„Ach, das war sicher Archibald von Preuß. Den kenne ich.“

„Natürlich kennen Sie den. Schließlich haben Sie ihn auf die Idee gebracht.“

„Ich habe mit ihm nur über gute Kapitalanlagen gesprochen. Mehr nicht.“

„Oh Signora, Sie hätten es ihm nix erzählen dürfen!“

„Wenn es so ein Geheimnis war, hätten Sie es mir eben nicht erzählen sollen.“

Alberti schlägt die Hände vor die weiße Schürze, die elegant seinen gewölbten Bauch verdeckt, presst sie aneinander und lässt sie schließlich schlapp herunterfallen. „Signora Nüsslein, wir kennen uns schon so lange, jede Woche liefern Sie mir die besten Trüffel, die es sonst nix gibt nirgendwo. Sie sind eine Frau von Welt, von Stil, Geschmack und Eleganz. *Bellissima*. Aber dass Sie diese Geschichte von dem Gemälde gleich an Ihren privaten *Finanzinvestore* weitergeben und der nichts Dümmeres zu tun hat, als bei meine gute Freund Schambes vorbeizugehen, hätte doch keine *idiota* ahnen können.“

Die Trüffellieferantin, eine Frau in den besten Dreißigern,

streicht sich das braune Haar zurück, zupft an den Ärmeln ihres schwarz-weiß gestreiften Baumwoll-Rollkragens, rückt die Schnallenverschlüsse ihrer Cord-Latzhose zurecht, benetzt sich leicht mit der Zunge die Lippen, klappert ein wenig mit den Augenlidern, bückt sich und hebt die kleine Kiste mit den Konserven und luftdicht abgepackten Trüffeln auf Albertis Tresen. „Hier ist Ihre Ware. Wie immer ein paar schwarze und weiße Trüffel. Und natürlich auch ganz frische. Hier die weißen, die Piemont-Trüffel. Erst vor zwei Tagen ausgebuddelt. Sie sollten sie spätestens morgen servieren. Dann duften sie perfekt."

Matteo hat sich noch nicht wirklich gefasst. „Ich weiß", sagt er, „und nach zehn Tagen schmecken sie wie ranzige Marshmallows."

Sie achtet nicht auf ihn. Sie kennt die Männer, die ihre eigene Geschwätzigkeit für Diplomatie halten und sich dann wundern, wenn sie dann sogar von ihren besten Freunden zum klärenden Gespräch einbestellt werden. „Und hier", fährt sie unbeirrt fort, „Ihre schwarzen Trüffel. Dieses Mal nicht in Gläschen, sondern in Dosen. Natürlich aus dem französischen Périgord. Sie wissen ja sicher, sie riechen weniger, man schmeckt aber umso mehr."

„Ja, Signora, ich weiß", grummelt Matteo, nun schon etwas handzahmer, aber immer noch leicht pikiert.

„Ach, Herr Alberti, jetzt nehmen Sie es mir doch nicht so übel. Ich habe nicht gewusst, dass es ein Geheimnis war. Tut mir leid. Und jetzt schauen Sie sich bitte die Trüffel an."

Matteo nimmt die kleine Kiste mit den Dosen und dem abgepackten Trüffel und stellt sie hinter sich vor den Eingang zur Küche. „Liebe Signora, ich kann Ihnen doch gar nix übel nehmen. Das wissen Sie doch. Aber es tut mir leid für meine Freund. Er will nicht zum Gespräch werden, weil da irgend so eine Bild bei ihm hängt. Er könnte es weghängen. Aber er hat mir gesagt, dass er dieses Bild liebt, weil es ist ein Stück Erbe."

„Ein Erbstück."

„Ja, ein Erbestück. Deswegen hat es für ihn große Bedeutung und viel Wert."

„Ja, das verstehe ich. Es ist ja nie die Frage, was etwas kostet, sondern was etwas wert ist. Wie bei den Trüffeln. Was sind die Leute bereit zu zahlen? Der eine Trüffel kostet 20 Euro, der andere 100. Und alle sehen fast gleich aus. Was glauben Sie, welcher mehr gekauft wird?"

„Ich jedenfalls nehme alles von Ihnen zu jedem Preis – das wissen Sie, nicht wahr?!"

„Schön, dass Ihre gute Laune zurück ist, Herr Alberti."

„Bitte nennen Sie mich Matteo, Signora Nüsslein."

„Ja, nun …"

„Katharina, oder?" Matteo strahlt, nimmt ihre Hand und tätschelt sie.

„Sicher, ja, Matteo, also die meisten kaufen den Trüffel für 20 Euro, weil er natürlich billiger ist. Eine schlechte Entscheidung. Denn dann wundern sie sich, dass er nicht schmeckt."

„Ja, ein *fenomeno*! Das kenne ich natürlich. Ich könnte meinen Kunden natürlich Tagliatelle mit Trüffel für 14,50 Euro servieren mit eine paar China-Trüffel zur Dekoration. Manche wollen das. Aber das ist Mist. Das mache ich nicht. Bei mir gibt's natürlich nur Trüffel *originale.* Gerade der schwarze Trüffel ist eine Geschmacksveredler *fantastico.*"

„Haben Sie eigentlich schon mal meinen Trüffel probiert?"

„Ihren Trüffel? Aber Katharina, *bella*, ist das nicht Ihr Trüffel?"

„Ja, also nein, ich habe natürlich meine Quellen. Ich kultiviere selbst Trüffel."

„Ist ja nicht möglich! Das sagen Sie mir erst jetzt? Sie müssen mir unbedingt einmal etwas mitbringen. Oder kann ich Sie besuchen? Das wäre natürlich noch besser." Er reibt sich die Hände, murmelt leise singend die Liedzeile „*Die schönen Stunden dort ...*" und lässt die Finger langsam wandern.

Nüsslein schiebt seine Hand von ihrer eigenen wieder zurück und lächelt. „Ich habe im Osten der Stadt mein Gebiet. Da gibt es so einige Züchter von ausgefallenen Pilzen. Mein Nachbar zum Beispiel kultiviert dort den tibetanischen Raupenpilz."

„Raupenpilz? Ist ja interessant." Alberti greift nach einem Papier und Stift. „Vielleicht ist das ja was für meine Küche?!"

„Könnte sein."

„Und wie machen Sie das mit Ihren Trüffeln da oben im Norden der Stadt?"

„Ich habe ein Gelände gepachtet und schon vor 15 Jahren einige Eichen und Haselnussbäume gepflanzt, also die typischen Trüffelbäume."

„Und das reicht?"

„Entscheidend ist der Boden. Der muss kalkhaltig sein."

„Ah ja, natürlich, kalkhaltig muss er sein. Im Grunde könnte man ja in jedem Stadtpark oder Friedhof nächtens Trüffel kultivieren."

„Ja, das ist möglich. Nur vielleicht tummeln sich dann dort doch zu viele Leute. Bei mir ist es natürlich ruhiger. Ich kann heute schon einiges ernten."

„Und das schmeckt?"

„Ich finde schon. Das sind ganz ordentliche Wintertrüffel."

„Trüffel aus Düsseldorf!", ruft Matteo. „*Sensazione*! *Fantastico*! Ich meine, wir haben hier ja schon so manches Großes. Neulich habe ich in der Stadt mongolische Teigtaschen gegessen, die in die Bauchhöhle eines entbeinten Murmeltiers zubereitet wurden. Dagegen ist Sushi ja eine Frankfurter Knackwurst. Obwohl … Na ja, Sushi hat schon was. Das könnte fast meine Erfindung sein. Und wir haben hier ja mehr Sushi-Restaurants als in London und Paris zusammen. Neulich war George Clooney in der Stadt. Hat extra eine Zwischenstopp mit dem Flieger eingelegt. Er hat es mir selbst erzählt. Er war natürlich auch bei mir. Aber er kam vor allem, um drüben in der Innenstadt Sushi zu essen. Als ob es das in New York und Los Angeles nicht geben würde, *allora*! Seine Frau, diese Amal, war auch dabei. Ich weiß wirklich nicht, was er an der gefunden hat. Wenn ich hingegen Sie anschaue, Katharina …"

„Herr Alberti!"

„Bitte, bitte, ich bin Matteo."

„Matteo, bitte."

„Ja, äh, wo war ich? Sicher, Sushi. Wussten Sie, dass der deutsche Meister, ein gewisser Mongkol Patprom, gar nicht aus dem Sushi-Paradies Düsseldorf kommt, sondern aus München?"

„Herr Alberti!"

„Matteo, Signora, für Sie doch Matteo. Aber, äh, wo war ich?"

„Ich muss jetzt leider gehen."

„Sieben Sekunden braucht der nur, um so eine kleine Reiswurst fertigzustellen. Sieben Sekunden! So lange dauert ja schon mein kürzester Kuss!"

„Matteo, ich muss gehen."

„Ach, Katharina, das geht doch alles zu schnell. Sieben Sekunden? Stellen Sie sich vor, ich würde Ihnen eine wunderbar gebratene köstliche Piccata Milanese in sieben Sekunden plattklopfen wie Flunder, ausrollen wie Teppich und belegen wie Diadem der *principessa*. Das ist zu schnell. Das kann doch nicht schmecken!"

„Ich komme nächste Woche wieder."

„Signora Katharina, ich muss sie haben, also sie, ich meine Ihre Trüffel. Wie teuer sind sie, also die Trüffel?"

„Ich denke, 1,50 Euro das Gramm. Aber bis ich die an die Spitzengastronomie und auch meine Privatkunden verkaufe, werde ich noch die eine oder andere Saison abwarten."

„Ah, *claro*, das verstehe ich natürlich. Genauso ist es ja auch bei sehr gutem Champagner. Zum Beispiel dem Dom Runiart Blanc de Blancs aus dem Jahr 1998, eine großartige warme Lese. Davon habe ich einige im Keller. Ein unglaublicher Wurf. Wollen Sie mal probieren? Mit ausgereiften Aromen, ein bisschen Brioche, ein bisschen Brot, reif, reich, fordernd und wild ..." Wieder greift er mit seinen Händen in ihre Richtung. „Also wie die meisten Jahrgangs-Cuvées dieses Jahrgangs. Doch ich öffne ihn nicht. Noch nicht. Man muss immer noch warten. Wie auf viele Dinge im Leben, die sehr gut sind. Auf die muss man warten, Signora, verstehen Sie?" Er zuckt mit den Augenbrauen. „Ich weiß ganz genau: Auch dieser Blanc de Blancs hat seinen Höhepunkt noch vor sich."

„Manches braucht tatsächlich Zeit, bis es seinen wahren Wert entfalten kann", sagt Nüsslein trocken, ohne auf seine Avancen einzugehen.

„Oder bis die Menschen den wahren Wert erkennen. Zum Beispiel in der Kunst. Bei Gemälden." Matteo schaut seine Lieferantin verschmitzt an. „Sie verstehen?"

Nüsslein dreht sich zum Ausgang.

„Also, ich besuche Sie gern, Katharina, wann darf ich Sie besuchen kommen?"

„Zurzeit versuche ich, meinen Hund ans Trüffelsuchen zu gewöhnen. Meistens am Wochenende."

„Sie haben einen Hund? Ah, die Vorstufe also zu einem echten Mann?"

Sie fingert an ihren Schnallenverschlüssen herum und lächelt.

„Ich habe mir extra einen Hund mit einer besonders feinen Spürnase angelegt, einen italienischen Lagotto Romagnolo."

„Einen Lagotto Romagnolo! Signora Katharina! Wie wunderbar. Ein echter Italiener!"

„Er heißt Chamois, wegen seiner schönen beigen Farbe."

„Chamois Nüsslein!" Matteo strahlt und wiegt das Gesicht in den Händen.

„Er ist der einzige Hund der Welt, der speziell für das Trüffeln gezüchtet wird."

Matteo geht wieder ein paar Schritte auf sie zu, windet sich ein wenig, wendet sich wieder ab, dreht sich zurück und fragt schließlich: „Signora, ich könnte Ihnen doch auch beim Trüffelsuchen helfen."

„Sie?"

„Ja, natürlich, ich. Ach, Signora, nein, es ist so: Ich muss Ihre Hund sehen."

„Meinen Hund?"

„Ja, das heißt nein. Ich muss *Sie* sehen. Sie muss ich sehen. Wann darf ich kommen?"

„Ja, also …" Frau Nüsslein wird rot, sie rückt ihre Cordhose zurecht und zögert. Sie wirft ihren Kopf zurück und fächelt sich etwas Luft zu. „Dann, äh, dann am besten am Wochenende?", fragt sie.

„Katharina! Natürlich! Einverstanden. Ich werde da sein. Jetzt am Wochenende. *Bellissima*. Und ich verspreche Ihnen, ich werde wunderbar schnüffeln, alles erschnüffeln, die ganze Gegend, die Trüffel, die Büffel, Ihre Hund, Ihre Mund, Ihre Schlund …"

„Herr Alberti, bitte!"

„Matteo, Signora, bitte, bitte, für Sie doch Matteo."

„Matteo also, bis bald."

„Ich freue mich. *Fantastico*, ich werde da sein."

8
DIE SCHÖNE HAUT

Gerade hat Schambatíst seinen Ärger über die zwei denkbar knapp an ihm vorbeirasenden Radfahrer verdrängt und will sein Geschäft aufschließen, als Florentina Johannsen auf ihn zueilt.

Er ist freudig überrascht. „Guten Morgen, Florentina, wir haben heute doch erst um halb elf einen Termin?!"

„Ja, Herr Dänzer-Valotti, ich weiß, aber ich begleite heute mein Wilhelmchen. Er ist ja jetzt Ihr nächster Kunde. Ich warte solange hier draußen."

„Unsinn, kommen Sie mit rein. Meine Frau kommt auch gleich. Sie könnten sich ja mal wieder ein wenig austauschen."

„Morgen, Herr Dänzer-Valotti", sagt Florentinas Begleiter.

„Morgen, Herr Doktor. Schön, Sie zu sehen. Kommen Sie doch herein." Mit einer leichten Bewegung des Arms weist Schambatíst den Gästen den Weg in seinen Beauty-Salon. Er schließt hinter ihnen die Tür, nimmt ihnen Jacke und Mantel ab, bringt beides zur Garderobe und sieht in dem Moment, wie seine Frau Luisa zur Tür hereinkommt. „Luisa, du kommst genau richtig. Darf ich dir vorstellen – das ist Doktor Wilhelm Armin Host, er ist Schönheitschirurg. Florentina Johannsen kennst du ja."

„Angenehm", sagt Luisa und reicht dem Doktor die Hand.

„Sie sind also Frau Dänzer-Valotti. Schön, dass ich Sie mal kennenlernen darf. Ihr Mann hat mir schon viel von Ihnen erzählt."

Luisa geht auf ihn zu, bei jedem Schritt wiegt ihr eleganter Körper leicht hin und her. „Das freut mich. Was erzählt mein Mann denn so?" Sie schaut skeptisch.

„Nun, nur Gutes! Dass Sie vielseitig begabt sind, viele Talente haben, vor allem musische und sprachliche.“

„Er übertreibt. Aber es stimmt, dass ich Sprachen und Musik liebe. Das Italienische und die klassische Musik. Ich spiele seit meiner Kindheit Geige.“ Luisas Augen leuchten. Sie ist schlank und groß, und weil sie ihr tiefschwarzes Haar hochgesteckt trägt, wirkt der kleine Doktor neben ihr fast wie ein Kind.

Wilhelm Armin Host ist kompakt gebaut und für seine knapp 72 Jahre durchaus noch als sportlich zu bezeichnen. Aus den Ärmeln seines dunkelblauen Anzugs, an denen je zwei goldene Manschettenknöpfe prangen, staksen zwei kräftige Hände heraus. Mit ihnen führt er das Skalpell so virtuos wie kaum ein Zweiter.

„Luisa, Liebes, ich freue mich, dich zu sehen.“ Florentina Johannsen geht auf Luisa zu. Sie hat ihre dunkle runde Sonnenbrille abgenommen, ihre weiße, makellose wirkende Gesichtshaut kommt erst jetzt richtig zur Geltung. Sie drückt Luisa, fasst sie leicht am Kinn, dreht das Gesicht nach links und nach rechts und sagt: „Du hast aber auch ein Glück. Die Zeit kann dir nichts anhaben. Im Gegenteil. Du wirst immer liebreizender.“

Schambatíst hebt leicht die Augenbrauen. Die Frauen halten sich an den Händen und wenden sich dem wandgroßen Kosmetikschrank zu, der gefüllt ist mit Hunderten von Duschgels, Seifen, Shampoos, Peelings, Badezusätzen, Deos, Cremes, Parfums, Wimperntuschen, Eyelinern, Kajal- und Lippenstiften, Schaumfestigern und Haarsprays. Schambatíst hat mit seiner Frau im Laufe der vergangenen Jahre eine einzigartige Kollektion an Düften und Pflegemitteln zusammengestellt. Selbst aus dem Ausland erhält er Bestellungen für seine Produkte. Er holt aus der kleinen Bar in der Küche hinter dem Salon ein gut gekühltes Trittenheimer Altärchen, öffnet die Flasche, füllt die Gläser und reicht den beiden Frauen je eins. Er stößt mit ihnen an und wendet sich schließlich dem Schönheitschirurgen zu, der bereits im Kosmetikstuhl Platz genommen hat. Er reicht ihm ein Glas, prostet ihm zu, ohne selbst zu trinken, und fragt: „Herr Doktor, wie immer?"

„Natürlich. *Wine meets aesthetics*!"

„Sehr schön, dann lehnen Sie sich doch bitte zurück." Schambatíst stellt sein Weinglas weg, greift mit links nach dem Mandelöl, lässt einige Tropfen in die rechte Handinnenfläche laufen und beginnt, die Gesichtshaut des Doktors einzureiben.

„So eine Gesichtsmassage ist einfach die schönste Erfrischung für zwischendurch. Eine ehrliche, saubere Sache", sagt Host, atmet tief durch die Nase ein und lässt die Luft genussvoll wieder ausströmen.

„Wie meinen Sie das – eine ehrliche, saubere Sache?"

„Ach, Herr Dänzer-Valotti, wir kommen doch so ungefähr aus dem gleichen Gewerbe, und wir wissen doch beide, wo das faule Ei im Osterstrauß hängt."

Schambatíst legt sanft seine Hände auf das Gesicht des Doktors und streicht das Öl seitlich nach außen bis zum Ohrenansatz, ein wenig hinaus auf den fast kahlen Schädel und schließlich wieder zurück, über den Hals nach unten. „Faules Ei? Nein, was meinen Sie?"

„Apropos faules Ei", ruft Luisa dazwischen. „Schambes, ich gehe mit Florentina eben nach draußen. Ein bisschen Bewegung. Zwei Straßen weiter soll außerdem ein entzückender Herrenschneider eingezogen sein, ein gewisser Roger Georges."

„Maßanzüge vom Feinsten", ergänzt Florentina, „und Herrenschürzen für stilvolles Kochen – ein Träumchen! Der beste Gentleman-Store der Stadt."

„Und was wollt ihr da?"

„Ach, ihr Männer könnt doch gar nicht richtig gucken und wisst überhaupt nicht, was gut ist", geifert Florentina. „Wir suchen natürlich etwas für euch aus. Ein guter Herrenanzug wird immer von einer Frau ausgesucht. Merkt euch das!" Sie stellt das Weinglas ab und zupft sich ebenso schnell wie auffällig ihren Büstenhalter zurecht. „Zudem gibt es da immer so ganz spezielle Produkte, absolut hochwertig, aktuell ist es eine von diesen entzückenden Wasserkaraffen in Fischform. Wenn man mit diesen Karaffen einschenkt, gluckern die richtig. Glucki-gluck! Köstlich! Und besonders schön wegen ihrer brillanten Farben. Die muss ich haben!" Florentina hebt die Schultern, während sie tief Luft holt, ruft noch ein „Bis gleich, mein Wilhelmchen!" und eilt mit gestreckten Händen nach draußen.

Luisa, die ihr folgt, sieht die verdutzten Gesichter der Männer. „Schau, dass du dem Herrn Doktor nicht das Gesicht zerquetschst."

„Keine Sorge, Frau Dänzer-Valotti, Ihr Mann ist bestimmt gut versichert."

Bimmelnd fällt die Tür ins Schloss. „Bin ich nicht. Aber egal. Was für ein faules Ei?", fragt Schambatíst noch einmal.

„Sie kennen das Geschäft, Herr Dänzer-Valotti, die Kosmetik ist eine Branche der Illusionen, wenn auch zweifellos der schönen Illusionen."

„Worauf wollen Sie hinaus?" Schambatíst hält mit den Fingern an den Ohren inne, zögert ein wenig und massiert dann doch weiter, vom Ohrläppchen bis zum Ohransatz.

„Die Kosmetik hat eine lange Tradition. Ganz sicher. Aber schauen Sie sich doch nur mal all diese Werbung für diese hochpreisigen Cremes von heute an. Manchmal glaube ich, da geht es um biomedizinische Hightechprodukte."

„Geht es auch. Und das ist sicher kein Quatsch. Wissen Sie

eigentlich, wie viele Entdeckungen, die mittlerweile mit dem Nobelpreis ausgezeichnet wurden, in Kosmetikprodukten stecken? Das wollen Sie alles für faule Eier erklären?" Er legt Host die Hand quer auf die Stirn und zieht sie mit Druck über die Haut. Gleich danach fährt er mit seiner Linken ebenfalls zügig und kraftvoll über die Stirn.

„Aah", stöhnt Host etwas überrascht. „Mein Lieber, nein, ich wollte Sie nicht verletzen. Es ist doch nur so, dass dort Dinge versprochen werden, die letztlich keine Creme der Welt halten kann. Mit etwas Glück pflegt sie, aber kein Wässerchen und keine Tinktur können den Kampf gegen die Zeit gewinnen."

„Das würde ich ja auch nie behaupten, dass Pflegekosmetik aus Ihnen wieder einen Jungspund macht."

„Ich habe ja mein Messer."

„Ich würde meinen Kunden auch nie irgend so einen neuen Anti-Falten-Schnickschnack andrehen – Glatte-Haut-Wiedergeburtsspray oder den neuesten Schrei: diese elend teure Naturkosmetik aus genetisch manipulierter Gerste, die auf isländischen Äckern wächst, weil dort der Wind am besten weht. Nein. Natürlich nicht."

„Aber?"

„Aber vielleicht darf ich Sie mal aufklären. Falten entstehen, wenn das Bindegewebe seine Spannkraft verliert, und sie entstehen in tieferen Hautschichten. Bis dahin dürfen Kosmetika überhaupt nicht vordringen. Sie gelten sonst als Arzneimittel." Er legt Host nun beide Hände auf die Schläfe und führt sie in kleinen Kreisen nach hinten.

„Es ist wunderbar zu wissen, wie Sie Ihren Beruf lieben." Host atmet erneut tief durch die Nase ein und lässt die Luft langsam wieder durch den Mund entweichen.

„Natürlich haben Cremes, was die Glättung der Haut betrifft, nur eine eher bescheidene Wirkung“, sagt Schambatíst. „Aber ich spritze ja schließlich auch kein Gift.“

„Ach, jetzt kommt *das*. Ich wusste es. Fangen wir doch damit gar nicht erst an.“

„Wieso nicht?“

„Ja, meinen Sie denn, so ein radioaktiver Lippenstift, den man jetzt überall bekommt und der den Mund besonders erstrahlen lässt, ist weniger gefährlich? So Zeug verkaufen Sie und Ihre Kosmetik- und Pflegekollegen doch!“

„Ich nicht. Aber ist wirklich der Waffenverkäufer schuld, wenn der Jäger sich mit seiner Waffe erschießt? Ich meine, die Leute können doch kaufen, was sie wollen. Für die Schönheit sind die Menschen immer schon große Risiken eingegangen.“

„Da haben Sie jetzt mal was Richtiges gesagt. Das unterschreibe ich.“ Host atmet ruhig aus.

Schambatíst streicht ihm mehrmals von außen nach innen über den Augenbrauenbogen. „Wir brauchen nun mal alle ein paar Illusionen, um mit dem eigenen Leben klarzukommen. Man kann sich also schon ein wenig pflegen. Vom perfekten Körper zu träumen, wäre da natürlich etwas naiv. Das ist nicht zu schaffen.“ Er hält kurz inne. Dann bildet er mit Zeige- und Mittelfinger ein V und streicht damit über die Oberlippe und die Partie unterhalb der Lippen.

Der Kö-Doc schweigt. Schambatíst hat im Grunde keine Lust, ihn zu belehren, dass die Schönheitschirurgie weit über die Grenzen dessen hinausgeht, was er als legitim betrachtet. Dennoch fühlt er sich berufen, seine Position zu erklären. „Die Illusion wird ja erst dann zu etwas Erstrebenswertem, wenn sie greifbar ist. Deswegen können wir nicht ohne Kosmetikprodukte leben. Anti-Falten-Cremes und Anti-Cellulite-Lotionen, Schminke und Selbstbräuner verheißen einen besseren Körper.“

„Ooooh“, ruft Host.

„Nein“, ermahnt ihn Schambatíst, „jetzt noch nicht ‚ooooh‘ sagen!“ Er legt die rechte Hand auf den Wangenrand, während die linke über Hosts Mundwinkel streicht. „Sagen Sie jetzt: ‚Ooooh‘.“

„Ooooh.“

„Noch mal bitte, und fünf Sekunden halten.“

„Ooooh!“ Host wiederholt die Übung sechs Mal. Dann richtet er sich auf. „Ah, danke. Das tat gut.“

„Jetzt wie immer noch ein Gläschen Champagner?“

„Natürlich.“

„Dann legen Sie sich bitte wieder zurück.“

Host dreht seinen Nacken, zieht die Schultern hoch, streckt die Brust raus und legt sich wieder hin. „Ich meine, für Illusionen können die Leute doch auch ins Kino gehen“, sagt er.

„Tun sie doch auch.“

„Ja, aber was ich sagen wollte, ich mache den Leuten keine Illusionen“, erklärt Host.

„Das sagen gerade Sie? Sie arbeiten als Schönheitschirurg. Sie tragen doch praktisch die Illusion jeden Tag zum Traualtar.“

„Wir werden gebraucht. Die Menschen brauchen uns.“

„Die Menschen brauchen Ärzte, aber keine Schönheitsoperateure.“

„Ach, Herr Dänzer-Valotti, wachen Sie doch auf. Ich bin überzeugt davon, früher oder später wollen alle Ärzte so sein wie wir, die Maßschneider der Schönheit.“

„Nun ja, Ihr Selbstbewusstsein braucht heute zumindest keine kosmetische Nachbesserung.“

Schambatíst holt die Flasche Ruinart, öffnet sie und schenkt ein.

Host strahlt. „Es ist doch so: Heute wollen alle jungen Mediziner für ‚Ärzte ohne Grenzen' arbeiten. Wie schön! Wie ehrenhaft! Doch wissen Sie, wie fünf oder sechs Jahre später ihr Berufswunsch lautet?"

„Zuhälter?"

„Blödsinn."

„Radrennfahrer?"

„Schönheitschirurg! Gerade als junge Medizinerin oder Mediziner lernt man doch sehr schnell, dass Geld guttut und sehr wichtig ist. Für den gesellschaftlichen Status ist es weiß Gott nicht unerheblich, wie viel man verdient. Das muss ich Ihnen doch wohl nicht sagen, Herr Dänzer-Valotti."

„Ich fahre keinen Porsche", sagt Schambatíst, „und habe auch keine Luxusvilla im Südosten von Ibiza."

„Stimmt. Das macht Sie ja auch so sympathisch. Aber Sie müssen wissen: Wenn Sie sich als Arzt keinen Porsche leisten können, sind Sie kein guter Arzt."

„Und wenn Sie dann älter werden, satteln Sie vom Porsche erst einmal auf eine junge Freundin um ..."

„Nein, die haben Sie schon früher. Sie satteln auf ein Rennrad um", meint Host.

„Und ziehen sich hautenge Radfahrerhosen an?"

„Genau."

„Und die Freundin?"

„Die hat sowieso nur hautenges Zeug an."

„Nein, ich meine, wo die jetzt mitfährt, ohne Porsche?"

„Entweder sie wartet auf Sie", erklärt Host, „oder sie ist schlau genug, Sie zu verlassen. Das sollte sie spätestens, wenn unsereins dann mit Marathonlaufen beginnt. Oder wenn wir in Brasilien mit Kitesurfen anfangen. Da brauchen wir gar niemanden anderen mehr."

„Und das haben Sie alles schon hinter sich?"

„Ich habe nicht von mir geredet. Ich war Unfallchirurg, als

ich anfing. Ich wollte das alles nicht. Und was die anderen Dinge angeht, hätte ich mir das natürlich alles leisten können."

„Aha."

„Wissen Sie, meine Mutter war sehr musisch. Eine wunderbare Frau. Ich wollte eigentlich auch immer nur ein Lied spielen." Host muss schlucken. Seine Augen fangen leicht an zu leuchten. Dann fängt er sich wieder. „Also, ich wollte immer nur ein Lied spielen. Und zwar am alten ..."

„Schlossturm?", fährt Schambatíst leicht angewidert dazwischen.

„Wie bitte? Schlossturm? Nein. Ich wollte immer ein Lied am alten Flügel meines Großvaters spielen, und zwar Chopin, Ballade Nr. 1."

„Puh." Schambatíst atmet auf. „Und wie weit sind Sie?"

„Ich habe noch keine einzige Stunde Klavierunterricht gehabt."

„Wie traurig." Schambatíst schaut ihn freundlich an.

Dr. Host blickt misstrauisch zurück. „Sie nehmen mich nicht ernst."

„Doch, doch, sehr sogar", sagt Schambatíst, „ich frage mich die ganze Zeit, wer oder was Sie eigentlich geritten hat, Schönheitsdoktor zu werden. Zsa Zsa Gabor? Donald Trump? Die *Lindenstraße*?"

„Habe ich nie geschaut."

„Was dann?"

„Schon in meinem Medizinstudium habe ich mir ein paar Mark als Vertreter für Kosmetik dazuverdient. Mein Chef hatte sehr gute Beziehungen nach Hollywood. Also flog ich in den 60er-Jahren mit einem Koffer regelmäßig dorthin und verteilte an alternde Filmstars wie Maureen O'Hara, Deborah Kerr oder Kim Novak Pflegeprodukte. Aber auch an die Gäste der

Oscar-Verleihungen. Einmal war ein Arzt aus Brasilien dabei. Es war der Schönheitschirurg Ivo Pitanguy – eine Legende!"

„Der Meister!"

„Ja. Er ist erst neulich mit 93 Jahren gestorben. Aber er hat mein Leben verändert." Host stockt, sucht nach einem Taschentuch.

Schambatíst reicht ihm eines.

„Ein großartiger Mann, er sprach natürlich Portugiesisch, konnte aber auch Englisch, Französisch und Deutsch. Fast eine wandelnde Bibliothek. Goethe, Schiller und Heine zitierte er im Original."

„Das klingt ja wie ein Märchen aus uralten Zeiten." Schambatíst schenkt nach.

„Er war ja nicht nur der Pionier unseres Fachs, sondern auch der Erfinder von mindestens einem Dutzend Operationstechniken. Ich kenne sie alle und beherrsche sie auch."

„Prost, Herr Doktor!"

„Salut." Host trinkt wie einer, der fast verdurstet. „Ich musste ihm damals viel über den Rhein erzählen. Er war überall auf der Welt und hatte natürlich auch die Loreley besucht. Die faszinierte ihn. Und er sagte dann immer in seinem portugiesischen Akzent, wie fein der Rhein sein, ein richtiger ‚Rhein fein' oder besser gesagt ‚*Rhinefine*' – das Wort wurde im Laufe der Jahre zwischen uns beiden zum Running Gag. Immer wenn es etwas Besonderes gab, sagten wir nur: ‚*Rhinefine*'. Und wir verstanden sofort."

„Ah, jetzt verstehe ich", sagt Schambatíst und streicht sich nervös über die Stirn.

„Was verstehen Sie?"

Schambatísts Augen schießen geradezu aus seinem Kopf. „Äh, ja, dass Sie ihn mochten."

„Sie verstehen gar nichts. Wir hatten eine ganz besondere

Wellenlänge miteinander. Ich habe leider irgendwann den Kontakt zu ihm verloren. Die Arbeit, wissen Sie."

„Ja, äh, das kann mir vorstellen ... Er war sicher ein großer Charismatiker, nicht wahr?"

„Natürlich."

„Und, äh, er hat sie sicher alle auch gehabt?"

„Die Frauen?"

„Ja."

„Nicht nur die Frauen."

„Wen noch? Die Töchter?"

„Die Männer natürlich."

„Unter seinem Messer?"

„Ja."

„Alle?"

„Da waren schon Namhafte dabei, Brigitte Bardot, Berlusconi, Leni Riefenstahl ..."

„Nazi und Nymphomanin."

„Auch der König von Jordanien und eine ganze Boeing voll saudischer Prinzen waren bei ihm."

„Und Niki Lauda!"

„Das hatte aber medizinische Gründe", meint Host, „Lauda kenne ich. Ein absolut bodenständiger und tüchtiger Mann. Immer nett geblieben. Sehr nett. Ivo Pitanguy war ja wie ich zu Anfang Unfallchirurg. Die plastische, medizinisch notwendige Chirurgie und die ästhetische Schönheitschirurgie gehörten für ihn stets zusammen. Das hatte mir schon damals sehr imponiert."

„Und deswegen sind Sie Schönheitschirurg geworden?"

„Ja."

„Allein seinetwegen?"

„Ja."

„Und was schneiden und basteln Sie jetzt so alles?"

„Alles. Botox-Behandlungen, Stirnlifting, Facelift, Fettinjektionen in Lippen und Wangen, Nasenkorrektur, Doppelkinnentfernung, Brustvergrößerung, Bauchdeckenraffung, Bruststraffung, Schamlippenkorrekturen, Fettabsaugen, Po-Oberschenkel-Raffung."

„Das weibliche Genital optimieren Sie also auch?"

„Nicht nur das weibliche. Auch das männliche."

„Warum?"

„Die Menschen wollen es so."

„Botox ins Geschlecht? Das ist ja wohl ein Missverständnis!"

„Nein. Botox ist der Faltenkiller schlechthin. Na ja, nach drei bis sechs Monaten ist es abgebaut, aber dann wird halt nachgespritzt."

„Und wenn Sie falsch ins, äh, Gesicht spritzen?"

„Dann erstarrt es zu einer glatten Maske ohne Mimik."

„Ein hoher Preis für die Schönheit – ein Leben in Ausdruckslosigkeit. Na ja."

„Auch junge Frauen lassen sich Botox spritzen."

„Klar, und bald kommen auch chinesische Faltenhunde zu Ihnen in die Praxis. Prost Botox!"

„Prost! Botox ist übrigens zu viel mehr in der Lage, als nur Falten wegzuspritzen. Der Stoff kann auch Migräne lindern, Heuschnupfen bekämpfen und vor Erblindung schützen."

„Und er kann auch wunderbar das Konto mit Geld füllen."

„Hören Sie, mir geht es doch um etwas ganz anderes – es geht darum, dass viele Patienten unter einer bestimmten Sache leiden. Und Leid kann eben auch durch eine große Nase oder das Altern verursacht werden."

„Wenn ich einen meiner Altersanfälle bekomme, esse ich einen Anti-Krisen-Toast mit salziger Butter. Sehr zu empfehlen!"

„Ohne Trüffel?“

„Ja, nur mit Butter. Herrlich! Den können Sie übrigens auch bei Matteo nebenan bestellen. Mache ich manchmal mittags.“

„Achten Sie nicht auf Ihre Figur?“

„Nicht sehr oft. Und das bisschen Toast schadet nicht. Aber Eitelkeit ist sicher bei Ihren Patienten der größte Motor, stimmt's?“

„Manchmal ist es so. Aber eben nicht immer. Es ist oft auch einfach der Wunsch nach Kontrolle über den eigenen Körper. Der Wunsch, die Vergänglichkeit aufzuhalten, den Tod zu verdrängen.“

„Jeder weiß, dass das unmöglich ist.“

„Und doch hoffen wir, so lange wie möglich und noch ein bisschen länger jung und schön zu bleiben.“

Schambatíst greift zum Ruinart. Er denkt an Fanta und spielt mit dem Gedanken, sie zum Essen einzuladen. „Herr Doktor, noch ein Schlückchen?“

„Gern.“

„Wo bleiben eigentlich die Frauen?“

„Das ist ja kein neues Phänomen.“

„Was jetzt?“

„Unser Drang nach Optimierung.“

„Wieso?“, fragt Schambatíst. „Die Evolution ist doch nichts anderes als eine ewige Optimierung. Und auch die Philosophie beschäftigt sich doch seit Jahrhunderten mit der Besserung des Menschen und stellt Fragen nach Moral und Vervollkommnung.“

„… und scheitert und scheitert.“

„Richtig“, sagt Host.

Schambatíst geht zur Tür und schaut aus dem Fenster. Luisa und Florentina sind immer noch nicht zu sehen. Dann fragt er: „Warum beschäftigen sich eigentlich vorwiegend Frauen mit der Selbstoptimierung?“

„Erstens stimmt das nicht, und zweitens war das schon immer so.“

„Wie bitte?“

„Kennen Sie das Gemälde *Der Jungbrunnen* von Lucas Cranach?“ Host schaut ihn erwartungsvoll an.

„Nein“, sagt Schambatíst.

„Wieso nicht? Sie sind ein Kenner der Kunst. Sie müssen es kennen.“

„Ich kenne es aber nicht.“

„Also.“ Host holt tief Atem. „Auf diesem Gemälde steigen überhaupt nur Frauen nackt ins Bad. Männer nicht. Die schaffen nur auf der einen Seite die alten Frauen auf Schubkarren, Tragen oder auf dem Rücken an, am Beckenrand werden sie von einem dicken älteren Mönch Maß genommen. Ein fülliger Typ, natürlich mit Tonsur, in roter Kutte, der Martin Luther verdammt ähnlich sieht. Dann steigen sie ins Wasser, kommen rechts geglättet und knackig wieder heraus und werden schließlich nackt von einem jungen bärtigen Mann mit Hut und Degen in Empfang genommen.“

„Und der Mann sind Sie?“

„Mein Gott, ich wollte damit sagen, dass die Sache mit der Schönheit schon immer sehr aktuell war. Und immer schon gab es eine gewisse Risikofreude, wenn es um Schönheit ging.“

„Ach, Sie wollen sich jetzt für Ihr Botox rechtfertigen?“

„Die Ägypter trugen stark geschminkte Augen – eine Art Kajalstift aus Ruß und Fett. Ein Krümel davon in die Augen, und aus war’s mit der Tränenbildung.“

„Wie schade!“

„Oder denken Sie an die Ära des Bleiweiß. Man hielt Bleiklumpen über starken Essig. Der scharfe Dunst ließ den Klumpen mit der Luft oxidieren, und dadurch entstand das weiße Pulver. Eine absolute Giftschminke. Haarausfall und Pockennarben waren die Folge."

„Dann doch lieber Botox."

„Die Wirkung war damals bekannt. Trotzdem war das Bleiweiß sehr populär. Weiße, makellose Haut war das absolute Schönheitsideal. So wie auf Ihrem Gemälde hier."

Während der Kurfürst mit Würde und Entschlossenheit auf sie herunterblickt, durch seinen Harnisch geschützt, vom Hermelin umhüllt, die Insignien der Macht fest im Griff, schaut Anna mit ihren zum Turm gesteckten Haaren sanftmütig und friedlich herüber, der Saum ihrer Ärmel und ihres Dekolletés kunstvoll bestickt, die Haut makellos weiß und in starkem Kontrast zu dem Blau ihres kostbaren Samtgewandes, in der rechten Hand einen Olivenzweig. „Diese Anna Medici – ein wahres Wesen des Himmels. Und die Haut erst … ja, die war wirklich schön, ganz natürlich."

Schambatíst prustet in seinen Champagner. „Ja, wie sonst?", fragt er.

„Übrigens, habe ich Ihnen schon einmal gesagt, wie wunderschön ich Ihren Douven finde?"

„Es ist eine Kopie."

„So? Das glaube ich nicht. Haben Sie es prüfen lassen? Mit Oberflächen kenne ich mich aus. Das scheint mir eher ein Originalfarbton zu sein."

„Nein. Auch das ist ein Missverständnis. Es ist eine Kopie und ein Erbstück. Und es ist nicht zu verkaufen."

„Ich habe doch von Kaufen gar nicht gesprochen."

„Nein, aber das werden Sie gleich."

„Sie wollen es nicht verkaufen?"

„Nein."

Host lacht. „Dann muss ich es klauen."

„Es ist doch gar nichts wert. Sie können gern ein Foto davon machen.“

„Nein. Das wäre einfach zu billig.“ Host steht auf und geht näher an das Bild heran. „Diese Haut! Ein Traum eines Peelings. Wunderbar!“

„Was meinen Sie denn mit ‚natürlichem Weiß‘? Gibt es auch künstliches Weiß?“

„Lieber Herr Dänzer-Valotti, das gehört zu meinem Tagesgeschäft. Haben Sie sich das Gesicht meiner entzückenden Begleitung einmal angesehen?“

„Florentina Johannsen?“

„Ja. Was Sie da sehen, das bin alles ich.“ Host wischt sich mit dem Taschentuch eine Träne aus dem Auge.

„Wilhelmchen, Wilhelmchen“, murmelt Schambatíst.

Ruckartig dreht sich der Doktor zu ihm um. „Doch wozu macht man das alles?“

„Sie haben ein schlechtes Gewissen?“

„Manchmal.“

„Sie, der Liebling der Gespritzten, Gelifteten und aller Busenwunder der Stadt?“

„Ich bitte Sie!“

„Warum gehen Sie nicht auf Mission? Irgendwo in einem Zelt-Lazarett die Verstümmelten der Kriege zusammenflicken? Da gibt es ja zurzeit genug. Syrien, Ruanda, Afghanistan. Die beste Kosmetik für ein schlechtes Gewissen.“

„Meinen Sie wirklich?“

„Natürlich. Es sei denn, Sie übernehmen einen noch wichtigeren Job.“

„Nämlich?“

„Mich!“

„Wie meinen Sie das?“

„Was würden Sie an mir verändern?“, fragt Schambatíst.

„An Ihnen? Sie optimieren? Obwohl Sie doch so skeptisch sind?"

„Skeptisch? Nein. Ich plaudere halt ganz gern. Jetzt vergessen wir das mal. Ich bin überhaupt nicht dagegen. Jeder soll sein Glück finden. *D'accord*? Außerdem trinken wir hier jetzt doch so schön Champagner miteinander. Also, rein theoretisch, was würden Sie an mir verändern?"

„Okay. Sie wollen ein Spiel. Nun, das bekommen Sie." Host geht auf Schambatíst zu, einmal um ihn herum, stellt sich auf die Zehenspitzen, wippt kurz nach vorn und nach hinten und bleibt stehen. „Na ja, das mit Ihren Augen wissen Sie ja."

„Ja, das bleibt so."

„Ihre Lippen sehen ja im Grunde wie die ... äh ..."

„Schlauchbootlippen?"

„Nein, überhaupt nicht."

„Geschwollen?"

„Wo denken Sie hin? Ich wollte sagen, wie die, äh, ja, wie die auf Ihrem Gemälde."

„Von wem?"

„Vom Kurfürsten."

„Was?"

„Ich finde schon."

„Da sind Sie aber der Erste. Ich glaube, Ihnen ist da die Medici-Haut ein wenig zu Kopf gestiegen. So sehe ich doch gar nicht aus!"

„Also gut. Sie haben mich gefragt, was ich ändern würde. Also, was ist mit Ihrer Glabella-Falte?"

„Meine was?"

„Ihre Stirn- und Zornesfalte, die könnte man mal unterspritzen. Mit ein wenig Hyaluronsäure zum Beispiel als Filler. Mit Botulinum-Toxin, also Botox, könnten wir zudem ein wenig die Stelle lähmen, damit die Falte erst gar nicht mehr entsteht."

„Und mein Zorn ist dann auch weg?"

„Wohl kaum."

„Schade. Wie lange würde das denn halten?"

„Wie gesagt, leider nur ein paar Wochen."

„Und ich sehe dann nicht aus wie ein Einhorn?"

„Nein. Die Kunst ist es ja gerade, eine solche Wirkung zu erzielen, dass die Leute Sie hinterher fragen, ob Sie gerade im Urlaub waren."

„Und wie finden Sie meine Mundfalten?"

„Alle Falten, die senkrecht oder nach unten laufen, wirken auf den Betrachter negativ."

„So. Und die habe ich?"

„Ja, sogenannte Marionettenfalten. Ist aber kein Problem. Sie haben genügend Lachfältchen, also die waagrecht oder nach oben laufen. Das gleicht sich aus."

„Das heißt, mit ein paar Eingriffen könnte man einen auch optisch zur Frohnatur machen?"

„Sicher, äußerlich ist alles möglich. Doch ein Stinkstiefel, dem Sie eine Pappnase aufsetzen, bleibt natürlich ein Stinkstiefel."

„Also, wissen Sie, eigentlich kann ich mich ganz gut ertragen."

„Ich würde an Ihnen ja auch gar nichts machen. Wie gesagt, höchstens mal die Augen."

„Nichts da. Das bleibt so. Bevor die Damen zurückkommen, gebe ich Ihnen heute noch etwas Besonderes mit."

„Ah, da bin ich aber gespannt. Vielleicht ein Fachbuch zur beruflichen Umschulung?"

„Nein. Auf keinen Fall. Im Gegenteil. Ich habe heute eine neue Creme für Sie. Eine wirklich großartige Creme, wie ich vermute."

„Wie aufregend!"

„Es ist die neueste *Ivo Pitanguy Skincare.*“

„Die kenne ich noch gar nicht!“

„Können Sie ja auch gar nicht kennen. Ein Freund von mir hat sie aus Brasilien mitgebracht. Ist gerade erst erschienen. Wenige Tage nach dem Tod des Meisters. Er hat dieses Pflegemittel noch selbst in Auftrag gegeben. Samt Namen. Das habe ich zumindest so gelesen.“

„Sehr schön. Zeigen Sie her, ich kann es ohne Lesebrille nicht sehen. Wie heißt es?“

Schambatíst zögert, doch dann liest er schließlich den Namen vor: „Nun, hier steht: *Rhinefine.*“

9
FLORENTINA JOHANNSEN LÄSST SICH PEELEN

Luisa Dänzer-Valotti und Florentina Johannsen stehen sprachlos vor dem zitternden Doktor und blicken auf die Hautcreme.

„Das bedeutet mir unendlich viel", sagt der Schönheitschirurg. Er wischt sich mit dem Taschentuch die Tränen aus den Augen. „*Rhinefine*", wiederholt er immer wieder. „*Rhinefine.*"

Schambatíst grinst zufrieden. „Herr Doktor Wilhelm Armin Host, was Kosmetika doch für eine erstaunliche Wirkung haben können."

Der Doktor dreht sich zu ihm und fällt ihm in die Arme. „Ich bin Ihnen ja so dankbar. Wie wunderbar, dass Sie das gefunden haben."

„Ich hoffe nicht, dass dieses Geschenk zu einer weiteren Wendung in Ihrem Leben führt."

Luisa nimmt die Creme, packt sie sorgfältig in eine Tüte und gibt sie dem Doktor zurück.

„Wer weiß", sagt Host.

Florentina schiebt ihn dezent zur Tür. „So, mein Wilhelmchen, jetzt geh mal. Ich bin dran. Wir sehen uns ja heute Abend."

„Ich begleite Sie", ruft Luisa. „Schambes, ich habe für unseren Salon zwei von diesen gluckernden Wasserkrügen bestellt. Ganz wunderbare Farben. Sie werden morgen geliefert. Einverstanden?"

„Natürlich."

„Ich gehe dann jetzt zu meinem Geigenunterricht. Bis heute Abend."

Als sie fort sind, setzt sich Florentina Johannsen in den Kosmetikstuhl. „Ach, Herr Dänzer-Valotti, endlich allein. Sie können sich gar nicht vorstellen, wie mühsam es ist, diesen Mann ständig begleiten zu müssen."

„Müssen Sie das denn?"

„Ach wissen Sie, auch ich komme in ein Alter, in dem ich mich frage, ob es das alles jetzt schon gewesen ist."

„Ob er es gewesen ist?"

„Ja. Aber auch überhaupt."

„Jetzt schon? Wie alt sind Sie denn? Dreißig?"

„Sie Charmeur!"

„Ach, Florentina, nennen Sie mich ruhig Schambes."

„Schambes?"

„Schambes."

„Ja, gern, mein Schambes."

„Sie hatten für heute Peeling bestellt, richtig?"

„Ja, bitte."

„Gern. Sehr gern."

Florentina lehnt sich zurück.

Schambatíst nimmt aus dem großen Kosmetikschrank ein Gesichtswasser und beginnt, vorsichtig ihr Gesicht zu reinigen. „Ich hatte eben ein längeres Gespräch mit Ihrem Freund."

„Dem Wilhelmchen?"

„Genau. Und er sagte mir, dass er im Grunde nicht an die Kraft der Kosmetik glaube."

„Ach, Schambes, der Mann hat keine Ahnung. Haben Sie nicht gesehen, wie der geweint hat, als Sie ihm das Döschen von diesem brasilianischen Schnibbler geschenkt haben?"

Schambatíst nickt.

„Das Wilhelmchen ist ja so sentimental. Eigentlich ist er eine Diva."

„Wie alle Ärzte."

„Ja, wie alle!"

„Dennoch, Florentina, ich muss durchaus zugeben, dass nicht alle Kosmetika halten, was sie versprechen."

„Ich weiß, und deswegen vertraue ich Ihnen ja auch so."

„Es gibt da durchaus Unterschiede. Zum Beispiel Peeling. Das Schälen der Haut ist eine ganz besondere Sache. Die meisten Produkte beinhalten ja Vitamin-A-Säure oder Fruchtsäure. Das ist deswegen reizvoll, weil die Haut sich dadurch spannen kann."

„Sie meinen, sie entzündet und strafft sich."

„Wenn Sie das so ausdrücken wollen – bitte. Aber es hinterlässt schon einen gewissen Effekt."

„Deswegen liebe ich ja auch Ihr Peeling so."

Schambatíst beginnt, ihre Brauen zu fassonieren. „Der Strich Ihrer Augenbrauen ist bewundernswert – formvollendet. Da muss ich ja fast nichts mehr machen."

„Danke."

„Und Ihre Haut hat ja sowieso eine so wunderschöne Sanftheit und Farbe ... so weiß."

„Danke. Sehr nett. Aber was ist denn heute mit Ihnen los? Sind Sie verliebt?"

„Aber nein, äh, ich wollte Ihnen das immer schon mal sagen."

„So? Wollten Sie? Na, das ist alles genetisch bedingt." Florentina öffnet kurz die Augen, schürzt die Lippen, klimpert mit den Lidern, lächelt und schließt die Augen wieder. „Und natürlich auch Folge Ihrer vorzüglichen Arbeit, lieber Schambes."

Schambatíst presst die wulstigen Lippen aufeinander. Auf seiner Stirn fühlt er, wie die Glabella leicht zuckt. Aber nur kurz. Dann fällt sein Blick auf den Ruinart. „Ich habe ganz vergessen, Sie zu fragen, ob Sie Champagner möchten."

„Aber gern. Für Champagner ist doch immer Zeit."

Er holt die Flasche und füllt ein Glas. Florentina liegt weiter mit geschlossenen Augen vor ihm. Ihr glattes, schmales Gesicht mit den hohen Wangenknochen, dem großen Mund, den ungewöhnlich weit auseinanderliegenden schmalen Augen, den fleischigen Ohrläppchen und den dahinterliegenden hauchdünnen Narben, eingebettet ringsherum von rotblondem langem Haar, wirkt auf ihn heute fremd, sogar fast ein wenig gespenstisch. Er schaut auf das Gemälde über dem Kamin. Tausende Male hat er es schon betrachtet, doch zum ersten Mal scheint Anna Medici ihn heute anzulächeln, eine hübsche Frau mit wunderschöner Haut. Schambatísts Augen kugeln. Wilhelmchen, Wilhelmchen, denkt er sich und fängt an, Florentinas Gesicht mit der hauseigenen Peeling-Creme, einer Kaffee-Kokos-Mischung mit fein gemahlenen Aprikosenkernen, in kleinen Kreisen sanft einzureiben.

„Wissen Sie eigentlich, dass ich auch Self-tanning anbiete?"

„Wirklich? Dieser *Tantastic-Kram*?"

„Das kommt bei vielen Frauen sehr gut an."

„Kaum zu glauben. Dass die Leute immer noch glauben, eine gebräunte Haut sei ein Zeichen von Gesundheit. Wir sind doch nicht mehr in den 50er-Jahren! Wenn ich schon diese verbrannten Häute sehe. Unmöglich! Ab einem gewissen Alter muss sich doch eine Frau zu benehmen wissen. Die sehen doch alle aus wie mit Schlagsahne gemästete Hähnchen von der Grillbude."

„Nun, es gehen auch attraktive Frauen unter die Dusche."

„Ach ja, und wie läuft das dann so? Wird man dort an eine Stange gebunden, gedreht und bespritzt?"

„Fast. Es ist eine ganz normale Dusche. Sie ziehen sich aus, setzen eine Badehaube auf, bekommen ein wenig Pflegecreme zwischen Finger und Zehen und werden dann mehrmals angesprüht. Eine Computerstimme sagt Ihnen, wann Sie sich drehen müssen."

„Das ist ja entsetzlich!"

„Nein, das ist ganz schnell vorbei. Sie ziehen sich wieder an und fertig. Da kleckert und färbt nichts. Sie können sich natürlich dann auch noch mit einem schönen Öl eincremen. Nuss vielleicht."

„Um Gottes willen. Ich bin doch nicht verrückt. Ausgerechnet Nuss? Dagegen bin ich hochallergisch. Ein Tropfen davon und mir stockt der Atem. Von einer Überdosis könnte ich sterben."

„Dann nehmen Sie etwas anderes."

„Kommt überhaupt nicht infrage. Ich mache das nicht. Ein Dusch-Albtraum, schlimmer als bei Hitchcock! Nein, nein. Ich bin nicht mehr die Jüngste und da können Sie sich doch vorstellen, was es mich kostet, eine solche Haut makellos zu erhalten. Und jetzt soll ich das alles mit so einem braunen Porendünger zukleistern? Heiße ich Lederstrumpf?"

Schambatíst holt aus dem Schrank, in dem er Massagewaschlappen, Pinzetten, Bürsten, Kämme und Fönaufsätze wohlgeordnet aufbewahrt, zwei schmale und flache Kompressen, hüllt sie in ein Tuch, erwärmt sie und legt sie behutsam auf Florentinas Gesicht. „Sie müssen das ja auch gar nicht machen. Sie sind viel zu schön."

„Mein Lieber, seien Sie froh, dass ich Sie gerade nicht sehen kann."

„Ich bitte Sie, ich habe gerade mit Doktor Host über Sie gesprochen. Wissen Sie eigentlich, wie er von Ihnen schwärmt."

„Ach, das Wilhelmchen. Männer im zweiten Frühling sind wie eine Stopfgans, die man ausnehmen kann."

„Wirklich. Wir haben über Schönheit gesprochen. Auch über Ihre."

„Und? Zu welchem Ergebnis sind Sie gekommen?"

„Nun ja, ich meine, dass viele Leute heute gutes Aussehen als persönliche Leistung betrachten. Da ist es egal, wie man dieses erreicht, ob durch Jogging, Diät oder durch den Einsatz von Chemie und Chirurgie. Die Mühe zählt, die Mühe. Ich meine, jeder kann mit seinem Körper tun, was er will. Aber das alles ist doch schon sehr auffällig."

Florentina schürzt wieder ein wenig die Lippen, lächelt und tut so, als ob sie nichts von dem, was er gerade gesagt hat, gehört oder gar verstanden hätte. „Und was ist jetzt mit der Schönheit?", fragt sie.

„Wir sind natürlich letztlich zu der Allerweltswahrheit gekommen, dass Schönheit stets im Auge des Betrachters liegt."

„Grämen Sie sich nicht, Schambes. Manchmal sind die scheinbar banalen Dinge die einzig richtigen und wichtigen."

„Ich meine, Schönheit hat etwas mit Wohlfühlen zu tun. Schönsein ist Wohlbefinden."

„Das stimmt allerdings. Deswegen sind wir ja alle auch so froh, dass es Sie gibt, Schambes. Sie setzen dieses Lebensgefühl bei Ihren Kunden um. Das ist Ihre große Tat."

„Florentina, gut, dass Sie gerade die Augen geschlossen haben."

„Ja, dann nehmen Sie doch endlich mal diese hinderlichen Lappen weg."

Schambatíst befreit sie. „Ich wollte Ihnen sowieso gerade die Maske auflegen."

„Was für eine haben wir denn heute?"

„Heilerde."

„Ah, etwas spartanisch. Aber gut, fangen Sie an."

Schambatíst nimmt den kleinen Pinsel und trägt von der Mitte des Gesichts nach außen hin die Maske auf. „Florentina, kann der Schönheitsdrang einen auch süchtig machen?"

„Natürlich. Mich zum Beispiel.“

„Wäre da nicht der Gang zum Therapeuten sinnvoller als zu Doktor Host?“

„Wo denken Sie hin? Da hilft doch kein Therapeut. Im Grunde ist doch unsere gesamte Existenz ein Horrortrip. Man weiß, dass die Zeit vergeht, und dann ist sie vorbei.“

„So ist es.“

„Und das soll ich mir noch einmal von einem Therapeuten teuer erklären lassen? Es tut mir leid, aber Schönheit ist nun mal fundamental. Und mit all den Experimenten und Körpererfahrungen, die ich so mache, lebt es sich viel schöner.“

„Sie leben also die Schönheit?“

„Ja, natürlich. Ich fühle sie ganz deutlich. Kennen Sie den *Rosenkavalier* von Richard Strauss?“

„Ja.“

„Dann kennen Sie sicher auch diesen einen wunderbaren Text daraus?“

„Nein, gerade nicht.“

„Schade. Nun, da heißt es doch in dieser wunderbaren und berühmten Zeile der Marschallin: *Die Zeit, die ist ein sonderbares Ding. Wenn man so hinlebt, ist sie rein gar nichts. Aber dann auf einmal, da spürt man nichts als sie: Sie ist um uns herum, sie ist auch in uns drinnen.*“

Ein merkwürdig taubes Gefühl überkommt Schambatíst, ein Gefühl des Nichtdaseins, als ob er für Millisekunden den Raum verlassen hätte. Er denkt an Fanta und daran, dass sie so viel jünger ist als er.

„Bei der Schönheit verhält es sich nun ähnlich und doch anders“, erklärt Florentina.

„Ja? Ach so.“ Schambatíst schüttelt sich kurz. „Und zwar wie?“

„Wenn man beginnt, die Schönheit zu definieren, verflüchtigt sie sich. Bis sie ganz weg ist. Erst wenn man nicht über sie nachdenkt, entstehen Augenblicke, da spürt man sie ganz deutlich."

Er schaut sie wieder starr an. Dann blickt er zu dem Gemälde – Anna lächelt nicht mehr –, dann wieder zu Florentina. Schließlich greift er nach den Kosmetiktüchern. „Kennen Sie eigentlich Fanta Silberling?" Er wischt Florentina mit den Tüchern über das Gesicht.

Sie schaut ihn aus zusammengekniffenen Augen an. „Schambes, ich habe es Ihnen schon längst angesehen. Sie sind verliebt."

„Ach, das ist wohl zu viel gesagt."

„Natürlich, ich sehe es genau."

„Florentina, ich weiß auch nicht, wie ich darauf komme. Sie sind doch eine gute Freundin meiner Frau."

„Mein Guter, ich bin auch *Ihre* Freundin. Und Ungereimtheiten und Geheimnisse gibt es überall auf der Welt. Wir sind doch erwachsene Menschen, nicht wahr?"

„Ja, sicher, aber …"

„Wenn Sie wüssten, was ich alles so weiß."

„Wie meinen Sie das jetzt?"

„Also, über mein Wilhelmchen, das dürfte mittlerweile auch die Staatsanwaltschaft interessieren."

„So genau wollte ich das jetzt gar nicht wissen. Bleiben wir doch lieber bei mir."

„Zum Beispiel Ihr Gemälde da, dafür gibt es ja inzwischen sehr viele Interessenten."

„Was? Sie meinen meinen Douven?"

„Tun Sie doch nicht so, als ob Sie von nichts wüssten!"

„Wovon sollte ich denn wissen?"

„Alle Welt weiß es."

„Was?"

„Dass Sie hier so ganz unauffällig ein wertvolles Bild hängen haben und aber auch gar nichts unternehmen, um es zu schützen. Haben Sie überhaupt eine Alarmanlage?"

„Wovon reden Sie? Das Bild ist ein Erbstück von meiner Mutter. Außer dem Erinnerungswert ist da gar nichts dran."

„Beruhigen Sie sich. Ich verstehe Ihre Reaktion. Bei einem solchen Komplott würde ich auch durchdrehen."

„Was für ein Komplott?"

„Ach, Schambes. Das ist nur so ein Gerede. Ich kann Sie aber gern weiter auf dem Laufenden halten."

„Was wissen Sie?"

„Das habe ich Ihnen doch gesagt. Mehr ist es nicht."

Schambatíst drückt seine Lippen heftig zusammen. Er holt den Rest des Champagners, gießt sich ein und kippt das Glas auf ex.

„Geht es wieder, Lieber?"

Schambatíst geht in den Nebenraum, wäscht sich die Hände, kommt zurück und beginnt mit der Gesichtsmassage. „Ja, also zurück zu meiner Frage. Kennen Sie Frau Silberling?"

„Kaum. Das ist doch diese Journalistin, nicht wahr. Sie schreibt für die Stadtzeitung."

„Genau."

„Und Sie wollen sich mit ihr treffen."

„Woher wissen Sie das?"

„Habe ich im Gefühl. Und Sie wissen nicht wie und wo."

„Richtig."

„Sie sollten sich als Erstes darüber im Klaren sein, ob Frau Silberling auch etwas für Sie übrighat."

„Natürlich."

„Bei Frauen ist es ja so: Wenn eine neue Liebe beginnt, tun sie alles, um gut auszusehen."

„Aha."

„Ja, wenn die Liebe dann nachlässt, machen sie es sich wieder ein wenig bequemer."

„Bei Männern ist das doch auch so."

„Nein. Bei entliebten Männer droht direkt die Verwahrlosung."

„Und Depressionen."

„Nein. Bevor es so weit kommt, bringen die sich meistens gleich um. Da sind mir beziehungsunfähige Männer schon lieber. Die halten sich als Frauenersatz meistens einen Hund oder sind Alkoholiker. Manchmal auch beides."

„Und die verlassenen Frauen nicht?"

„Also, das bisschen Alkohol, das die trinken, zählt ja wohl nicht. Ansonsten geben sich Frauen einfach mehr Mühe. Auch alleinstehende. Davon können Sie mal ausgehen."

„Und was machen die Frauen, die einen neuen Freund wollen und doch auch ihre Freiheit brauchen?"

„Aber, mein Lieber, das ist doch ganz einfach. Da sucht man sich einfach einen aus der Schweiz. Der ist weit weg, reich und spricht auch noch unsere Sprache."

„Und die Schweizer Männer sind weniger verwahrlost als die deutschen?"

„Die Antwort überlasse ich Ihnen. Auf jeden Fall kann man die besser auf Abstand halten."

„Und für wen machen sich die Frauen dann hübsch?"

„Das hat doch damit überhaupt nichts zu tun. Gut riechen und gut aussehen wollen wir doch nicht wegen der Männer, auch wenn die das oft glauben und das ganze Schönheits-Tralala bezahlen dürfen. Wir wollen es vor allem wegen der anderen Frauen."

„Wirklich?"

„Ja, und das ist anstrengend, sage ich Ihnen. Ständig müssen wir unseren Körper kontrollieren. Ist die Wimperntusche verwischt? Wie viel Fett ist im Essen? Obst oder Schokolade? Dessert oder Digestif? Ist die Taille der Nachbarin schmaler als meine? Wie sieht es mit den Waden aus? Den Fesseln? Auf so was achten die meisten Männer doch gar nicht so genau."

„Ich schon."

„Ja, Sie sehen das ja täglich. Ich weiß. Aber Frauen vergleichen sich zentimetergenau. Ich kann Ihnen sagen, das ist ein unerbittlicher Konkurrenzkampf. Und das ist auch der Grund, warum Frauen vor allem wegen der Frauen auf ihren Körper achten."

„Könnte sein. Frauen straffen, pflegen, kontrollieren und vergleichen. Das ist klar", sagt Schambatíst, „aber auch Männer cremen, ölen und schmieren."

„Sicher, aber es ist immer noch eine verschwindende Minderheit. Dass die Männer das nicht kapieren! Frauen finden es durchaus attraktiv, wenn Männer etwas aus sich machen. Ich meine, wo leben wir denn? Männer, die sich nicht pflegen, gehören doch in den Zoo. Für mich jedenfalls sind die Zeiten vorbei, als es für einen Mann reichte, keinen Mundgeruch zu haben, nicht nach Schweiß zu riechen und regelmäßig Socken und Unterhosen zu wechseln."

„Ich habe auch männliche Kunden."

„Sie, lieber Schambes, sorgen wenigstens für die Aufklärung des Mannes. Bravo. Aber grundsätzlich sind Männer ein verlorenes Geschlecht."

Schambatíst geht zum Kosmetikschrank, greift nach einer Tagescreme und setzt sich zurück zu Florentina.

„Wir sind ja vollkommen vom Thema abgekommen. Also, wie sieht es jetzt aus mit Ihrer Frau Silberling?"

„Nun, ich werde sie treffen."

„Und jetzt wollen Sie ein paar Tipps, wie man eine solche Frau überzeugen könnte?"

„Ja, wissen Sie, ich habe Luisa vor vielen Jahren kennengelernt und bin ein wenig aus der Übung …“

„Ach, reden Sie nicht. Das ist ja jämmerlich. Wenn Sie nicht wissen, wie Sie eine Frau überzeugen können, frage ich mich, warum Sie überhaupt noch verheiratet sind.“

„Ja, das ist es doch. Ich bin mir da gar nicht mehr so sicher. Nachdem feststand, dass wir keine Kinder bekommen können, begann eine schwierige Zeit für uns. Tja, und jetzt …“

„Schambes, Sie brauchen ein wenig Abwechslung. Sie müssen sich ordnen. Ich verstehe das.“

„Wirklich?“

„Natürlich. Frauen sind Gefühlsmenschen. Das wissen Sie doch noch, oder?“

„Sicher, aber …“

„Ruhe. Und Gefühlsmenschen brauchen etwas fürs Herz. Zum Beispiel Worte. Schöne Worte.“

„Okay, äh, und welche?“

„Sie müssen wirklich wieder etwas in Übung kommen. Ich empfehle Ihnen Thomas Mann.“

„Thomas Mann? Ausgerechnet der? Der hatte doch nur was für Männer übrig.“

„Reden Sie keinen Unsinn. Das ist doch völlig ohne Bedeutung. Ich meine doch auch nur seine Worte. Schlagen Sie mal bei *Tonio Kröger* nach.“

„Bei dem? Soviel ich weiß, war der doch in so einen blonden, blauäugigen Ostfriesen verknallt.“

„Ach nein, das ist alles doch nur ein Missverständnis.“

„Ein Missverständnis?“, fragt Schambatíst erstaunt.

„Jetzt seien Sie still und lauschen Sie: *Kennen Sie nicht die Sehnsucht nach ein wenig Freundschaft, nach Hingebung, nach menschlichem Glück – die verstohlene und zehrende Sehnsucht nach den Wonnen des Sinnlichen?*“

„So einen Kitsch soll ich aufsagen?"

„Es soll Sie inspirieren. Damit Sie inspirieren. Frauen wollen Inspiration! Immer schon. Wussten Sie das nicht? Dieses Bild vom treuen Ehemann, Kinder in die Welt setzen und Bausparverträge abschließen – meine Güte!"

„Sie klingen nach Kommune 1."

„Ich bitte Sie, das waren doch alles Spießer. Was ist heute aus denen geworden? Frustrierte Besserwisser. Sonst nichts!"

„Was ist dann Ihr Ideal?"

„Ich möchte eine freie und glückliche Frau sein und bleiben." Florentina richtet sich auf.

„Ohne das Wilhelmchen wird das aber nicht gehen, oder?" Schambatíst merkt zu spät, wie unpassend seine Bemerkung war.

Florentina schließt die Augen. Fast ohne den Mund zu öffnen, spricht sie langsam und scharf: „Damit Sie es ein für alle Male wissen: Das Wilhelmchen ist am glücklichsten, wenn sich Alkohol und Frauen in einem Raum befinden."

„Ich wollte ja auch nur sagen, dass es ja sehr schade ist, wenn Sie dann mal allein, ohne den Doktor, ich meine …"

„Dann nehme ich mir halt einen Pflegeroboter. Am besten aus Japan. Die sollen ausgezeichnet sein." Sie steht auf und geht auf das Gemälde zu. „Ein himmlisches Wesen! Sie ist tatsächlich außerordentlich schön."

„Wer?"

„Diese Haut! Die Haut dieser Frau! Zu schön, um sterblich zu sein."

„Ach, alte Meister sind ja gar nicht mehr in Mode."

„Aber das gefällt mir gerade. Das Gemälde ist wunderbar. Da haben die anderen schon recht."

„Welche anderen?"

Sie zieht ganz langsam die Augenbrauen hoch, dann lächelt

sie, geht auf ihn zu und zeichnet ganz behutsam mit dem Zeigefinger die Konturen seiner Lippen nach, ohne sie zu berühren. „Ach, ich komme schon wieder ins Reden. Ich habe heute viel zu viel geplappert. Schambes, bitte schicken Sie die Rechnung wie immer an den Doktor."

„Das mache ich. Aber wie sieht es aus mit Make-up? Wollen Sie keines?"

„Nein, dazu ist es schon zu spät. Ich muss jetzt gehen. Ich nehme ein Taxi. Da sieht mich sowieso keiner. Schambes, es war wie immer sehr angenehm."

Florentina nimmt ihre Tasche, holt ihre langen, schmalen weißen Seidenhandschuhe heraus, streift sie sich fast bis zu den Ellenbogen über, steckt sich noch einmal das rotblonde Haar als Büschel über dem Kopf zurecht und geht zur Tür.

„Danke und alles Gute", ruft Schambatíst ihr hinterher, „und hoffentlich bis zum nächsten Mal."

Florentina schaut sich noch einmal um, wirft ihm ein Luftküsschen zu und murmelt, als sie sich wieder wegdreht: „Ja, hoffentlich."

10
ALFONS MÄRCHENBACH ERMITTELT

Als Schambatíst am nächsten Morgen vor seinem Beauty-Salon eintrifft, zuckt er zusammen: Die Tür steht ein paar Zentimeter offen! Hat er gestern vergessen, abzuschließen? Ist Luisa bereits im Laden? Außer ihm haben nur sie und die Putzfrau einen Schlüssel. Aber dass einer von den beiden vor ihm morgens im Salon ist, ist sehr selten und so gut wie noch nie vorgekommen.

Er befühlt mit den Händen die Tür und öffnet sie langsam. Als er eintritt, scheint alles in Ordnung zu sein. Er ruft: „Hallo?“ Niemand antwortet. Er geht zur alten Kasse, in der er immer ein paar Euroscheine liegen lässt, um möglichen Einbrechern wenigstens ein kleines Erfolgserlebnis zu verschaffen, damit sie nicht vor Wut, nichts gefunden zu haben, alles kurz und klein schlagen. Doch nichts fehlt. Er schaut in die Schubladen, geht die Reihen am großen Kosmetikschrank ab, durchsucht alle Fächer, schaut in die Küche, sieht sich genau die Auslagen an, die Bilder an den Wänden. Alles wie gehabt. Er geht zurück zur Tür. Am Rahmen findet er Spuren. Das Schloss ist eingedrückt, die Mehrfachverriegelung aufgebrochen. Auch der Schutzbeschlag, der den Schließzylinder umfasst, ist beschädigt.

Erst vor wenigen Tagen, als in der Zeitung mal wieder etwas über die hohe Einbruchquote in den Großstädten zu lesen war, hat er überlegt, ein Kastenschloss mit Sperrbügel einzubauen, das auf der Türinnenseite montiert und im Mauerwerk verankert wird. Doch er verwarf die Idee, denn er hat es nicht wirklich für möglich gehalten, dass jemand ein kriminelles Interesse an seinem Salon haben könnte.

„Einbruch", murmelt Schambatíst. „Hier ist eingebrochen worden!" Er schüttelt den Kopf, holt mehrfach Luft und atmet doppelt so oft aus. Dann greift er zum Telefonhörer und ruft bei der Polizei an.

Auf dem Weg zur Küche merkt er, dass die zwei weißen Drachen mit den blauen Streifen aus Meissener Porzellan auf dem Kaminsims anders stehen als sonst. Er wundert sich. Die Putzfrau war gestern definitiv nicht da. Waren sie den Dieben zu billig? Er rückt sie wieder zurecht, geht zum Kühlschrank. Er ist nicht ganz geschlossen. Er schaut hinein und zählt die Champagnerflaschen. Zwei fehlen. Sie stehen leer neben dem Abfalleimer. Schambatíst zieht die Augenbrauen hoch und presst die Lippen zusammen. Dann nimmt er eine Flasche heraus, öffnet sie, setzt sie an den Mund und lässt laufen. Er kippt so schnell, dass ihm der Champagner übers halbe Gesicht rinnt und sich in sein Hemd saugt. Als er die Flasche absetzt, ist sie zu zwei Dritteln leer.

„Hallo?"

Schambatíst fährt zusammen.

„Hallo? Ist da jemand?"

Schambatíst geht zurück in den Salon. Dort steht ein schrankgroßer Mann mit Hut.

„Äh, guten Morgen", sagt Schambatíst. „Sie haben mich aber erschreckt. Was kann ich für Sie tun?"

„Ich bin Ihr Bezirkspolizist. Kriminalhauptkommissar Märchenbach, Alfons Märchenbach." Er lüpft den Hut.

„Ah, gut, dass Sie da sind, Herr Märchen… äh …"

„…bach."

„Bach! Herr Märchenbach." Schambatíst rülpst. „Hoppla, Entschuldigung", rutscht es aus ihm raus, „ich habe gerade furchtbares Sodbrennen."

„Haben Sie angerufen?"

„Ja. Ich. Ich war's. Ich bin der Besitzer dieses Geschäfts." Er geht auf den Polizisten zu und reicht ihm die Hand. „Mein Name ist Dänzer-Valotti, Jean-Baptist Dänzer-Valotti."

„Ah, Sie sind es! Ich habe von Ihnen gehört. Ihr guter Ruf eilt Ihnen voraus. Sie sollen ein ausgezeichneter Drogist sein."

„Danke."

„Ich habe mir erst neulich überlegt, ob auch ich Sie nicht einmal besuchen soll."

„Ja, jetzt sind Sie ja da."

„Stimmt, äh, gut, Herr Dänzer-Valotti, erzählen Sie jetzt bitte noch mal, was vorgefallen ist."

„Nun, ich kam vorhin hier an, sah die Tür offen stehen, ging rein und stellte fest, dass nichts weg war. Nur die beiden Figuren unter dem Gemälde stehen jetzt anders. Und jemand hat zwei Flaschen von meinem Champagner getrunken." Schambatíst merkt, wie ihm der Alkohol zu Kopf steigt. Er hält sich an dem Polizisten fest. „'tschuldigung", sagt er, stößt sich ab, stellt sich breitbeinig hin, verschränkt die Arme und setzt seine Überlegungen fort. „Aber dafür die Tür aufzubrechen? Um Champagner zu trinken? Na ja, sicher, das ist ein sehr guter Tropfen und gehört nicht zu diesen Sorten, die man an jeder Tankstelle kaufen kann. Aber die Tür aufbrechen? Sehen Sie doch. Ganz eindeutig. Das Schloss ist kaputt. Aber weg ist nichts. Das ist doch sehr merkwürdig."

Märchenbach schaut sich ruhig um. Er macht sich Notizen. „Vielleicht ist der Täter oder sind die Täter überrascht worden und haben in der Eile nichts mitgenommen", sagt er.

„Aber Zeit zum Trinken hatten sie, was? Da hätten die doch lieber bei meinem Freund Matteo nebenan einbrechen können. Der hat noch viel bessere Sorten da als ich."

„Ach, der Herr Alberti ist Ihr Freund?"

„Ja, schon seit Christi Geburt."

Märchenbachs Gesicht hellt sich auf. „Diesen Mann bewundere ich."

„Wen? Jesus?"

„Nein, Herrn Alberti."

„So, sicher, er ist nett, aber bevor Sie urteilen, sollten Sie ihn doch vielleicht noch besser kennenlernen."

„Wieso? Finden Sie ihn nicht nett?" Märchenbach spitzt den Mund und verzieht streng die Augenbrauen.

„Doch, schon. Aber bewundern?"

„Kochen ist eine Kunst – und dieser Mann ist für mich ein Künstler", erklärt Märchenbach, und die Leidenschaft, mit der er es sagt, nimmt ihm ein wenig von der autoritären Strenge, die er ausstrahlt.

„Sie sind doch Polizist, oder?"

„Kriminalhauptkommissar." Märchenbach nimmt wieder Haltung an.

„Ist das was anderes?"

„Natürlich, gehobener Dienst."

„Ah, so etwas wie die *Haute Cuisine* der Polizei?"

Märchenbach blickt auf den Prunkkamin und sieht das Gemälde. Seine Augen wandern über das Bild, hin und her, fast flackernd, verzaubert, und der Notruf, der ihn vor wenigen Minuten telefonisch in diesen Salon geführt hat, scheint für ihn nur noch ein unbedeutender, ferner Ton aus der Vergangenheit zu sein. „Herr Dänzer-Valotti, Sie müssen wissen, ich bin ein großer Fan der Kunst. Ich habe auch Freunde unter den Künstlern. Zum Beispiel Olafur Eliasson."

„Wirklich?"

„Ja."

„Den Olafur Eliasson?"

„Ja, den dänischen Künstler."

„Den Superstar?"

„Ja."

„Das glaube ich nicht. Sie lügen."

„Passen Sie auf, was Sie sagen. Wissen Sie, was Beamtenbeleidigung ist?"

„Sie sind ein Freund von Olafur Eliasson, das gibt's ja gar nicht. Wollen Sie nicht doch ein Glas Champagner?"

„Nein, ich bin im Dienst."

„Ah, das ist mir gerade gar nicht mehr aufgefallen. Wo haben Sie sich denn kennengelernt?"

„In Düsseldorf. Er hatte ja vor wenigen Jahren eine Ausstellung in der Kunstsammlung. Um die riesigen Figuren zusammenzustellen, brauchte er Helfer. Und Sie sehen ja, dass ich mit meiner Statur gut zupacken kann. Ich habe mich also freiwillig gemeldet – und seitdem kennen wir uns."

„Nicht zu fassen."

„Seit damals bin ich bei fast allen Events mit großen Installationen dabei und helfe."

„Die Polizei als Eliassons Freund und Helfer! Großartig!"

„Ich gebe zu, ich wäre ja gern auch Künstler geworden. Das Künstlerische liegt unserer Familie seit Generationen im Blut. Schon bei meinem Ururgroßvater. Nach ihm heiße ich auch."

„Märchen… äh …"

„Nein. Alfons."

„Und der Olafur weiß das?"

„Mit meinen Kunstambitionen?"

„Ja."

„Nein. Ich habe ihn aber schon oft in seinem Studio in Berlin besucht. Er arbeitet in einer umgebauten Brauerei am Prenzlauer Berg – mit fast 90 Mitarbeitern. Und wissen Sie, wie da gegessen wird?"

„Ich weiß nicht. Mit Messer und Gabel?"

„Ach, ja, nein. Essen hat dort eine ganz große Bedeutung.

Da gibt es keine Pizza auf die Hand oder Sushi im Plastikschälchen. Nein, das Mittagessen ist ein Festakt!"

„Ein Festakt?"

„Essen ist dort eine Kunst! Und der Körper ist der Ort dieser Kunst. Essen und Verdauen – das ist etwas ganz Wesentliches, wie der Atem oder das Pochen des Herzes. Essen bedeutet, einem ständigen Wandel unterworfen zu sein, es zeigt sich in Farben und Klängen."

„Blähungen?"

„Herr Dänzer-Valotti! Verstehen Sie doch! Wenn wir kochen, nutzen und produzieren wir die Welt gleichzeitig. Das ist Eliassons Überzeugung. Und er sagt: Beim Essen nehmen wir die Welt auf und bringen Licht in unseren Körper. Er hat sogar ein Buch darüber geschrieben. Dort erhebt er das Kochen zu Kunst. Soll ich es Ihnen mal ausleihen?"

„Sehr gern, aber später, Herr Kriminalkommissar."

„Kriminal*haupt*kommissar. Sehen Sie, Leute wie ich tragen auf der Schulter drei silberne Sterne!"

„Ja, Sterne, natürlich, Entschuldigung, Herr Kriminal… hm …bach."

„Märchenbach."

„Herr Märchenbach." Schambatíst nickt ihm um Verständnis bettelnd zu.

„Wegen Eliasson bin auch ich ein leidenschaftlicher Koch."

„Ist nicht wahr?"

„Doch. Ein bisschen Kunst muss sein. Und wissen Sie, was ich am liebsten koche?"

„Ich würde jetzt eigentlich gern auf den Einbruch zurückkommen."

„Das raten Sie nie! Muscheln mit Hühnerhaut und Krokodilfett. Oh, ich sage Ihnen, Sie müssen das probieren. Garniert mit Seegras."

„Ja, sehr schön. Was ist jetzt mit der Tür?"

„Dieses Seegras liegt dann vor Ihnen wie ein Schnürchen mit Perlen. Und wenn Sie da reinbeißen, dann platzen die, wie die feinste Gischt auf der schönsten Krone aus reinstem Meerwasser."

„Ich nehme mir jetzt noch was vom Champagner. Sind Sie sicher, dass Sie nichts wollen? Oder vielleicht haben Sie doch schon was anderes?"

„Und dann erst meine Macarons! Das müssen Sie auch probieren! Eine australische Variante: Mango-Macarons mit tiefgefrorenen Ameisen. Kein Witz! Das ergibt so eine fantastisch zart kitzelnde Säure."

„Also, was ist jetzt mit dem Einbruch?" Schambatíst ist der Satz so laut herausgerutscht, dass er selbst erschrickt.

Auch Märchenbach zuckt zusammen, räuspert sich, stemmt beide Hände in die Hüfte und sagt: „Sie sind also sicher, dass nichts fehlt."

„Ja, merkwürdigerweise ist alles noch da. Das sagte ich doch schon. Keine Tube fehlt, kein Flakon, keine Dose, nichts."

„Tja, da haben die Täter wohl etwas anderes gesucht."

„Ja, was soll das sein? Jeder weiß doch, dass hier nichts zu holen ist."

„Unserer Erfahrung nach kommen die mutmaßlichen Täter nie aus der Stadt, in der sie auf Beutezug gehen. Meistens sind es Banden, die von Ort zu Ort ziehen."

„Bei mir wurde aber noch nie eingebrochen. In fünfundzwanzig Jahren nicht."

„Jeder ist mal dran."

„Wollen Sie nicht wenigstens die Spuren sichern?"

„Ja, natürlich. Also die Eingangstür stand auf, als sie vorhin kamen?"

„Ja."

„Gut, dann werde ich veranlassen, dass man hier nach Fingerabdrücken oder auch DNA-Spuren sucht. Und Sie sagten, das Gemälde hing schief?"

„Nein. Das sagte ich nicht. Ich sagte, die beiden Drachen auf dem Kaminsims standen schief."

Märchenbach geht im Salon umher. Er schaut auf die Regale, prüft den Kassentisch, geht in die Küche, schaut in den Kühlschrank, geht auf Schambatíst zu, wendet sich noch mal zum Kaminsims, nimmt ein Tuch, hebt damit vorsichtig einen der Drachen hoch und sagt schließlich: „Hm, gut, wir werden hier nach Spuren suchen."

„Können Sie das überhaupt?"

„Wie bitte?"

„Ich sagte: Können Sie das überhaupt?"

Märchenbach tritt nun sehr nah an Schambatíst heran, streckt den Kopf zu ihm und schnuppert. „Wie viel haben Sie schon getrunken?"

„Das kann man so nicht sagen."

„Sie riechen nach Alkohol."

„Wollen Sie jetzt auch einen Champagner?"

„Nein. Ich bin im Dienst. Sie haben also getrunken?"

„Hören Sie, auf diesen ganzen Schreck hier ist mir jetzt wirklich nichts Besseres eingefallen. Ein paar Tropfen, mehr nicht. Ist das denn verboten?"

„Nein. Aber vielleicht haben Sie Ihren Schlüssel vergessen und alles selbst aufgebrochen. Und da Sie unter Alkoholeinfluss stehen, binden Sie mir gerade einen gewaltigen Bären über einen angeblichen Einbruch auf."

„Märchen, alles Märchen, Herr Märchen... – ...berg."

„...bach! Märchenbach."

„Ich schwöre Ihnen, dass es nicht so ist und dass hier jemand heute Nacht war."

Der Polizist schaut Schambatíst sehr streng in die Augen. Er wartet. Zehn Sekunden, zwanzig, dreißig Sekunden. „Gut", sagt er schließlich, „ich will Ihre kleinen Frechheiten mal überhört haben. Und um die Frage, ob ich Spuren finden kann, zu beantworten: Ich bin seit 1989 bei der Polizei."

„Aha."

„Ja, aha! Und wissen Sie, was wir so alles tun?"

„Wen meinen Sie? Uns?"

„Nein, die Bezirkspolizei."

„Nein, das weiß ich nicht. Nicht wirklich."

„Tagtäglich werden in deutschen Städten Tausende von Verbrechen begangen, Missbrauch, Überfall, Raub, Mord, Totschlag. Vor allem Diebstahl und Handgreiflichkeiten sind ein großes Problem. Hier komme ich ins Spiel, denn als Polizist bin ich für den Schutz der Bürger verantwortlich."

In dem Moment scheppert es von draußen laut herein. Dieses Mal ist ein Fahrradfahrer gegen einen Kinderwagen geknallt. Das Baby schreit wie am Spieß. Die Mutter brüllt den Radfahrer hysterisch an, ob er blind sei. Der behelmte Radfahrer brüllt zurück, sie solle besser aufpassen, immerhin sei das eine Straße. Die Mutter tritt vor Wut mehrmals gegen das Vorderrad, bis sich die ersten Speichen verbiegen.

„Vor diesen verrückten Radfahrern sollten Sie uns mal besser beschützen", blubbert Schambatíst. „Seit dieser idiotischen Tour de France glaubt hier jeder, er sei Eddy Merckx."

Märchenbach will bereits nach draußen gehen, als er sieht, dass ein Streifenwagen vor den Streithähnen anhält.

„Ja, jetzt bleiben Sie doch mal hier und beschützen mich", ruft Schambatíst empört. Märchenbach murmelt irgendwas von 30 Fahrradunfällen pro Tag in den vergangenen drei Monaten.

„30 Unfälle täglich? Was ist denn los mit diesen Irren? Nehmen die alle Aufputschmittel? Die scheinen ja völlig die Orientierung zu verlieren."

Märchenbach wiegelt ab. „Es sind ja nicht nur die Fahrradfahrer, die in letzter Zeit auffällig sind und ausfällig werden."

Schambatíst hebt warnend den Zeigefinger. „Aber immer öfter sind es diese Radrennheinis", sagt er, „die sollen doch alle besser in den Zirkus gehen. Wenn man denen in die Speichen tritt, ist das für mich reine Notwehr."

Märchenbach kommt wieder auf ihn zu, zückt erneut den Stift und schlägt eine Seite seines kleinen Notizblocks um. „Nun, manchmal müssen auch wir als Polizei in Notwehr handeln." Er erzählt, wie er vergangene Woche auf seinem Dienstrad eine Frau in der Stadt erwischt hat, die in ihrem Auto gegen die Einbahnstraße fuhr. Er hielt sie an, blieb freundlich und wollte sie mit 20 Euro verwarnen. „Das ist noch günstig", sagt Märchenbach, „es kostet normalerweise 25 Euro." Bis die Frau dann aber endlich einwilligte, schrie sie ziemlich wild herum. Als er schließlich weiterfahren wollte, kam sie hinter ihm her und griff ihn an die Seite seines Bauchs. Um das Gleichgewicht nicht zu verlieren, ruderte Märchenbach mit den Armen und traf die Frau am Kopf. „Zack, Nasenbeinbruch. Die Frau hat dann doch tatsächlich Strafanzeige gegen mich gestellt. Aber keine Chance. Die Richterin hat mich freigesprochen. Notwehr!"

„Haben Sie schon mal geschossen?"

„Nein, noch nicht. Zum Glück."

„Darf ich mal Ihre Waffe sehen?"

„Nein, wo denken Sie hin!"

„Ich habe auch eine Waffe zu Hause."

„Haben Sie auch einen Waffenschein?"

„Nein."

„Nein?"

„Es ist ein Sammlerstück. Funktioniert überhaupt nicht mehr. Es ist eine Radschlosspistole aus dem 17. Jahrhundert. Eine historische Waffe! Mit Nussholz-Vollschaft! Ein Erbstück. Tolles Teil. Kennen Sie diese Pistolen?"

„Nein. Aber ich kann Ihnen nur empfehlen, diese Waffe gut wegzuschließen. Mit so etwas ist schon so mancher Unsinn passiert."

„Aber ich bitte Sie! Das ist ein, äh, ein … äh … Missverständnis. Ich schieße damit doch gar nicht." Schambatíst sieht den zerschossenen Rahmen der Marquise d'Espinasse vor sich. Er meint zu fühlen, wie Carls Herz vor Schreck einen Hüpfer macht – und Evelines vor Angst um das Gemälde. „Was ist jetzt mit den Spuren hier?", fragt er schließlich.

Märchenbach streckt die Brust heraus, holt tief Luft und setzt eine wichtige Miene auf. „Ich werde Ihren Fall jetzt erst einmal zu Protokoll nehmen. Dann lasse ich die Spurensicherung kommen – wenn Sie es denn unbedingt wünschen. Im Grunde ist das ja nicht nötig. Denn es ist nichts weggekommen."

„Doch, bitte, machen Sie das. Ich zahle auch. Oder Sie kommen einfach mal zu meiner Pflege. Ich mache Ihnen einen guten Preis."

„Sie wollen mich bestechen?"

„Ja, äh, nein, wieder ein kleines Missverständnis. Ich will Sie nur pflegen."

Märchenbach zieht kurz den Hut. „Also, ich werde sehen, was ich tun kann."

11

PETER W. SALLENBRUCK PROVOZIERT

Als Schambatíst zum frühen Feierabend seinen Salon verlässt, dringt das Plaudern von den Restaurantterrassen über den Platz zu ihm herüber. Noch trägt die Luft des Frühlings an diesem Abend ein wenig von der Wärme und dem blütenreichen Duft, der die Herzen der Menschen, von den trostlosen Monaten des Winters müde geworden, wieder anregt. An den Tischen sitzen die Leute zu einem Glas Wein, einem frischen Prosecco oder Spumante und manche zu einem kühlen Altbier. Sie knuspern an flambierten Gambas in Naan-Brot, schlürfen Austern aus Arcachon, nagen an einem Pulled Chicken mit Cassis-Noir-Rote-Beete-Mayonnaise oder dippen eine Brioche in eine Champagner-Sauerkraut-Creme. Sie reden und lachen und lassen die Sorgen des Tages wie Luftblasen gen Himmel steigen – im sicheren Wissen, dass derjenige, der jetzt noch arbeitet, im Leben etwas falsch macht. Eine kleine, gut gelaunte Gruppe von Zeichnern hat auf den grün gelackten Holzbänken Platz genommen und versucht die Szenerie mit ihren Blei- und Farbstiften auf Papier festzuhalten – darunter ein stadtbekannter Comiczeichner, den alle wegen seiner extravaganten Kopfbedeckungen „Mützenrolf" nennen. Innerhalb von wenigen Minuten überträgt er jedes noch so schwierige Motiv schwungvoll in seinen Zeichenblock, fotografiert es und postet es anschließend auf Instagram.

Schambatíst streckt sich, atmet tief ein, dreht sich wieder zur Tür.

Gerade, als er seinen Salon abschließen will, kommt ein Mann auf ihn zu. „Herr Dänzer-Valotti, ich muss Sie sprechen." Er rollt das R ungewöhnlich stark und spricht so schnell und zackig, dass Schambatíst zusammenzuckt. Seine Reaktion bleibt dem Mann nicht verborgen. „Pardon", sagt er, „aber ich muss Sie sprechen. Die Angelegenheit ist dringend."

Schambatíst dreht sich zu ihm hin. „Aha, und wer sind Sie?"

„Mein Name ist Sallenbruck. Ich bin Kunsthändler. Hier meine Karte."

Schambatíst nimmt die Karte, schließt aber erst die Tür ab, drückt mit dem Ellenbogen noch einmal dagegen, rüttelt an der Klinke, steckt den Schlüssel in die Tasche und tritt ein paar Schritte vor, bevor er sich den kleinen Karton näher ansieht. Darauf liest er: *Peter W. Sallenbruck, Kunsthändler, München.* „Was möchten Sie von mir?"

Sallenbruck ist ein kleinerer Mann mit Glatze. Seine Augenbrauen sind so dunkel, dass man die kleine randlose Brille darunter kaum wahrnimmt. Die breite Nase ist an der Spitze rund, der Mund klein, das Kinn geht fast profillos in den Hals über. Trotz seiner Unscheinbarkeit wirkt Sallenbruck jedoch kompakt, sogar fast stark und autoritär. Es ist anzunehmen, dass er sein Temperament nur durch äußerste Disziplin in den Griff bekommt und dass sich doch seine Wut schnell Bahn bricht, sobald er die Geduld verliert.

„Ich kann verstehen, dass Sie keine Zeit haben", sagt Sallenbruck. „Ich habe selbst keine Zeit. Sie sind müde. Nun, ich bin es nicht. Es wäre deswegen gut, wenn wir zwei uns kurz unterhielten."

Schambatíst zuckt mit den Achseln. Irgendetwas stimmt mit dem Mann nicht, denkt er. Er geht langsam los. „Um was geht es denn?", fragt er gedehnt.

„Ich bin Kunsthändler. Ich vertrete bedeutende Klienten. Ich möchte Ihnen ein Angebot unterbreiten. Aber nicht hier. Verstehen Sie? Können wir nicht in ein Restaurant gehen?"

Schambatíst könnte einfach sagen, dass er nach Hause muss. Aber irgendetwas hält ihn davon ab. Vielleicht ist es der verschwörerische Blick, den dieser Sallenbruck schon die ganze Zeit aufgesetzt hat. Vielleicht ist es aber auch nur die Lust, noch einmal Matteo zu sehen und vom Tag abzuschalten. „Kommen Sie", sagt er, „da ist das *Alberti*. Da können wir uns kurz hinsetzen."

Im *Alberti* stürzt Matteo mit offenen Armen auf ihn los. „Schambes, mein Guter, das ist aber nett, dass du vorbeischaust. Bravo. Und du hast eine Gast. *Benvenuto*! Was wollt ihr trinken?"

„Für mich einen Wein. Und was darf es für Sie sein, Wasser?"

Sallenbruck überlegt kurz. „Ja, Wasser. Mit Sprudel", sagt er und rollt das r im Wort „Sprudel" so sehr, dass Schambatíst sich fast die Ohren zuhalten will.

Matteo ist entsetzt. „*Scusi*? *Agua*? *No*, das gibt es nicht. Da kommt eine Freund von mir und bringt eine Gast mit, der nur Wasser will? *No*! *No*! Ich besorge euch eine ganze große *delicatezza*. Auf Kosten des Hauses, claro. Ich habe da eine wunderbare Riesling Clos Sainte Hune, natürlich aus dem Elsass. Das Beste, was es dort gibt. Sehr zu empfehlen. Oder aus dem Napa Valley, habe ich gerade bekommen, eine Weißwein aus dem Jahr 2013. Eine absolute Seltenheit, *benissimo* – der berühmte Erdbeben-Jahrgang!"

„Gut, Matteo, dann nehmen wir zwei Riesling."

„Gern, gern, sehr gern, mein Freund." Er eilt davon.

Sallenbruck zupft sich an den Ärmeln, bis sie über die Hände reichen, zieht sich vorsichtig sein Jackett aus und legt es sorgfältig über die Stuhllehne. Dann setzt er sich zu Schambatíst, zieht sich noch mal die Krawatte zurecht, schiebt die Brille die Nase hoch, dreht ein, zwei Mal den Nacken nach links und rechts, bis es leise knackt, faltet die Hände, räuspert sich und sagt: „Es ist heikel. Ich hoffe aber, Sie verstehen. Ich hätte Ihnen gern im Vorfeld geschrieben. Aber ich wollte sicher sein, dass Sie die Anfrage gut verstehen."

„Um was geht es denn?"

„Es geht natürlich um Kunst. Um alte Kunst. Und ich habe erfahren, dass Sie alte Kunst sammeln."

„Ich, sammeln? Alte Kunst? Nein, das muss ein Missverständnis sein. Und zwar ein großes!"

„Ich verstehe. Sagen wir so: Sie haben in Ihrem Salon das Porträt des Kurfürsten Johann Wilhelm Joseph Janaz von der Pfalz und seiner Gemahlin Anna Maria Luisa de' Medici hängen. Richtig?"

Schambatíst blickt durch seinen Gast hindurch und überlegt, ob es nicht ein Fehler war, ihn hierher mitzunehmen. „Wir halten es für ein großartiges Gemälde", fährt Sallenbruck fort. „Ich habe einige Anfragen von potenziellen Käufern. Ich möchte es mir also anschauen. Wann haben Sie Zeit? Haben Sie schon über einen Verkaufspreis nachgedacht?"

Schambatíst schaut Sallenbruck mit seinen Kugelaugen ungläubig an. Sekunden vergehen.

Sallenbruck hält die Stille nicht gut aus und zupft zunächst an der Serviette, bis er sich schließlich an die Stirn greift und links und rechts an den Geheimratsecken herumnestelt.

Matteo bringt die Getränke. „So, Signori, hier eine Riesling, ein Traum aus dem Elsass. Wer möchte probieren? Schambes, du?"

Schambatíst schaut zu Matteo hinauf. „Wie war das mit dem Erdbeben? Hast du davon auch noch eine Flasche?"

„Ja, natürlich, gern, sehr gern. Aber probiere erst mal diesen hier."

Er füllt die Gläser, ohne darauf zu warten, wer probieren

möchte, schenkt sich selbst auch noch eines ein und sagt: „Auf den Clos Sainte Hune! *Salute*!“

Sallenbruck nickt ihm zu, während Schambatíst das Glas sofort herunterkippt.

„*Madonna*, Schambes! Das muss man genießen, hier, ich schenk noch mal nach. Aber jetzt bitte langsam.“ Er lächelt, stellt die Flasche in den Eiskübel und verschwindet im hinteren Teil des Restaurants.

Schambatíst wendet sich Sallenbruck zu. „Wissen Sie eigentlich, wo Sie hier sind und mit wem Sie hier reden? Ich heiße nicht Christian Boros, David Zwirner oder Larry Gagosian. Ich bin kein internationaler Promi-Kunstsammler. Ich heiße auch nicht Rubinstein und bin Kosmetikmultimillionär. Auch bin ich nicht der Sohn eines Mülheimer Discounter-Milliardärs, besitze keine Hochhäuser an der Côte d’Azur und sponsere auch nicht Mark Zuckerberg. Ich fliege Economy, bin gesetzlich krankenversichert und klebe Briefmarken noch eigenhändig auf meine Urlaubsgrußkarten. Sie müssen sich also vertan haben. Ich habe einen Beauty-Salon. Ich verkaufe Düfte, Puder und Quasten. Und dann hängt da ein Bild. Das habe ich von meiner Mutter. Es ist ein Erbstück, eine Kopie eines Bildes von Frans Douven. Und das war’s. Verstehen Sie?“

„Ich verstehe.“

„Nein. Sie verstehen nicht nur nicht, sondern Sie irren sich auch. Es handelt sich hier um ein Miss-ver-ständnis!“

„Ich verstehe Ihre Aufregung.“

„Meine Aufregung, meinen Sie? Meine Aufregung?“ Schambatíst kippt das zweite Glas Riesling in einem Zug. „Ich erzähle Ihnen mal was von meiner Aufregung. Seit Tagen belämmern mich die Leute wegen dieses Gemäldes. Der eine findet es schön, die andere faszinierend, einer will es kaufen, der andere klauen. Vergangene Nacht wurde in meinem Laden eingebrochen. Aber nichts wurde mitgenommen. Auch das Gemälde nicht. Merkwürdig, was? Und jetzt kommen Sie und wollen nichts weiter, als dieses Bild für irgendeinen Ihrer noblen Kunden kaufen, und verstehen meine Aufregung. Na wunderbar. Das ist ja so nett von Ihnen!" Schambatíst lehnt sich auf dem Stuhl weit nach hinten, streckt Beine und Arme von sich und bleibt wie ein Gekreuzigter sitzen.

Sallenbruck nippt am Riesling, stellt das Glas ab, fasst es am Rand, dreht es zwei, drei Mal nach links und dann wieder nach rechts, greift wieder danach, nimmt einen Schluck, spitzt den Mund und lässt den Riesling lautlos gurgelnd in der Kehle verrinnen. „Ich verstehe. Die Umstände gefallen Ihnen nicht."

„Die Umstände?"

„Ja, und ich habe auch verstanden, dass Sie behaupten, Sie hätten nur eine Kopie. Nur, sehen Sie: Ich bin schon lange im Geschäft. Ich bin auf allerlei Leute hereingefallen. Auf Millionäre, auf Hochstapler, auf Betrüger, auf Zuhälter und Nutten. Ich habe lange Wahrheit und Lüge nicht unterscheiden können. Nicht Dreck von Farbe, nicht Fett von Fleisch, nicht Kopie von Original. Ich habe überteuerte Preise bezahlt und habe manchen Ramsch gekauft. Ich habe viele Fehler gemacht. Mittlerweile aber habe ich verstanden. In unserer Branche kann man sich nur schwer auf andere verlassen. Das Einzige, was zählt, ist man selbst. Verstehen Sie? Ich habe also viel gelernt. So viel, dass meine Erfolgsquote heute hoch ist. Sehr hoch. Und jetzt zu Ihnen. Da habe ich ein gutes Gefühl. Ein sehr gutes Gefühl. Aber ich muss mich immer vorbereiten. Auf alles. Auf Menschen und auf Zielobjekte. Ich weiß bereits viel über Ihr Bild. Viel mehr, als Sie je ahnen können, verstehen Sie? Aber ich brauche noch abschließende Beweise."

„Was für Beweise?"

„Das Bild natürlich. Und …“ Er stutzt.

„Und was noch?“

„Ich brauche noch Ihr … Blut.“

Schambatíst dreht den Kopf nach hinten in der Hoffnung, seinen Freund Matteo zu erblicken. Der jedoch bedient gerade drei andere Gäste.

„Herr Dänzer-Valotti, Sie sind verwirrt. Ich verstehe. Ich kann Ihnen noch nicht mehr sagen. Es ist mir untersagt. Aber geben Sie mir einfach, was ich brauche, und Sie werden alles verstehen.“

Schambatíst hat das Gespräch innerlich längst beendet. Er freut sich jetzt auf den Wein und hält nur noch höflichkeitshalber Konversation. „Wer schickt Sie eigentlich?“, fragt er.

„Das sage ich Ihnen gleich. Aber ich glaube, Sie wollen mir gar nicht mehr zuhören. Ich verstehe. Einverstanden. Ich werde kurz erzählen, was ich weiß.“

Schambatíst hat die Hände über dem Bauch gefaltet und dreht die Daumen, mal vor, mal zurück. „Also gut“, sagt er, „je schneller Sie sprechen, umso schneller ist es vorbei.“

„Sie wissen: Johann Wilhelm oder Jan Wellem, wie Sie hier sagen, entstammte einer jüngeren Linie der Wittelsbacher. Und Sie wissen: 1658 wurde er in Düsseldorf geboren.“

Schambatíst glotzt ihn an. „Ist nicht wahr.“

„Ich verstehe. Sie machen sich über mich lustig. Gut. Soll es so sein. 1679 wurde er Herzog von Jülich und Berg, elf Jahre später Erzschatzmeister des Heiligen Römischen Reiches, Pfalzgraf-Kurfürst von der Pfalz und Pfalzgraf-Herzog von Pfalz-Neuburg …“

„Pfalz, Pfalz, falls Sie jetzt mal zum Ende kommen könnten“, ruft Schambatíst, „wäre ich Ihnen kurherzöglichst verbunden.“ Er schaut noch mal nach hinten ins Restaurant. Matteo ist nirgends zu sehen.

„Unter Jan Wellems Regentschaft erblühte der Düsseldorfer Hof zu neuem Glanz“, doziert Sallenbruck weiter.

Schambatíst imitiert sein R und brabbelt leise „Rrregentschaft, Rrregentschaft“ vor sich hin.

„Das lag vor allem an der Kunstsammlung“, erklärt Sallenbruck, „schon sein Großvater Wolfgang Wilhelm war ein begeisterter Rubensfan. Jan Wellem sah in ihm, aber auch in Ludwig XIV., sein Vorbild.“

„Vorrbild, Vorrbild, *forrmidable*“, variiert Schambatíst nun seinen Spott.

„Das Sammeln von Kunst galt als wesentliches Element königlicher Repräsentation. Mit Anna Maria Luisa baute er schließlich eine vortreffliche Sammlung auf. Bei seinem Tod hinterließ er 760 Kunstwerke.“ Sallenbruck nimmt einen Schluck Wein und stellt das Glas ganz langsam wieder ab.

„Und einen Berg voll Schulden“, giftet Schambatíst, „nicht wahr? So – warum erzählen Sie mir das? Als ob ich das alles nicht schon gewusst hätte. Um was geht es denn jetzt?“

„Gut“, erwidert Sallenbruck mit spitzem Mund, „dann wissen Sie ja auch, dass Anna Medici nach seinem Tod die Stadt verließ. Sie ging nach Florenz und nahm einen Großteil des Kunstbesitzes mit. Übrigens auch das Bild, das bei Ihnen hängt. Es gehört jetzt zur Gemäldesammlung der Medici, der Galleria Palatina, heute im Palazzo Pitti in Florenz zu sehen.“

„Schön, dann fahren Sie dahin, und fragen Sie doch die Italiener, ob sie es verkaufen.“

„Ich verstehe. Aber Sie wissen sicher: Jan Wellems Bruder, Carl Philipp, brachte den anderen Teil der Sammlung nach Mannheim. Die Stücke, die in Düsseldorf verblieben waren, wurden ausgelagert. Zu viel Krieg. 1805 wurden sie in zwölf Wagenladungen nach München verfrachtet.“

„Erinnern Sie mich nicht daran. Das war eine Unverschämtheit."

„Die Pfälzer Linie der Wittelsbacher ist längst ausgestorben. Damals war es das gute Recht der Wittelsbacher, ihr Erbe heim nach München zu holen."

„Heim ins Reich, oder was? Quatschen Sie nicht. Das war Diebstahl! Die haben schnelle Beute gemacht. Wir haben hier doch damals die Sammlung aus Landesmitteln finanziert. Das ist also alles Landeseigentum! Diese Betrüger!"

„Ich verstehe. Aber so ist es nun mal. Die pfälzische Linie ist ausgestorben. Da ist niemand mehr. Der Kunstschatz ist Erbe und Eigentum des Fürstenhauses."

„Und jetzt hängt die ganze schöne Beutekunst in der Alten Pinakothek in München. Großartig. Und das wollten Sie mir jetzt alles noch mal erzählen. Tolle News!"

„Nein, die Neuigkeit ist eine andere."

„Nämlich?"

„Sollte Ihr Gemälde ein Original sein, steht es Ihnen leider nicht mehr zu."

„Was ist los?"

„Dann ist es nämlich genauso Erbe und Eigentum des Fürstenhauses wie alle anderen Gemälde."

„Sagen Sie mal, bekommt Ihnen der Wein nicht? Was reden Sie für einen Mist? Hat man Ihnen den Enddarm direkt ans Gehirn genäht?"

„Ich verstehe. Ich verstehe. Aber mir geht es gut."

„Warum lasse ich Sie jetzt nicht einfach aus dem Restaurant meines Freundes rausschmeißen, Sie klugschwätziger Kunst-Quatscher. Sie sind ja völlig irre."

Sallenbruck richtet sich plötzlich auf, holt tief Luft und zischt Schambatíst an: „Ich bin nicht *irre*, Herr Dänzer-Valotti. Und ich irre mich sehr selten."

Und während Schambatíst das r von „irre“ noch in den Ohren brummt, lehnt er sich ebenfalls vor. Sallenbruck weicht ein Stück zurück. „Sie wollen also mein Bild haben? Dass ich nicht lache! Bevor das passiert, lasse ich alle Beute-Bilder aus Bayern zurück an den Rhein transportieren.“

Sallenbrucks Gesichtszüge weichen einem leicht sarkastischen Lächeln. „Die Idee eines Verzweifelten! Natürlich. Köstlich! Ich verstehe. Schon die Preußen haben 1815 versucht, sich die Bilder unter den Nagel zu reißen. Sie haben es nicht geschafft. Und jetzt Sie? Also bitte, seien Sie nicht albern. Und nicht so stur. Wenn Sie sich meinen Vorschlag nicht bis zum Schluss anhören, könnte ein Unglück passieren.“

„Ein Unglück? Was sind Sie denn für ein Wichtigtuer?“

„Es gibt Leute, die ein starkes Interesse haben, in den Besitz Ihres Bildes zu gelangen. Und die sind nicht so nett wie ich und fragen vorher, ob Sie es verkaufen wollen.“

„Ach ja? An wen haben Sie denn da gedacht? Die Daltons? Den KGB? Das Finanzamt?“

„Scherzen Sie ruhig. Aber Sie haben recht. Sollte es ein Original sein, wird die Stadt Düsseldorf durchaus versuchen, Ansprüche anzumelden.“

„Oh, wie gefährlich! Und wie unsinnig! Das Bild ist ein Erbstück. Es gehört mir, verstanden?“

„Kennen Sie den Hubertusorden?“

„Nein. Aber ich kenne *Hubertus Hosen*. Schön winddicht.“

„Ich verstehe. Ein Scherz. Nun, den Hubertusorden gibt es seit 1444. Herzog Gerhard II. von Jülich-Berg hat ihn gestiftet. Als Erinnerung an den Sieg in der Schlacht bei Linnich.“

„Hochinteressant.“

„Zu Jan Wellems Zeiten war der Orden fast vergessen. Aber Jan Wellem selbst rief ihn wieder ins Leben.“

„Natürlich, er liebte alles Karnevalistische.“

„Und zwar im Jahr 1708, genau in dem Jahr, als Douven Ihr Bild vom Kurfürsten und seiner Frau malte."

„Zufall."

„Glauben Sie? Haben Sie sich Ihr Bild mal genau angeschaut? Auch Jan Wellem ist Träger des Ordens. Er trägt ihn sogar auf Ihrem Gemälde."

„Nein. Sie irren sich wieder. Da hängt nichts."

„Er trug ihn auf all seinen Porträts."

„Nicht auf meinem."

„Ich verstehe. Kennen Sie das große Einzelporträt von Jan Wellem, im gleichen Jahr gemalt wie Ihres? Es zeigt den Kurfürsten mit den Reichsinsignien. Ähnlich gekleidet wie auf dem Standbild auf dem Düsseldorfer Rathausplatz. Mit großer Allonge-Perücke und Marschallstab und mitten auf der Brust der Hubertus-Orden."

„Sehr hübsch."

„Und wissen Sie, wo es hängt?"

„Vielleicht bei mir in der Küche?"

„Nein. Obwohl – möglich wäre es. Es hat ja nur rund 90 mal 50 Zentimeter. Nein. Es hängt heute in Ihrem Stadtmuseum."

„Glückwunsch!"

„Das Stadtmuseum besitzt übrigens auch eine Kopie Ihres Gemäldes."

„Ach nee. Und hängt vielleicht auch noch eins im Louvre?"

„Nein, nicht dass ich wüsste. Ah, ein Scherz. Ich verstehe. Das Bild im Stadtmuseum ist ganz offiziell eine Kopie, die Ende des 19. Jahrhunderts angefertigt wurde."

„Mann, das weiß ich. Dann kaufen Sie doch das."

„Nein, ich interessiere mich mehr für das Original."

„Sagen Sie mal – sind Sie taub?"

„Nein. Ich verstehe Sie sehr gut. Gehen Sie auf meinen Vorschlag lieber ein. Sonst könnte es ungemütlich werden."

„Wer soll mich denn bedrohen?"

Sallenbruck schaut ihn scharf an.

„Sie? Das ist ja wohl ein Witz."

„Der Ritterorden ist kein Witz. Der Ritterorden der Hubertusbrüder lebt nach wie vor. Es ist ein sehr traditionsbewusster Kreis. Da ist ein Original-Gemälde aus der Zeit ihres Ordensretters Jan Wellem sicherlich ein interessantes Objekt."

„Wo lebt denn dieser Orden?"

„Überall. In Deutschland, Österreich, in der Schweiz, in den Niederlanden, Belgien und selbst in den Vereinigten Staaten. Das Netzwerk ist groß und undurchsichtig."

„Und die sind bestimmt alle vermummt und ganz böse."

„Zumindest haben die Mitglieder alle Waffen."

„Wieso das denn?"

„Es sind Jäger. Die Jagd ist ein wesentliches Element der Bruderschaft."

„Und Sie meinen, die jagen jetzt mein Bild und werden mich erschießen?"

„Das habe ich nicht gesagt. Aber so eine Waffe – die kann sich auch mal ganz von selbst lösen."

„Halali! Sie wollen mir drohen?"

„Nein. Ich nicht. Überhaupt nicht. Nein, wie kommen Sie denn darauf. Vielleicht erhalten Sie ja auch als Gnadengabe ebenfalls den Hubertusorden."

„Den Orden?"

„Ein wunderschönes Stück Handarbeit mit einem weiß emaillierten, goldgeränderten Malteserkreuz mit einer goldenen Kugel auf jeder der acht Spitzen. Sehr dekorativ."

„Ich habe jetzt genug!"

„Ich verstehe. Ich übrigens auch."

„Gehen Sie. Oder ich lasse Sie durch meinen Freund erschießen."

„Erschießen? Ach, ich verstehe. Wieder ein Witz. Sehr lustig. Sind Sie also einverstanden, wenn ich Ihr Bild einmal prüfen lasse?“

„Nein.“

„Der Kaufpreis könnte Sie interessieren.“

„Mir wurde bereits eine halbe Million Euro geboten.“

„Was?“

„Wer hat Sie geschickt?“

„Das müssten Sie doch längst verstanden haben.“

„Nein. Ich verstehe nicht. Sagen Sie es.“

„Die Wittelsbacher natürlich.“

„Die Wittelsbacher?“ Schambatíst zögert. „Nein. Ich verkaufe nicht! Niemals! Nie!“

„Das würde ich mir an Ihrer Stelle noch mal überlegen.“

„Da gibt es nichts zu überlegen.“

„Nun, die Welt ist manchmal sehr verzwackt. Und verzweigt: Was ich Ihnen noch nicht gesagt habe: Die Wittelsbacher haben heute immer noch einen Hausorden und verleihen ihn ganz besonderen Menschen. Und wenn es sein muss, auch – postum. Nämlich den Hubertusorden.“

„Raus jetzt!“ Schambatíst ist aufgestanden und fuchtelt mit den Armen, als ob er Fliegen verscheucht.

„Ich verstehe. Ich gehe. Ich wünsche Ihnen dennoch einen angenehmen Abend. Auf Wiedersehen, Herr Dänzer-Valotti.“

Ξ

12

IM RHEINISCHEN HIMALAJA

Warum regst du dich eigentlich so auf? Das Gemälde gehört doch schließlich dir." Luisa Dänzer-Valotti schaut vom Steuer des Autos nach rechts zu ihrem Mann. Schambatíst hat das Fenster weit geöffnet und lässt sich bei geschlossenen Augen den Fahrtwind um die Ohren wehen. Ihr schwarzer Jeep Cherokee, den die beiden Mitte der 90er-Jahre in Frankreich gekauft haben, schiebt sich auf dem schmalen, ungepflasterten, holprigen Weg langsam durch die kleine Hügellandschaft im Rotthäuser Bachtal im Osten der Stadt.

„Natürlich gehört es mir. Ich verstehe nur das Interesse der Leute nicht", sagt Schambatíst, holt seinen Kopf wieder ins Fahrzeug herein und schließt das Fenster. „Außerdem befürchte ich, dass noch einmal eingebrochen wird."

Luisa fährt behutsam über den durchfurchten Boden. Vergangene Nacht hat es geregnet. Der von Büschen gesäumte Weg wird enger, der Abstandsradar piepst inzwischen fast permanent. Nach einer weiteren Kurve und noch einmal 100 Meter buckligem Weg erreichen sie das versteckt liegende kleine Gehöft der Vogelsangs.

Sie steigen vor dem etwas verwahrlost wirkenden Bauernhaus aus. Es ist umsäumt von großen alten Bäumen, deren Zweige, Äste und Blätter sich wie ein Schirm schützend um das Haus ranken.

„Du musst eben eine gute Alarmanlage einbauen", sagt Luisa. „Eine sehr gute. Das ist ja heute alles Hightech. Ich habe gehört, wenn jemand Ungebetenes auch nur an der Tür schnuppert, ruft das System innerhalb von Sekunden den Sicherheitsdienst an – und der Dieb ist im Handumdrehen gefasst."

„Wenn's mal so einfach wäre", stöhnt Schambatíst. „Ich habe das Gefühl, dass es hier um weit mehr geht als dieses Bild."

„Was hat denn die Spurenanalyse von diesem Märchenbach ergeben?"

„Es gab da wohl ein paar Fingerabdrücke. Aber das können ja auch Kunden von mir sein. Soll ich jetzt jeden Kunden verdächtigen?"

„Waren es männliche oder weibliche Fingerabdrücke?"

„Wie soll man denn das erkennen?"

„Das weiß ich nicht. Das müssten doch die Kriminologen wissen." Luisa ist gereizt.

Schambatíst versucht ihren übellaunigen und oft ungnädigen Ton, den sie ihm gegenüber in der vergangenen Zeit immer öfter anschlägt, so gut es geht zu ignorieren. „Nein. Märchenbach hat nichts gesagt."

„Vielleicht erkennt man sie an der Größe?"

„Weiß nicht."

„Vielleicht gab es Nagellackrückstände?"

„Luisa, bitte. Wir gehen jetzt zu den Vogelsangs. Schließlich sind wir ja hier, um ein wenig Abwechslung zu bekommen."

Noch bevor sie anklopfen, öffnet Fletcher die Tür. Seine Frau steht hinter ihm. „Willkommen auf dem Land!", ruft Fletcher und reicht ihnen die Hand. „Hallo Frau Dänzer-Valotti, hallo Herr …"

„Ach, Schluss mit dem ‚Sie', nicht wahr, Luisa?" Schambatíst sucht ihren Blick. „Wir kennen uns doch schon so lange. Ich bin Schambes. Und das ist meine Frau."

„Ich heiße Luisa."

„Freut mich. Ich bin Fletcher. Darf ich euch Claire vorstellen …?"

Eine Frau mit blonden, zu einem Pferdeschwanz nach hinten gebundenen Haaren in Jeans und schwarzem Lambswool-Pullover kommt auf sie zu und lächelt sie an. „Schön, dass ihr da seid", begrüßt sie Claire, „kommt herein."

Sie betreten das Haus. Es ist einfach eingerichtet. Die Wohn-/Essküche ähnelt einer Bauernstube aus dem 18. Jahrhundert. Hinter dem großen Esstisch steht ein alter Herd mit einer ebenerdig gemauerten Brennstelle, über der ein großer Kessel an einem Haken hängt. Auf den sich zum Schlot verjüngenden Rauchabzug ist ein Lebensbaum gemalt.

„Das ist alles nur Dekoration", sagt Claire. „Wir kochen hier ganz normal am Elektroherd."

„Und diese Bilder hier mit den Bauern?", fragt Luisa. Die Bilder sind ungewöhnlich, fast dreidimensional.

„Sie stammen aus Tibet. Wir haben sie uns dort gekauft. Wir fanden, die Motive passen hier zu uns. Wir machen ja auch viel Feldarbeit."

„Ja, deswegen sind wir ja hier. Das würden wir gern mal sehen", meint Schambatíst.

„Aber diese Dreidimensionalität – wie entsteht die?" Luisa steht prüfend vor den Bildern.

Das eine zeigt eine Bäuerin, im bunten Kleid und mit Ketten geschmückt. Auf dem Rücken trägt sie einen großen Korb, aus dem braune Knollen herausragen. Auf dem zweiten sieht man eine Gruppe von Hirten, die eine kleine Karawane von grauen, weißen und braunen Yaks, beladen mit dicken Holzbalken, einen Gebirgspfad entlangführen.

„Als Transportmittel besser als ein Jeep Cherokee", lacht Fletcher.

Auf dem dritten Bild knien Frauen, Männer und Kinder auf dem Boden eines kleinen Gebirgsplateaus vor schneebedeckten Bergen und graben mit den Händen aus der Erde schlauchartige Pilze aus.

„Yar-sa-gum-ba!“ So wie Fletscher es spricht, klingt es wie Voodoo-Zauber.

„Hat das mit der Leinwand zu tun?“, fragt Luisa.

„Du meinst den 3-D-Effekt? Ja.“ Claire zeigt mit dem Finger auf das Bild. „Hier gibt es eine konkave und hier eine konvexe Oberfläche, schau mal genau hin. Oder besser gesagt – fass mal an.“

Luisa berührt die Leinwand. Sie fühlt sich rau an, faltig, ledrig. „Schambes“, ruft Luisa, „komm mal her, das ist was für dich.“

Schambatíst geht ganz nah an die Bilder heran und befühlt sie ebenfalls. „Das ist Haut. Tierhaut.“

„Richtig“, ruft Fletcher erfreut, „genauer gesagt: Schafshaut.“

Claire bringt Kaffee und Teilchen an den großen Esstisch. Sie setzen sich.

„Davon darf aber unser Nachbar nichts erfahren“, flüstert Fletcher und zieht sein Gesicht in die Breite, als ob er in einen Igel getreten sei.

„Ist euer Nachbar Tierschützer?“

„Naturschützer“, sagt Fletcher. „Er heißt Rémy Turner und ist im Prinzip ein netter Mann. Aber er hat sehr seltene Schafe, sogenannte Skudden, und auf die achtet er wie ein Muttertier. Sie stammen ursprünglich aus Ostpreußen und gehören zu den ältesten Hausschaf-Rassen. Die stehen sogar auf der Roten Liste für bedrohte Nutztiere.“ Schambatíst stellt sich vor, wie dieser Rémy Turner mit Gras im Maul wiederkäuend zwischen seinen Skudden steht, grimmig schaut, mit Hut auf dem Kopf, einem Kolkraben auf der Schulter, und jeden schonungslos attackiert, der die Weide betritt.

„Er ist deswegen auch gar nicht begeistert, dass Chamois hier so frei in der Gegend rumgeistert.“ Claire beißt genussvoll in ein Teilchen.

„Chamois?“, fragt Luisa.

„Ja, das ist der Hund von Frau Nüsslein, einen Hof weiter. Kennt ihr die? Sie ist Trüffelexpertin und hat sich hier auf ihrem Gelände eine kleine Trüffel-Fundgrube geschaffen.“

„Ach, die wohnt hier?“, ruft Schambatíst erstaunt. „Mein Freund Matteo Alberti kennt die ganz gut.“

„Offenbar“, meint Claire und lächelt, „der ist in letzter Zeit auch öfter hier oben.“

„Wirklich?“ Schambatíst rollt mit den Augen.

„Ach, Schambes, lass ihn doch.“ Luisa stößt ihn mit dem Ellenbogen an. „Und dieser Chamois, was ist das für ein Hund?“

„Oh, eine Super-Trüffelspürnase ist das, ein echter Lagotto Romagnolo. Ohne ihn wäre die Nüsslein hier verloren.“

„Ja, das ist hier ja auch alles ziemlich versteckt“, sagt Schambatíst. „In der Gegend hier kann man sicher lange tot liegen, ohne entdeckt zu werden.“

„Schambes!“, ruft Luisa empört.

„Ja, äh, was? Ach so, ja, ’tschuldigung. Ich meinte, hier kann man sicher sehr lange, also monatelang unbemerkt leben.“

„Was heißt hier monatelang?“, lacht Fletcher. „Jahrelang! Und ihr wisst gar nicht, wie gut das ist.“

Claire wirft ihm einen strengen Blick zu.

„Ach, was soll das, Claire, früher oder später hätte ich es ihnen doch erzählt. Die beiden sind doch absolut integer.“

Luisa und Schambatíst schauen einander fragend an.

Claire steht abrupt auf. „Wollt ihr noch Kaffee?“ Sie hält die Kanne in der Hand. „Ich hole noch welchen.“

„Also gut“, fährt Fletcher fort, „Claire hat recht, ich wollte euch ja vor allem meine Raupenpilz-Produktion erklären, stimmt’s?“

„Ja, deswegen sind wir hier“, sagt Schambatíst und beißt in ein Cranberry-Teilchen.

„Draußen lassen wir den Pilz erst mal waschen, und im Frühjahr kommt er dann in den Keller. Das ist wie beim Wein. Die Reben wachsen am Berg, doch die wahre Qualität entsteht erst im Keller."

„Aber ihr habt ja wohl kaum Fässer im Keller, oder?"

„Nein, Schambes, unten haben wir Hightech. Wir haben uns dort für unsere Pilzzucht einen Reinraum einbauen lassen. Allein die Lüftungstechnik hat uns ein Vermögen gekostet."

„Wie habt ihr denn das alles bezahlt?"

„Tja, wir haben da so unsere Art. Wir wirtschaften halt gut."

„Dürfen wir den Raum mal sehen?", will Luisa wissen.

„Leider nicht", sagt Fletcher, „da herrscht höchste Sterilitätsklasse. Dagegen sind Operationssäle ein Witz."

„Schade. Wie sieht er denn aus?", fragt Luisa.

Claire kommt mit dem Kaffee wieder herein und füllt die Tassen. „Auch wir gehen da nur mit Kittel, Haar- und Mundschutz rein", sagt sie. „Wir haben sogar Schleusen eingebaut. Material- und Personalschleusen und Luftduschen."

„Ist das nicht ein wenig übertrieben – Pilze im Schneewittchen-Sarg?", fragt Schambatíst.

„Wir sind beinahe die einzigen Raupenpilz-Züchter, die diesen Weg gehen. Aber die Qualität lohnt den Aufwand. Und wir brauchen diese Hygienemaßnahmen. Durch die kleinste Bewegung können sich Partikel von Haut, Haaren oder Kleidung lösen. Noch nicht einmal Make-up ist gestattet, Schambes."

„Ich trage keins."

„Warum macht ihr aber so einen großen Aufwand, wenn andere Züchter ein ähnliches Ergebnis mit weniger erzielen?", fragt Luisa.

„Na ja, wir glauben, dass wir eine bisher unentdeckte Nische gefunden haben, stimmt's, Claire?"

Claire ballt die Fäuste, hebt sie parallel nach oben und fängt mit den Beinen an zu strampeln.

„Genau, die Tour de France ist eines unserer Ziele. Schambes, ich habe dir ja schon erzählt, dass Yarsagumba die Leistung von Sportlern steigert. Und da haben wir uns gedacht, dass wir den Raupenpilz, wenn er eine bessere Qualität hat, auch den Profi-Radlern anbieten könnten. Was wir jedoch nicht wussten, ist, dass es viel mehr Leute als immer nur die Top-Sportler und Muskelpakete sind, die sich fit machen. Oder sollen wir sagen: dopen?"

„Na ja", unterbricht Schambatíst, „kommt ja drauf an, ob die Mittel auf der Liste der Anti-Doping-Behörde stehen."

„Genau das ist es. Also haben wir uns gedacht, lass uns doch ein Mittel kreieren, was die Leistung steigert, aber eben nicht verboten ist, also ganz legal eingenommen werden kann."

„Und das ist Yarsagumba?", fragt Luisa.

„Nein", sagt Fletcher, „das allein wäre für die erwartete Leistungssteigerung zu wenig."

„Also habe ich doch recht", ruft Schambatíst, „als Potenzmittel ist es vollkommen schlapp."

Mit einem Schlag ist es still, so als ob jedes Geräusch von einem Vakuum geschluckt worden wäre. Kein Blick streift den anderen. Einer klappert mit der Tasse, eine andere nimmt sich noch ein Teilchen.

Endlich fährt Fletcher fort: „Zum Beispiel Anabolika. Das nehmen mittlerweile auch ganz normale Menschen, bei denen man Doping auf den ersten Blick gar nicht vermuten würde. Es ist wie mit der Sonnenbank. Da geht man hin, um schöner auszusehen. Und genauso ist es auch beim Doping. Wenn du mit Anabolika anfängst, denkst du erst mal nicht über die Gesundheit nach, sondern möchtest einfach nur Muskeln aufbauen und fit aussehen. Heute, im Zeitalter der permanenten Selbstdarstellung, ist das vor allem bei jungen Leuten fast normal. Die geraten unter Druck, wenn sie nicht gut aussehen. Oder was sie unter ‚gut aussehen' verstehen. Schaut euch doch mal die Filme auf YouTube an – vom Hänfling zum Supermann. Wahnsinn. Und das Beste ist: Mit dem Zeug schrumpfen dir nicht nur die Gehirnhälften weg, sondern auch die Hoden."

Schambatíst schaut irritiert.

Luisa nimmt schnell ihre Tasse Kaffee in die Hand und trinkt.

Claire blickt Fletcher genervt an. „Du wolltest doch etwas über unsere Methode erzählen."

„Ach ja. Also es ist so, unser Reinraum ist deswegen so wichtig, weil wir zunächst die klimatischen Bedingungen mit extremer Höhenluft fast eins zu eins abbilden können, unter der der Pilz in Tibet idealerweise gedeiht. Aber wir wollen ja nicht nur den Pilz haben. Unser zweites Produkt ist ein ganz anderes. Und dazu kultivieren wir den Raupenpilz auf einem bestimmten Substrat – wenn ihr versteht, was ich meine. Lasst es mich so ausdrücken: Bevor die Raupenpilze im Frühjahr durch den Erdboden schießen, graben wir einige von ihnen schon einige Wochen früher aus und füttern sie in unserem Reinraum mit Actovegin. Das ist ein aus Kälberblut hergestelltes Medikament. Actovegin ist im Sport zwar umstritten, aber es steht nicht auf dem Index. Auch viele Fußballer nehmen es. Es heißt, es verbessert den Sauerstoffanteil im Blut, tatsächlich wirkt es sich aber vor allem auf die Muskeln aus und verbessert ihre Leistungsfähigkeit. In Deutschland ist es seit Jahren nicht mehr zugelassen. Ärzte dürfen es aber dennoch über Apotheken im Ausland bestellen."

Schambatíst runzelt die Stirn. „Also ein Raupenpilz in Kälberblut", sagt er, „das muss ich mal als Vorgericht dem *Alberti* empfehlen."

„Wir haben bereits ein Patent auf unser Produkt angemeldet. Wir nennen es TCY – *Tinctura composita Yarsagumba.*“

„Und wie nimmt man das ein?"

„Eine Woche vor dem Wettkampf dreimal 30 Tropfen. Fertig.“

„Und? Habt ihr schon Anfragen?“

„Ja, klar. Von vielen Radställen, aber vor allem von ganz vielen Privatleuten hier in der Stadt.“

„Von wem?“

„Namen verraten wir nicht. Arztgeheimnis. Ich kann euch nur sagen – es sind eine Menge.“

„Und Nebenwirkungen?“

„Bisher unbekannt. Manche behaupten, viele hätten nach der Einnahme Orientierungsschwierigkeiten. Aber das ist nicht bewiesen – und auch völlig irrelevant. Bei der Tour der France fährt man sich schließlich dauernd hinterher.“

Schambatíst muss an Märchenbachs Bemerkung über die gestiegene Unfallquote in der Stadt denken. 30 Fahrradcrashs pro Tag. Er reibt sich das Kinn. Da er aber nicht die Stimmung verderben will, fragt er schließlich: „Ist das denn wirklich alles legal, was ihr da macht?“

„Ja, ganz sauber. Die Anti-Doping-Agentur kann uns nichts anhaben.“

„Noch nicht, aber irgendwann werden die schon was dagegen haben.“

Schambatíst trinkt seinen Kaffee aus und blickt Luisa an. „Dürfen wir uns mal euren Hof anschauen? Uns würde zumindest einmal interessieren, wo eure Pilze überhaupt wachsen.“

Hinter dem Haus kommen sie auf eine breite Wiese, groß wie ein Fußballplatz. Längs über das Grün erstrecken sich knapp zwei Dutzend parallel laufende Bahnen, jede etwa einen halben Meter hoch, die das gesamte Feld zu einer bunten Wellenlandschaft machen. Die Hügellinien sind übersät von Blumen, Kräutern, langen Gräsern und auch abgebrochenen Zweigen.

„Hier ist die Geburtsstätte unserer Pilze", erklärt Fletcher stolz und lässt den Blick über die Anpflanzungen schweifen, „der rheinische Himalaja!"

Ganz hinten am Ende des Feldes sehen sie die Skudden grasen, die uralte Schafrasse, 4000 Jahre alt und ständig brünstig. Viele ihrer zu Schnecken gewundenen Hörner blitzen immer wieder hinter dem nicht allzu hohen Zaun auf.

„Irgendwann springen die euch rüber oder brechen den Zaun durch und fressen hier alles auf", scherzt Schambatíst und macht kauende Geräusche.

„Wir werden schon aufpassen", meint Fletcher. „Dahinten ist jedenfalls der Hof von Rémy Turner. Seitdem er pensioniert ist, kümmert er sich ausschließlich um seinen Hof. Der hat da ein wahres Paradies hochgezogen. Das artenreichste Biotop weit und breit, mit alten Obstbaumsorten, angelegten Teichen, einem Bauerngarten und Nistkästen für Meisen, Feldsperlinge, Steinkäuze und Schleiereulen. Neulich war der Oberbürgermeister da und hat ihm den Umweltpreis der Stadt verliehen. Mein Gott, der OB wusste ja noch nicht einmal, was eine Wasserralle ist. Der hat gedacht, das sei ein Druckfehler, und hat gestottert und Wasseraale gesagt. Oder Wasser alle. Na ja. Unser Freund Rémy fand's amüsant."

Zwei Skudden mit besonders schwungvollen Hörnern blicken herüber. Eins stößt den Kopf gegen den Zaun. „Manchmal sieht man Rémy mitten unter seinen Schafen mit Hut und Trachtenjacke", erzählt Fletcher.

Schambatíst macht große Augen.

„Dann fängt er laut an, die Arien seiner Lieblingsoperndiva

Elīna Garanča zu singen, das *Habanera* aus Carmen zum Beispiel. *L'amour*! *L'amour*! *L'amour*! *L'amour*!" Fletcher imitiert den Gesang so laut, dass hinten am Zaun noch mehr Skudden ihre Köpfe hochrecken. „Und wenn dann auch noch sein Hahn, dieser Bergische Kräher, loslegt, hoffen wir einfach nur, dass uns dann nicht die Polizei entdeckt."

„Wieso denn?", fragt Luisa.

Claire stupst Fletcher in die Seite.

„Ach, Claire, ich möchte unseren Gästen gern unser kleines Geheimnis zeigen. Wird schon nichts passieren. Kommt mal alle mit."

Claire rollt mit den Augen, lässt unhörbar ein paar Flüche los und schließt sich dann doch den anderen an, die bereits zur Scheune gegangen sind.

Es ist eine ungewöhnlich große Scheune.

„Mach mal die Tür da auf, Schambes, hier sind die Schlüssel." Fletcher wirkt so aufgeregt wie ein Kind vor der Bescherung. Schambes sucht an dem Schlüsselbund die passenden Schlüssel für die drei großen Schlösser an der Eisentür. Es dauert ein wenig. Schließlich öffnet er sie.

Sie treten ein, und der dumpfe, warme und feuchte Geruch eines Gewächshauses schlägt ihnen entgegen. Doch was sie sehen, übertrifft ihre Erwartungen. Sattes Grün knallt ihnen ins Gesicht. Künstliches Licht strahlt über den mit üppigen Cannabis-sativa-Pflanzen überwucherten Tischen. Die meisten sind einen guten halben Meter hoch. Doch auch Tische mit Stecklingen und weiter hinten mehrere Zweimeterbüsche sind zu sehen. Gleichzeitig wirkt alles fein säuberlich aufgereiht. Schlauchsysteme zur Bewässerung verbinden die Tische.

„Die Hälfte hier ist erntereif", meint Fletcher lakonisch.

„Eine Indoor-Plantage", schnauft Schambatíst, „das gibt's doch gar nicht. Und das weiß keiner?"

„Doch, aber nur Personen meines Vertrauens", sagt Fletcher.

„Unfassbar. Und warum riecht das nicht?"

„Wir haben Filter eingebaut. Die neutralisieren alles", sagt Fletcher.

Luisa und Schambatíst gehen durch die Reihen. Es könnte ein Küchengarten aus dem Barock sein. Vielleicht aber auch ein wild bewucherter Ziergarten.

„Und das macht ihr zwei ganz allein?", fragt Luisa.

„Nein, wir heuern natürlich immer mal wieder Erntehelfer an", meint Fletcher, „aber trocknen, fermentieren und das fertige Marihuana in kleine Tüten packen – das machen wir schon oft auch nur zu zweit. Das ist ein netter Zeitvertreib."

„Das sind ja Tausende von Euro, die hier wachsen", staunt Schambatíst.

„Na ja, also je nachdem, wie die Ernte verläuft, sind es zwischen 20.000 und 50.000 Euro pro Ernte. Bis zu sechs Ernten pro Jahr sind möglich."

Schweigend gehen Luisa und Schambatíst weiter durch die Reihen, als müsse sich ihr Verstand erst die richtige Einstellung erlaufen. Sie wissen nicht, ob sie diese Quelle des Reichtums nun verurteilen oder grenzenlos bewundern sollen.

„Ja", raunt Schambatíst und nickt, „da kann man sich natürlich locker so einen Reinraum bauen."

„Nur – was ist, wenn ihr erwischt werdet?", fragt Luisa.

„Zwischen vier und sechs Jahren", antwortet Fletcher lapidar, „vielleicht sind es auch neun. Es ist so: Je höher der THC-Wert ausfällt, also das Tetrahydrocannabinol, das für das High-Gefühl sorgt, desto höher die Strafe. Aber wir machen es sowieso nicht zu hochprozentig. Alles Extreme ist nicht gut. Wir bauen hier ein schönes sauberes Bioprodukt an."

„Aber was ist mit den Polizeihubschraubern und ihren

Wärmebildkameras", mahnt Schambatíst, „da kommt ihr doch nicht gegen an. Oder fliegen die hier nicht über die Felder?"

„Doch, natürlich. Die kommen hier im Tiefflug daher. Doch das ist uns egal. Wir haben sehr ordentlich in unsere Wärmedämmung investiert. Das klappt gut."

„Und verraten euch nicht die hohen Stromkosten?"

„Wir haben doch eigene Generatoren."

„Unglaublich. Ihr seid also Hanfbauern."

„Genau. Aber jetzt habt ihr doch genug gesehen, oder? Lasst uns gehen." Fletcher hat es auf einmal sehr eilig.

„Eine Frage noch", sagt Schambatíst. „An wen verkauft ihr das Zeug?"

„Wir verkaufen nur an eine einzige Person."

Schambatíst und Luisa schauen einander an. „An euren Dealer?", fragt Schambatíst.

„Wir wissen nicht, was die Person damit macht. Aber so viel, wie diese Person kauft, kann sie unmöglich selbst rauchen."

„Wer ist es?"

„Das ist das Einzige, das ich dir nicht sagen kann."

„Warum?"

„Weil du die Person kennst."

„Wer ist es?"

„Sag ich nicht. Bitte hab dafür Verständnis."

Schambatíst schaut wieder zu Luisa. Doch die gibt ihm mit einem Nicken zu verstehen, dass sie jetzt besser gehen sollten.

Sie verlassen die Scheune. Dieses Mal schließt Fletcher ab.

Dann legt er ihnen freundschaftlich die Hand auf die Schulter, während Claire schon vorgegangen ist. „Bevor ihr geht, Schambes – ich habe hier noch ein Geschenk für dich." Sie halten an und Fletcher holt aus der Hosentasche einen verpackten Gegenstand. „Ich dachte, das könnte ein Talisman für deinen Salon sein."

Schambatíst nimmt das Geschenk, reißt das Papier auf und holt einen kleinen Kamm hervor.

„Aus natürlichem Ochsenhorn. Original aus Tibet", sagt Fletcher.

„Oh, das ist nett von dir. Vielen Dank! Aber warum für mich? Wachsen mir goldene Haare, wenn ich mich damit kämme?"

„Nein. Aber die Tibetaner sagen, er wirkt gegen Haarausfall, erfrischt, bringt den Blutdruck in Ordnung, entspannt die Muskulatur und beugt Neurosen vor."

„Also ein richtiger Zauberkamm?"

„Ja, so in etwa. Das Wichtigste aber ist: Er gehorcht nur dem Besitzer, sagen die Tibetaner. Und derjenige, der ihn stiehlt, stiehlt einem angeblich auch das Herz. Pass also gut auf ihn auf."

13
IM SCHLOSSTURM

Ich kann es nicht glauben, dass du das gemacht hast." Schambatíst rauft sich die Haare. „Wir hatten doch gar nichts verabredet. Du hättest mir doch wenigstens vorher Bescheid sagen können." Er schaut von seinem Fensterplatz im Schlossturmcafé aus auf den Rhein und die vorbeiziehenden Frachtschiffe hinunter. Von hier oben wirken sie wie dicke Holzstämme, die von Brücke zu Brücke gleiten, um dann in der nächsten gewaltigen Kurve, mit der sich der Rhein an der Stadt vorbeischlängelt, zu verschwinden. Drüben, auf der anderen Flussseite, blinken perlengleich die eleganten Stadthäuser von Oberkassel in der Sonne. „Warum hast du den Artikel geschrieben?", fragt Schambatíst Fanta Silberling noch einmal.

Sie antwortet nicht.

Die beiden Kinder, die mit ihren Eltern als einzige weitere Gäste drei Tische entfernt sitzen, streiten sich und keifen sich an. Sie kabbeln um ein Smartphone.

Fanta lässt den Blick auf ihre Hände sinken. „Du musst mir meine Nägel mal dringend wieder feilen", sagt sie.

„Lenk bitte nicht ab. Schließlich hast du mich angerufen, nachdem der Artikel über mich in der Zeitung erschienen ist, und wolltest dich erklären", sagt Schambatíst.

Fanta richtet sich auf. „Es ist vor allem ein Artikel über deinen wunderbaren Beauty-Salon. Wir haben bei uns in der Lokalzeitung doch diesen ‚Städte-Tipp'. Und da habe ich gedacht, das wäre doch eine tolle Werbung für dich, wenn du da auch mal drin vorkommst. Deswegen habe ich über dich geschrieben. Und ich dachte eigentlich, dass du dich freust. Es sollte eine Überraschung sein."

„Eine Überraschung? Na, die ist dir gelungen." Er blickt wieder aus dem Fenster.

Im Hintergrund ist ein lautes „Schluss jetzt!" zu hören. Ein Kind weint. Das andere tippt eifrig in das Handy.

Schambatíst sieht zur Kellnerin hinüber, winkt nach ihr. „Darf ich dir auch noch ein Glas bestellen?"

„Gern." Fanta lächelt.

„Zwei Pastis, bitte."

Sie schauen einander an. Schambatíst fasst nach ihrer Hand. Die Wut hat ihn mutig gemacht. „Es war ja auch sicher eine gute Idee von dir. Und natürlich – danke für deine Hilfe. Nur, was mir nicht so gefällt, ist, dass du das Douven-Bild so ausführlich erwähnst. Du ahnst ja nicht, was ich gerade für einen Ärger mit diesem Gemälde habe. Ich überlege schon, ob ich es abhänge und wegschließe."

„Wieso Ärger?"

„Lauter Leute kommen in letzter Zeit auf mich zu und haben Interesse an diesem Bild. Ich weiß auch nicht, was in die gefahren ist."

„Ich finde das Gemälde ebenfalls sehr schön. Und ich habe dir ja auch gesagt, dass du es sicher für einen sehr guten Preis verkaufen kannst."

„Ich weiß. Es ist aber ein Erbstück. Ich will es behalten."

„Das verstehe ich. Aber denk doch auch mal weiter. Wer soll es bekommen, wenn du, also, äh, wenn du mal nicht mehr da bist?"

„Ich weiß nicht."

„Hast du Neffen? Nichten?"

„Nein."

„Also möglicherweise nimmt sich das Bild dann irgendjemand, den du gar nicht kennst, oder?"

Die Kellnerin bringt die zwei Pastis.

„Prost“, sagt Schambatíst. Sie stoßen an. „Ja, das könnte sein“, sagt er.

„Wäre es also nicht ganz schön, wenn du selbst bestimmst, wer das Bild bekommt?“

„Da ist was dran. Aber wer?“

Fanta legt ihre Hand auf seine und beugt sich vor. „Nun, du könntest es zum Beispiel mir geben.“

„Dir?“

Fanta küsst ihn auf den Mund.

Schambatíst verharrt schockgefroren, die Augen geschlossen. Was für ein Überfall, denkt er sich. Offensichtlicher geht es ja wohl kaum. Und doch überkommt ihn ein sehr warmer Strom schönster Gefühle. „Dir?“, wiederholt er murmelnd.

„Nun, nicht unbedingt allein mir. Besser gesagt – uns!“ Wieder neigt sie sich zu ihm und küsst ihn, lang, sehr lang.

Die Eltern am Nachbartisch schauen herüber. Die Kinder sitzen ruhig nebeneinander und glotzen wie hypnotisiert auf das Display des Smartphones.

„Du weißt, dass ich einige Jahre älter bin als du?“

„Ich weiß, aber was ist das Alter? Das sind doch nur ein paar Zahlen.“

„Richtig, aber so kann auch nur jemand sprechen, der noch kein Alter fühlt.“

„Das ist mir egal, Schambes.“ Sie küsst ihn und umschlingt ihn über den Tisch hinweg so heftig mit den Armen, dass sie fast die Tischdecke wegreißt.

Die Eltern am Nachbartisch signalisieren der Kellnerin, dass sie zahlen wollen. Die Kinder nörgeln und fangen wieder an zu streiten.

„Du wolltest doch immer Kinder haben, Schambes?“

„Ja“, sagt er und kann seine Lippen kaum von ihr lösen, „aber das Thema ist vorbei.“

„Vorbei? Nein, Schambes, nichts muss vorbei sein. Stell dir doch mal vor, du hättest ein Kind. Wäre das nicht schön?"

„Ich habe mir das immer vorgestellt", sagt er fast atemlos, „aber heute reicht meine Fantasie nicht mehr, solche Gedanken zu haben."

„Ach, Schambes, wir könnten doch ein Kind zusammen haben."

Er zuckt zusammen, will zurückweichen, doch sie hält ihn fest, schlingt ihre Arme fest um seinen Hals und zieht ihn noch näher an sich heran. „Eine kleine Schambanita oder einen kleinen Schambanito, mit deinen wunderbaren Lippen, mit deinen herrlich kugeligen Augen und diesem fürsorglichen Lächeln."

Schambatíst meint zu träumen und nuschelt: „Hoffentlich hat das Kind auch was von dir."

„Ach, Schambes, du wärst also einverstanden?"

„Fanta, bitte, das kommt jetzt alles ein wenig plötzlich. Ich müsste auch noch mal Luisa fragen."

„Wie bitte?"

„Äh, ach nein, stimmt. Aber wie soll das gehen? Ich müsste mich ja dann trennen."

„Du musst überhaupt nichts überstürzen, mein Geliebter. Aber auf Dauer werde ich mich wohl nicht auf eine Spielerei einlassen."

Die Eltern sind mittlerweile aufgestanden, nur die Kinder sitzen noch am Tisch vor dem Smartphone. „Kommt jetzt", rufen die Eltern ungeduldig. „Nur noch ein bisschen", antworten die Kinder.

Fanta lässt von Schambatíst ab. Sie lehnt sich zurück und schaut aus dem Fenster auf die vorbeifahrenden Schiffe. „Du brauchst sicher ein wenig Zeit, um über alles nachzudenken. Weißt du eigentlich, warum ich dich unbedingt hier oben im Schlossturmcafé treffen wollte?"

„Nein."

Fanta beginnt, ein Liedchen zu pfeifen. *Am alten Schlossturm zu Düsseldorf am Rhein.* „Weißt du es wirklich nicht?", fragt sie noch einmal. Und dann singt sie laut: „*Daaa wohnt ein kleiiines, blondes Mägdälein.*"

Die Kellnerin schaut verwundert herüber und muss lachen.

„Nein", sagt er.

„Ach, Schambes, ich weiß doch, dass du insgeheim ein großer Jan-Wellem-Fan bist. Und ich dachte, dieser Ort wäre genau der richtige, um dich zu fragen, ob du der Vater meines Kindes werden willst."

„Äh, wie bitte?" Schambatíst schießt das Blut in den Kopf, während Fanta ihm aufgeregt die Geschichte des Schlosses erzählt. Natürlich weiß er, dass dieser Turm hier am Ufer des Rheins Teil des ehemaligen Düsseldorfer Schlosses ist. Ein symbolträchtiger Ort. Das Schloss war der bevorzugte Sitz der letzten Herzöge von Jülich-Kleve-Berg und Mittelpunkt glanzvoller Feste und Hochzeiten. Hier wurde am 19. April 1658 Kurfürst Johann Wilhelm geboren, möglicherweise genau in diesem Turmzimmer.

„Wie bitte?", wiederholt Schambatíst noch immer verwirrt.

„Hier in diesem Turmzimmer kam Jan Wellem zur Welt", sagt Fanta begeistert, „stell dir das doch mal vor!"

Sicher, denkt sich Schambatíst, Jan Wellems Eltern waren sehr fruchtbar. 17 Kinder hatten sie – da wird ja wohl eins davon auch mal in diesem Raum geboren worden sein. Warum nicht Jan Wellem? „Meine kleine Geschichtenerfinderin", brabbelt Schambatíst wie in Trance.

„Erfindungen? Nein", ruft sie halb empört, „Jan Wellem hat hier residiert! Er ließ das Schloss modernisieren, kostbar ausstatten und ein Gebäude für die Gemäldesammlung errichten. Ja, und wir zwei dürfen heute diesen Geist hier atmen."

„Sicher", gluckst Schambatíst, „das dürfen wir. Und du meinst, das hier mit uns ist kein, äh, Missverständnis?"

„Nein", lächelt sie, „das ist kein Missverständnis."

„Darf es noch etwas sein?", fragt die Kellnerin.

„Danke, nein", antwortet Schambatíst, „oder, Liebling?" Er kann sich gar nicht mehr erinnern, wann er zuletzt mal das Wort „Liebling" gesagt hat. Oder jemand ihn so genannt hat. Luisa jedenfalls nicht.

„Und weißt du, wo wir dann heiraten?"

„Heiraten? Ich bin schon verheiratet."

„Wir heiraten natürlich in der Andreaskirche. Dort, wo auch Jan Wellem begraben liegt."

„Und Douven malt dann von uns ein Bild."

„Ach, Schambes, du nimmst mich gar nicht ernst."

„Doch, doch. Es hört sich, äh, gut an. Sehr gut. Doch auch ein wenig, wie würde ich sagen … fantasievoll."

„Fantasie? Natürlich, Fantasie! Gut, dass es sie gibt. Fantasie ist die Realität der Zukunft. Schambes, man muss nur dran glauben!"

„Ja, natürlich, aber das alles geht mir jetzt wirklich ein wenig zu schnell. Ich brauche Zeit."

„Schambes, manche Dinge, die wir tun, sind Hirngespinste, ja vielleicht etwas schräge Ideen, verrückte Ideen. Aber es sind auch Ideen, die wir uns für einen besonderen Tag aufheben. Und heute ist ein solcher Tag." Sie fasst ihn wieder an den Händen. Schambatíst zögert. „Gut", sagt er schließlich, „ich werde es mir überlegen." Er drückt fest ihre Hand.

„Ja, aber nicht zu lange. Ich möchte dich unbedingt meinem Vater vorstellen."

14
SCHAMBATÍST SOLL PRINZ WERDEN

Was schauste denn so bedröppelt, Schambes. Dabei hab ich doch für dich so wundervolle Neuigkeiten."

Für Adalbert Strass hat Schambatíst den Kosmetikstuhl extra weit hochschrauben müssen, damit er überhaupt an dessen Füße herankommt.

Mit seinen 1,53 m ist er der kleinste Karnevalspräsident der Welt. Zumindest behauptet er das. „Nur einer ist noch kleiner", pflegt Strass zu sagen, wenn er Beweise für seine kühne These liefern soll. „Danny DeVito – genau einen Zentimeter." Dass DeVito nie Karnevalspräsident war, spielt für ihn keine Rolle. Denn immer wenn er DeVito erwähnt, nimmt das Gespräch für Adalbert Strass einen sehr angenehmen Verlauf. Die meisten seiner Zuhörer entdecken sofort eine Ähnlichkeit zwischen ihm und dem Hollywoodzwerg. Tatsächlich hat Strass die gleichen kleinen braunen Teddybär-Augen, das knuddelige, runde, gutmütige Gesicht, eine gewisse Leibesfülle, und er trägt wie sein Vorbild eine große schwarze Hornbrille. Nur die Haare sind anders. Statt Glatze mit seitlichen Haarfendern ragt rund um und auf dem Schädel des Präsidenten ein senkrecht spitz nach oben explodierender grauer Lockenwuschelkopf empor.

„Schambes, sag doch wat. Ich hab mich so auf heute gefreut. Ich hab dir nämlich wirklich wat ganz Wichtiges mitzuteilen."

„Willst du auch das Gemälde kaufen?"

„Welches Gemälde?"

„Na, das hier, was vor dir hängt."

„Ach, den Jan Wellem? Och, du willst den verkaufen?"

„Nein, will ich nicht.“

„Ja, warum fragste dann?“

„Weil ich viele Anfragen bekomme.“

„Ah, nee, ja, schön ist dat Bild ja schon. Und dieser graue Krüllekopp, diese Allonge-Tolle. Fabelhaft.“

„Und, hast du Interesse?“

„Ja, nee, dat ist ja so groß, wenn ich mir dat zu Hause aufhänge und ich davorsteh, kriege ich ja ’ne Nackenstarre.“

Strass hat für seine geringe Körpergröße ungewöhnlich große Füße, Schuhgröße 47. Sie sind nicht nur büschelweise auf den Zehen beharrt, auch auf dem Spann staksen etliche braune und teils auch graue Haare wie Dünengras hervor. Beide großen Zehen sehen aus wie streichholzschachtelgroß geschnittenes Marzipan mit münzgroßen zimtbraunen, rauen süßen Mandeln als Fußnagel. Als Schambatíst sie zum ersten Mal sah, musste er noch schlucken und schlug Strass sofort vor, mit den Füßen erst einmal zum Friseur zu gehen. Doch seit ihm Strass erklärt hat, dass die Leute früher dafür bezahlen mussten, um in der Kuriositätenkammer auf dem Jahrmarkt solche Extremitäten zu sehen, gehören sie zu Schambatísts Lieblingsfüßen.

„Schneiden und waschen?“, fragt er.

„Ja, natürlich, wie immer. Und dann bitte dat volle Programm. Wie immer. Und jetzt sei still, ich muss mit dir reden.“

Schambatíst rollt mit seinem Arbeitsstuhl durch den Raum, nimmt die kleine Wanne, füllt sie mit warmem Wasser, holt das Besteck und rollt zu Strass zurück. „Also, Schambes, libbe Jong, ich hatte dir ja schon letztes Mal angedeutet, dass wir für die nächste Session wieder ein Prinzenpaar suchen. Na ja, du weißt ja, wie dat läuft. Am liebsten hätten wir da natürlich zwei Persönlichkeiten, die Ausstrahlung haben, Rampensäue sind, Spaß am Spaß haben, den Karneval lieben und eben so richtige Rheinländer sind."

Schambatíst steht auf und holt Wattepads aus der Schublade.

„Hörst du mir überhaupt zu, Schambes?"

Er hockt sich wieder hin und steckt jeweils Wattebäusche zwischen die Zehen. „Ja, natürlich. Rampensau, Karneval, Rheinländer, alles verstanden."

„Schön, also, und jetzt habe ich mal im Komitee gefragt, ob jemand denn eine Idee hätte, wer es jetzt das nächste Mal werden könnte. Und wat glaubst du, welcher Name da gefallen ist?"

„Danny DeVito?"

„Fast. Dein Name. Schambatíst Dänzer-Valotti. Ja, und da haben mich die Kollegen gefragt, ob ich nicht dich mal fragen könnte. Und da habe ich Ja gesagt. Und wenn ein Adalbert Strass Ja sagt, dann macht der dat auch."

„Ich soll Prinz werden? Das ist ja wohl ein Missverständnis!"

„Nein."

Schambatíst schaut wenig begeistert. Er nimmt die kleine Schere und schneidet die Büschel am Spann kurz. Dann sprüht er Schaum auf und entfernt die Stoppeln mit dem Nassrasierer. „Und wer macht dann meinen Laden?"

„Daran habe ich auch schon gedacht. Da gibt es eine fantastische Lösung."

„Welche?"

„Wir werden dir für die heiße Phase einen oder auch zwei tüchtige Mitarbeiter oder Mitarbeiterinnen finanzieren."

„Das nennst du fantastisch?"

„Na hör mal, wir finanzieren dir damit fast vier Monate Urlaub."

„Meine Kunden wollen mich und nicht irgendeine Mitarbeiterin."

„Wenn deine Kunden erst mal wissen, dass du der neue Prinz bist, rennen sie dir hinterher die Bude ein. Du wirst niemanden verlieren. Im Gegenteil. Du wirst wahrscheinlich anbauen müssen."

Schambatíst überlegt. Er entfernt ein letztes Haar vom Spann des Präsidenten und wischt mit einem Tuch die kahlen Stellen nach. „Und wer soll meine Prinzessin sein?"

„Dat ist doch klar, Schambes. Deine Luisa natürlich. Die wird die neue Venetia."

„Ach du liebe Zeit."

„Was heißt hier du liebe Zeit? Wir brauchen als Prinzenpaar ganz unbedingt ein starkes Paar, dat sich versteht, miteinander kann, keine Fisimatenten macht, und vielleicht auch ein Paar, dat sich einfach richtig treu ist. Denn irgend so ein Amor-Geflüster und Liebesritt hier und da mitten in der Session können wir uns als Karnevalskomitee nicht erlauben. Dat bringt nur schlechte Presse."

Schambatíst hängt mit Körper und Kopf über den närrischen Füßen und schleift die Marzipanzehen. „Das ist ja wirklich sehr ehrenhaft von dir, mich zu fragen. Ich fühle mich aber ein wenig überrumpelt. Ist es denn nicht viel besser, wenn ihr jüngere Menschen, also den Nachwuchs, an eure Sessions-Spitze stellt?"

„Nachwuchs? Weißt du eigentlich, wie schwer es ist, Nachwuchs zu kriegen?"

„Doch, äh, das weiß ich."

„Es gibt kaum guten Nachwuchs. Und weißt du, warum?"

„Yarsagumba?"

„Wat?"

„Ach, nichts."

„Also, weißt du, wer schuld ist?“

„Nein.“

„Dat Handy ist schuld!“

„Warum das denn?“

„Die jungen Leute starren doch alle nur noch auf ihre mobilen Dingsda. Die schauen sich den Karneval, wenn überhaupt, vielleicht noch auf YouTube an. Aber nach fünfzehn Sekunden sind die alle wieder weg und schon beim nächsten Thema. Die Smartphones sind unglaubliche Ablenkungen und Zeitdiebe. Die jungen Leute wissen doch gar nicht mehr, wie es ist, mal mit sich wirklich allein zu sein. Da brabbelt doch immer irgendwas und irgendwer aus dem goldenen Elektrokalb. Da fragt sich doch keiner mehr, wat er überhaupt will. Da wird alles vorgekaut. Die lernen doch nicht mehr, sich zu fragen, wat se wirklich möchten, wat se bewegt, wat se fühlen, wat se denken, welches Leben se führen möchten.“

„Und ein Adalbert Strass wusste das mit Anfang oder auch Ende zwanzig?“

„Jawohl, ein Adalbert Strass wusste dat ganz genau.“

„Und was war das?“

„Ich habe Waschmaschinen verkauft. Schon immer. Sonst hätte ich doch heute nicht diesen Riesenladen.“

Keiner in Schambatísts Familie hatte jemals eine exponierte Stellung im Karneval. Niemals hatte je einer davon geträumt, einmal Prinz zu sein. Auch für Schambatíst gehört die Prinzenrolle nicht zu den Vorstellungen von einem erfüllten Leben. Und nur fürs Marketing auf die Bühne? Nein, das ist seine Sache nicht. Dinge, die gelingen sollen, müssen aus dem Herzen kommen. „Also, ich weiß noch nicht, ob ich das mit dem Prinzen mache.“

„Schambes, Junge, du bist dafür geboren. Ein Anführer, ein Superregent, ein dufter Typ!“

„Ach ja? Und was macht so einen duftenden Superregenten aus?“

„Dat kann ich dir sagen: Man darf nicht alle Moden mitmachen. Man muss die Medien für sich nutzen, darf sich aber nicht in ihre psychologischen Spielchen verwickeln lassen. Ein guter Regent hat ein Weltbild. Und dat trägt ihn durch alle Stürme. Er denkt langfristig. Er ist hartnäckig und machtbewusst. Aber er darf nicht zu viel wollen. Denn große Pläne funktionieren am besten in kleinen Schritten. Und er muss auch nicht alles wissen. Er kann mal mehr oder mal weniger wissen. Aber er muss vor allem wissen, wat zu tun ist. Und dat alles, Schambes, dat bist du!“

Schambatíst blickt zu ihm auf. „Puh, das ist ja mal eine Liste.“ Er hat große Lust, ihn in den Zeh zu schneiden. „Ich hole mal eben mein Smartphone, da kannst du dann noch mal alles reinsprechen. Sonst vergesse ich das.“

„Ich bitte dich, du kannst dat.“

„Niemand wird schöner gestreichelt als das Opferlamm auf dem Weg zur Schlachtbank“, erwidert Schambatíst. „Kennst du das Zitat?“

„Ach, Quatsch, Schlachtbank. Die Sache soll Spaß machen. Mann, du bist doch Rheinländer!“

„Ich bin hier geboren, klar. Aber das allein qualifiziert einen doch nicht.“

„Dat meine ich auch nicht so. Es gibt natürlich Rheinländer, die sind von Geburt an, wie Rheinländer eben so sind. Und die haben natürlich Glück. Doch nicht jeder, der hier geboren ist, verhält sich wie ein Rheinländer. Viele schlagen aus der Gnade der rheinischen Geburt kein Kapital. Die werden die größten Langweiler! Andere wiederum, wie dein Freund Matteo – der kommt als Kind aus der Region Venedig hierher und ist heute ein Rheinländer, wie man es nicht besser sein kann, stimmt's? Wat kann der den Schlossturm toll singen." Strass hebt die Stimme an und singt: „*Aaam alten Schloooss-turm zu Düüüsseldorf am Rhein. Daaa …*"

„Ist ja gut", unterbricht ihn Schambatíst.

Doch Strass lässt sich nicht beirren. „Und der gute Matteo ist nicht der Einzige. Davon gibt es viele. Sehr viele. Assimilierte Rheinländer! Zu uns kann nämlich jeder kommen, weißte? Ob mit schwarzer, gelber, roter oder weißer Haut, ob in der Kutte, im Tallit oder im Burkini – alle sind eingeladen, Rheinländer zu werden. Rheinländer ist man nämlich nicht durch Geburt. Zum Rheinländer wird man. Rheinländer sein ist eine Lebenshaltung!" Strass legt sichtbar zufrieden seine Hände über den runden Bauch, der sich heftig wölbt und senkt. Ansonsten ist nur wieder das leichte Schnippen der Schere zu hören. Es klingt fast wie ein kleines Klatschen.

Nach einer Weile fragt Schambatíst, ohne aufzuschauen: „Jeder kann also Rheinländer sein?"

„Wenn er Lust hat – ja!"

„Und was macht diese Lebenshaltung aus?"

„Dat ist doch klar. Wir Rheinländer sind umgänglich, offen, lebendig, kommunikativ, inspirierend … und natürlich sind wir ziemlich wirkungsvoll vernetzt!" Er strahlt über das ganze Gesicht – fast triumphal. „Und wir können feiern – dat ist ja auch nicht dat Schlechteste. Im Gegenteil. Wir wenden uns eben gern den schönen Dingen des Lebens zu. Viele interpretieren dat ständig falsch."

„Warum eigentlich?"

„Neid? Frust? Ich weiß es nicht. Wir mögen die meisten Menschen, während die anderen uns nicht mögen."

„Stört mich nicht", grummelt Schambatíst.

„Mich doch auch nicht. Wir brauchen eben nicht dauernd dat Lob von draußen. Wir haben es hier doch so schön!"

„Du solltest Oberbürgermeister werden."

Strass strahlt ihn kurz verzückt an, wird aber sofort wieder ernst. „Wart's ab", sagt er, „in Amerika wäre ich schon längst Oberbürgermeister, vielleicht Senator. Oder sogar Präsident!"

„Das bist du doch schon."

„Wie auch immer – ich find uns schon toll!"

Schambatíst nimmt die Feile und lässt sie über die Fußsohlen des Präsidenten sausen.

„Allein unsere Kunst! Unser Sinn fürs Schöne! Ja, den haben wir. Ohne Zweifel. Und weißt du von wem? Ist doch klar – stammt alles von unserem Jan Wellem."

„Aber seitdem der fort ist, sind wir doch eigentlich mehr ein Dorf", gibt Schambatíst zu bedenken.

„Dorf, Dorf – was heißt hier Dorf!? Hier ist alles eben bestens überschaubar. Ein bisschen Tokio, ein bisschen Rio, ein bisschen Mississippi, ein bisschen Napoleon, ein bisschen Barock, ein bisschen Preußen. Das macht unsere Lebensqualität aus!"

„Ja, und was ist mit der Oberflächlichkeit?"

„Wat soll damit sein?"

„Die rheinische Oberflächlichkeit", ruft Schambatíst.

„Ach, dat kann ich nicht mehr hören. Menschen, die etwas stört, werfen einem doch schnell mal Oberflächlichkeit vor. Wie so eine Art moralisches Versagen. Zack und die Keule sitzt. Ein Blödsinn ist dat. Vollkommen borniert. Wir haben hier durchaus Anspruch. Dat haben die da draußen in Hamburg, München oder Berlin noch gar nicht mitbekommen. Oberflächlich ist doch wohl mal jeder. So wie jeder mal rülpsen muss. Aber unser Publikum hier, die Menschen, die hier leben, sind überhaupt nicht oberflächlich. Zumindest nicht mehr oder weniger als woanders auch. Unser Publikum in der Stadt ist überhaupt nicht leicht zufriedenzustellen."

„Stimmt."

„Da müssen wir gutes Handwerk bieten. Dat tun wir. Und deswegen sind wir auch erfolgreich."

„Vielleicht wäre auch Bundespräsident etwas für dich?"

„Wir haben in der Stadt ja fast mehr Bürgervereine und Bürgergesellschaften als Straßenlaternen."

„Oder doch gleich Generalsekretär der Vereinten Nationen?"

„Und mindestens so viele Karnevalsvereine. Ach ja, der Karneval – Schambes, zu dir zurück. Wat ist jetzt mit deiner leckeren Prinzenrolle?"

„Ich weiß noch nicht, Adalbert. Ich halte das alles für ein großes ... äh, Missverständnis. Ich werde erst mal mit Luisa darüber sprechen müssen."

„Tu dat. Ich hoffe sehr, dat du dich besinnst. Ich habe auch schon so eine schöne Idee für eure Inthronisierung."

„Nämlich?"

„Ihr kleidet euch wie die beiden auf deinem Gemälde hier."

„Warum das denn?"

„Jan Wellem liebte den Karneval – für die nächste Session soll er unser Schutzpatron werden. Und dafür planen wir etwas Besonderes."

„Und da soll ich so ein getigertes Mäntelchen tragen?"

„Den Hermelin? Ja, dat ist genau dat Richtige. Hermelin, Marschallstab, Krone. Super. Luisa in diesem feinen, frühbarocken blauen Kleid. Ah, ihr werdet großartig aussehen."

Schambatíst schüttelt den Kopf. „Du bist ja jeck."

„Ach, Schambes, keinen anderen hätte ich darum gebeten. Nur dich! Und weißt du, warum?"

„Ja, bitte?"

„Du hast die gleichen leckeren Kulleraugen wie unser Jan Wellem."

Ξ

15

DER BOGEN-DEAL

Eveline Ginsterfing zu Mayer-Träsch und Anselm Bohlscheid sitzen an der Bar des *Alberti.* Es ist bereits Abend, und die Dunkelheit hat die großen Fenster des Restaurants zur Straße hin fast geschwärzt. Der Kamin knistert. Auch das dritte Glas Oppenheimer Krötenbrunnen, das vor ihnen steht, ist bald leer.

Bohlscheid sitzt mit überkreuzten Beinen und wippt mit seinen Pantoffeln gegen den Tresen. Eine Stunde lang hat er nun erzählt. Kuriose und wilde Geschichten von Erbstreitigkeiten, von verschollenen barocken Instrumenten, von Ehedramen und Dreiecksverhältnissen. In all seinen Geschichten geht es stets um Missgunst, Betrug und Verrat, aber immer auch um die Liebe und Leidenschaft zu Geigenbögen – ein Geschäftszweig, in dem honorige Kaufleute ihre Ehre schneller verlieren können als ihr Geld. Es sei denn, sie haben einen Anselm Bohlscheid als Berater, einen Mann, der wie kein anderer das gebogene Objekt der Begierde unter Augenschein zu nehmen, zu prüfen, zu schätzen und letztlich zu verkaufen weiß.

Eveline ist von seinen wippenden Pantoffeln genervt. Doch sie sagt nichts und denkt sich nur, dass sich Bohlscheid irgendwann die Hüfte verdrehen wird, wenn er weiter im Sitzen bei einer derartigen Masse an Körper die Beine überkreuzt. Jedes Mal, wenn sie ihn zu unterbrechen versucht, um über Preise zu sprechen, weicht er aus oder schaut, also hätte sie nicht mehr alle Saiten auf der Geige.

Diskretion ist eine seiner größten Tugenden. Bohlscheid spricht erst über Geld, wenn er wirklich spürt, körperlich spürt, dass jemand gewillt ist, einen dieser raren Bögen zu besitzen – einen Tourte, einen Gaudé, einen Simon, einen Husson oder einen Peccatte. Erst wenn er das Glänzen der Augen sieht, das Pochen des Herzens hört und das Zittern der Hände fühlt, erst wenn ein Kunde mit höchster Empfindsamkeit über den Bogen streicht, über die Stange, über den Kopf, über den Frosch, erst dann öffnet sich Bohlscheid und beginnt, das Gespräch über den – gemessen an der handwerklichen Schönheit – doch so schnöden materiellen Wert eines Bogens zu führen.

„Herr Bohlscheid, was kostet denn jetzt so ein Tourte, so ein Tourte de France?"

Fast 40 Lebensjahre trennen dieses ungleiche Pärchen – sie zierlich und in jeder Bewegung eher zerbrechlich, er beleibt, groß und ausgestattet mit dem Temperament eines Niccolò Paganini. Und doch ist dieser Unterschied im Gespräch kaum zu spüren. Eine merkwürdige, unausgesprochene Übereinkunft von gegenseitiger Achtung, von Respekt und Erwartung scheint die beiden aneinander zu binden.

„Verehrte Frau Ginsterfing, was wollen Sie denn mit dem Bogen tun? Sie spielen doch überhaupt nicht Violine."

„Ich nicht, aber ich möchte ihn für eine gute Freundin kaufen. Sie hat nicht nur Talent, sondern auch Ehrgeiz."

„Ich verkaufe die Bögen normalerweise nur Personen, die ich persönlich kenne und die ich im besten Fall auch schon einmal spielen gehört habe."

„Ich gehe davon aus, dass Sie diese Person kennen. Es ist Luisa, Luisa Dänzer-Valotti."

„Dänzer-Valotti? Die Frau von Schambes?"

Bohlscheids Gesicht erhellt sich. „Schambes? Sie nennen ihn Schambes? Na gut, also, ja, genau die."

„Die Dänzer-Valottis sind natürlich etwas anderes. Seit wann spielt denn seine Frau?"

„Ich glaube, sie hat früh angefangen, als Kind. Sie wollte zunächst eine Solokarriere hinlegen. Doch dann spielte sie lange im Orchester, und die Zeit für eine Förderung ihres zweifellos vorhandenen musikalischen Genius verging. Heute gibt sie nur Privatkonzerte im engsten Freundes- und Bekanntenkreis. Aber das macht sie ganz wunderbar."

„Das kann ich mir vorstellen. Sie hat ja auch ziemlich erfolgreich ihrem Mann geholfen, den Beauty-Salon aufzubauen. Die Ideen für die verschiedenen Kollektionen stammen fast alle von ihr."

„Also, Sie sehen, meine Klientin – um es mal so zu sagen – hat Format. Was kostet denn nun so ein Bogen?"

Bohlscheid zögert. Jemand, der so gut mit den Dänzer-Valottis bekannt ist, könnte für ihn in ganz anderer Hinsicht interessant werden. „Kennen Sie das Gemälde, das in dem Beauty-Salon hängt? Das wunderbare Bild von Douven?"

„Ja", antwortet sie knapp. Ihr bisher freundliches Gesicht verliert allen Glanz und wird abrupt und auffällig zu einer ausdruckslosen Maske.

„Haben Sie es sich mal genau angeschaut? Ich meine die Details?"

Eveline blickt starr vor sich hin.

„Haben Sie? Also, da gibt es ja im Vordergrund des Gemäldes diesen großen Hund, vermutlich einen Rottweiler. Und der trägt ein Halsband mit den Initialen C und P. Das steht für den lateinischen Ausdruck comes Palatinus, ist also das Zeichen des Kurfürsten, nicht wahr."

„So?"

„Ja, und da habe ich doch in einer meiner Immobilien kurz nach dem Kauf eine Truhe auf dem Speicher gefunden. Und neben vielen originellen Dingen fand ich dort einen großen, breiten Ring – wie ein Halsband. Und darauf standen wiederum die Initialen C und P. Ich habe das Objekt prüfen lassen, und tatsächlich stammt es aus dem 17. Jahrhundert. Wie es letztlich in die Truhe gelangt ist, konnte ich nicht herausfinden. Dass es sich dabei aber tatsächlich um einen Gegenstand aus dem Besitz des Kurfürsten handelt, ist so gut wie sicher."

„Und jetzt wollen Sie das Bild kaufen, um ihrem kleinen Fund eine sichtbare Adelung und fühlbare Aufwertung zu verleihen, richtig?"

„Könnte schon sein."

„Haben Sie unserem gemeinsamen Freund von Ihren Plänen erzählt?"

„Natürlich."

„Und?"

„Er war alles andere als begeistert."

„Wie gut."

„Was heißt hier: gut? Ich könnte ihm eine große Summe für das Bild bieten."

„Aber es ist doch bloß eine Kopie?" Eveline greift zum Oppenheimer Krötenbrunnen.

„Das stimmt, Frau Ginsterfing. Schambes behauptet, nur eine Kopie zu haben. Aber die Kopie muss sehr früh gemacht worden sein. Und stammt sicherlich ebenfalls aus dem frühen 17. Jahrhundert."

„Sind Sie sicher?"

„Hören Sie, ich bin nicht nur Bogenhändler. Ich habe auch einen Blick für die Kunst."

Evelines Gesicht hellt sich wieder auf. „Dass dieses Bild mehr als eine bloße Kopie ist, war mir immer klar", erklärt sie.

„Wieso?"

„Das überlassen Sie mal mir."

„Gut, Sie müssen auch gar nichts sagen. Ich habe meine eigenen Wege, um Erkundigungen einzuziehen."

„Herr Bohlscheid, ich würde Ihnen dennoch dringend davon abraten, das Bild zu kaufen."

„Aber warum denn?“

„Erstens gibt es viele Leute, die bereits ebenfalls Interesse an dem Bild angemeldet und unglaubliche Summen geboten haben – das können und wollen Sie gar nicht übertrumpfen. Und zweitens wird Schambes sowieso nicht verkaufen.“

„Was für Leute mit Geld meinen Sie denn?“

„In der Stadt gibt es davon genug.“

Bohlscheid rutscht auf seinem Barhocker hin und her. Dann nimmt auch er einen kräftigen Schluck vom Oppenheimer Krötenbrunnen, und schließlich platzt es aus ihm heraus: „Wissen Sie eigentlich, wie mich das ankotzt, dieses Geld? Diese ganze Kohle! Dieses ständige Thema, das die Leute erst wie unter einer Tarnkappe zu verstecken suchen und dann, wenn es Streit gibt, wenn es ums Rechthaben oder gar um Macht geht, wie ein Schnellfeuergewehr hervorziehen und ballern, bis auch der Letzte endlich Ruhe gibt.“

„Beruhigen Sie sich. Sicher, viele Menschen sind bereit, die unsinnigsten Summen zu zahlen, um ihren Willen durchzusetzen.“

„Und das finden Sie gut?“

„Überhaupt nicht.“

„Diese ganzen reichen, gelierten Kröten mit ihren sich zur Makellosigkeit selbst kasteienden Zweit- oder Drittfrauen, die sich in Size-Zero- oder Double-Zero-Jeans quetschen, um dann in ihrem superbreiten Powerjeep durch die schmalsten Gassen zum Einkaufen zu fahren, aber nie den Wagen mit den schweren Einkaufstaschen füllen können, weil sie viel zu dünn und schwach sind und vergeblich auf ihre Ehemänner warten, die sich die Nasenscheidewand durchstechen lassen, um sich auf Geschäftsreise in Abu Dhabi, Hongkong oder Santa Cruz de la Sierra noch besser mit einer Geliebten eine Line ziehen zu können.“

Eveline hört ihm erstaunt zu. Als er mit seiner Tirade fertig ist, pfeift sie kurz und tonlos. „Aber Herr Bohlscheid, bitte. Das sind doch Klischees."

„Und? Kein Klischee ohne Realität."

„Auch das ist nur ein Klischee."

„Die sollten alle mal eine Probezeit in Bescheidenheit absitzen, in der Armenküche aushelfen, nachts Pfandflaschen sammeln oder angeln gehen am Rhein. Dann würden die zur Besinnung kommen."

„Geld ist wie eine Droge, man muss damit umzugehen wissen", gibt Eveline zurück. „Und ich kenne durchaus Leute, die genau das können."

„Ach, Sie meinen mal wieder die Menschen des alten Geldes?"

„Wissen Sie, reiche Leute gibt es heute überall. Sie kommen aus allen Schichten, aus allen Bildungsniveaus."

„Es gibt vor allem die Prahler."

„Ja, aber *das* sind ja nun meist nicht die Reichen."

„Inwiefern?"

„Die Selbstdarsteller erkennen Sie sofort. Das sind die Leute mit einem Vermögen im einstelligen Millionenbereich. Sie verstehen?"

„Ja, die kenne ich. Manchmal fahren die auch dann noch Maserati, wenn sie längst das Pfandsiegel des Gerichtsvollziehers an der Poggenpohl-Küche kleben haben."

„Ich meine zunächst und vor allem die Leute mit Sinn für Tradition. Reichtum definiert sich eben nicht immer über Geld. Vielmehr über Werte und eben: über Tradition. Und deswegen möchte ich Sie inständig bitten, das Gemälde *nicht* zu kaufen."

„Warum nicht?"

„Dieses Bild hat einen Wert, der mit Geld nicht ansatzweise aufzuwiegen ist."

„So etwas hatte ich ja schon vermutet."

„Ja, aber nicht so, wie Sie denken. Wir müssen vorsichtig sein. Mein guter Freund Schambes hat mir von einem Interessenten erzählt. Ein gewisser Sallenbruck aus München. Er soll im Auftrag der Wittelsbacher das Gemälde kaufen. Und wenn sich ein Wittelsbacher etwas in den Kopf gesetzt hat, passiert es auch."

„Klingt ja dramatisch."

„Ist es auch. Deswegen müssen Sie mir helfen."

„Warum sollte ich das tun?"

„Nun, ich werde Ihnen diesen Tourte de France abkaufen. Den Preis können Sie selbst bestimmen. Er spielt keine Rolle. Dafür bitte ich Sie aber um einen Gefallen. Wir – Sie und ich –, wir müssen etwas gegen diesen Sallenbruck unternehmen. Es geht um die Zukunft unseres hochgeschätzten Freundes Schambes. Sind Sie dabei?"

16

DER OBERBÜRGERMEISTER BITTET UM DISKRETION

Es klopft an die Tür zum Salon, als sich Schambatíst gerade die Füße abtrocknet. Unangemeldete Besuche kann er überhaupt nicht leiden. Sein Tag ist stark durchgetaktet, und jede Minute, die er für Ungeplantes verliert, ist kaum mehr einzuholen. Er geht durch den Salon zur Eingangstür. Durch das Fenster sieht er zwei Männer, einen kleinen im dunkelblauen Anzug mit roter Krawatte und einen großen im schwarzen Anzug mit schwarzem Schlips, Sonnenbrille und Barett-Mütze. In dem kleineren Mann erkennt er Oberbürgermeister Dietrich Wolkenheim. Den hat er nun überhaupt nicht erwartet – und schon gar nicht gewählt. Da er jedoch gelernt hat, freundlich zu bleiben, und der Bürgermeister zu seinen Kunden zählt, öffnet er die Tür und sagt mit einem übertriebenen Schlenker in der Stimme: „Herr Wolkenheim, welche Überraschung! So früh am Morgen?“

„Herr Dänzer-Valotti, ja, es ist früh, entschuldigen Sie die Störung. Ich habe mich nicht angemeldet. Aber wissen Sie, die vielen Termine. Da kann ich manchmal gar nicht absehen, wann überhaupt mal Zeit für etwas ist. Es geht mir jetzt auch nicht um eine Behandlung. Nein. Ich weiß ja, dass Sie meistens Wochen im Voraus ausgebucht sind. Ich müsste Sie vielmehr dringend in einer sehr diskreten Angelegenheit sprechen. Ich störe doch wirklich nicht?“

„Nein, Herr Oberbürgermeister, Sie stören doch nie.“

„Das ist nett. Darf ich also kurz hereinkommen?“

„Äh, bitte, kommen Sie. Wen haben Sie denn da ganz in Schwarz mitgebracht? Ihren Leichenbestatter?“

„Nein, das ist mein Chauffeur, Herr Vavaseur. Er wird draußen auf mich warten."

„Sie haben einen Fahrer?"

„Ja, natürlich, Adenauer hatte auch einen."

„Ja dann."

„Und da war er noch nicht mal Bürgermeister, sondern nur Ernährungsdezernent."

„Dann brauchen Sie ja kein schlechtes Gewissen zu haben."

„Wieso schlechtes Gewissen?"

„Na ja, immerhin finanzieren wir Bürger das für Sie. Mir zahlt keiner einen Fahrer."

„Ich habe so viele Termine – wann soll ich mich denn da noch selbst hinter das Steuer setzen? Das Auto ist praktisch mein Büro."

„Verstehe."

„Adenauer ist übrigens nie in seinem Leben selbst Auto gefahren."

„Aber Sie?"

„Früher immer. Heute schaue ich fast nur noch, ob mein Fahrer auch keinen Unfall baut. Schließlich ist Adenauer im Sommer 1917 bei einer Fahrt ins Rathaus schwer verunglückt. Der Fahrer ist frontal gegen eine entgegenkommende Straßenbahn gefahren. Der ganze Dienstwagen war zertrümmert. Und während der Chauffeur nur ein paar Schrammen abbekommen hatte, kroch der Alte bluttriefend unter dem Wrack empor, rappelte sich hoch, knackte mit den Fingern und ging schnurstracks zu Fuß ins Krankenhaus – und zwar mit Joch- und Nasenbeinbruch."

„Unglaublich! Was für ein Kerl!"

„Und auf dem Weg zur Klinik soll er gesagt haben: ‚Fallen ist weder gefährlich noch eine Schande – Liegenbleiben ist beides.'"

„Aha."

„Ja, und das ist übrigens heute auch mein persönliches Motto."

„Ach, deswegen."

„Was deswegen?"

„Ja, also, ja, deswegen kennen Sie sich so gut aus."

„Natürlich kenne ich mich aus. Und jetzt bin ich zu Ihnen gekommen. Entschuldigen Sie also noch mal mein plötzliches Erscheinen. Haben Sie eben ein oder zwei Minütchen?"

„Sicher, aber bitte nur wirklich kurz, ich öffne in einer Viertelstunde."

„Herr Dänzer-Valotti, ich habe neulich einen Artikel über Sie in der Zeitung gelesen."

„Oje, das war doch nur ein Missverständnis."

„Ein sehr schöner Artikel. Aber ich wusste ja schon vorher, wie gut Sie sind."

„Danke."

„Nur die Sache mit dem Gemälde, das ich bei Ihnen ja schon oft gesehen habe, war mir nicht bekannt."

„Was wussten Sie nicht?"

„Dass dieses Gemälde schon lange Familienbesitz ist und die Entstehung möglicherweise bis ins frühe 17. Jahrhundert zurückreicht? Nein, das wusste ich nicht." Der Oberbürgermeister schaut Schambatíst unruhig an.

„Das hat sich die Journalistin ausgedacht." Schambatíst lächelt. „Die wollte da wohl so einen kleinen Scoop landen." Normalerweise hätte er die Zeitung abbestellen müssen, denkt er bei sich – als Zeichen dafür, dass man sich nicht alles erlauben kann.

„Ja, durchaus möglich", sagt der Oberbürgermeister, „doch die Sache ist durchaus heikel."

„Jetzt fangen Sie auch noch an? Wenn Sie wüssten, wie viele

Anfragen ich in den vergangenen Tagen zu diesem Bild bekommen habe. Selbst jemand von der Alten Pinakothek in München war da."

„Tatsächlich? Das ist ja höchst interessant."

„Ja, und dann wurde bei mir vor wenigen Tagen eingebrochen. Das gab's noch nie, seit ich dieses Geschäft habe."

„Herr Dänzer-Valotti, lassen Sie mich ehrlich mit Ihnen reden, und ich bitte Sie sehr, dass dieses Gespräch unter uns bleibt."

„Natürlich, Herr Wolkenheim." Er bietet ihm einen Platz auf den Freischwingern an.

Sie setzen sich.

„Kaffee?"

Wolkenheim lehnt mit einer Handbewegung ab. „Wie Sie vielleicht wissen", fährt er fort, „hängt das Original in Florenz im Palazzo Pitti. Aber wir, die Stadt Düsseldorf, besitzen eine Kopie des Douven-Bildes. Es wurde 1889 von einem Künstler angefertigt und ist seitdem im Besitz unseres Stadtmuseums. Alfons Hollaender, ein sehr guter Maler, geboren in der Mitte des 19. Jahrhunderts. Eine wirklich sehr gute Kopie."

„Stimmt, der Alfons."

„Ja. Kennen Sie ihn?"

„Nein. Aber ich weiß es."

„Jedenfalls hatten wir diesem Gemälde bisher nicht die größte Beachtung geschenkt, da es ja auch nur eine Kopie ist. Sie liegt seit Jahren im Lager des Stadtmuseums. Nun ist es aber so, dass vor einigen Tagen genau in dieses Lager eingebrochen wurde. Merkwürdigerweise wurde aber nichts gestohlen. Sie wissen vielleicht, dass jedes Bild im Lager sehr sorgfältig verpackt ist, um es vor äußeren Einflüssen zu schützen. Die für die Bilder verantwortliche Mitarbeiterin, unsere Stadtarchivarin Irina Kuslakowa, berichtete mir nun, dass das

Gemälde des Jan Wellem mit seiner Ehefrau Anna geöffnet worden sei. Es habe keine Spuren der Zerstörung gegeben, aber dafür seien dem Bild am Rand offenbar einige Farbproben entnommen worden. Das tun eigentlich nur Experten, um die Proben dann mikroskopisch zu untersuchen und letztlich den Wert des Bildes festzustellen."

„Davon habe ich gar nichts in der Zeitung gelesen."

„Wir haben es gemeldet, aber mit der Kriminalpolizei vereinbart, es nicht publik zu machen. Erstens ist ja nichts weggekommen, und zweitens hielten wir es für klüger, erst an die Öffentlichkeit zu gehen, wenn wir mehr wissen."

„So. Und was wollen Sie jetzt bei mir?"

„Ich würde gern Ihr Gemälde untersuchen lassen."

„Warum das denn? Das Bild hat doch überhaupt nichts damit zu tun."

„Das hoffen wir ja auch. Nur, wir wollen auf Nummer sicher gehen."

„Was wollen Sie denn überhaupt herausfinden?"

„Aus welchem Jahr das Bild stammt."

„Ich sagte doch schon, es ist ein Erbstück. Wir haben es schon ewig."

„Richtig. Und dieses ‚ewig' wollen wir gern konkretisieren."

Schambatíst presst die Lippen zusammen. Immer noch hat er nackte Füße. Er entschuldigt sich kurz, geht ins Hinterzimmer, zieht sich Socken und Schuhe an. „Und wenn ich nicht will?", fragt er, als er zurückkommt.

„Das wäre sehr schade."

„Tja."

„Wir müssten Sie dann zwingen."

„Können Sie gar nicht. Mit welchem Grund?"

„Es geht möglicherweise um ein historisches Bild, ein Original aus der Zeit von Jan Wellem. Sollte es echt sein, hätte die Stadt einen Anspruch darauf."

„Unsinn. Das Bild gehört mir."

„Dann würde es zu einem Rechtsstreit kommen. Das wollen wir doch nicht, oder?"

„Ich nicht. Aber Sie scheinen ja nicht davor zurückzuschrecken."

„Lieber Herr Dänzer-Valotti, ich hätte Ihnen auch einfach eine Notiz zukommen lassen können. Oder einen Beamten schicken. Ich dachte aber, da wir uns so gut kennen, können wir uns in dieser kleinen geheimen Angelegenheit ganz friedlich einigen."

„Das können wir auch."

„Nämlich?"

„Indem Sie mich nicht mehr mit dem Thema belästigen."

„Das muss ich aber leider. Letztlich bin ich nämlich dafür verantwortlich. Ich wäre es gern nicht – schon Ihnen zuliebe."

„Gut, ich werde meinen Notar benachrichtigen und ihn bitten, die Eigentümer-Urkunde dieses Bildes zu besorgen. Dann können Sie gar nichts mehr machen, und das Bild bleibt meins. Eine kleine Probe schicke ich Ihnen dann meinetwegen mit der Post."

„Ich hätte auch eine Belohnung für Sie."

„Was denn? Einen tellergroßen Düsseldorfer Radfahrer aus Marzipan und Schokolade?"

„Nein. Sie sollen als Erster bei der Tour der France über die Startlinie fahren. Als Gastgeber des *Grand Départ* darf ich nämlich einen Bürger der Stadt benennen, der dieses große Ereignis eröffnet. Sie dürfen es sein!"

„Ich will aber gar nicht. Ich hasse Fahrradfahren."

„Hören Sie, das ist eine große Ehre. Und Sie werden weltweit ausgestrahlt."

„Ich bin sowieso gegen die Tour. Dieser ganze Rummel. Was haben wir bitte schön mit diesen prostatazerquetschten Strampelheinis zu tun? Das Ganze ist doch einfach ein riesiger Beschiss." Die geschwungene Linie seiner Oberlippe vibriert. Er blickt den Oberbürgermeister abschätzend an und wartet, ob er ihn mit seinen Worten gekränkt hat.

Doch Wolkenheims Gesicht ist unverändert, im Grinsen erstarrt. „Ich werde übrigens selbst mitfahren."

„Wirklich? Im Auto oder wie?"

„Nein, auf dem Fahrrad."

Schambatíst lacht. „Ich sehe Sie schon mit Basecap und Radlerhose – Turnvater Wolkenheim auf dem Rennrad."

Der Oberbürgermeister überhört die Bemerkung geflissentlich. Auch wenn er nicht groß ist, ist er doch der Größte im selektiven Zuhören. „Ich bin fit, laufe Marathon, treibe Sport auf jeder Grünfläche, die mir in der Stadt vor die Augen kommt, schlage gemeinsam mit den Bürgern Rad, bin also gut austrainiert und esse viel Gemüse."

Unmerklich lässt Schambatíst seine Hände auf die Hüfte gleiten, um seinen Speckansatz abzuchecken. „Sie sind ja eine richtige Sportskanone, Herr Wolkenheim", versucht er abzulenken.

„Danke. Es geht aber nicht um mich. Im vergangenen Jahr habe ich sechs Viertausender in sechs Tagen hintereinander bestiegen – für einen guten Zweck. Wir haben mit der Aktion Spenden für die Ausbildung von Kindern in Ouagadougou gesammelt."

Gerade noch wollte sich Schambatíst für seine untrainierte Figur fast entschuldigen, als er sich nun doch eines anderen besinnt. „Herr Wolkenheim, auch wenn Sie der gute Mensch von Düsseldorf sind – ich finde diese Tour überflüssig, und ich fahre nicht mit."

„Sie können gern dagegen sein. Aber der *Grand Départ* bietet großartige Chancen für die ganze Stadt. Wir werden für ein paar Tage die entscheidende Nadel auf dem Globus sein. Die Radprofis fahren durch all unsere Ortsteile, und die ganze Welt schaut zu. Wer das nicht als Möglichkeit begreift, ein Geschäft draus zu machen, auf der Straße Partys zu feiern, Produkte zu verkaufen oder einfach nur am Straßenrand zu stehen und den Fahrern zuzujubeln – dem kann ich auch nicht helfen."

„Sie sollen ja auch nicht jedem helfen wollen. Sie sollen gute Politik machen."

„Die Tour ist gute Politik. Eine bessere Gelegenheit, zu demonstrieren, was für eine weltoffene Stadt wir hier haben, gibt es doch gar nicht. Wir wollen Sportstadt sein. Wir wollen schließlich auch endlich die Olympischen Spiele haben. Da reicht die Austragung eines Eurovision Song Contest als Referenz nicht. Im Vergleich zur Tour war das doch nur eine kleine nationale Mainstream-Orgie für feierlustige junge Verkleidungskünstler."

„Fragen Sie jemand anderes. Ich fahre nicht mit. Ich wäre ja dann nur Teil einer politischen Kampagne. Ich pflege gern Ihre Füße, Herr Wolkenheim, Ihre Hände und massiere Ihre Kopfhaut und wenn es sein muss auch Ihre austrainierten Waden. Aber Politik – das machen Sie bitte allein. Sie Politiker sind doch alle gleich – machtbesessen wie Macbeth."

„Wenn Sie meinen, wir seien alles nur Strategen, Egomanen oder machthungrige Psychopathen, dann irren Sie sich."

„Machen Sie sich doch nichts vor."

„Ich bin durchaus auch ein Wahrheitssucher – auch wenn das im politischen Betrieb sehr ungewöhnlich ist. Ich strebe auch nach Erkenntnis."

„Herr Oberbürgermeister, bitte! Lassen wir das. Das Ganze

hier ist ein großes … äh, Missverständnis. Sie waren einfach heute gar nicht da, einverstanden?“

Von außen klopft Herr Vavaseur an die Eingangstür. Sein Barett ist ihm keck wie ein kleines Boot, das in die Wogen stößt, über die Seite gerutscht. „Ich muss jetzt gehen.“ Wolkenheim steht auf. Er gibt Schambatíst rasch die Hand, hält sie aber fest und sagt: „Ich setze auf Ihre Diskretion. Die Sache ist noch nicht vom Tisch. Denken Sie einfach noch mal drüber nach. Man wird ohnehin auf Sie zukommen.“

Schambatíst schaut gedankenverloren durch das Fenster. Doch was er dann sieht, kann er kaum fassen. Ein Tandem fährt an ihm vorbei – vorn am Lenker Herr Vavaseur mit seiner Barett-Mütze und hinter ihm im Sattel Dietrich Wolkenheim im dunkelblauen Anzug mit Fahrradhelm.

17

HUGO FRETCHENS SCHLECHTES GEWISSEN

Hugo Fretchen gehört zu der Sorte Mann, die auf viele Frauen (und Männer) sofort attraktiv wirkt. Und das nicht, weil er gut aussieht und Geld hat. Gut sehen viele aus, und Geld haben auch andere. Es liegt auch nicht daran, dass er bei seinen Mitarbeitern beliebt ist. Oder wegen seines Dauereinsatzes für die Firma und seiner Bereitschaft, mit dem Auto, dem Helikopter oder Flugzeug ständig durch alle Zeitzonen zu reisen. Und der Grund ist auch nicht, dass er Macht hat, viel Macht – kein Tag vergeht, an dem die Politik ihn nicht bittet, an dieser oder jener Feierlichkeit teilzunehmen, an einem Dinner mit Staatsgästen, einem Meinungsaustausch mit Experten, einer Fachtagung mit internationalen Gästen oder einem Kamingespräch mit dem Regierungschef eines ausländischen Landes. Der Ruf des genialen Strippenziehers eilt ihm voraus wie der Duft seines Eau de Toilette *Ultra Male Intense.* Hugo Fretchens Adressbuch gilt als die „Blaue Mauritius“ unter den Top-Telefonverzeichnissen der Welt.

Nein, sie mögen ihn aus einem ganz anderen Grund, einem fast banalen: wegen seines Pullovers.

Seitdem er Vorstandsvorsitzender ist, setzt er nicht mehr auf äußerliche Etikette. Nie trägt er einen Anzug, nie eine Krawatte. Früher trug er auf Galaeinladungen Smoking – für ihn heute eine altbackene Geste derer, die vom Glanz des großen Erfolges träumen, aber sich letztlich doch nur ein Stück Stoff leisten können. Auch den Stresemann bevorzugte er einst, vor allem auf Beerdigungen – heute höchstens noch an Karneval. Wenn Hugo Fretchen auftritt, sieht man ihn nur in Stoffhose und einfachem, meist schlecht geschnittenem Pullover über dem Hemd. Dass er damit auch seine Amtskollegen oder Staatsgäste düpiert, ist ihm egal. Wer ein Unternehmen führen will, muss sich unterscheiden, sagt er. Und deswegen hat sich Fretchen für den *Casual Look* als Dauerkleidung entschieden. Nur einen einzigen Luxusspleen hat er sich aus einem vorherigen Leben erhalten. An seiner rechten Hand trägt er einen Ring, in dem eine winzige Uhr eingelassen ist. So muss er nie den Ärmel hochziehen, um zu wissen, wie spät es ist.

„Hugo, ich werde das Bild nicht verkaufen", sagt Schambatíst und beugt sich über Fretchens Hände.

Der Manager sitzt vor ihm, hat sich den Ring ausgezogen und die Hände flach auf die beiden tellergroßen Fortsätze am Kosmetikstuhl gelegt. „Du solltest es verkaufen, damit die Diskussionen endlich aufhören. Und am Ende des Tages *wirst* du verkaufen."

„Was für einen Tag meinst du?"

„Tag? Was für einen Tag?"

„Ich meine", sagt Schambatíst, „ich will es doch behalten."

„Das sollst du auch. Wir lassen es von einem anonymen Käufer erwerben."

„Wieso wir?" Schambatíst beginnt zu feilen.

„Ich helfe dir. Wir schaffen das."

„Du willst der anonyme Käufer sein?"

„Ich könnte mir eine Lizitation vorstellen, eine Auktion. Kaufinteressierte geben ein verbindliches Gebot auf das Bild ab. Sie brauchen nicht anwesend zu sein. Man kann telefonisch mitbieten."

„Wie teuer würde das Gemälde denn sein?"

„Die Preisfindung ist am Ende des Tages absolut abhängig von den Informationsasymmetrien im Markt."

„Ah ja." Schambatíst schaut kurz zu ihm hoch, doch Fretchen blickt starr auf das Gemälde über dem Kamin. „Aber wenn es verkauft ist, kann ich es ja nicht mehr hier hinhängen", bekennt Schambatíst, bewusst naiv. „Ich will es hier haben. Es soll hier hängen bleiben."

„Das kann es ja auch. Wir vermerken dann einfach auf einer Extraklausel mit Rechtswirkung, dass es eine Schenkung ist. Eine Schenkung an dich."

„Aber warum sollte ich mir etwas schenken lassen, was mir schon längst gehört?"

„Wir müssen die Marktteilnehmer sättigen. Der Grad der Sättigung ist wichtig. Das Verhältnis von Volumen und Potenzial bestimmt am Ende des Tages seine Qualität."

Schambatíst hält kurz inne, die Feile in die Höhe gerichtet. „Also, äh, noch einmal, was würdest du denn für das Bild bezahlen – also so am Ende des Tages?"

„Das gehen wir proaktiv an. Der Preis muss so hoch sein, dass erst einmal kein Interessent ein weiteres Angebot wagt."

„Wie hoch?"

„450.000 Euro."

„Oha. Bist du sicher? Das kommt mir so vor, als wenn du für eine Marzipantorte statt 30 Euro 30.000 verlangen würdest."

„Na ja, es kommt halt darauf an, wer die Torte gemacht hat. Stell dir vor, der Konditor hieße Picasso. Dann kämest du aber mit 300.000 nicht aus."

„Mein Gott, wo lernt man denn solche Zahlenspiele? Wirtschaftsschule Pay-Kowski und Partner?"

„Kein Erfolg ohne Zielfokussierung. Kein Erfolg ohne Entscheidung. Und die Festlegung auf eine Zahl, deren potenzielle Wahrscheinlichkeit ihre potenzielle Unwahrscheinlichkeit in einem größeren Maß übertrifft als die der alternativ zur Verfügung stehenden Zahlen, ist eine gute Entscheidung."

Schambatíst kratzt sich am Kinn. Schon sein Vater hatte ihm beigebracht, dass es nicht wichtig sei, im Leben alles zu verstehen. Wichtig sei vor allem, zu wissen, was man nicht verstehen müsse. So viel ist sicher. Wäre Fretchen sein Vater geworden, hätte er nie etwas verstanden. Auch das ist sicher. Aus seinem eigenen Geschäftsleben weiß er mittlerweile, dass alles nach Entscheidungen verlangt. Oft schnell und nicht selten ohne genaue Vorstellung davon, ob sie nun richtig oder falsch sind, muss man sie treffen. Soll er das Gespräch mit Fretchen also jetzt abbrechen?

Ach nein, denkt Schambatíst, einen so großen Manager zu verstehen, ist sicher auch nicht einfach. „Ich weiß nicht, wer dieses Bild gemalt hat", fährt er fort, „aber das war mir bisher auch überhaupt nicht wichtig. Es ist eine Kopie."

„Vielleicht solltest du das einmal prüfen lassen."

„Ja, das hat der Oberbürgermeister auch schon gemeint."

„Vielleicht ist es eine Kopie aus einer berühmten Malerschule des 18. oder 19. Jahrhunderts."

„Meinst du?"

„Vielleicht ist es das Werk eines Malers, der später berühmt geworden ist. Und deswegen sind alle so begierig, das Gemälde zu kaufen."

„Darüber habe ich noch gar nicht nachgedacht. Wer könnte denn dieser unbekannte Bekannte sein?"

„Finde es raus."

„Caspar David Friedrich vielleicht? Spitzweg?"

„Vielleicht eher von der Düsseldorfer Akademie."

„Achenbach?"

„Der Galerist?"

„Nein, Oswald Achenbach." Schambatíst nimmt Fretchens Finger aus dem Bad und entfernt ein paar Feilreste. „Aber wäre denn ein Achenbach so wertvoll, dass alle Welt ihn haben will?"

„Du musst das Bild prüfen lassen."

„Viel zu teuer."

„Ich zahle dir das."

„Ach ja? Geld löst wohl alle Probleme."

„Am Ende des Tages wäre es für dich eine gute Investition."

Schambatíst holt den Polierblock. „Warum plötzlich so spendabel? Haben sich deine Tantiemen erhöht?"

„Mach dir darüber mal keine Gedanken."

„Oh doch, genau jetzt mache ich mir dazu Gedanken. Ist es gerecht, wenn da so ein Chef von einem Konzern 16 Millionen Euro im Jahr bekommt und seine 600.000 Mitarbeiter durchschnittlich nur 50.000?"

„Du willst doch nicht jetzt und hier darüber diskutieren."

„Nein. Oder ja, doch."

„Gut, kannst du haben. Eine gute oder schlechte Unternehmensführung kann Gewinne um Milliarden Euro in die eine oder andere Richtung bewegen."

„Am Ende des Tages?"

„Wie bitte?"

„Nichts, schon gut."

„Also, warum soll sich ein Unternehmen dann nicht einen guten und teuren Vorstand leisten."

„Klar", sagt Schambatíst, „wer viel leistet, soll auch gut verdienen. Nur – es gibt ja durchaus ein paar Schäfchen, die stehen eher auf der dunklen Seite der Macht." Er streicht Pflegecreme auf die Finger.

„Sicher, die gibt es überall – bestimmt auch in deinem Kundenkreis."

„Keine voreiligen Schlüsse."

„Die gibt's überall", wiederholt Fretchen.

„Aber wenn so ein Chef Mist baut, dann sollte das Unternehmen doch auch Schadensersatz von ihm fordern dürfen, nicht wahr?“

Fretchen nickt.

„Und wenn sich die Prüfung meines Bildes als vollkommen überflüssig herausstellt, wer zahlt mir dann den Schaden?“

„Ich zahle dir das.“

„Warum? Was ist mit dir los? Warum bist du auf einmal so spendabel?“

Fretchen hält inne. Ihn überkommt ein Gefühl von Unbehagen. „Du weißt, ich habe einen Sohn.“

„Michael?“

„Ja, wir haben kaum Kontakt.“

„Ist er nicht Musiker?“

„Ja, er schlägt sich so durch. Ich habe ihn oft gefragt, ob er meine Hilfe braucht. Aber er will nicht. Er ist zu stolz. Ich würde ihm sofort helfen.“

Nichts verläuft wirklich rund, denkt sich Schambatíst. Da hilft auch kein Pullover als Understatement. Es verwirrt ihn, dass auch dieser Manager sicher bis zu 400-mal mehr als seine Angestellten verdient und sich davon das Wichtigste doch nicht kaufen kann. Vielleicht könnte er ja statt seines Sohnes seine Heimat ein wenig sponsern – zum Beispiel die Tour de France. Dann müsste sich Düsseldorf für diesen Unsinn nicht auch noch in Schulden stürzen. Allerdings wären Schulden auch ein ausgezeichneter Denkzettel für diesen überkandidelten Oberbürgermeister. Nein, er würde Hugo nicht vorschlagen, dieses Radrennen zu unterstützen. Die Tour in der Stadt ist einfach ein großes Missverständnis. Und so soll es auch bleiben.

Plötzlich steht Fretchen auf und sagt: „Die Sitzung ist beendet.“

Schambatíst wundert sich erst, doch Fretchen zwinkert

ihm zu. Augenzwinkern als Stilmittel. Wenn der Große dem Kleinen zuzwinkert. Manager müssen eben Helden sein, wie Schambatíst weiß.

„Wenn du meine Hilfe brauchst – ich bin da", sagt Fretchen beim Hinausgehen.

„Am Ende des Tages?", ruft Schambatíst noch hinterher und versucht ernst zu bleiben.

Fretchen dreht sich noch einmal um: „Was meinst du?"

„Äh, nichts, oder doch – hier, dein Ring. Vergiss ihn nicht."

18
SPURENSUCHE

Entschuldigen Sie, sind das Ihre Schlüssel?" Ein alter Mann steht hinter Schambatíst. Er hält ihm fast triumphierend den klimpernden Schlüsselbund entgegen.

Schambatíst ist überrascht. Gerade erst hat er sein Fahrrad an der Kö an einer mit Tour-de-France-Banderolen geschmückten Bike-Box aus Plastik und Edelstahl abgestellt. Auf dem kurzen Fußweg zum Notariat muss er den Schlüsselbund verloren haben. „Ja, das ist meiner. Vielen Dank. Wo haben Sie ihn gefunden?"

„Hier, auf dem Boden." Der Mann spricht mit einem deutlich hörbaren amerikanischen Akzent. Schambatíst greift nach dem Schlüssel, aber anstatt loszulassen, hält der Alte ihn noch ein paar Sekunden länger fest – als wolle er ihn freiwillig so schnell nicht hergeben. Seine Haare stehen zottelig in der Luft. Sein Mantel wirkt schmuddelig, die ganze Haltung ist ein wenig wackelig.

Irgendwie kommt ihm der Mann bekannt vor.

Die beiden zerren immer stärker an dem Schlüsselbund, wie zwei, die im Zug oder Flugzeug nebeneinandersitzen und mit Ellenbogen um die bessere Position auf der Armlehne rangeln.

Schließlich lässt der alte Herr los. „Normalerweise gebe ich das zur Polizei", erklärt er. „Die haben da ein tolles Büro. Ein Büro für *lost property* – wie sagt man? Fundbüro, rischtisch? Waren Sie schon einmal dort? Tolle Schlüssel hängen da. Von tollen Autos, von Safes und von Hotelzimmern. Was die alles erzählen könnten ... *Amazing*!"

Schambatíst steckt die Schlüssel in die Aktentasche. „Nein. Habe ich noch nicht gesehen. Aber vielleicht verliere ich ja bald wieder meinen Schlüssel. Dann werde ich auch mal im Fundbüro vorbeischauen."

„In Amerika musst du zahlen, wenn du deinen Schlüssel wiederhaben willst. Eine Gebühr, so heißt es doch bei euch, rischtisch?" Der Herr grinst ihn aus seinem faltigen Gesicht an und wackelt mit dem Kopf.

Schambatíst kann es nicht fassen. Der Mann will doch tatsächlich einen Finderlohn! „Hören Sie, vielen Dank noch mal. Ich muss jetzt aber gehen. Ich habe einen Termin, und es ist eilig." Er winkt noch kurz, dreht sich um und betritt das Gebäude, in dem sein Notar seine Kanzlei hat. Durch die Glastür blickt er noch einmal zurück. Der Mann ist weitergegangen.

Jetzt erinnert sich Schambatíst. Das war Irwin Corey. Ein US-Komiker, mindestens 100 Jahre alt. Und steinreich. Mit dieser Bettlernummer hat er in New York zuletzt ziemlich für Furore gesorgt. Nach dem Tod seiner Frau fing er vor ein paar Jahren an, als Clochard verkleidet auf den Straßen von Manhattan zu betteln. Er wollte damit seine Einsamkeit überwinden. Niemand erkannte ihn, und er spielte seine Rolle so überzeugend, dass er viel Geld sammelte und später alles an Hilfsorganisationen abgab. Was hatte er hier auf der Königsallee zu suchen? Ein neuer Schauplatz für seine Bettler-Karriere? Was würde Kö-Peter, der berühmteste aller Obdachlosen der Luxusmeile, zu so einer Konkurrenz sagen?

Schambatíst eilt die Treppen hinauf zum Notariat Medenbrinck & Lauterbach.

„Herr Dr. Medenbrinck erwartet Sie bereits", begrüßt ihn die freundliche Dame am Empfang mit dem streng über dem Kopf zusammengeknoteten Haar. Sie nimmt ihm den Mantel ab und führt ihn ins Büro.

An einem großen Tisch aus massivem Eichenholz sitzt Konstantin Medenbrinck, in Unterlagen vertieft, daneben ein

Laptop. Es ist kein Schreibtisch, dazu ist er zu rund und viel zu rustikal. Er wirkt eher wie ein großer Gesellschaftstisch für Diners und gesellige Runden.

Medenbrinck nimmt die Lesebrille ab und erhebt sich. „Schambes, ich grüüüße dich", ruft er und dehnt das „ü" zu einem kleinen Tröten. „Nimm doch bitte Platz."

„Weißt du, wen ich gerade unten vor deiner Tür getroffen habe?"

Medenbrinck hebt kurz die Schultern.

„Irwin Corey!" Da der Name weder Unverständnis noch Überraschung bei seinem Freund auslöst, ist sich Schambatíst sicher: „Er ist also dein Klient."

„Ach, Schambes, wer hier alles hereinkommt. Ein buntes Figurenkabinett. Vor ein paar Tagen waren da so ein paar Russen, die haben mir doch tatsächlich einen Koffer mit Geld anbieten wollen."

„Für was?"

„Als Honorar. Aber allein diese Art. Wie im Wilden Westen. Ich sagte, dass müsse wohl ein Missverständnis sein."

„Ja, ein Missverständnis. Genau! Aber was ist jetzt mit Irwin Corey?"

„Neulich wurde ich ins Krankenhaus gerufen. Da lag ein reicher Scheich im Bett, todkrank, daneben sein Sohn. Die wollten, dass ich auf der Stelle das Testament ändere. Der Mann sah wirklich sehr schwach aus, also habe ich das relativ zügig und unkompliziert geregelt. Der Mann weinte fast vor Freude. Als Dank griff der Sohn in eine Tasche und holte eine Vacheron Constantin heraus."

„Sagt mir nichts."

„Eine Armbanduhr aus Platin, Schweizer Fabrikat, zeigt alle 37 Zeitzonen an, mit Mini-Weltkarte, Metallzifferblatt und Saphirscheibe."

„Wow! Und, hast du sie angenommen?"

„Natürlich nicht. Ich gab sie ihm zurück und sagte, das müsse wohl ein Miss …"

„Schön blöd."

„78.000 Euro."

„Richtig dämlich!"

„Zumindest hat er mir das gesagt. Ich lehnte ab, er nahm sie wieder an sich und entschuldigte sich sogar."

„Wie bitte?"

„Dann holte er eine andere Armbanduhr heraus. Dieses Mal eine Excalibur Quatuor Silicon aus der Genfer Manufaktur Roger Dubuis."

„Eine Uhr wie ein Schwert?"

„Ein 48 Millimeter großes Gehäuse aus reinem Silizium."

„Aha."

„Ohne Sekundenzeiger."

„Aha."

„Mehr als zehn Mal so teuer!"

„Der *Jackpot!*"

„Ich habe dann seine Hand in meine genommen, ihm alles Gute gewünscht und bin gegangen."

Schambatíst starrt ihn verständnislos an.

Medenbrinck hat schon längst wieder die Augen auf die Unterlagen vor sich gerichtet. Mit dem Finger geht er die Papiere durch.

„Und Irwin Corey?", fragt Schambatíst.

Medenbrinck hält kurz mit dem Finger inne, um gleich danach wieder weiterzublättern. „Schambes, ich nenne keine Namen. Habe ich noch nie gemacht. Ist auch nicht üblich. Das weißt du doch. Stell dir vor, ich würde anderen ständig von deinen Angelegenheiten erzählen."

„Die meisten wissen ja ohnehin über mich Bescheid."

„Ich habe jetzt beim Amtsgericht nachfragen lassen, und es ist eindeutig, dass du der Alleinerbe deiner verstorbenen Mutter warst und bist. Dieses Erbe bezog sich auf Kapitalvermögen, Schmuck, eine Immobilie, eine Ferienwohnung …"

„Ja, ja, ich weiß."

„… einen Weinkeller mit 350 Flaschen Lafite-Rothschild, Petrus und Château Latour – Jahrgänge zwischen 1960 und 1980 …"

„Ja, ist ja gut."

„… eine recht umfangreiche Sammlung historischer Waffen …"

„Konstantin!"

„… und dann noch diverse Bilder, also ‚Bilder', steht da, ohne dass sie konkret benannt sind."

„Na klasse. Und kein Jan Wellem."

„Nein. Kein Jan Wellem. Wenn das Bild nicht explizit erwähnt ist, bleibt jetzt zweifellos eine gewisse Unsicherheit."

Schambatíst rauft sich die Haare. Er hatte sich vorgestellt, den lästigen Anfragen mit einem juristischen Beweis endlich ein Ende setzen zu können. Er wollte wie bei den Bildern im Museum neben seinem Gemälde eine kleine Tafel mit der Aufschrift *Privatbesitz, Eigentum der Familie Dänzer-Valotti* anbringen.

„Es gäbe natürlich noch einen Weg …"

Schambatíst merkt auf. „Und?"

„Vielleicht liegen dir ja noch Kaufverträge oder Schenkungsurkunden vor. Mit einer lückenlosen Kette solcher Dokumente über die vergangenen Jahrzehnte hinweg ließen sich die Besitzverhältnisse sehr leicht klären."

„Mir liegt nichts vor, überhaupt nichts", antwortet Schambatíst resigniert.

„Hu, dann wird es kompliziert. Übrigens für alle. Denn

man muss dir ja erst einmal beweisen, dass es *nicht* dein Bild ist."

„Ja, aber warum auch das Ganze?" Schambatíst erhebt sich und geht um den Tisch herum. Dabei schlägt er die Hände vorm Bauch zusammen, lässt die Arme nach hinten schwingen und die Hände dort zusammenklatschen, schwingt sie wieder nach vorn und nach hinten und nach vorn und so weiter. „Warum sollte meine Mutter auch ein Gemälde eigens erwähnen, das nur eine Kopie ist? Ein Objekt kitschiger Tradition, das ist es. Ein falschbarockes Bonbon, weitergereicht von Generation zu Generation! Der rote Faden unseres familiären künstlerischen Verständnisses, soweit wir überhaupt so etwas haben. Es ist doch selbstverständlich, dass das Bild uns gehört. Wofür brauche ich denn da Sicherheit? Es ist einfach unser Bild, unser Familienbild."

„Und wie kommen die Leute darauf, dass es mehr ist als es darstellt?"

„Das weiß ich nicht. Das musst du die mal fragen."

Medenbrinck nickt bedächtig. „Das kann ja nur ein ... äh ... ja, das ist merkwürdig."

Schambatíst bleibt stehen. Erst jetzt registriert er die vier großen abstrakten Gemälde an den vier Wänden, in Orange, Hellrot, Blaugrau und Rostrot gehalten.

Medenbrinck folgt seinem Blick. „Die sind von Graubner", erklärt er, „wunderbare Farbraumklänge, nicht wahr? Leise in einer lauten Zeit."

„Graubner? Originale?"

„Natürlich."

„Ganz schön viel Farbe."

„Schambes, du stehst hier vor einem Seh-Wunder – und verstehst wahrscheinlich gar nichts. Um das Bild zu sehen, musst du atmen, nachatmen."

„Aha. Nachatmen. Na, da muss ich aber viel atmen, so groß wie die sind. Da trägt ja eher das Bild die Wand als die Wand das Bild."

„Genau so soll es auch sein."

„Und wie viele davon gibt es?"

„Was ist das für eine Frage! Jedes ist ein Original. Viele sehen sich natürlich sehr ähnlich. Doch sie sind mal klein, mal groß, mal riesig. Kennst du nicht Graubners Formate in Berlin, beim Bundespräsidenten im Schloss Bellevue? Farbklänge groß wie Häuserwände. Mitten im präsidialen Zentrum – *art made in Düsseldorf.*"

„Aber genau das ist doch die Frage", wiederholt Schambatíst etwas geistesabwesend, „wie viele gibt es davon?"

„Wovon?"

„Von meinem Gemälde natürlich." Er setzt sich wieder hin.

„Du meinst, es könnte eine sehr alte Kopie sein?", fragt Medenbrinck.

„Nun ja, davon bin ich bisher immer ausgegangen, aber es wäre ja tatsächlich möglich, dass Douven mehrere Porträts vom kurfürstlichen Ehepaar angefertigt hat."

„Und warum solltest gerade du im Besitz eines solchen Bildes sein?"

„Weiß ich nicht. Aber wie könnte ich das prüfen, ohne gleich alle Experten des Landes zu informieren?"

„Nun, die Experten würden Farbproben entnehmen und so darauf rückschließen, wie alt das Bild ist. Aber es gibt natürlich noch die Rückseite des Gemäldes. Und das könnte deine Chance sein. Sie verrät sehr viel. Sie ist sozusagen das Archiv des Bildes. Hast du dir die Rückseite überhaupt schon mal angesehen?"

„Nein. Das Bild hängt da jetzt schon so lange … Wir haben

es einmal abgenommen, als der Salon renoviert wurde. Aber auf die Rückseite habe ich nicht geachtet."

„Vielleicht solltest du das mal tun. Auf der Rückseite gibt es manchmal Klebezettel, die Eigentümer nennen, manchmal auch Jahresdaten oder andere Notizen, Beschriftungen, Stempel, Wappen, Etiketten, vielleicht sogar ein Künstlermonogramm. Da lässt sich viel ablesen. Schau mal nach. Vielleicht klärt sich dann schon alles." Er schaut Schambatíst aufmunternd an.

Der nickt zurück. Dann stehen sie auf und reichen einander die Hand.

„Vielleicht wirst du aber auch feststellen –" Medenbrinck stockt und setzt noch einmal neu an. „Vielleicht wirst du ja feststellen, dass das alles doch tatsächlich nur ein großes Missverständnis ist."

19
FIKTIO-REALITÄT

„Und, gibt es etwas Neues, Herr Märchenbach?"

Schambatíst hat nur kurz aufgeschaut, als der Bezirkspolizist in den Beauty-Salon hereingestürmt ist. Nun steht der groß gewachsene Beamte kerzengerade mitten im Raum.

Schambatíst sitzt auf einem Schemel vor den Füßen eines Kunden und feilt akribisch an dessen Nägeln.

Märchenbach blickt sich im Raum um, holt einen Notizblock heraus und schlägt die ersten Seiten um. „Ja und nein", sagt er. „Die Spurensicherung hat zwar einige Erkenntnisse gebracht, aber wir können die gefundenen Fingerabdrücke keiner uns bekannten Person zuordnen – außer natürlich den Fingerabdrücken, die der Erkennungsdienst von Ihnen zum Vergleich genommen hat, Herr Dänzer-Valotti. Wir müssten also anfangen, Ihre Kunden zu erfassen."

„Um den Einbrecher zu ermitteln?"

„Ja, natürlich!"

„Das kommt überhaupt nicht infrage. Wo denken Sie hin? Meine Kunden sollen sich die Fingerabdrücke abnehmen lassen? Wie sieht das denn aus? Die laufen mir doch alle weg."

„Es ist durchaus davon auszugehen, dass einer Ihrer Kunden bei dem Einbruch eine Rolle gespielt haben könnte. Es ist doch sehr merkwürdig, dass nichts weggekommen ist. Und doch scheint es für jemand ein Interesse gegeben zu haben, Ihr Geschäft illegal zu betreten. Es kann sich im Grunde doch nur um einen Insider-Besuch gehandelt haben."

Eine verlegene Stille macht sich zwischen den Anwesenden breit.

„Sie können mich gern überprüfen", meldet sich schließlich der Mann auf dem Kosmetikstuhl. Er lächelt freundlich. Über dem hageren Gesicht stehen seine leicht rötlichen Haare wie Sternenstrahlen ab.

„Aha, und Sie sind?"

„Mein Name ist Mortifer, Professor Titus Mortifer."

„Und was machen Sie?"

„Ich bin gekommen, um mir von Herrn Dänzer-Valotti die Füße pflegen zu lassen. So wie immer, seit 15 Jahren nun schon."

„Das meinte ich nicht", sagt Märchenbach.

„Titus, bitte, du musst dich überhaupt nicht äußern."

„Ach, lass mal, das macht doch Spaß", unterbricht ihn Mortifer. „Und wenn ich fragen darf, wer sind Sie?"

„Mein Name ist Märchenbach, Kriminalhauptkommissar. Ich ermittele gerade im Fall Dänzer-Valotti."

„Angenehm, Herr Märchen..." Mortifer will sich gerade aufrichten, als Schambatíst dazwischenfährt.

„Also bitte, jetzt nicht. Herr Märchenbach, wenn Herr Mortifer sich verhören lassen möchte, kann er das machen. Aber jetzt habe ich hier mit ihm eine Sitzung. Haben Sie bitte dafür Verständnis. Sie können ihn ja dann draußen abfangen."

„Selbstverständlich, Schambes, kein Problem." Mortifer lehnt sich zurück.

Märchenbach schlägt seinen Block wieder zu und nickt. „Wie Sie wollen, Herr Dänzer-Valotti. Sie hatten mich ja neulich um eine ernsthafte Verfolgung der Täter gebeten. Aber ich kann gern später weitermachen."

„Ja, bitte", sagt Schambatíst.

Märchenbach deutet eine kleine Verbeugung an und verlässt mit einem etwas zu lauten „Auf Wiedersehen!" den Salon.

„Was war das denn?", fragt Mortifer.

Schambatíst erzählt ihm vom Einbruch, von den Vermutungen, von den vielen Fragen rund um das Gemälde, von Kaufinteressenten und seinem eigenen merkwürdigen Gefühl, dass er mittlerweile nicht mehr unterscheiden kann, was von den vielen Ereignissen, Ahnungen und Erwartungen berechtigt oder unberechtigt, wahr oder falsch ist. Sollte es wirklich so sein, dass ein eigentlich nicht sehr bedeutendes Gemälde an Geschichte und Wert gewinnt, nur weil bestimmte Menschen es haben wollen und sich und ihm ständig einreden, es sei wertvoll?

„Soll ich all' diese Lügen glauben?", fragt Schambatíst seinen Gast.

„Nein, natürlich nicht. Aber es ist ja so: Damit eine Lüge eine Lüge sein kann, braucht sie Menschen, die das Gesagte glauben und damit die Unwahrheit für die Wahrheit halten, oder besser gesagt: für die Wirklichkeit. Es liegt also ganz an dir, welche Wirklichkeit du dir aussuchst."

Schambatíst grübelt. Sich eine Wirklichkeit aussuchen? Bisher hatte er angenommen, dass dieses Gemälde eine nostalgische Erinnerung an seine Ahnen ist – und nichts mehr. Von diesen Voraussetzungen ist er ausgegangen. Und jetzt soll er die Voraussetzungen ändern, um eine neue Wahrheit zu schaffen? Warum haben seine Ahnen dann eine andere Geschichte erzählt? Oder haben sie absichtlich nicht die Wahrheit gesagt? Ist alles Lüge, und bleibt letztlich immer nur die Frage, wie bequem wir mit ihr leben können?

„Lügen hatten schon immer Konjunktur", unterbricht Mortifer seine Gedanken, „das ist ein alter Hut. Alle lügen. Zumindest ein bisschen. Vor allem, wenn es um Meinungsbildung geht. Gerade Politiker lügen dann. Sie erfinden Statistiken von irgendwelchen Meinungsforschungsinstituten, die es nicht gibt, um die merkwürdigsten Thesen zu beweisen. Sie fälschen ihre Lebensläufe oder versprechen etwas, das sie nicht halten können. Und sich darüber aufzuregen, hat überhaupt keinen Sinn. Im Gegenteil. Es ist eigentlich noch lächerlicher als die Lüge selbst."

Schambatíst schüttelt den Kopf. „Ich meine aber jetzt mein eigenes kleines Leben. Sicher ist das angesichts großer Volkspolitik nicht so bedeutsam, aber …"

„Ach, Schambes, sei doch nicht so idealistisch. Oder besser gesagt: naiv."

„Naiv? Ich?"

„Die Menschen wollen lügen und haben auch letztlich nichts dagegen, dass sich die Lüge verbreitet. Schau dir doch mal die sozialen Medien an. Die Menschen reagieren auf alle möglichen Nachrichten, unabhängig davon, ob sie wahr oder falsch sind. Da verwandeln sich Textfetzen rasend schnell in Realität. Und die Lüge breitet sich aus. Wir glauben, dass unsere Welt so echt und transparent ist, nur weil wir heute alles mitlesen und erleben können. Aber das ist nicht so. Keine Frage: Baron Münchhausen lebt, und er fliegt nun überall und durch alle Kanäle auf Kanonenkugeln durch die Welt. Nimm dieses Fotoportal Instagram – da werden über Bilder so lange irgendwelche Filter, Schönheits- oder Verfremdungsschablonen gelegt, bis keiner mehr weiß, was da überhaupt abgelichtet wurde, also was wahr oder falsch ist. Aber das spielt auch gar keine Rolle. Der wichtigste Ort der Wirklichkeit ist die Fantasie."

Schambatíst hat die Feilen weggelegt. „Du bist ja ganz schön in Fahrt, Titus."

Dieser nimmt das Wasserglas und benetzt sich die etwas trocken gewordenen Lippen. Tatsächlich lässt sich der Professor nicht aufhalten: „Es gibt viele Gründe zu lügen – aus Schutz, aus Unsicherheit, aus Feigheit, aus Taktik, aus Egoismus. Man lügt auf vielfältigste Weise, um die eigenen Ziele zu befördern. Dann siegt nicht selten die Sprache über die Wirklichkeit. Und dann sprechen wir auch gern von ‚Fiktio-Realität' …"

„Fiktio…"

„…Realität", ergänzt der Professor, „das gehört zur Teildisziplin der Geisteswissenschaft, die ich lehre. Wir untersuchen das Phänomen, wie sich Argumente und Fantasie mit Erzählungen verbinden und so letztlich zur Wirklichkeit werden. Es geht darum, dass Menschen eben oft *wollen*, dass bestimmte Dinge wahr sind. Es geht um die Fragen, was wir in unserem Leben beeinflussen können und was nicht."

„In der Literatur kann ich mir das ja vorstellen …"

„Ja, da gibt es diese magischen Momente. Man vergisst, dass es Fiktion ist. Wie als wir noch Kinder waren und Märchen erzählt bekamen. Es war nicht wichtig, ob die Geschichte im Zimmer oder im Kopf passierte – du wirst dich erinnern. Und auch heute entführt uns unsere Fantasie manchmal in eine Welt, die uns fremd und entrückt vorkommt. Und doch entdecken wir in ihr Vertrautes. Und dann wissen wir nicht, ob wir einen Traum oder doch die eigene Geschichte erleben."

„Ja, sicher. Aber jetzt sind wir auch groß. Wir versuchen unser Leben zu verstehen, zu ordnen, uns besser gegen Fehlschläge zu schützen, die schönen Momente bewusster zu genießen."

„Stimmt. Aber ist das nicht ziemlich schade?"

„Finde ich nicht", sagt Schambatíst. „Es ist der Versuch, ein wenig von dem zu erhaschen, was viele ‚Glück' nennen."

„Ach was, wir glauben doch nur, dass wir unser Leben in der Hand haben. Dieses ständige Streben nach Übersicht! Diese Angst, von einer Unvorhersehbarkeit in die nächste zu geraten! Selbst unser Glück wollen wir doch am liebsten unter

Kontrolle haben. Glück auf Abruf – am besten so oft wie möglich. Was für ein Irrsinn. In Wirklichkeit können wir nur Gelegenheiten ergreifen."

Schambatíst streicht mit Creme über Mortifers Füße. Sie sind lang und dünn, die Zehen ein wenig gespreizt. Die Adern liegen sichtbar wie ein kleines Delta über dem Spann. Die Hacken und Ballen sind fast ohne Schrunden, die vormals ausufernde Hornhaut gezähmt. „Titus, mir geht es doch nur darum, wie Menschen versuchen, mir eine neue Realität einzureden. Das halte ich für ein großes Missverständnis!"

„Ja, das habe ich verstanden, und du solltest aufpassen, dass das alles nicht böse endet."

„Jetzt drohst auch du mir schon!"

„Blödsinn. Wieso drohen?"

„Da war neulich so ein Galerist bei mir. Auch der machte Andeutungen, dass Leute mir etwas anhaben könnten."

„Nein, ich meine nicht, dass du körperlichen Schaden erleiden könntest. Aber du solltest dich der jeweiligen Realität stellen. Sonst geht es dir wie dem Propheten in dieser einen Geschichte von Quim Monzó."

„Kenne ich nicht", stöhnt Schambatíst. „Wieder so eine ausgedachte Lügengeschichte?"

„Es ist einfach eine Geschichte eines katalanischen Autors. Eine Geschichte, die für etwas steht. Also, hör zu. Da gibt es diesen Propheten. Er lebt heute und jetzt. Er steht auf dem Dach seines Autos und soll etwas prophezeien. Doch er ist nervös, ihm fällt nichts ein. Die Leute schauen ihn erwartungsfroh an. Das macht ihn noch nervöser. Denn er hat ein Problem: Er hat zwar eine Offenbarung gehabt, erinnert sich aber nicht mehr an sie. Soll er einen Weltuntergang prophezeien? Eine Morgendämmerung voller Hoffnung? Er weiß es nicht mehr. Die Leute schreien ihn an. Doch es hilft nichts. Er grübelt tagelang. Wie kann man eine Offenbarung vergessen? Auch seine Frau schimpft mit ihm. ‚Was bist du denn für ein Prophet, wenn dir keine Prophezeiung mehr einfällt?', klagt sie ihn an. ‚Stell dir vor, das wäre Hesekiel und Jesaja passiert!'

Der Prophet ist verzweifelt. Es vergeht ein Jahr. Bis er endlich wieder einen Traum, eine Vision hat. Er sieht, wie Häuser zusammenstürzen, Menschen schreien und bluten. Doch er sagt nichts. Er traut seiner Vision nicht. Zwei Tage später hört er von einem Erdbeben. Er fühlt sich schuldig, dass er nichts gesagt hat. Ein paar Monate später überkommt ihn wieder ein besonderer Traum. Er sieht eine schreckliche Epidemie, die Asien heimsuchen wird. Er meldet seine Vision den Gesundheitsbehörden. Sie danken ihm und machen einen Vermerk. Eine Woche später erleiden die Menschen in Laos und Kambodscha ein Massensterben. Der Prophet ist froh. Er hat recht behalten. Jetzt ist er guter Stimmung. Immer öfter hat er nun Visionen von Flugzeugabstürzen, Schiffsunglücken, Lynchmorden, und diese Visionen treten auch ein. Aber nicht alle sind begeistert. Viele Leute sind wütend auf ihn und beschuldigen ihn, das Böse zu provozieren. Doch der Prophet erklärt, ein Ereignis vorauszusagen heiße ja nicht, es zu verursachen. Andere wiederum verehren ihn wegen seiner seherischen Fähigkeiten. Er wird berühmt, er sagt ein Eisenbahnunglück in Bologna voraus, den plötzlichen Tod des Königs von Norwegen und die Entstehung eines Vulkans auf der Insel Mezcala im Chapala-See.

Bis ihn eine letzte Offenbarung erreicht. Sie lautet: Du wirst nie wieder eine Offenbarung haben. Der Prophet ist niedergeschlagen. Er leidet, lässt sich aber nichts anmerken – und sagt nichts. Die Leute werden ungeduldig und fragen ihn, was er als Nächstes voraussehe. Doch er sieht nichts. Er fühlt sich immer elender. Er versucht es mit einfacheren Prophezeiungen –

an diesem oder jenen Tag werde die Sonne oder der Mond verschwinden. Doch der Trick funktioniert nicht, weil alle ohnehin wissen, dass es an dem betreffenden Tag eine Sonnen- oder Mondfinsternis geben wird. Der Prophet verzweifelt, er zweifelt an sich und am Sinn des Lebens. Er überlegt, seinem Leben ein Ende zu setzen. Bis er eine Idee hat und sich entschließt, noch einmal eine Offenbarung wie in alten Zeiten zu verkünden: eine Explosion im Bahnhof Zoo. Die Behörden reagieren sofort und leiten Schutzmaßnahmen ein. Am Tag, den der Prophet vorhergesagt hat, betritt er selbst, umzingelt von Journalisten, den Berliner Bahnhof, um den neugierigen Schaulustigen den Ort zu zeigen, wo die Bombe hochgehen soll – und genau in dem Moment, als er ihn passiert, fliegt alles in die Luft. Der Prophet ist tot."

Schambatíst ist aufgestanden. Er holt Strümpfe und Schuhe, kommt zurück und blickt – ein wenig geplättet – Mortifer an. „Ich soll also mein Schicksal endlich selbst in die Hand nehmen?"

„Das sowieso", antwortet der Professor, „aber was ich eigentlich damit sagen wollte: Jeder biegt sich seine Wirklichkeit zurecht, wenn sie den eigenen Wünschen zuwiderläuft. Man ist gefangen in seiner Perspektive, in seiner Verblendung, und kann die wirkliche Lage und die Motive anderer nicht mehr richtig einschätzen oder interpretieren. Dann greift die Fiktion in die Realität ein. Und dann passiert manchmal ein Unglück."

„Also, was schlägst du konkret vor? Was soll ich tun?"

„Es gibt diese Darstellung von Kairos, dem griechischen Gott der Gelegenheit, des richtigen Augenblicks. Sein Kopf ist kahl. Nur auf der Stirn trägt er eine Locke. Da muss man ihn packen. Sonst geht er vorüber." Mortifer steht auf.

Schambatíst reicht ihm die Jacke und lacht. „Die alten Götter sind manchmal doch noch sehr nützlich."

„Ja“, sagt Mortifer, „es ist schade, dass die Bücher der griechischen Mythologie, aber auch die Bibel nicht mehr wirklich die Grundlage der Verständigung in unserer Gesellschaft darstellen. Da gibt es wunderbar lehrreiche Beispiele dafür, wie Wirklichkeit, Wunsch und Hoffnung zu Erzählungen und zu einer eigenen Wirklichkeit werden – und nicht zur schlechtesten.“

„Und du meinst, wir sind heute nicht mehr in der Lage, ähnlich zu denken und zu handeln und unser Leben ähnlich aufregend zu füllen?“

„Doch, natürlich.“ Mortifer setzt ein entlarvendes Grinsen auf, als führe er noch etwas im Schilde. „Es gibt einen Trick, und das ist der Trick des Erzählens. Es ist der Trick, unser Leben zu erzählen. Oder das der anderen.“

20
VIOLINSTUNDE

„Luisa, haben Sie, haben Sie einen neuen Bo… Bogen?“

Luisa Dänzer-Valotti hat ihre Guadagnini-Violine damals nicht nur gekauft, weil Guadagnini als Sohn des Geigenbauers Lorenzo Guadagnini, eines Schülers Antonio Stradivaris, ein Meister seines Fachs war, sondern auch, weil er mit Vornamen so hieß wie ihr Ehemann: Giambattista. Damals hatte Luisa noch an magische Zusammenhänge geglaubt. Nun hat sie die Violine ausgepackt – und hält in der rechten Hand ihren neuen Bogen.

„Da… das ist doch ein T… Tourte, n… nicht wahr?“, fragt Mike Yhprum mit großen Augen. „Wo… woher haben Sie den?“ Der Musiklehrer kann kaum glauben, dass seine Schülerin neben der ohnehin schon unerhört kostbaren Geige nun auch noch einen Tourte-Bogen besitzt.

„Ach, Mike, Sie wissen doch, ich habe eine Gönnerin. Schon die Violine hat sie mir auf Lebzeiten geliehen. Den Bogen soll ich jetzt auch mal ausprobieren. Und genau das würde ich jetzt gern in Ihrer Gegenwart einmal tun.“

Mike ist zehn Jahre jünger als Luisa. Er hat Geige an der Robert Schumann Musikhochschule studiert, liebt heute aber eher die E-Gitarre, die er in einer Band spielt. Doch sein Erfolg ist mäßig, und so muss er sich als Musiklehrer durchschlagen.

In den gemeinsamen Stunden mit Luisa hat er den Altersunterschied noch nie gespürt. Im Gegenteil: Luisas unvergleichliches Spiel, ihre sehr emotionalen Interpretationen und ihre elegante Figur im bewegenden Rausch zur Musik lassen Mike jedes Mal in eine Traumwelt abgleiten, die keine Unterschiede, keine Grenzen und kein Alter kennt und in seiner

Fantasie Bilder der Leidenschaft, ja manchmal auch des Begehrens, entfacht. Die Geige mit ihrer Klangfülle, ihren Differenzierungen, ihren Farben und der Schnelligkeit der Ansprache – all das ist auch Luisa. Nie hätte er jemals an ihr Talent heranreichen können, nie an ihre Ausdrucksstärke und Virtuosität. Ein Jammer, dass diese große Violinistin nicht wirklich den Weg in die Spitze hat gehen wollen. Sie hätte es sicher geschafft. Und gerade deshalb behandelt Mike sie so, als gäbe es keine größere Interpretin am Horizont der wundervollen Klänge als sie.

Auch an Luisa gehen diese unausgesprochene Bewunderung und sein Werben nicht vorbei. Mit „Sie heiligtrunkener Schwan!" zieht sie ihn zwar ein wenig auf, doch stets spürt auch sie in seiner Gegenwart eine beseelte Aufregung, die sie längst verloren zu haben glaubte.

„Yhprum" ist Mikes Künstlername. Sein Optimismus hat ihn auf diese Idee gebracht. *„Anything that can go wrong will go wrong*", zitiert Mike stets, wenn er auf seinen Namen angesprochen wird. Denn so lautete die Lebensweisheit des amerikanischen Ingenieurs Edward A. Murphy, besser bekannt als „Murphys Gesetz". An dieser negativen Einstellung hatte Mike noch nie Gefallen gefunden, denn sie bezieht sich nicht nur auf die Erwartung, dass ein Toastbrot stets mit der mit Marmelade bestrichenen Seite nach unten auf den Teppich fällt oder das Handy aus der Hosentasche ins Klo oder aus der Hand in den Gully fällt – nein, es meint den Umgang mit dem Leben grundsätzlich. Und zu einem solchen Pessimismus war und ist Mike Yhprum nicht bereit. „Ich bin Rheinländer", pflegt er zu sagen, und der Satz ist ihm mittlerweile so in Fleisch und Blut übergegangen, dass es ihm fast immer gelingt, ihn ohne zu stottern auszusprechen. Ähnlich wie Paul Celan, der ursprünglich „Ancel" hieß, hat er die Buchstaben des Namens „Murphy“ umgedreht, zu „Yhprum“. Und so gilt nun für ihn: Alles, was funktionieren kann, wird auch funktionieren. Oder das, von dem alle denken, dass es niemals funktionieren kann, tut es manchmal eben doch.

„Ich wu... wusste es“, ruft Mike begeistert, „Sie haben sich diesen Bogen w... w... wirklich verdient. Sind für mich oh... ohnehin die Ei... Einzige, die diesen Bogen zu spielen weiß, die Einzige, die diesen Bogen zum Leben erw...wecken kann.“

Luisa errötet leicht. „Mike, warten Sie es ab. Ich freue mich natürlich sehr über diesen Bogen. Sie wissen ja, es ist die Reife des Instruments, die seinen Charakter so unverwechselbar macht. Dann werde ich mich erst einmal ein wenig einspielen müssen.“

Sie schauen beide geradezu verliebt auf den Bogen. Wie viele Musiker in den vergangenen Jahrhunderten mit diesem Bogen wohl schon ihr Talent zur Schau gestellt haben! Und wie viele Emotionen sie damit geweckt haben! Es sind diese Emotionen, diese Schwingungen, die dem Instrument den Charakter geben.

„Ach, Luisa, Sie kennen doch d... den Zauber dieser Bögen, das Ge... Gewicht, die kräftige Bogenstange, der breit ge... gehaltene Haarbezug – all das macht diesen gleichmäßigen, kr... kr... kräftigen Klang über die gesamte Bogenlänge aus. Und Sie werden ihn spielen können. Nein, Sie können ihn spielen!“ Er sitzt vor ihr und beobachtet sie beim Stimmen ihrer Geige. Er schaut auf ihre Arme, auf die Hände, auf ihr Gesicht, auf die Wangen, den Mund, die Lippen. Ihn faszinieren ihre musische Art, ihre große Liebe zur Musik, aber auch grundsätzlich zur Kunst, insbesondere zur Malerei. Ihre fast altmodische Leidenschaft für die Gemälde der italienischen, flämischen und niederländischen Malerei der Renaissance und des Barock macht Luisa für ihn zu einem Engel aus einer Zeit, als das schwermütige Glück noch als das größere galt. Ein Gefühl des Glücks, das seiner eigenen Mentalität am nächsten kommt. Dass sie ihre großen musischen Talente offenbar für die Ehe mit ihrem Mann aufgegeben hat, schmerzt ihn. Vielleicht war ihr die Vorstellung, Diva zu sein oder ständig Violine spielen zu müssen, auch zu anstrengend.

Ihr Liebreiz jedenfalls ist für ihn überwältigend. Und sie wäre sicherlich auch der Typ, den der tägliche Umgang mit großen Kunstwerken und das Erleben der eigenen Grenzen eher noch bescheidener gemacht hätten und nicht größenwahnsinnig hätten werden lassen. Vielleicht sind es aber auch nur ihre ständigen Selbstzweifel gewesen, die sie damals bewogen haben, nicht den Weg der Künstlerin zu gehen.

Die künstlerische Existenz war für Mike immer schon ein Traum. Doch es hat sich für ihn im Laufe der Jahre zunächst ein anderer Weg abgezeichnet. Die Eltern wollten es so. Und nur unter großen Mühen gelang es ihm, sich von diesem vorbestimmten Weg zu verabschieden.

Noch heute nagt dieser Umstand an seinem Gewissen, und das hört man – nämlich an seinem Stottern.

„Mike, wenn Sie nichts dagegen haben, würde ich heute gern das *Ave Maria* spielen.“ Sie sieht ihn fragend an und lächelt schließlich. Das Ave Maria hat Luisa in ihrem Leben so oft gespielt, dass sie ganz leicht die Qualitäten des neuen Bogens wird ausmachen können.

„Das *Ave Maria*? Bach-Gounod? N… natürlich, gern, bitte, bitte, spielen Sie, ja, sp… spielen Sie“, antwortet er.

Sie steht ganz ruhig da, neigt den Kopf, ihre Bauchdecke hebt und senkt sich, sie spitzt den Mund, schließt die Augen und setzt den Bogen an.

Manchmal macht es keinen Unterschied, wenn jemand ein Instrument zu spielen beginnt. Und manchmal ist es, als ob es nichts anderes mehr geben dürfte als eben dieses Spiel. Es ist dieser Moment, in der ein Klang das Gehör, den Geist und den ganzen Körper erreicht, ihn durchdringt und nicht mehr loslässt. Ein Moment der Schönheit, der die Zeit zum Stehen bringt, der alles vorher Dagewesene verdrängt, ein Moment, der nicht verrinnen darf und der, wenn er dann schließlich doch verrinnt, eine so starke Intensität hinterlässt, dass wir glauben, dass nichts Vergleichbares uns mehr erlösen könnte. Es ist allerdings zugleich ein gefährlicher und höchst sensibler Moment, der leicht abrutschen kann – ins Kitschige, ins Verquaste, ins Quietschige.

Doch nicht so bei Luisa. Sie spielt vollkommen beseelt. Sie hat sich die kindliche Freude am Spiel bewahrt, eine absolut hemmungsfreie Ausgelassenheit. Der Bogen streicht über die Saiten, zärtelt an den Noten und wiegt die Töne.

„*Maria*", murmelt Mike, fast singend, „*Maria*! V... vorsichtig, ja, sehr gut, gut, sehr gut." Und je leidenschaftlicher sie spielt, desto mehr und lauter ruft er dazwischen, und je mehr und lauter er dazwischenruft und je emotionaler er wird, desto weniger stottert er. „Ausdruck, Ausdruck, gib dem Schmerz mehr Ausdruck, ja, so, so ist es gut, *con dolore*, ja, so."

Luisa ist nun ganz eins mit Geige und Bogen und umschlingt die Melodie.

„Jetzt mehr Klarheit, ja, *risoluto*, überwinde es und tröste! Mehr, mehr, *sostenuto*, mehr, mehr."

Sie gibt sich ganz den Klängen hin, wiegt mit dem Bogen und zehrt an den Diminutiven, während Mike den Kopf hin- und herwiegt. „*Amoroso*, mehr, mehr", ruft er, „und jetzt Temperament, jawohl! Wunderbar, ja, *gebenedeit bist du*, steigern, steigern, Elan, Elan, *voller Gnaden*, sehr gut!" Er zischt und singt und ruft schließlich fast kreischend „*Mariiia! Mariiiii-ja*! Ja, *espressivo*, Luisa, *espressivo*, Luisa."

Mike atmet schwer. „Luisa“, stöhnt er und fängt wieder an zu murmeln. „*Gebenedeit bist du unter den Frauen, Maria*, Luisa. *Gratia plena*, voll der Gnaden.“

Einsicht, Erlösung, Maria. Mike rauft sich die Haare.

Luisa gratia plena.

Er springt auf, hebt die Hände und ruft: „Ja, jetzt die Spitze, fass sie, pflücke sie, pflücke sie, die Zarte! Maria! Luisa! Jetzt, *bitte für uns Sünder, jetzt und in der Stunde unseres Todes*!“

Luisa spielt und spielt. Bis sich das *Crescendo* allmählich wieder legt und sich die Klänge ihren Weg zum erlösenden Ende ebnen.

„*Lento, Luisa, lento.*“ Seine Stimme bricht, die Töne schwingen ein letztes Mal, bis sie zart erlöschen und Luisa den Bogen hebt. Mike hält sich am Tisch fest. Erschöpft richtet er sich auf, dann geht er auf Luisa zu.

In der einen Hand hält sie die Geige, in der anderen den Tourte.

Er zögert nicht mehr. Er küsst sie auf den Mund, inniglich. Dann umfasst er sie. Sie lässt ihn gewähren. *Luisa voll der Gnaden.*

21
BIEGEN UND BEUGEN

„Hallo Herr Märchenbach, was machen Sie denn hier?"

„Das Gleiche könnte ich Sie fragen."

„Ich gehe zum Yoga", sagt Schambatíst.

„Sehen Sie, und ich komme vom Yoga." In seinem Trainingsanzug lässt der Kriminalhauptkommissar alle Autorität vermissen.

Schambatíst fragt sich, wie dieser große Jogginghosenmann jemals einen Fall lösen könnte. Und er fragt sich, ob er jemals schon unter seinen Feilen und Scheren einen Polizist hatte. Der Pfarrer kommt regelmäßig, und auch manche von der freiwilligen Feuerwehr hatte er schon zu Gast. Doch einen Kriminalhauptkommissar? „Herr Märchenbach, sollten Sie noch mit dem Einbruch beschäftigt sein und weitere Erkenntnisse haben, kommen Sie doch gern noch einmal bei mir vorbei, ja?"

„Meinen Vorschlag, Ihre Kunden zu befragen, haben Sie doch abgelehnt. Der Fall wird damit einfach zu den Akten gelegt."

Schambatíst räuspert sich, zupft am Riemen der Sporttasche, die über seiner Schulter hängt, und als er sich an Märchenbach vorbeischiebt, sagt er: „Stimmt, da war ich vielleicht etwas zu brüsk. Aber ich könnte mir vorstellen, dass Sie doch grundsätzlich einiges hier im Bezirk mitbekommen. Und da könnte es doch durchaus sein, dass Sie über Umwege oder sonst wie unverhofft an Informationen herankommen, oder?"

„Sicher. Wenn ich etwas weiß, komme ich zu Ihnen." Es ist früher Abend. Die Luft ist kühl. Märchenbach wickelt sich etwas umständlich einen dünnen Stoffschal um den Hals.

Sie verabschieden sich, und Schambatíst betritt das Gebäude, das der Kommissar gerade verlassen hat.

Rani Hermann hat ihr schwarzes Haar zu einem strengen Dutt gebunden. Sie sitzt neben Schambatíst mit gekreuzten Beinen auf einer Matte, die Augen geschlossen, Kopf und Rücken gerade, die Hände ruhen auf den Knien.

Schambatíst hat Mühe, die Position zu halten. Er nimmt erst seit ein paar Wochen Privatunterricht – in der Hoffnung, auch ein wenig vom Kuchen der Entspannung abzubekommen. Noch hat er Mühe, ihren Anweisungen fehlerfrei zu folgen.

Sie beginnen die Handgelenke zu drehen, langsam und kontrolliert. Rani hat Schambatíst erzählt, dass auch sie sich früher in ihrer Haut nicht wohlgefühlt hat. Als junge Frau verbrachte sie ein Jahr in Indien, in Lakhnau, in der Nähe von Delhi. Dort traf sie ihren spirituellen Meister. Doch das eigentliche Erweckungserlebnis widerfuhr ihr nicht mit ihm, sondern allein auf der Dachterrasse eines indischen Hauses. Sie hatte gerade eine dreiminütige Kopfstandübung beendet und sich erhoben, als ihr alles plötzlich zeitlos vorkam, gemischt mit den Gerüchen und Geräuschen der Stadt. Das sei alles gewesen.

Schambatíst fragt sich noch immer, ob ihr vielleicht damals einfach nur das Blut zu sehr in den Kopf gestiegen war. Doch wenn er sieht, mit welcher Kraft und Überzeugung sie ihre Schüler führt, muss tatsächlich irgendetwas auf diesem Dach passiert sein.

„Yoga“, sagt sie, „ist etwas, das einen mit allem verbindet, mit Menschen, Tieren, Objekten.“

Schambatíst atmet tief, bewusst.

Sie lassen die Arme kreisen, langsam und kontrolliert. Sie beugen den Kopf, drehen ihn nach links und nach rechts, halten inne und lassen ihn kreisen. Dann beugen sie ihre Oberkörper nach vorn, öffnen die Brust und kreisen, wieder langsam und kontrolliert.

„Rani", pustet Schambatíst, „warum hilft dieses Biegen und Beugen eigentlich? Warum machen wir das?"

Ranis sommersprossengefleckte Gesicht scheint wie immer in einem leichten Lächeln konserviert zu sein. „In der Vergangenheit", sagt sie, „haben Yoga-Schüler bei ihren Lehrern als Erstes damit angefangen, die Räume sauber zu machen. Jahrelang. Das war keine Bestrafung, sondern Sinngebung. Alles im Leben muss sich einer Form unterwerfen, um Bedeutung zu bekommen und um an Bedeutung zu gewinnen."

Sie holen tief Luft.

„Aber warum?", japst Schambatíst. „Warum suchen so viele Menschen nach Halt in so einem bisschen Biegen und Beugen? Sind alle heute so hoffnungslos verwirrt? Reicht der Verstand nicht mehr, um Dinge zu begreifen?"

Rani gibt ihm ein Zeichen, nicht zu sprechen.

Sie öffnen und schließen mit den Armen die Brust und kreisen mit den Oberkörpern.

Doch Schambatíst ist nicht richtig bei der Sache. Er will eine Antwort.

„Man kann Probleme nicht immer intellektuell lösen, schon gar nicht die emotionalen", sagt Rani schließlich.

„Ich habe gerade so viel an den Hacken. Soll ich mir deswegen stundenlang das Bein hinter den Kopf biegen?"

„Nein. Aber wenn du es könntest, würdest du es sicher tun."

„Warum? Damit ich sagen kann, schaut mal, ich kann das Bewusstsein bis in meinen vierten linken Zeh steuern?" Er lässt seinen Oberkörper kreisen. Manchmal machen ihn diese ständig in sich ruhenden Menschen, die ihren Atem, ihre Körperbewegungen und ihre Gedanken so monströs unter Kontrolle zu haben scheinen und die dazu noch so aussehen, als ob sie ihren Speiseplan höchstpersönlich mit Hygieia, der Göttin der Gesundheit, in nächtlichen Trance-Sitzungen ausbaldowert und sich gar selbst ein Stückchen Göttlichkeit einverleibt haben, ziemlich nervös – wenn nicht sogar aggressiv. Und Schambatíst stellt sich vor, wie er diesen veganen, yogagedehnten Vollkornbrotfressern ein blutiges Hacksteak tief ins Maul stopft und sie zappeln lässt. Und wenn das noch nicht reicht, ihnen einen pikanten Porridge mit Speck und Ei in den Schlund drückt, bis sie nach Atem ringen und endlich anfangen, sich zu wehren, den Zustand dieses inneren Dauerfriedens verlassen, die Maske des heiligen Allesverstehers absetzen und endlich ihre dauerlangweilige Contenance in wahres, temperamentvolles Leben zurückführen. Schambatíst würde ja schon der leiseste Anflug eines Ausrasters bei diesen Leuten zufriedenstellen.

Rani spürt nichts von seiner anschwellenden Aggression. „Yoga ist nicht Wellness“, sagt sie, „es geht nicht um Selbstoptimierung und darum, den persönlichen Marktwert zu steigern. Es geht um Entspannung.“

Er beginnt laut zu atmen. „Wenn ich entspannen will, kann ich auch nach Stromboli fahren, zur Insel des Glücks, am Abend schön an der Küste sitzen, ein Fläschchen sizilianischen Weines trinken und die vielen Taschenlampenlichter der Bergsteiger auf ihrer Nachttour am Vulkanberg betrachten. Und irgendwann bin ich dann so beduselt, dass ich glaube, es seien Glühwürmchen. Entzückend!“

„Das kannst du machen. Aber vielleicht nicht täglich. Es geht um Techniken, diese Entspannung zu erleben. Das ist Yoga – den Schlüssel zu einem friedlichen Leben zu finden und zu einem klaren Bewusstsein zu kommen, jeden Tag.“

„Und wie sieht dieser Schlüssel aus?“

„Darin, möglichst verschwenderisch mit Bewusstsein umzugehen, es in seinen Zellen zu spüren und den Geist richtig schwitzen zu lassen.“

„Den Geist schwitzen lassen? Das ist ja wohl ein Missverständnis!“

„Nein, kein Missverständnis. Das Bewusstsein dehnen heißt tatsächlich, es auch im kleinen Zeh zu fühlen, aber auch im Schulterblatt, zwischen den Wirbeln, in den Nieren, tief hinten in der Hüfte und – wenn es sein muss – im Schließmuskel.“

„Das alles hat aber doch vor allem erst mal mit einem selbst zu tun.“

„Zunächst ja. Aber es ist wie bei dir im Schönheitssalon: Die Leute kommen, weil sie sich schöner und damit auch lebendiger fühlen wollen. Bei mir ist es ähnlich. Sie kommen, um sich lebendiger und dadurch schöner zu fühlen. Und das strahlt auf andere aus.“

„Ja, das gilt sicher auch für meinen Beruf, aber ich habe ja nicht gesagt, dass mir das, was ich mache, immer gefällt. Es gibt mit Sicherheit wichtigere Sachen. Zum Beispiel wird die Bedeutung des Miteinanders vollkommen unterschätzt. Wenn jemand zu mir auf der Straße unfreundlich ist, hat das einen gewaltigen Einfluss auf meine Laune, es kann mir den ganzen oder zumindest den halben Tag versauen.“

„Aber wenn du entspannt bist und deine Balance gefunden hast, brüllst du wiederum nicht mehr so oft wildfremde Leute auf der Straße an.“

„Aber die anderen brüllen mich dann immer noch an!“

Sie gehen in den Vierfüßlerstand, beugen und strecken den Rücken, werfen abwechselnd die Arme und die Füße nach vorn, beugen und strecken sich wieder. Dann erheben sie sich.

„Grundsätzlich haben Faktoren wie Respekt, Liebenswürdigkeit oder Anteilnahme heute keinen sehr großen Wert mehr", sagt Schambatíst, „dabei müssten sie viel höher bewertet werden. Irgendjemand müsste etwas dafür tun. Ein Dekret der Höflichkeit und des Glücks erlassen. Oder nehmen wir das Ehrenamt. Das ist doch nun vollkommen out. Dabei müsste doch der freiwillige Einsatz im Verein oder der Nachbarschaft viel mehr Anerkennung finden. Ein Ehrenamt zu leben kann Glück bedeuten."

Sie lassen die Hüften kreisen, heben erst das linke und dann das rechte Bein und drehen die Fußgelenke.

„Kennst du die Geschichte von Yehudi Menuhin?", fragt Rani.

„Nein."

„Auch er hatte einen Yogalehrer, den berühmten und begnadeten B. K. S. Iyengar. Er machte mit ihm derartig gute Entspannungsübungen, dass Yehudi ihn schließlich als seinen besten Geigenlehrer betrachtete."

„Was willst du damit sagen? Soll ich jetzt Geige lernen?"

„Nein. Aber noch mal: Beim Yoga geht um das Gefühl von Präsenz und Leidenschaft. Und im Kleinen, also in unseren Übungen, geht es manchmal auch nur ganz banal darum, wie schön es ist, etwas von Grund auf richtig zu machen. Das strahlt in alle Lebensbereiche aus."

Sie stehen jetzt Fuß an Fuß, drücken die Mittelfußknochenköpfe nach unten, strecken die Zehen flach aus, ziehen die Kniescheiben nach oben, pressen die Po-Muskeln zusammen und spannen die Muskeln auf der Rückseite der Oberschenkel. Dann heben sie die Brust, ziehen die Wirbelsäule lang, strecken den Hals, heben die Arme über den Kopf und falten die Hände darüber flach zusammen.

„Lebendig", unterbricht Schambatíst die Übung, „lebendig

fühle ich mich bei Gerüchen. Sie sind für mich Auslöser vieler Erinnerungen und vieler Bilder."

Rani nimmt die Arme herunter. Sie unterbricht diesen Übungszyklus nur ungern, doch im Einzelunterricht bestimmt der Kunde den Rhythmus. „Ja", sagt sie, „bei dir kann ich mir das gut vorstellen. Deswegen bist du ja auch wohl Parfümeur geworden. Ich habe mich immer gefragt, warum es gerade Gerüche sind, die bei uns so oft haften bleiben. Sie sind so flüchtig, und doch speichern wir sie."

„Der Geruchssinn ist am engsten mit unserem emotionalen System verbunden", doziert Schambatíst. „Die Amygdala ist eine Struktur im Gehirn, die Emotionen auslöst, und sie hat einen direkten Draht zu unserer Nase. Ist ja auch irgendwie logisch. Wenn wir etwas essen wollen, riechen wir erst dran und bekommen signalisiert, was das wohl für ein Gift sein könnte, was wir da essen sollen."

„Und die Tiere suchen sich sogar ihre Partner mit der Nase aus."

„Genau. Das ist bei uns nicht so gut ausgebildet. Ob wir jemanden riechen können oder nicht, wissen wir leider oft erst zu spät."

„Immer wenn ich eine Tasse Lindenblütentee trinke und eine Madeleine dazu esse, setzt das Aroma des Tees eine Kette von Erinnerungen in Gang, in denen meine Kindheit wieder lebendig wird."

Schambatíst schaut sie skeptisch an. „Das hast du nicht selbst erlebt. Ich kenne das mit der Madeleine. Das hast du von Proust!"

„Stimmt!" Rani lacht. „Woher weißt du das?"

„Marcel Proust und seine *Suche nach der verlorenen Zeit.*"

„Kompliment. Wusste nicht, dass du die Stelle kennst. Mir hat sie immer gut gefallen, und so habe ich sie einfach zu meinem eigenen Erlebnis gemacht. Jetzt ist sie meine Erinnerung. So einfach ist das."

„Nun, wenn sie dir gefällt."

„Ja, und jetzt werde ich mich bei dieser Stelle immer an dich erinnern. Schön, gemeinsame Erinnerungen zu haben."

„Na ja, es müssen ja nicht gerade gestohlene Erinnerungen sein."

„Auch Yoga ist eigentlich eine Erfahrung, die man besser in Gemeinschaft macht. Deswegen solltest du übrigens auch bald in eine Gruppe wechseln."

„Wieso, ich bin doch nicht dein einziger Privatschüler. Eben traf ich Alfons Märchenbach, der war doch auch allein bei dir."

„Der Alfons? Natürlich, aber der kommt ja auch nicht nur zum Yoga zu mir."

„Wie? Das ist also ein … äh, Verhältnis?"

„Wir sind schon seit Langem ein Paar, wusstest du das nicht?"

„Nein, ich habe ihn erst vor Kurzem kennengelernt. Da ging es um einen Einbruch in meinem Laden. Den hat er bis heute nicht gelöst."

„Ach, der Alfons … Im Grunde seines Herzens ist er doch ein Künstler."

„Ja, so etwas hat er angedeutet. Sein Urgroßvater oder Ururgroßvater war ja auch Künstler."

„Richtig, nach dem heißt er ja auch Alfons", sagt Rani, „nach Alfons Hollaender."

22
BESUCH AUS DEM PALAZZO PITTI

„Wie kommen Sie denn hier rein?" Vor Schambatíst steht mitten in seinem Salon ein stark übergewichtiger Mann. „Ich habe Sie gar nicht gehört. Wie sind Sie hier hereingekommen?", fragt er noch einmal.

„Durch die Tür natürlich. Wie sonst? Sie stand offen, und da bin ich einfach reingegangen."

„Die Tür steht nie so einfach offen."

„Dieses Mal schon", sagt der Mann.

Schambatíst schaut ihn misstrauisch an. Normalerweise begrüßt er unbekannte Personen in seinem Geschäft unvoreingenommen und genauso freundlich wie Stammgäste. Doch dieses Mal ist es anders. Nicht nur die Glupschaugen, sondern auch die großen Hände des Mannes sind ihm sofort aufgefallen. Seine Finger hängen wie zu eng in einem Darm verpackte Würste vom Rumpf der Hand. Der Unbekannte schiebt seinen dicken Leib auf einen der Kosmetikstühle zu, doch mit einer Handbewegung bittet ihn Schambatíst, stehen zu bleiben. Er holt aus der Küche einen Hocker.

Als der Mann sich setzt, verschwindet das Stühlchen komplett unter seiner Leibesfülle.

„Wollen Sie einen Termin machen?"

„Ich bin Italiener, komme geradewegs aus Florenz und muss Sie in einer sehr dringenden Angelegenheit sprechen. Haben Sie Zeit?"

Schambatíst eilt zu seinem Terminkalender. Er wundert sich, denn es ist überhaupt kein Name für den Morgen eingetragen, weder für den Unbekannten noch für einen seiner Stammkunden. „Eigentlich nicht", sagt Schambatíst automatisch, „das heißt, ich habe nur kurz Zeit, gleich kommt bestimmt Kundschaft."

„Immerhin", seufzt der Mann, und es ist, als ob sich schweres Gepäck von seinen Schultern lädt. Tatsächlich entspannen sich aber nur seine Gesichtszüge. Er wischt sich mit einem Tuch die vom Schweiß leicht nasse Stirn. Dann legt er die Hände gefaltet in seinen fülligen Schoss. „Mein Name ist Salvatore Guarnaccia. Ich bin Polizist und dienstlich hier."

Oh nein, denkt Schambatíst. Nicht noch so ein Bezirksbulle. Und dieses Mal ein italienischer. Nur merkwürdig, dass dieser Italiener ohne Akzent spricht. Sein Deutsch klingt genauso wie sein eigenes. „Suchen Sie Herrn Märchenbach?", entfährt es Schambatíst.

„Wen?"

„Herrn Märchenbach. Dann sind Sie hier nämlich falsch. Der hat seine Polizeistation ein paar Häuserblöcke weiter."

„Nein", sagt Guarnaccia, „ich bin Wachtmeister und arbeite für die Carabinieri in Florenz. Und ich wollte genau zu Ihnen. Deswegen bin ich gekommen."

„Das kann doch nur ein ... äh ...Irrtum sein." Schambatíst reibt sich die Augen. Ist das ein Traum?

„Nein, ist es nicht. Sie sind doch Jean-Baptist Dänzer-Valotti, nicht wahr?"

Schambatíst überlegt, ob er lügen soll. Er kennt diesen Polizisten nicht. Woher weiß er seinen Namen? Wer hat ihn geschickt? Schambatíst sieht ihn lange an. Doch je länger er auf ihn schaut, desto ruhiger wird er und desto mehr interessiert ihn, was dieser Mann von ihm will. „Ein Wachtmeister, der extra aus Florenz zu mir kommt – na gut, das ist ja mal eine Überraschung." Schambatíst setzt sich auf einen der Kosmetikstühle, verschränkt Arme und Beine und signalisiert, dass er fürs Zuhören bereit ist.

„Ja, wie ich schon sagte, ich heiße Salvatore Guarnaccia, ich arbeite im Stadtteil Oltrarno, nur wenige Meter vom schönen Arno, der unsere Stadt durchfließt. Meine Polizeistation ist in einem Seitenflügel des Palazzo Pitti untergebracht. Sie kennen ihn sicher, den Renaissance-Palast. Er ist heute größtenteils ein Museum und beherbergt phänomenale Sammlungen, klassische Skulpturen und Malereien!"

„Ja, ich habe davon gehört. Ich war aber noch nie dort."

„Zum Beispiel auch die Galleria Palatina der Medici mit Werken von Tizian, Giorgione, Raffael oder Rubens, ganz wunderbar." Seine Körperfülle lässt bei Guarnaccia nicht allzu viel Gestus zu, und doch verleiht ihm das leichte Heben und Senken seiner Arme beim Sprechen einen durchaus lebhaften Ausdruck.

„Das freut mich für Sie. Ich werde sicher bei nächster Gelegenheit den Palazzo besuchen."

„Ein großartiges Gebäude. Der Palazzo Pitti ist übrigens auch das Vorbild für den Königsbau der Münchner Residenz." Guarnaccia schaut ihn erwartungsfroh an. Doch Schambatíst verharrt weiter in verschränkter Haltung, tippt nur lautlos mit seinen Fingern auf die Oberarme. „Also, Herr Dänzer-Valotti, jetzt ist es so, dass neulich etwas passiert ist. Etwas Unangenehmes. Etwas, mit dem wir sehr diskret umgehen müssen, etwas, was wir durchaus als kriminell bezeichnen können", sagt er fast flüsternd. Seine Glupschaugen drücken sich noch mehr aus den Augenhöhlen.

„Bei Ihnen ist eingebrochen worden."

„Woher wissen Sie das?"

„Ich weiß gar nichts, aber so etwas passiert in letzter Zeit immer häufiger, wohl überall auf der Welt, übrigens auch hier bei mir."

„Bei Ihnen, sagen Sie?"

„Ja."

„Wann war das?“

„Oh, vor wenigen Tagen, letzte Woche.“

„Konnte man die Täter identifizieren?“

„Nein. Nicht wirklich. Unser örtlicher Carabinieri gibt sich zwar Mühe. Aber da kommt nichts bei rum.“

„Was ist gestohlen worden?“

„Nichts.“

„Nichts?“

„Ja.“

„Das ist verdächtig.“

„Wieso?“

„Weil bei uns etwas gestohlen wurde, das mit Ihnen in Zusammenhang steht.“

„Natürlich. Sie meinen sicher meinen Rubens. Oder vielleicht den Tizian, der bei mir auf dem Klo hängt.“

„Machen Sie keine Scherze. Ich werde Ihnen erzählen, was passiert ist.“

Schambatíst plustert die Backen auf und lässt laut die Luft aus seinem Mund strömen. Dann steht er auf. „Wollen Sie einen Kaffee, *Signor* Guarnaccia?“

„Nein, ich trinke nicht.“

„Aber er ist selbst gebrüht! Und viel besser als Ihr italienischer.“

„Nein. Vielen Dank.“

„*Agua*?“

„Auch nicht, danke.“

„Gut, aber ich hole mir ein Glas Wasser.“

Als Schambatíst zurückkommt, schiebt Guarnaccia die Hände wieder ineinander und beginnt zu erzählen: „Vor zwei Wochen gab es wieder eine dieser viel beschriebenen Florentiner Nächte. Es war heiß, der Himmel samtig, der Mond groß und hell. Und wir hatten wieder eines dieser typischen *floren-*

tiner Feste mit Feuerwerk und einer Unzahl an schaulustigen Touristen. Ich war der einzige Wachhabende an diesem Abend in der Station im Seitenflügel des Palazzo Pitti und versuchte, einen Bericht zu schreiben. Ich hasse diese Berichte. Aber ich muss es tun, und so sitze ich oft noch spät am Abend und tippe auf dieser verdammten Schreibmaschine herum. Einen Computer haben wir nicht. Viel zu modern. Vor Ärger zerknülle ich oft die Texte, lege ein neues Papier ein und fange wieder von vorn an. Und natürlich suche ich dauernd einen Grund, der mich von dieser stumpfsinnigen Tipperei ablenken kann. An diesem Abend ging ich oft hinaus auf die Straße und schaute mir die Leute an. Ich habe nach all den Jahren meine Augen auf auffälliges Touristenverhalten trainiert. Ich schaute mich also um – und da sah ich zwei Männer, die sich dem Palazzo näherten. Ein junger, vielleicht 20- oder 30-jähriger Mann und ein älterer, vielleicht fünfzig. Beide aber durchaus sportlich. Ich erkannte nur Umrisse. Die beiden fielen mir deswegen auf, weil sie erstaunlich nahe an der großen Fassade des Palazzos entlanggingen. Hin und her. Und her und hin. Sobald das Museum schließt, sitzen normalerweise die letzten Touristen des Tages vorn auf der Piazza, ruhen sich aus oder unterhalten sich. Aber kaum einer nähert sich dann noch mal so dicht dem Eingang und der Fassade. Nun, ich dachte mir dennoch nichts weiter und kehrte in die Stube zurück. Dann hörte ich einen Knall. Das Feuerwerk begann. Ich ging wieder nach draußen und sah, wie erst eine grüne, dann eine weiße und schließlich eine rote Fontäne vor dem tiefschwarzen Himmel emporschoss. Sie stiegen weit hinaus, hoch als Glitzer zwischen die Sterne, und glitten schließlich wieder langsam auf die Stadt herunter. Einige Sekunden waren alle Dächer und Türme von Florenz in einen warmen Schein getaucht, dazwischen der Arno, der sich vielfarbig dahinschlängelte. Die Zuschauer am Ufer brüllten und klatschten begeistert. Dann wurde es wieder dunkel und eine rosa-grüne Rauchwolke verdeckte den Mond."

„Klingt ja wie in einem Roman", unterbricht ihn Schambatíst und hebt die Augenbrauen.

„Ja, sicher, und ich bin für Sie dann eine gute Romanfigur, nicht wahr? Wahrscheinlich eine Figur aus einem Krimi."

„Nein, so meinte ich das nicht. Aber in Italien ist alles halt sehr romantisch, oder?"

Guarnaccia rutscht auf seinem Hocker unruhig herum, stemmt schließlich die linke Hand seitlich in die Hüfte und hebt die rechte leicht vor den Oberkörper, indem er Daumen und Zeigefinger zu einem Ring zusammenführt und die restlichen Finger abspreizt.

Schambatíst grinst.

„Jedenfalls", fährt Guarnaccia fort, „gerade, als der Mond wieder hinter der Farbwolke hervorlugte, blickte ich auf den Palazzo. Ich sah, wie zwei Gestalten die groben Steinquader hinaufkletterten. Und noch bevor ich überhaupt registrierte, was passiert sein konnte, waren sie schon über die Balustrade gestiegen, hatten die Verschläge zu den großen Fenstertüren geöffnet und verschwanden. Ich rannte sofort zurück zur Wache und gab Alarm. Leider hatte es doch wohl eine oder zwei Minuten gedauert. Und bis die Kollegen tatsächlich da waren, dauerte es dann noch mal gut zehn Minuten – die mussten von der anderen Seite des Arno kommen. Die vielen Schaulustigen hatten den Weg zugestellt. Als wir uns dann schließlich im Palazzo befanden, war alles still und dunkel. Nichts konnten wir entdecken. Nur das eingeschlagene Fenster. Ansonsten keine Eindringlinge. Nichts fehlte. Wir wunderten uns noch, dass die Alarmanlage nicht angegangen war. Wir holten weitere Kollegen zur Verstärkung. Die möglichen Täter mussten sich ja immer noch irgendwo im Gebäude aufhalten. Dann endlich entdeckten wir in der Galleria Palatina einige Spuren von gesplittertem Glas. Die Vitrinen mit dem Schmuck der Anna Medici waren aufgebrochen, die kostbaren Skarabäen und die marokkanischen Perlen fehlten. Ansonsten war alles noch da. Alle Bilder, Vasen und Skulpturen. Nur ein Gemälde war abgenommen worden. Das Doppelporträt der Anna mit ihrem deutschen Mann Johann Wilhelm, ein Gemälde des Malers Douven. Es stand auf dem Boden. Unsere Fahnder entdeckten später an der Seite des Bildes Kratzer. Sie schlossen daraus, dass jemand in ziemlicher Hast Farbproben entnommen haben muss."

Schambatíst sitzt mit offenem Mund da.

Guarnaccia knackt mit den Fingern. „Wir suchen seitdem die Täter. Und wir glauben, dass das Motiv der Täter tatsächlich gar nicht der Schmuck ist. Auch wenn er zweifellos wertvoll ist und einen hohen Verlust für das Museum bedeutet. Wir glauben, das Gemälde war das Motiv. Wir haben dann unsere Archivarin gefragt, was es mit dem Bild auf sich hat. Und so kamen wir schnell nach Düsseldorf. Und auch zu Ihnen. Denn über Ihr Bild wurde ja erst kürzlich in der Zeitung berichtet."

Das kann doch alles nicht wahr sein, denkt Schambatíst. Ein Albtraum.

Guarnaccia blickt über den Kamin auf das Gemälde. „Es ist vollkommen identisch", sagt er, „verblüffend!"

Schambatíst steht auf und stellt sich vor das Bild. „Wer sind Sie wirklich? Sie sind doch nicht nur ein einfacher Polizist!"

Guarnaccia lässt seinen Blick langsam von dem Gemälde auf Schambatíst sinken. „Wie ich schon sagte, mein Name ist Salvatore Guarnaccia. Ich bin Wachtmeister und habe den Einbruch an dem betreffenden Abend gemeldet. Tage danach saß ich in meinem Büro, und während ich wieder mal einen Bericht schrieb, dachte ich mir, ich komme direkt zu Ihnen. Die Kollegen wollten den Fall erst gar nicht an die Öffentlichkeit bringen. Haben sie auch nicht. Und wissen Sie, warum? Die Reputation des Museums steht auf dem Spiel. Die schlechten Sicherheitsvorkehrungen sind ein Skandal! Keine Versicherung wird dem Museum den Schaden bezahlen. Und die Direktoren werden alle so lange schweigen, bis der Fall geklärt ist. So läuft das. Aber nicht mit mir. Ich riss den Bogen aus der Maschine und zerknüllte ihn."

Schambatíst kneift sich in den Arm. Das kann doch wirklich nur ein Traum sein.

„Herr Dänzer-Valotti, ich bin zwar nur ein kleiner Beamter, aber wenn es um unsere Anna Maria geht, gibt es keinen größeren Verteidiger als mich. Da das Schreiben von Berichten ohnehin nicht meine Stärke ist und logisches Denken auch nicht, handele ich meistens emotional. Ganz aus dem Bauch – und der ist bei mir groß, Sie verstehen?"

Schambatíst nickt stumm. Er hält das Wasserglas so schief in der Hand, dass ihm etwas auf die Hose tropft. Er zuckt zusammen.

„Wenn ich eine emotionale Entscheidung treffe und doch wissen will, ob sie gut ist, frage ich meine Frau", fährt Guarnaccia fort, „und die sagt dann immer zu mir: Vielleicht ist es nicht richtig, was ich tue. Aber was richtig ist, muss nicht immer gut sein. So. Und deswegen bin ich jetzt hier."

„Hat man Fingerabdrücke genommen?", schießt es plötzlich aus Schambatíst heraus. „Wir können sie mit denen vergleichen, die bereits bei mir und im Stadtmuseum gefunden wurden."

„Eine sehr gute Idee. Ich werde das weitergeben." Guarnaccia klatscht zufrieden in die Hände.

„Wollten Sie früher auch Künstler werden?"

„Wieso?"

„Ach, alle Gendarmen, die ich kennenlerne, wollten eigentlich immer nur Künstler werden."

„Nein, ich wollte immer Polizist werden. Und wissen Sie, warum?"

„Weil Sie im Palazzo Pitti arbeiten wollten?"

„Nein, ich war immer schon Krimi-Fan. Ich bin ein großer Verehrer von Georges Simenon. Ich hatte mit ihm sogar eine Brieffreundschaft – wenn auch nur eine ganz kurze."

„Das ist schön. Aber ich verstehe immer noch nicht, was Sie wirklich hierhertreibt. Ich meine, Sie hätten doch auch anrufen können."

„Anrufen? Nein. Ein Salvatore Guarnaccia ruft nicht an. Er überzeugt sich selbst. Und er tut alles für seine letzte Herrscherin."

„Ihre Frau?"

„Für die letzte Medici natürlich! Anna Maria Luisa."

„Aber warum? Sie ist doch schon lange tot."

„Das schon, aber eine solche Frau stirbt nicht wirklich. Jedes Jahr denken wir an sie. An ihrem Todestag, am 18. Februar, ziehen wir durch die Straßen mit Trommeln und Fanfaren und legen Blumen an ihr Grab. Wir sind ihr für vieles so dankbar. Allein die Kunst! Sie wissen doch – nach dem Tod Ihres Jan Wellem kehrte Anna endlich heim und nahm ihre wunderbare Sammlung mit. In Florenz empfingen wir sie damals mit Böllerschüssen und Glockengeläut. Wir erlebten mit ihr noch einmal eine letzte große Zeit der Medici. Ihren ganzen persönlichen Besitz vermachte sie der Stadt – aber nur unter der Bedingung, dass dieser niemals aus der Stadt entfernt würde. Ich bin Florentiner. Und wenn jemand es heute wagt, von unserer geliebten Anna etwas zu stehlen, dann bewege ich alle meine Kilo und hole mir dieses Riesenschwein!"

„Ah", sagt Schambatíst, „also ein ganz selbstloser Akt."

„Natürlich nicht nur", lenkt Guarnaccia ein, „ich warte schon lange auf meine Beförderung. Ich habe schon so einige interessante Fälle, genau vierzehn. Aber irgendwie hat man mich seitdem vergessen. Das hier könnte meine Chance sein."

Guarnaccia dreht den Kopf zur Eingangstür und blickt nach draußen. Draußen steht Matteo Alberti. „Hören Sie, Herr Dänzer-Valotti. Ich werde wiederkommen. Für heute habe ich genug gesehen. Sie entschuldigen die Störung. Aber jetzt, da Sie mich besser kennen, verstehen Sie sicher, warum ich so überfallartig auf Sie zugekommen bin. Sie verzeihen, oder?"

„Natürlich."

„Ja, bleiben Sie sitzen, bitte."

Guarnaccia hebt seinen gewaltigen Körper vom Stuhl, nickt noch einmal und verlässt den Salon.

Schambatíst verfolgt ihn mit den Augen durch die großen Fassadenscheiben seines Salons. Er sieht, wie Guarnaccia auf Matteo Alberti zugeht und ihn anspricht. Italiener unter sich, denkt sich Schambatíst. Er steht auf und geht zur Tür, versucht, ein paar Sätze zu erhaschen. Doch er versteht nichts.

Als Schambatíst am Abend vor seinem Geschäft steht, ist ihm nicht wohl. Er hat Kopfschmerzen. Das Gespräch mit diesem Guarnaccia hat ihm zugesetzt – wie eine schlaflose Nacht. Er beschließt, noch kurz seinen Freund Matteo zu besuchen. „Hallo Matteo!", ruft er laut ins Restaurant.

„Hallo Schambes! *Allora*, wie war deine Tag? Ich habe dich heute gar nicht gesehen. Hattest du frei? Dein Geschäft war nicht geöffnet."

„Doch. Natürlich. Und ich hatte Besuch. Ein Italiener aus Florenz. Du kennst ihn. Er hat dich doch auch angesprochen."

Matteo schaut ihn an. „Wen meinst du?"

„Ach, tu nicht so. Ihr Norditaliener hängt doch aller unter einer Decke. Du weißt genau, wen ich meine."

„*No*, Schambes, *no*! Das muss eine äh … Verwechslung sein. Ich weiß gar nicht, von wem du sprichst. Wen soll ich getroffen haben?"

23
DAS LETZTE BAD

„Als man sie gefunden hat, lag sie in der Badewanne. Offenbar die ganze Nacht lang." Luisa stellt die Kiste mit den neuen Lieferungen vor den großen Schrank und beginnt, die Schachteln, Tuben und Gläschen auszupacken und in die Regale einzuordnen.

Schambatíst steht neben ihr und fasst sich nachdenklich ans Kinn. „Und es handelt sich wirklich nicht um ein … äh, Missver…?"

Luisa schüttelt den Kopf.

„Die arme Florentina." Schambatíst seufzt. „Wer hat sie denn gefunden?"

„Die Putzfrau. Also unsere Putzfrau. Sie arbeitet ja auch bei ihr. Aber was für ein Zufall, dass sie ausgerechnet an dem Tag kam. Sie ist doch nur einmal die Woche da."

„Und wie sah sie aus?"

„Unsere Putzfrau?"

„Nein. Florentina natürlich."

„Wohl ausgesprochen hübsch. Fast wie ein Engel. Sie lag nackt in der Wanne."

„Nackt?"

„Ja, wenn man ein Bad nimmt, zieht man sich normalerweise vorher aus."

„Kommt drauf an, in welchem Zustand man sich befindet. War sie sofort tot?"

„Die Ermittler gehen davon aus, dass sie zunächst einfach nur ein Bad nehmen wollte."

„Und dann soll sie einfach nur so gestorben sein? Einfach tot?"

„Ich weiß es nicht."

„Herzinfarkt?"

„Ich glaube nicht. Soweit ich verstanden habe, wurde die Mordkommission eingeschaltet."

„Mord? Florentina wurde ermordet?"

„Ja, sie haben Spuren von gemahlenen Nüssen an und in ihrem Mund gefunden."

„Man soll ja auch nicht in der Badewanne essen. Das ist ungesund."

„Sie hat immer schon an einer schweren Nussallergie gelitten, wusstest du das nicht?"

„Nein. Oder ja, sie hat es mal erwähnt. Aber wir alle leiden ja an irgendetwas."

Luisa setzt ein konzentriertes Gesicht auf. „Vielleicht war es so: Der Mörder hat sich zu Florentina heruntergebeugt, und sie hat einen Kuss von ihm erwartet. Voller Wonne."

„Eher volle Wanne", ächzt Schambatíst.

Luisa winkt enerviert ab. „Er beugt sich also über sie und drückt ihr zärtlich seinen Mund auf die Lippen, streicht ihr über die nackten Schultern, die Brüste, den Bauch und tiefer in den ..."

„Und dann ist sein Hemd nass", unterbricht sie Schambatíst. Er hat sich ein Kehrblech genommen, um noch ein paar der restlichen Glasscherben von der großen Frontscheibe vom Boden aufzufegen. Sie ist in der Nacht zerborsten, als ein Radfahrer mit voller Wucht dagegen raste. Er blieb außer ein paar Schnittwunden unverletzt. Die Scheibe jedoch ist hin, Schambatíst hat sie bereits am Morgen auswechseln lassen. Die Polizei hat zwar seit einiger Zeit nächtliche Radrennen verboten, doch fast keiner in der Stadt hält sich daran. Schambatíst ärgert sich so sehr über die Radrowdys, dass er plant, einen unsichtbaren Elektrozaun an die Außenfenster zu montieren, um die Abschreckung zu erhöhen. Einen Antrag hat er bereits bei der Stadt eingereicht.

Luisa steht mit den Händen in den Hüften da und zischt ihn an: „Natürlich willst du dir so eine Szene nicht vorstellen – zumindest nicht mit mir."

„Bitte, Luisa, was haben wir denn jetzt damit zu tun?"

„Sehr viel."

„Natürlich. Vermutlich habe ich sie geküsst, stimmt's? Das denkst du doch. Ich habe sie einfach totgeküsst!" Schambatíst ist genervt. Luisas aggressiver Unterton irritiert ihn zunehmend. Irgendetwas hat sich bei ihr in den vergangenen Monaten verändert. Irgendetwas ist passiert. Sie verheimlicht ihm etwas. Ihre Ablehnung, ihre missbilligenden Blicke sind zu auffällig. Hat es mit hormonellen Veränderungen zu? Ist es eine Krankheit? Nein, es muss etwas anderes sein. Schon länger hat er den Verdacht, dass dieses Etwas ein anderer Mann ist. Ein Liebhaber. Und umso missgelaunter und grantiger sie mit ihm umgeht, desto sicherer ist er sich.

„Ja, das Küssen hätte dir sicher gefallen", keift sie, „ihr habt euch ja schließlich oft getroffen."

„Sie war doch deine Freundin!"

„Und, ist das für einen Mann ein Hindernis?"

„Ihr wart beste Freundinnen!"

„Nicht beste, aber sehr gute. Sie hat mir viel anvertraut."

„So, und warum habe ich sie jetzt begehrt?"

„Du hast sie doch fast häufiger gesehen als ich."

„Sie gehörte zu meinen Stammkunden."

„Ja, eben!"

„Ich bringe meine Stammkunden nicht um. Ich bin doch nicht verrückt und entziehe mir meine Geschäftsgrundlage!"

Luisa hebt die noch halb volle Kiste mit der neuen Ware mit Schwung auf einen Stuhl, stampft in die Küche und holt sich einen Kaffee. Nach drei Minuten kommt sie zurück, schlürft an der Tasse, lächelt wie geläutert und blinzelt mit den Augen in die Ferne. „Er küsst sie also“, setzt sie ihre Analyse fort, „und verlässt anschließend zügig das Bad. Florentina beginnt sofort zu japsen.“

„Vor Begierde?“

„Vor Panik! Sie bekommt keine Luft mehr und erstickt.“

„Der letzte Kuss – zum Sterben schön.“

„Ach, Schambes, spar dir doch deinen Zynismus. Irgendjemand hat von dieser Allergie gewusst, sich den Mund mit Nüssen oder Nougatnusscreme oder sonst was Gemeinem gefüllt und ihr das Zeug in den Mund gedrückt. Sie erlitt sofort einen anaphylaktischen Schock – Koma, Hirntod, ganz tot. Gleichzeitig ist sie wahrscheinlich jämmerlich ersoffen.“

„Muss es denn unbedingt ein Kuss gewesen sein? Das ist viel zu kitschig. Vielleicht war es ein Unfall. Von ein paar Nüssen im Mund stirbt man doch nicht so einfach.“

„Bist du jetzt Allergologe? Nein. Da war Gewalt im Spiel.“

„Gab es denn Spuren? Blaue Flecken? Blut?“

„Nein. Wohl nicht.“

„Vielleicht hat sie vorher etwas mit Nuss gegessen?“

„Das hat sie doch nie gemacht. Sie hat immer wahnsinnig aufgepasst.“

Schambatíst wird unruhig. „Aber sie hat doch immer von diesem koreanischen und indischen Restaurant Essen kommen lassen.“

„Das weiß ich nicht, da kennst du sie besser.“

„Chicken Tikka Masala liebte sie besonders“, erinnert sich Schambatíst. „Allerdings hat sie denen auch stets deutlich gesagt, dass sie an einer Nussallergie leidet und auf keinen Fall auch nur einen einzigen Nusssplitter zu sich nehmen darf. Denn das könne böse enden.“

„Ach, plötzlich fällt dir also wieder ein, dass sie an einer Nussallergie litt. Eben wusstest du so gut wie nichts davon."

„Sie hat bei jeder Bestellung auf ihre Allergie hingewiesen."

„Aha", resümiert Luisa belustigt, „dann schlage ich dir vor, du gehst los und verklagst jetzt mal die potenziellen Restaurantbesitzer. Immerhin haben sie dir einen wichtigen Kunden weggenommen. Am besten, du schaltest deinen neuen Freund Märchenbach ein. Oder diesen ominösen *commissario*, von dem du erzählt hast. Und vielleicht noch andere Carabinieri und Hauptkommissare und Trüffelsucher und so weiter. Und dann geht es los, Schambes und seine Krieger!"

„Der Einzige, mit dem sie so intim war, um nackt mit ihm in die Wanne zu steigen, ist doch das Doktorchen gewesen."

„Wilhelm Host? Du liebe Güte, dieses niedliche Männchen?"

„Ja, genau dieser Mann. Sie und der Doc waren die Verkörperung der wahren Liebe."

„So ein Unsinn", ruft Luisa, „so etwas glaubst du?"

„Man sollte die Leute nicht nur nach ihrem Verhalten und ihren Reden beurteilen. Es gibt auch so etwas wie gute Intuition."

„Ha", schallt es aus Luisa, „und davon hast du natürlich reichlich."

Schambatíst ist es gewöhnt, dass seine Frau keine seiner Andeutungen über Gefühle mehr richtig ernst nimmt. Er weiß nicht genau, wie es so weit gekommen ist. Vielleicht ist er auch selbst daran schuld. Und dennoch fühlt er sich missverstanden. „Hat man den Doktor schon befragt?"

„Ich weiß es nicht", sagt Luisa, „ich habe alle meine Informationen von unserer Putzfrau."

„Der Doktor ist verdächtig und für mich klarer Favorit der Anklage."

„Deiner Anklage."
„Erst neulich hat mir Florentina gesagt, welche Geheimnisse sie über ihn weiß."
„Oho, Geheimnisse. Herr Schambes und die drei Fragezeichen. Lass hören!"
„Na, so genau hat sie mir das nicht gesagt. Aber irgendwas mit der Staatsanwaltschaft deutete sie an. Gibt es denn gar keine anderen Spuren? Keine Hinweise? Oder Auffälligkeiten?"
Luisa stellt die Tasse Kaffee ab, nimmt die Kiste vom Stuhl, stellt sie auf den Boden und schiebt sie mit den Füßen in die Küche.
„Doch, da gibt es etwas", sagt sie, als sie zurückkommt. „Keramik."
„Keramik?"
„Ja, Keramik. Wusstest du nicht, dass sie eine unglaubliche Sammlung an Vasen, Krügen und Karaffen hatte, die alle irgendein Tier darstellten? Du erinnerst dich sicher, ich habe mit ihr doch erst neulich diese Gluckis gekauft – diese Fischkaraffen bei diesem Roger Georges, diesem charmanten Herrenausstatter."
„Klar, der gefällt dir."
„Florentina hat mindestens zehn von diesen Fischteilen gekauft."
„Und was ist daran verdächtig?"
„Eines ihre wertvollsten Stücke ist ein Keramikkrug, gut 30 Zentimeter hoch, der wie ein kastrierter Hahn aussieht, braun, grün und schwarz betupft, teilweise glasiert."
„Ein Hahn, sagst du?"
„Ja, ein Hahn. Kennst du ihn?"
„Äh, nein. Ich habe aber schon mal von solchen Hähnen gehört."
„Nun, dieser kastrierte Hahn ist aber gar kein Hahn, son-

dern eine Eule. Und zwar eine ziemlich wertvolle Eule. Die Vase ist nämlich auf der Unterseite nummeriert und gestempelt mit Edition *Picasso* und der Aufschrift *Madoura Plein Feu*. Sie ist ein Original, diese Eule, deswegen heißt sie auch Chouette. Und weißt du, wie viel sie wert ist?"

„180 Euro?"

Luisa lacht auf. „55.000 Euro!"

„Was?", ruft Schambatíst. „So viel Geld gibt Florentina für so einen Kram aus?"

„*Gab*, mein Lieber, gab. Außerdem hat es bestimmt der Doktor bezahlt."

„Und was hat das mit ihrem Tod zu tun? Wurde sie doch ausgeraubt? Ist die Picasso-Vase weg?"

„Nein, es ist etwas anderes. Neben der nackten Florentina lag in der Wanne noch so eine Tierkaraffe, nicht gerade die schönste, aber eine auffällige. Sie hatte nämlich einen Sprung am Hals. Oder war geklebt oder irgendwie zusammengeflickt."

„Mit einem Sprung? Die lag im Wasser?"

„Ja."

Schambatíst merkt, wie ihm die Hitze in den Körper steigt. „Was ist daran ungewöhnlich?", fragt er. „Als es noch keine Duschköpfe gab, haben sich die Leute mit Krügen in der Wanne das Wasser über den Kopf gegossen."

„Früher. Heute *gibt* es aber Duschköpfe."

„Aber Florentina war doch eine heillose Romantikerin."

„Das weißt ausgerechnet du?"

„Du weißt es auch. Ihr wusstet doch alles voneinander."

„Ja, und wir haben uns auch alles erzählt." Luisa macht eine kleine dramatische Pause.

Spätestens jetzt ist Schambatíst klar, dass Florentina Luisa von seinem Gespräch mit ihr über Fanta erzählt haben muss. „War es ein Hahn?", fragt er.

„Ja, woher weißt du das?" Sie blickt ihn misstrauisch an.

„Geraten." Schambatíst schwitzt. Natürlich denkt er an Fantas ersteigerte Flohmarkt-Karaffe. Aber warum soll ausgerechnet diese Karaffe in der Wanne neben der toten Florentina gelegen haben? „Und was ist jetzt daran so besonders?", fragt er betont unschuldig.

„Wie du vielleicht aus deinen zahlreichen Gesprächen mit Florentina weißt, hatte sie ja doch einen gewissen Hang zur Mystik und zum Mythischen. Sie sah bei allem, was um sie herum geschah, stets einen Zusammenhang. Sie betrachtete das Leben wie ein sich selbst webendes Puzzle von Trauer und Liebe, von Freuden und Rückschlägen, denen sie sich meist still, aber stets mit viel Humor fügen musste und fügen wollte. Sie glaubte auch an die Kraft des Unausgesprochenen, des Unsagbaren und des Unsichtbaren. Das ging so weit, dass sie meinte, selbst bestimmten Objekten eine gewisse Kraft abringen zu können. So ein wenig wie die afrikanischen Zauberer mit ihren Hilfsgeistern. Vielleicht hat sie dir von den Aklama-Figuren erzählt, aus Ghana und Togo, diesen handgroßen aus Holz geschnitzten Puppen? Jede dieser Figuren hat eine eigene spirituelle Bedeutung. Und gerade diejenigen, die nicht so schön geworden sind, bei denen etwas abgebrochen ist oder denen etwas fehlt, sind besonders wertvoll. Denn sie verleihen ihrem Besitzer besondere Kräfte. Sie verleihen ihnen die Fähigkeit, sich unsichtbar zu machen."

„Ja, das ist eine interessante Deutung, aber doch auch viel Hokuspokus, oder nicht?"

„Das sagst du. Florentina hat diesen Hahn mit dem Riss von einer jungen Frau gekauft. Ich weiß nicht, woher sie sie kennt. Jedenfalls hat sie dafür eine große Summe bezahlt, viel mehr, als die Vase wirklich wert ist. Aber Florentina erzählte mir, sie hätte den Preis gern gezahlt. Denn ihr war klar, dass dieser Hahn etwas Besonderes war."

Schambatíst muss sich setzen. Gern würde er Luisa von Fanta erzählen. Von dem Hahn, von ihrer Schönheit und vor allem von den irritierenden Gefühlen seiner Leidenschaft für sie. Doch sie würde ihn niemals verstehen, auch wenn sie vielleicht sowieso schon alles weiß.

Luisa steht vor ihm. Die Sonnenstrahlen fallen von außen so zart in den Salon, dass sie Luisa in einer Eleganz ins Licht setzen, die er so noch nicht gesehen hat.

Sie hat ihren Kopf leicht gesenkt und schaut ihn sehr ernst, fast streng an. „Florentina hat mir gesagt, dass schon ihre Großmutter, die im Dritten Reich ermordet wurde, so eine Hahnkaraffe gehabt hat. Auf einem Schwarz-Weiß-Foto hat sie ihre Großmutter genau mit einer solchen Karaffe samt zerschmettertem Hahn-Kopf im Arm gesehen."

„Das wusste ich nicht", stammelt Schambatíst. Unbeholfen rutscht er auf dem Stuhl herum.

„Na ja, und auch deswegen hat sie diesem Hahn einen gewissen Zauber zugesprochen."

„Und dass er den Besitzer unsichtbar macht?"

„Vielleicht."

„Und vielleicht wusste das auch der Mörder?"

„Vielleicht", sagt Luisa, „von einem möglichen Täter fehlt bisher jede Spur."

Ξ

24
DAS MAUSOLEUM DES JAN WELLEM

„Mussten Sie denn Ihren Hund mitnehmen?“

„Aber Frau Ginsterfing, meinen Sie denn, ich kann immer alles stehen und liegen lassen, nur weil Sie einen durch die halbe Stadt scheuchen müssen? Der Hund muss schließlich versorgt werden.“

„Frau Nüsslein, natürlich nicht, aber der Hund muss doch nun wirklich nicht an dem Sarkophag sein Bein heben.“

„Er hat geschnüffelt. Sein Bein gehoben hat er nicht.“

„Hat er doch!“

„Ach, Sie können eben nicht vorn von hinten unterscheiden. Bei einem Lagotto Romagnolo ist doch das nun ganz einfach. Chamois, hierher.“

Eveline rümpft die Nase. „Bei diesen verplüschten Hunden erkennt man doch überhaupt nichts.“

„Verplüschter Hund? Das ist ein Lagotto Romagnolo, einer der besten Trüffelhunde weltweit.“

„Das mag ja sein, aber hier stört er.“

Der Hund beginnt zu bellen und wedelt mit dem Schwanz.

„Können Sie Ihren Bologneser Zausel jetzt bitte endlich zu sich nehmen? Der macht hier gleich noch sein Geschäft.“

„Bologneser Zausel? Das ist ein Lagotto Romagnolo. Und wenn Sie jetzt noch einmal irgendetwas gegen meinen Hund sagen, gehe ich.“

„Wie ist er überhaupt hier in die Kirche und in das Mausoleum hereingekommen? Hat Sie niemand kontrolliert?“

„Meine Damen, ich bitte Sie, können wir jetzt endlich anfangen?“ Anselm Bohlscheid steht mit verschränkten Armen hinter ihnen. Er schaut in das Gewölbe des Mausoleums von Sankt Andreas hinauf.

Von oben strömt das Sonnenlicht durch fünf verglaste Rundfenster herab und fällt schließlich auf den Marmorboden mit seinen sternförmig angelegten Platten. Mal leuchtet das Licht weiß, mal rosafarben durch die farbigen Fenster mit ihren kreuzförmig angelegten Sprossen. Nur aus einem fließt es blau herunter, genau über dem mit Ornamenten reich geschmückten Sarkophag des Jan Wellem am Kopf des Mausoleums. Seit 1716 thront er hier leblos, damals noch in einem vergoldeten, heute in einem Zinn-Sarg. In den vier hohen Nischen links und rechts von ihm liegen in schlichten Metallsärgen sechs weitere Mitglieder des herzoglichen Hauses Pfalz-Neuburg.

„Chamois, zurück jetzt!“, ruft Nüsslein.

Die drei stehen in der Mitte des ansonsten recht kargen Mausoleums. Um sie herum wirken die mannshohen, schwarzen, schlanken Standleuchter vor den Nischen wie wachhabende Offiziere.

„Jetzt nehmen Sie doch Ihren Hund von dem Sarkophag zurück! Haben Sie doch mal Respekt vor diesem Ort.“ Eveline ist sichtlich erbost. „Herr Bohlscheid, nehmen Sie doch bitte mal den Hund.“

„Das kommt überhaupt nicht infrage“, kreischt Nüsslein, „was erlauben Sie sich! Was kann ich dafür, wenn diese Zinnkiste dort auf ihn wie eine Truhe voller Reptilien wirkt?“

„Reptilien?“, zischt Eveline. „Sie können noch nicht mal ein Säugetier von einem Reptil unterscheiden?“

Der mit einem Reliefporträt der Kurfürsten geschmückte breite Sarg Jan Wellems steht auf sechs gewaltigen Löwenpranken. In jedem Maul der vier Löwenköpfe, die zusätzlich die Frontseite des Sarkophags zieren, hängt ein handgroßer

Messingring. Vom vielen ehrfurchtsvollen Berühren der Grabpilger leuchten sie wie flüssiges Gold.

„Wo bleibt er denn?", ruft Eveline ungeduldig. Neben dem kräftigen Bohlscheid und der sportlichen Nüsslein wirkt die zierliche Frau etwas verloren. Sie geht auf und ab, schaut immer wieder auf die Uhr, streicht sich mit der Hand über die Wange, läuft auf den Zinn-Sarg zu, bleibt andächtig stehen, geht nach rechts entlang der Rundung der Kapelle bis zur hinteren Nische, in der zwei Holzsärge übereinanderliegen, beide verpackt in Samt, der eine größer, der andere klein wie ein Kindersarg. Dort verharrt sie, greift sich grübelnd ans Kinn, bis sie wieder umkehrt und sich ihren Weg zwischen Nüsslein und Bohlscheid zurück zum Sarg Jan Wellems bahnt. So geht das drei, vier Mal, bis sie wieder zornig ruft: „Wo bleibt er denn?" Eveline schaut Nüsslein vorwurfsvoll an, als ob sie diejenige wäre, die zu spät sei.

„Wen meinen Sie? Jan Wellem? Gott?", fragt Nüsslein süffisant.

„Ich meine Ihren Kollegen", erwidert Eveline scharf.

„Das ist nicht mein Kollege."

„Natürlich ist er das."

„Nein, ist er nicht. Er hat doch vor allem mit Ihnen zu tun."

„Er hatte mal mit mir zu tun. Er hat sich mal um unsere Finanzen gekümmert. Nur, das ist noch lange kein Grund, dass ich mich auch nur in irgendeiner Weise für ihn verantwortlich fühlen muss."

„Ach, aber ich soll mich für ihn verantwortlich fühlen?"

„Natürlich, schließlich sind Sie es doch, die ihn erst auf die unsägliche Idee gebracht hat, das Gemälde zu kaufen."

Nüsslein fühlt sich ertappt. „Woher wollen Sie das wissen?"

„Natürlich von ihm selbst", erwidert Eveline.

„Ich denke, Sie haben keinen Kontakt mehr zu ihm?"

„Das habe ich so nicht gesagt."

„Doch, haben Sie", faucht Nüsslein zurück.

„Ich habe gesagt, dass ich mich nicht für ihn verantwortlich fühle."

Bohlscheid wird es zu bunt. „Meine Damen, bitte. Der Raum hallt viel zu stark. Können Sie bitte aufhören zu kreischen? Und kommen wir doch endlich zur Sache. Muss denn dieser von Preuß unbedingt dabei sein?"

Eveline mustert ihn von oben bis unten und bleibt bei seinen Pantoffeln hängen. Sie rümpft die Nase, blickt ihn streng an und sagt entschieden: „Er muss!"

Nüsslein versucht sie zu beruhigen. „Vielleicht findet er den Weg nicht. Es ist ja gar nicht so einfach, zwischen all den Gängen in dieser seitenschiffreichen Kirche und diesem verschachtelten Hochaltar dieses Mausoleum hier zu finden."

Eveline macht eine verächtliche Handbewegung. „Diese Finanzjongleure sind doch alles Schludriane. Wenn es darauf ankommt, dann taugen sie erst recht nichts mehr."

„Jetzt werden Sie nicht ungerecht", unterbricht Bohlscheid, „nur weil Sie Konkurrenz im Wettbieten um dieses Gemälde bekommen haben."

„Konkurrenz? Dieser langkarierte Affe?"

Hinter ihnen öffnet sich die große Gittertür zum Mausoleum. Ein Dominikanermönch lässt einen großen dünnen Mann in gelbem Hemd und dunkelblau gestreiftem Anzug mit extrabreitem Revers und rotem Einstecktuch herein.

„Ah, Pater Ignatius, danke, dass Sie unseren Gast bringen", sagt Eveline, auf einmal in einem überaus freundlichen Ton, und greift nach der Hand des Paters. „Vielen Dank! Seien Sie aber doch so gut und lassen Sie uns noch für einen kurzen Moment allein. Wir werden ganz sicher verschwunden sein, bevor die Messe beginnt." Sie lächelt ihn an.

Der Mönch nickt ihr zu, dreht sich um, raschelt mit dem Schlüsselbund und schließt die schwere Gittertür von außen.

„Wie haben Sie es eigentlich geschafft, Frau Ginsterfing, dass wir heute so allein in diesem ansonsten überfüllten Raum sein dürfen? Und das an einem Sonntag?", fragt Bohlscheid.

„Ich bin eine treue Kirchengängerin und kenne Pater Ignatius schon lange."

„Ah, verstehe", sagt Bohlscheid, „man kennt sich, man sieht sich, man speist zusammen und man spendet."

„Nennen Sie es, wie Sie wollen, mein Lieber. Darum geht es aber jetzt nicht. Kommen wir zum Grund unseres Treffens." Sie schaut die drei an und bleibt mit dem Blick bei Archibald von Preuß stehen. „Herr von Preuß, schön, dass sie es auch geschafft haben."

„Frau Ginsterfing zu Mayer-Träsch, es ist mir ein Vergnügen", sagt der Finanzinvestor, „aber in der Innenstadt ist heute eine ganze Horde von Fahrradfahrern ineinandergerast. Überall blutverschmierte Biker. Die Polizei musste alles absperren." Von Preuß will ihre Hand zum Kuss ergreifen. Doch so galant er sie zu pflücken versucht, so elegant entzieht sie sich ihm. Von Preuß kontert die Abfuhr und führt seine Hand in einer übertrieben großen runden Bewegung geradewegs zurück zu seiner Nase, um die nach vorn gerutschte Hornbrille zurechtzurücken. Dann streicht er sich das Menjou-Bärtchen glatt, richtet sich auf und verschränkt die Arme hinter dem Rücken.

„Ich bin froh, dass Sie alle meiner durchaus etwas spontanen Einladung an diesen freilich etwas sakralen und strengen Ort gefolgt sind", fährt Eveline fort. „Aber mir gefällt gerade auch der Kontrast, hier die Strenge und nebenan dieses großartige Kreuzrippengewölbe, mit Barock und Stuck und Schmuck und Heiligenfiguren übersät. Das ist Ihnen doch sicher aufgefallen, nicht wahr, Herr von Preuß?"

Der schweigt und grinst breit.

„Diese Kirche, Sankt Andreas, wurde in sieben Jahren Bauzeit von Herzog Wolfgang Wilhelm, also dem Großvater Jan Wellems, vollendet. Das ist fast 400 Jahre her. Eine ganze, riesige Kirche in nur sieben Jahren. Und was für eine! Heute braucht man sieben Jahre, um eine öffentliche Toilettenanlage zu errichten. Ja, Herr Bohlscheid, da lachen Sie, es ist aber wahr."

„Frau Ginsterfing, Sie wollten uns doch jetzt nicht einen Vortrag in Baukunst halten, oder?", wirft Nüsslein schnippisch ein.

„Aber nein, ich will Ihnen – um es in Ihrer Sprache zu sagen, Frau Nüsslein – ein paar wahre Trüffel präsentieren." Sie geht auf den Sarkophag zu, stützt sich kurz auf ihm ab, dreht sich um und faltet die Hände vor dem Bauch. „Hier liegt unser Jan Wellem", verkündet sie feierlich, fast pastoral. „Er war es, unter dem Sankt Andreas 1708 den offiziellen Titel ‚Hofkirche' erhielt. Nicht umsonst hängt hier vor unserer Grabkapelle am Eingang ein Einzelporträt von ihm. Haben Sie es gesehen? Unseren Jan Wellem mit Allongeperücke, im Hermelin und um den Hals den Orden vom Goldenen Vlies?" Eveline schaut in die Runde. „Na gut, das Ganze ist auch nur ein ordinärer Druck. Das Original von Jan Frans Douven aus dem Jahr 1716 hängt im Stadtmuseum. Sehen Sie – und schon bin ich im Thema. Wie Sie ja wissen, hat unser aller Freund Schambatíst auch ein Gemälde unseres Kurfürsten, ein Doppelporträt mit dessen Ehefrau Anna Medici. Das Original ist auch ein Douven, aus dem Jahr 1708."

Die Anwesenden nicken. Von Preuß nimmt die Brille ab, um sie zu reinigen.

„Und Sie wissen sicher auch alle, dass dieses Bild mittlerweile für verschiedene Personen von Interesse ist – obwohl es ja ebenfalls nur eine Kopie ist."

„Sie wissen so gut wie wir, dass dieses Bild keine Kopie ist“, unterbricht sie Nüsslein.

„Woher soll ich das wissen? Unser Freund Dänzer-Valotti ist ja so stur. Er lässt es ja nicht prüfen und rückt es auch nicht heraus. Ich sage Ihnen ganz ehrlich: Ich weiß es nicht.“

„Ach, Frau Ginsterfing, hören Sie doch auf, das frohe Lamm zu spielen“, ereifert sich von Preuß. „Oder meinen Sie, das gehört sich in einer Kirche so?“

„Mäßigen Sie sich“, sagt Eveline.

„Hören Sie doch auf, uns zu behandeln wie Ihre Schüler“, fährt Nüsslein dazwischen. „Sie sagen nicht die Wahrheit und wollen dennoch unsere Hilfe. Wer glauben Sie eigentlich, wer Sie sind?“

„Ich will Sie nur vor einem großen Fehler bewahren“, ruft Eveline.

„Fehler? Sie führen etwas im Schilde und wollen uns reinlegen“, sagt von Preuß.

„Das ist eine Unverschämtheit! Gerade Sie Finanzhai müssen vom Reinlegen sprechen.“

„Verehrteste, bleiben Sie sachlich und schreien Sie vor allem nicht so!“ Von Preuß hält sich demonstrativ die Ohren zu. „Hier hallt es so stark, man versteht ja kaum sein eigenes Wort.“

„Wie gut, dass es hallt, dann können wir uns wenigstens auf das Wesentliche konzentrieren und müssen uns nicht Ihr Geschwätz anhören.“ Eveline setzt einen triumphalen Blick auf.

„Jetzt beruhigen Sie sich bitte alle“, mahnt Bohlscheid.

„Reden Sie doch jetzt nicht auch noch dazwischen“, faucht Nüsslein, „oder sind Sie hier heute als Schiedsrichter engagiert?“

„Jetzt fangen Sie auch noch an!“ Bohlscheid seufzt. Gleichzeitig versucht er, den Hund von seinem Bein abzuschütteln.

„Chamois! Zurück!“, ruft Nüsslein.

„Ich und Geschwätz?“, brüllt von Preuß.

„Konzentrieren Sie sich doch einfach mal auf Ihre Gedanken.“ Eveline hat die Arme in die Hüften gestemmt. „Sie reden ohnehin viel mehr, als Sie überhaupt in der Lage sind, Gedanken zu haben.“

„Wenn Sie weiter so unverschämt sind, dann werde ich jetzt diese Gruft hier verlassen!“

Am Gittertor raschelt ein Schlüsselbund, Bruder Ignatius steht am Eingang. Er schaut die Anwesenden missbilligend an, während der verzerrte Klang des letzten Gebrülls noch die Kuppel emporschleicht und verklingt.

Stille.

Dann nickt er und geht wieder.

Eveline geht rechts von Jan Wellem auf den Sarg seines Großvaters, des Kirchenerbauers, zu, dreht sich langsam um, lehnt sich vorsichtig zurück, bis sie Halt gefunden hat, und sagt: „Entschuldigen Sie meine Unruhe. Ich brauche tatsächlich Ihre Hilfe. Ich habe Sie hierhergebeten, um die Ernsthaftigkeit meiner Bitte zu unterstreichen. Es gibt wohl kaum einen Ort in der Stadt, in der Jan Wellem so präsent ist wie hier. Ich weiß nicht, ob Schambatísts Bild ein Original ist. Das müssten mal die Experten feststellen. Aber unser guter Schambes stellt sich wie gesagt stur und lässt niemanden an das Bild heran. Ich respektiere das. Mir geht es nämlich in erster Linie gar nicht um das Gemälde. Ich habe noch einen anderen, für mich weit wichtigeren Grund, dieses Bild zu retten. Deswegen habe ich Sie aber nicht zusammengeholt. Wir haben alle unsere Motive. Doch eins dürfte für uns alle ganz sicher sein. Das Bild darf nicht zurück in die Hand der Wittelsbacher! Die haben sowieso schon den größten Teil unserer Sammlung. Ich bitte Sie heute also hier, an diesem ehrwürdigen Ort, dass wir uns zusammenschließen gegen jede Bestrebung, die zur Folge hätte, dass dieses Bild die Stadt verlässt."

Es ist auf einmal ganz still im Raum, nur das Atmen des Hundes, der sich mittlerweile zu Frau Nüssleins Füßen gelegt hat, ist zu hören.

„Was ist denn Ihr Motiv, wenn es Ihnen gar nicht um den Wert des Bildes geht?", fragt von Preuß. Wieder schiebt er sich die Brille hoch auf die Nase.

„Ich hatte tatsächlich angenommen, dass dieses Bild ein Original ist und eine wunderbare Wertanlage sein könnte", sagt Nüsslein, „aber jetzt frage ich mich eher, wer dieses Gerücht in die Welt gesetzt hat. Ist es also doch nur eine Kopie?"

„Das wissen wir nicht", unterbricht Bohlscheid, „wir werden es wohl bei Gelegenheit prüfen lassen. Aber zuerst müssen wir sicher sein, dass kein anderer Interesse an dem Bild hat. Soweit ich erfahren habe, schrecken diese Leute vor nichts zurück."

„Was meinen Sie damit", fragt Nüsslein erschrocken, „welche Leute?"

„Dinge verschwinden, Kunst verschwindet, Menschen verschwinden – und das alles spurlos", orakelt Bohlscheid.

„Diese Vorgehensweisen sind mir bekannt", bestätigt von Preuß, „aber dennoch interessiert mich, was Ihr Motiv ist, Frau Ginsterfing."

Eveline ist es spürbar unangenehm, über etwas zu sprechen, das sie sich selbst noch gar nicht genau beantwortet hat. „Ich kann Ihnen nur Andeutungen machen. Und ich tue das im Vertrauen darauf, dass Sie bereit sind, mir zu helfen."

Von Preuß mustert sie scharf von oben bis unten. „Kommt darauf an, was das für eine Hilfe sein soll."

„Gut", sagt Eveline, „ich kann Ihnen Folgendes sagen: Sehen Sie sich um, dort in der letzten Nische stehen zwei Särge aus Holz, mit Samt beschlagen. Ihre Metallhüllen wurden in den stürmischen Kriegszeiten des 18. Jahrhunderts gestohlen. Seitdem stehen sie fast nackt da. In dem größeren Sarg liegt angeblich Prinzessin Leopoldine von Pfalz-Neuburg. Sie soll schon mit 13 Jahren gestorben sein. Darunter sehen Sie einen viel kleineren Sarg. Schauen Sie mal auf den Boden davor. Was steht da?"

„*Eine polnische Prinzessin, Name unbekannt*", liest Nüsslein vor.

„Genau", sagt Eveline, „also eine adlige Person. Es heißt, es soll sich um einen Säugling handeln, dessen Name nicht bekannt wurde. Aber wer weiß, ob das stimmt? Ich habe von vielen anderen Prinzessinnen gelesen, die bei Jan Wellem ein und aus gingen. Auch aus Polen. Jetzt haben wir da dieses Grab einer Unbekannten. Eines unbekannten Kindes. Natürlich fragt da niemand, wer das sein könnte. Wenn Kinder sterben, ist es schon traurig genug und die Pietät hat Vorrang. Aber ist es wirklich der Sarg einer kleinen polnischen Prinzessin? Vielleicht war es ja eine ganz andere Person, deren Namen niemand wissen durfte, die aber trotzdem das Recht erhalten sollte, in der Fürstengruft zu liegen? Denn hier war diese Person den Kurpfälzern und vor allem auch Jan Wellem viel näher. Es könnte also durchaus jemand anderes sein, der da liegt, versteckt in einem Kindergrab."

Die Anwesenden schauen schweigend auf den kleinen Sarg. Evelines Vermutung, dass es sich hier um ein Versteck einer wichtigen Person handeln könnte, ist nicht ganz von der Hand zu weisen. Doch wer hätte Interesse, in dieser Grabkammer zu liegen?

„Und wenn es eine andere Person war – wie passt derjenige oder diejenige in einen Kindersarg?", fragt von Preuß.

Sie stehen nun alle vor den beiden Särgen, deren Samt rötlich schimmert. Chamois schnüffelt an der im Boden davor eingelegten Erinnerungstafel.

„Asche passt überall hinein“, antwortet Eveline vielsagend.

„Damals war es aber nicht üblich, die Mitglieder der fürstlichen Familie einzuäschern“, gibt Bohlscheid zu bedenken.

„Sicher, aber wenn es doch gar kein Mitglied der Familie ist, das da liegt, sondern irgendjemand anderes? Jemand, den niemand mehr identifizieren sollte, aber den man dennoch würdigen wollte – und deswegen ausnahmsweise verbrannt hat?“

„Aber wer soll das denn sein?“, fragt Nüsslein.

„Sie wollen also, dass wir Ihnen helfen, Klarheit in Ihre Ahnenforschung zu bringen?“ Von Preuß kann es nicht glauben.

„Na ja, so würde ich es nun nicht gerade ausdrücken. Mehr kann ich leider noch nicht sagen, weil ich dazu auch noch keine Beweise habe. Aber ich bin dran. Und ein Beweis ist eben dieses Gemälde von unserem Freund Dänzer-Valotti.“

„Warum ist das für Sie denn so wichtig?“, fragt Nüsslein.

„Es hätte für uns alle eine große historische Bedeutung.“ Eveline wirkt staatstragend.

„Und was erwarten Sie von uns?“

„Sie sollen es nicht kaufen.“

„Natürlich“, erwidert von Preuß, „und dann stellt sich heraus, dass es doch ein Original ist. Sie haben uns mittlerweile mit dieser rührenden Geschichte vom geheimnisvollen Toten weichgespült, sodass wir wie gelähmt am Boden liegen, und Sie können Ihrem guten Freund in aller Ruhe das Bild abkaufen.“

„Er wird es niemals verkaufen.“

„Ach, Frau Ginsterfing, das kommt wahrscheinlich nur drauf an, wie viel Sie ihm bieten“, meint Bohlscheid.

„Wenn es ein Originalbild sein sollte, bekommen Sie von

mir alle den Preis, den es dann kosten würde. Jeder Einzelne von ihnen", erklärt Eveline, „wir können das schriftlich festhalten."

Ein lautes Pfeifen geht durch das Mausoleum. Bohlscheid streicht sich seine langen Haare nach hinten, Nüsslein schaut Eveline entgeistert an und von Preuß lacht: „Meine Güte, was ist das für ein Deal? Gibt's denn das? Sie müssen ja richtig in Ihren Jan Wellem verknallt sein, ha!"

Eveline wendet sich ab, damit keiner sieht, wie sie errötet.

„Also gnädige Frau", schallt es aus von Preuß heraus, als ob er frisches Obst auf dem Markt feilbietet, „wie können wir Ihnen dann da behilflich sein?" Breitbeinig und mit breitem Lächeln steht er da.

Eveline wartet ab, bis sich der Raum vom Schall der Finanzberaterstimme erholt hat. Dann stellt sie sich vor den Sarkophag von Jan Wellem und sagt: „Ich möchte, dass Sie diesen Galeristen ausschalten."

„Wie bitte?", fragt Bohlscheid.

„*Was* wollen Sie?", ruft von Preuß.

„Chamois, hierher. Pfui, Chamois, lass das." Nüsslein zieht den Hund zurück, der sich gerade mit seinen Vorderpfoten an Evelines Bein aufgestellt hat, um dem Fortpflanzungstrieb freien Lauf zu lassen.

„Sie sollen ihn ausschalten – egal wie."

„Egal wie", murmelt von Preuß.

„Frau Ginsterfing, jetzt übertreiben Sie aber. Das hatten wir so doch gar nicht besprochen."

„Ich weiß, Herr Bohlscheid, aber manchmal gibt es Gelegenheiten, die man so nicht geplant hat und die dann einfach da sind. Und jetzt ist mir klar: Wir müssen diesen Mann ausschalten!"

„Also liebe Frau Ginsterfing", lacht von Preuß, „eben waren

Sie mir ja schon fast sympathisch, weil Sie so biestig sein können. Aber jetzt rutschen Sie ab. Und zwar gewaltig."

„Tun Sie doch nicht so, also ob das in Ihrem Gewerbe ein Fremdwort wäre."

„Das Einzige, was wir ausschalten, sind Computer", meint von Preuß.

„Frau Ginsterfing, Sie wollen tatsächlich hier in dieser Kirche, in der es von Engeln, Propheten, Evangelisten und heiligen Monarchen nur so wimmelt, in der an jedem Pfeiler ein Apostel das Heilige vom Himmel predigt, uns bitten, kriminell zu werden?"

„Nein, Frau Nüsslein, das will ich nicht. Ich will Sie dazu ermuntern und bitte Sie darum, das Richtige zu tun. Das ist ein großer Unterschied."

„Ah, der Zweck heiligt mal wieder die Mittel", ruft von Preuß.

„Wenn Sie so wollen", erwidert Eveline kühl.

„Aber warum müssen wir denn dann gleich jemanden ausschalten?", fragt von Preuß.

„Der Mann wird keine Ruhe geben."

„Wir könnten doch das Gemälde von Herrn Dänzer-Valotti austauschen lassen", schlägt Bohlscheid vor, „dann stiehlt der Galerist eine Kopie und alles wird gut."

„Der Mann ist schlau und wird nicht aufgeben. Und jetzt mal ehrlich", Eveline bricht mitten im Satz ab, um Luft zu holen. „Was ist schon dabei, zu sterben?"

„Also, Frau Ginsterfing, wir sprechen gerade von Mord und nicht vom Sterben. Das ist ja wohl nicht nur eine Frage der Strafbarkeit, sondern auch der Würde."

„Ach, Herr Bohlscheid, was wissen wir denn heute von Würde. Wissen Sie, was früher Würde war? Marie Antoinette, die Tochter Maria Theresias und Gattin Ludwigs XVI. – die hatte Würde. Als sie bei ihrer Hinrichtung dem Henker auf die Füße getreten war, wissen Sie, was sie da gesagt hat?"

„Nein. Aber Sie werden es mir jetzt bestimmt sagen", leiert Bohlscheid etwas genervt.

„Sie sagte: ‚Pardon, es geschah nicht mit Absicht.'"

„Sehr würdevoll", sagt Bohlscheid.

„Bravo", ruft von Preuß, während Nüsslein ganz langsam in die Hände klatscht.

„Nicht wahr?" Eveline strahlt. „Oder nehmen Sie den Marquis de Favras. Als er sein Todesurteil las, war das Einzige, was er zum Gerichtsschreiber sagte: ‚Monsieur, Sie haben drei orthografische Fehler gemacht.' Das nenne ich Haltung!"

Die drei anderen räuspern sich kurz und lassen Eveline in ihrer Begeisterung ein wenig auslaufen.

„Und jetzt soll der Galerist mit Haltung sterben?", fragt Nüsslein.

„Das kommt ganz darauf an, was wir mit ihm machen."

„Also, ich weiß nicht", sagt Nüsslein. „Beim Stehlen wäre ich vielleicht noch dabei gewesen ..."

„Ach was, Stehlen." Eveline sieht sie verächtlich an. „Was ist das schon? Das ist was für Primitive. Haben Sie die beiden eingeschlagenen Vitrinen vor dem Eingang des Mausoleums gesehen? Im Chorraum vor der Grabkapelle haben unbekannte Täter zwei Glasvitrinen zerschlagen und vier silberne Monstranzen mit Reliquien von Jesuiten-Heiligen aus dem 18. Jahrhundert mitgenommen. Und was machen die Tölpel? Gehen zu einem Geschäft in der Nähe des Hauptbahnhofs und bieten die Ware zum Kauf an. Was für Amateure! Der Inhaber des Geschäfts arbeitet seit Jahren mit der Sachfahndung der Polizei zusammen. Der hat die Ware natürlich sofort beschlagnahmt."

„Lohnt sich denn der Diebstahl von solchen Monstranzen?"

„Herr von Preuß, das ist wieder typisch. Sie fragen natürlich nur, ob sich was lohnt. Natürlich lohnt sich das nicht. Das sind ein paar Silberteile, nichts von großem Wert. Aber darum geht es auch nicht. Es ist der ideelle Wert. Von so etwas habt ihr Zahlenleute einfach keine Ahnung. Nehmen Sie nur mal die Monstranzen: Die Reliquien der Heiligen, die dort aufbewahrt werden, sind vielen Menschen sehr wichtig. Der ideelle Wert ist gar nicht hoch genug einzuschätzen. Und er übersteigt den materiellen um ein Vielfaches."

Katharina Nüsslein ist das Gezerre ihres Hundes leid. Sie hat Chamois wieder von der Leine gelassen. Er rennt sofort zu den Löwentatzen des kurfürstlichen Sarges und schnüffelt. Von Preuß schüttelt den Kopf. Bohlscheid schaut wieder hinauf in die Kuppel zum Licht.

Eveline starrt einen nach dem anderen an. „Was ist denn jetzt? Helfen Sie mir oder helfen Sie mir nicht?"

Sie erhält keine Antwort. Bohlscheid verabschiedet sich mit einer kurzen Handbewegung. Von Preuß macht nur eine Verbeugung, hakt sich bei Katharina Nüsslein ein, und sie gehen wortlos hinaus.

Eveline schaut ihnen hinterher. Dann hört sie einen Pfiff.

Chamois schießt an ihr vorbei und läuft durch das Gittertor hinaus.

Eveline schüttelt den Kopf. Dann dreht sie sich zu Jan Wellems Sarkophag um, geht darauf zu, stützt sich mit beiden Händen auf ihm ab und senkt den Kopf, in der Hoffnung, noch einen letzten Rat von ihm zu erhalten. Dabei fällt ihr Blick auf den Boden, zu den Löwentatzen. Sie stehen nun in einer großen Pfütze.

25
IN DER ORANGERIE

„Ist es nicht wunderschön?"

Fanta liegt neben Schambatíst flach auf dem Boden, einem harten, kalten, grauweißen Stein. „Ja, Fanta, das ist es."

Über ihnen sitzt Venus in ihrem hölzernen Wagen, die Scham mit einem blauen Tuch, die nackten Brüste von ihrem rechten Arm bedeckt. Zwei junge Frauen mit Kopfschmuck und hellen Gewändern pflegen und flechten ihr Haar, eine dritte hält einen kleinen Blumenkranz in der rechten Hand, um ihn Venus aufzusetzen.

„Man sieht das Deckenfresko viel besser im Liegen, findest du nicht, Schambes?"

„Ja, das war eine gute Idee von dir."

Fanta hat sich in ihrem ärmellosen Kleid so nah an ihn herangelegt, dass er ihre Körperwärme spürt.

„Hoffentlich kommt jetzt keiner rein. Man würde ja meinen, wir wären tot. Man hätte uns erschossen und dann hier liegen lassen." Schambatíst zeigt auf das Deckengemälde. „So ähnlich wie den armen Adonis dort oben."

„Nein. Die Orangerie ist zu dieser Uhrzeit nie gut besucht. Ich war schon oft hier. Entspann dich. Bleib liegen."

Von außen fällt helles Tageslicht durch die hohen Fenster, die vom Boden bis fast an die Decke reichen. Dunkelgrüne, zusammengebundene Vorhänge hängen links und rechts neben den Fenstern des fast viereckigen großen Raums. Es ist der Artemissaal der Orangerie von Schloss Benrath. Die großen Marmorkamine an den Querseiten und der üppige Stuck, die Putten und Satyrputten an den Längsseiten, flankiert von Löwen, die Adler in den Ecken, die nur warten, gerufen zu werden, und schließlich das große Plafond-Gemälde, achteckig gerahmt mit vergoldetem Zierstab und laufenden Blattgirlanden – all das vermittelt einen Eindruck davon, in welchem Prunk sich der rheinische Hofadel des 17. Jahrhunderts während der Jagdzeit hier verlustierte.

„Schambes, du hast recht, jetzt sehe ich es auch. Adonis schläft gar nicht. Er ist tot. Aber warum?"

„Venus' eifersüchtiger Ehemann, der gute Mars, war ziemlich eifersüchtig auf Adonis. Also hat er sich in einen Eber verwandelt und ihn bei der Jagd getötet."

„Das ist ja schrecklich." Fanta hält inne. Dann ergreift sie Schambes' Hand, ohne sich weiter zu rühren. Sie blicken beide fast starr auf das Bild. „Würdest du aus Eifersucht jemanden töten?"

„Kommt drauf an", sagt Schambatíst.

„Auf was?"

„Ob ich Alkohol getrunken habe oder nicht."

Fanta richtet sich auf. „Also nicht, stimmt's?"

„Nein. Ich glaube nicht. Aber vielleicht würde mich ja jemand aus Eifersucht töten."

„Deine Frau?"

„Möglich. Aber wohl eher nicht. Ich bin ihr zurzeit nicht wichtig genug. Vielleicht aber jemand, der auf etwas eifersüchtig ist, das ich besitze und er nicht."

„Was kann das sein?"

Schambatíst legt sich auf die Seite und dreht sich ihr zu, stützt seinen Kopf mit dem Arm ab. „Ach, zurzeit gibt es da so allerlei Theorien. Aber ich weiß nicht, was ich davon halten soll."

„Was meinst du?"

„Du weißt doch – die Sache mit meinem Gemälde. Ich wurde schon gewarnt. Angeblich seien nämlich manche Interessenten so erpicht darauf, dieses Bild zu besitzen, dass sie selbst vor Gewalt nicht zurückschrecken würden."

„Aber wer kann das sein?"

„Ich weiß nicht."

Sie schaut ihn lange an, in der Hoffnung, weitere Einzelheiten zu erfahren. Doch sie ahnt, dass er nicht bereit ist, ihr mehr zu erzählen. Sie drückt noch fester seine Hand und legt sich wieder flach auf den Rücken. Schambes streckt sich ebenfalls wieder aus. Er spürt wieder ihre Wärme, ihre weiche Haut. Ihm ist, als ob er trotz des harten Bodens in einem Federbett liegen würde. „Die arme Venus! Schau mal, Schambes, da trauert sie über den toten Adonis, und links über ihr schwebt Amor und schießt seinen Liebespfeil ab. Oje, den Verlust wird sie wohl nicht überwinden."

„Schwer zu sagen. Götter halten so einiges aus."

„Nicht, wenn es um Liebe geht", ruft Fanta energisch.

„Doch, selbst dann. Sieh dir mal diesen kleinen frechen Amor an. Der schießt doch nur Pfeile", Schambatíst formt die Hände, als ob er einen Bogen spannt, „und wen er trifft, der ist vom Gift der Liebe infiziert. Bäm!" Er lässt seinen imaginären Pfeil los. „Es kommt nur auf die Dosierung an. Die ist sehr unterschiedlich. Und so glauben manche, sie würden die große Liebe fühlen, dabei sind sie nur verliebt. Sie glauben, endlich wirklich zu lieben, stellen aber nach einiger Zeit fest, dass sie nur verliebt waren. Und so geht das immer weiter. Ich sage dir, ob Götter oder Menschen: Die meisten von uns sind nur Verliebte. Aber wirklich Liebende – die triffst du selten."

„Du meinst, wir folgen meistens nur unseren kurzlebigen Gelüsten und Sehnsüchten und wissen gar nicht, was Liebe ist?"

„Na ja, so fast. Jeder muss das für sich selbst beantworten."

„Was ist denn dann Liebe?", fragt Fanta.

Beide schauen wieder an die Decke und wagen nicht, den anderen anzusehen.

Schambatíst stülpt seine Lippen und faltet die Hände über dem Schoß zusammen.

Fanta streckt die Arme nach hinten und verschränkt sie hinter dem Kopf.

Er blickt aus den Augenwinkeln nur kurz zu ihr herüber und schnell wieder an die Decke. Die Geschichte der Welt ist voll von Gedichten, Romanen und Theaterstücken über die Liebe, denkt er, über ihre Wandlungen und Veränderungen, über ihre Verletzlichkeit und Brutalität, über ihre verschlungenen Wege und darüber, was sie mit uns macht, und auch darüber, was sie macht, wenn wir nichts aus ihr machen.

„Es gibt für mich keine Definition von Liebe", sagt Schambatíst schließlich. „Oder zumindest wäre sie nie wirklich exakt. Genauso wenig, wie es eine Definition von Glauben geben kann. Das ist alles höchst persönlich. Oder es wird uns vorgeschrieben, wie du ja hier siehst, von den Göttern mit ihrer Eifersucht, mit ihren Pfeilen und Verwünschungen."

Vom Garten her sind Stimmen zu hören. Eine Frau drückt ihre Nase an die Scheibe, um hereinzuschauen. Dabei fällt ihr die Mütze vom Kopf, sodass sie sofort wieder zurückweicht, um die Kopfbedeckung zu retten. Schließlich verstummen die Stimmen hinter den geschlossenen Fenstern wieder.

„Aber wenn du meine amateurhafte Beschreibung hören möchtest?", setzt Schambatíst wieder an. „Sie ist nicht spektakulär. Liebe hat für mich vor allem mit Leben zu tun. Jemand, der liebt, ist in der Lage, den anderen mit Leben zu füllen. Ich meine damit nicht, sich für den andern aufzugeben. Nein, im Gegenteil. Das wäre fatal. Er oder sie wird aber in der Lage sein, den anderen lebendig zu halten und ihm das Gefühl zu vermitteln, wirklich zu leben. Und sobald diese Liebe nicht mehr da ist, wirst du sehen, wie der andere erstarrt und leblos wird."

„Wer liebt, lebt?"

„Ja, für sich und für den anderen."

„Und wer verliebt ist, lebt vor allem erst mal für sich selbst?"

„Ja, so in etwa."

Fanta setzt sich auf. „Aber, Schambes, entschuldige, das ist mir viel zu streng. Liebe ist nicht irgendeine Tablette, die man schluckt, um sich gut zu fühlen. Oder irgendein Saisongemüse, das man nach Bedarf zu sich nimmt. Liebe ist viel mehr. Und sehr viel vielschichtiger. Und ich meine das nicht wie die Religionen, die uns erklären wollen, dass die Liebe eine höhere Qualität des Lebens darstellt, ein Ideal, das wir alle erreichen können, wenn wir nur genug erduldet und gelitten haben. Dann wären wir Russen sicher alle großartige Liebhaber. Liebe kann man sich nicht verdienen. Liebe ist auch nichts Göttliches. Liebe ist etwas rein Menschliches. Und deswegen sind mir die Götter der Antike in Sachen Liebe schon sehr viel näher als unsere heutigen Religionen. Sie zeigen in ihren Handlungen, was das Leben und die Liebe vor allem ausmachen: nämlich Beziehungsmist, falsche Eitelkeiten und fatale Missverständnisse mit unvorhersehbaren Folgen. Angesichts solcher absolut normaler menschlicher Wirrungen von der Schönheit ewig gültiger Liebe zu sprechen, ist entweder total weltfremd, kitschig oder moralisch."

Schambatíst ist baff. Eine solche Antwort hätte er nicht erwartet. Er fühlt sich dumm, belehrt und auf einen Schlag um Jahre gealtert. Seine Kehle wird trocken, in ihm steigt das Bild eines altbackenen Dauersingles mit herunterhängenden Mundwinkeln auf, der sich angesichts der Freude seiner Mitmenschen an Knäckebrot verschluckt hat. „So meinte ich das nicht", sagt er knapp.

Fanta legt sich zu ihm auf die Seite und schnippt mit ihren Fingern gegen seine Hemdknöpfe. „Wie meintest du es denn dann?“ Sie lächelt.

Er schaut sie flehentlich an, ihm dieses Gespräch endlich zu ersparen. Er ahnt und ist sich sicher, dass diese Diskussion nur noch in einem großen Dilemma enden kann. „Was ist denn für dich Liebe?“, fragt er plötzlich.

Fanta schaut ihn ernst an. „Ich dachte, ich wusste es mal. Aber ich weiß es nicht mehr. Ich habe es dir bisher nicht erzählt. Aber ich war schon einmal verheiratet. Wir waren sehr jung, ich zwanzig Jahre, er einundzwanzig. Ein richtiger Russe. Wir haben uns sehr geliebt. Das Leben schien unendlich, und wir dachten an nichts weiter als an unsere Liebe. Doch die Zeit lief uns davon. Zwei Jahre, nachdem wir geheiratet hatten, bekam er Krebs. Wir wussten von Anfang an, dass es hoffnungslos war. Er lebte dann zwar noch länger, als die Ärzte prognostiziert hatten, doch anderthalb Jahre später war er tot.“

Schambatíst richtet sich auf. Er zieht sie langsam zu sich heran und drückt sie an sich. „Es tut mir leid.“

„Du konntest es ja nicht wissen.“

„Wie bist du über seinen Verlust hinweggekommen?“

Sie beugt sich zurück. „Er hat gesagt, dass ich auf keinen Fall zu lange unglücklich bleiben darf. Im Gegenteil. Ich solle unbedingt leben. Und wenn ich das nicht könnte, solle ich wenigstens versuchen, für ihn zu leben. Er hat das Leben nämlich genossen. Alles, was er nun verpassen würde, sollte ich nun für ihn leben, sagte er mir. Alles. Intensiv und in vollen Zügen. Das zu wissen, wäre für ihn nicht nur ein Trost, sondern eine echte Freude.“

Erst jetzt fällt Schambatíst der Ring auf, den sie an der rechten Hand trägt.

Fanta folgt seinem Blick und versteht. „Ich hatte mit meinem Mann alles besprochen. Auch was danach geschieht. Er hat gesagt, dass ich unbedingt wieder eine Beziehung haben müsste. Das sei so normal wie die wiederkehrende Sonne."

Schambatíst greift nach ihrer Hand. „Dein Mann scheint mir trotz seiner jungen Jahre sehr klug gewesen zu sein", sagt er.

„Nicht klüger als andere. Aber unsere Liebe war stark, und er wusste, dass er mich gehen lassen musste, damit ich weiterleben konnte. Der Tod oder die Ahnung vom Tod lässt die wesentlichen Gedanken viel besser zu. Wir erwachen ja oft erst, wenn wir sterben. Das Wissen um den Tod ist die Gewähr für ein gutes Leben."

Schambatíst streichelt ihre Wange. „Eine mutige Haltung." Es beeindruckt ihn, dass eine so junge Person bereits so viel Selbstgewissheit besitzen kann.

„Vielleicht", erwidert Fanta, „aber wir hatten damals beide schreckliche Angst."

„Und heute?"

„Ich fühle mich auf eine gewisse Weise freier."

„Und die Liebe?"

Fanta schaut ihn von der Seite an. „Sie hört nicht auf." Dann blickt sie nach oben. Vier kleine Engel versuchen, den toten Adonis in ein Tuch zu wickeln. Sie erblickt den Bogen, den Adonis in seiner linken Hand hält. „Bist du eigentlich sicher, dass das Venus ist? Wir sind doch hier im Artemissaal. Dann ist das doch sicher die Göttin der Jagd und nicht die der Liebe?"

„Nein", antwortet Schambatíst und hält Fanta noch immer fest, „das ist ganz sicher Venus. Es war damals nicht üblich, die Jagdgöttin in einer derart lasziven Pose darzustellen. Artemis wird doch sogar Keuschheit nachgesagt."

„Aber warum heißt es dann Artemissaal? Das ist sicher ein Missverständnis, Schambes, oder?" Sie grinst ihn an.

„Schau dich doch um", erwidert er, „da sind überall Jagdmotive. Hinten in dem Deckenfresko siehst du Artemis mit dem Hirten Endymion, dort mit dem Jäger Aktaion."

„Der hat ja Hörner auf dem Kopf."

„Nein, ein Geweih. Die Göttin steigt, nur mit einem Tuch bekleidet, aus einem See. Und als sie Aktaion sieht, ist sie so zornig, dass sie ihn in einen Hirsch verwandelt."

„Was für eine dumme Aktion."

„Und als Hirsch wird er dann von seinen Hunden gejagt, gerissen und getötet."

„Das sind ja furchtbare Strafen."

„Ja, wie du schon sagtest – Götter sind so grausam wie Menschen. Aber soweit ich die Geschichte kenne, waren nicht alle Götter von der Härte dieser Strafe begeistert."

„Wollen wir noch andere Räume der Orangerie anschauen?"

„Ja, im Nebenraum gibt es noch ein paar andere Beziehungsdramen. Orpheus und Eurydike zum Beispiel. Oder Amor und Psyche hier nebenan. Durch den Raum müssen wir sowieso gehen, wenn wir die Orangerie verlassen."

„Ach nein, lieber doch nicht, lass uns aufbrechen." Fanta hakt sich bei Schambatíst ein.

Sie gehen an Amor und Psyche vorbei.

„Das Schloss sollten wir das nächste Mal unbedingt richtig besichtigen", sagt Fanta, „obwohl – ich selbst hätte nicht so gern in der damaligen Zeit leben wollen – mit all diesen Roben, mit der rein parfümierten Hygiene."

„Was hast du gegen Parfums?"

„Sich dauernd Luft zufächern zu müssen! Und diese engen Korsetts erst!"

„Das hat doch was Reizvolles." Schambatíst bleibt stehen.

„*Du* hättest das ja nicht tragen müssen. Außerdem waren

diese Hofadligen doch bestimmt alle ziemlich oberflächlich und ganz schöne Snobs. Menschen, die von allem zu viel hatten und niemals zufrieden waren."

„Ist das heute denn so anders?"

Sie rollt mit den Augen und versucht, ihn nach draußen zu ziehen.

„Ich würde sogar sagen, dass es heute schlimmer ist", erwidert er. „Früher haben die Menschen ihre Zeit bewusst genossen, und zwar – anders als heute – bei vollem Verstand."

Sie hat nun beide Hände in seinen Rücken gestemmt und schiebt ihn durch den Ausgang. „Ist dir eigentlich klar, Schambes, dass Jan Wellem genau diese Orangerie so wie wir gesehen hat? Und natürlich war er hier auch mit seiner Anna. So wie wir!"

„Nun", Schambatíst räuspert sich und wird verlegen, weil er Fanta eigentlich nicht korrigieren möchte, „er hat in dem ehemaligen Prinzenbau, also in der heutigen Orangerie, zumindest die Deckengemälde in Auftrag gegeben. Davon sind heute glücklicherweise noch einige erhalten."

Draußen fallen warme Sonnenstrahlen auf ihre Haut. Sie gehen eingehakt an der südlichen Flanke der ockergelben Orangerie entlang, biegen an den alten Torhäusern aus dem 17. Jahrhundert links ab, gehen an den großen Buchsbäumen vorbei in den Barockgarten. Der Kies knirscht unter ihren Füßen, als sie durch die Anlage mit ihren symmetrisch angelegten Beeten und unzähligen Blütenpflanzen spazieren.

„Ein Ort der schönen Gärten", sagt Fanta. „Anna liebte diesen Park." Sie zupft Schambatíst am Ärmel, er wirkt verträumt.

Als sie schließlich an der mit Skulpturen gesäumten Schlossterrasse ankommen, springt Fanta wie ein kleines Kind ein paar Schritte vor und ruft: „Was für ein schönes Lustschloss, nicht wahr?"

Vor ihnen hebt sich die zartrosa Südseite des Hauptgebäudes kontrastreich zum blauen Himmel empor. Hoch oben auf dem Dach blickt und wacht die mächtige Sandsteinfigur eines Zehnenders über den langen Spiegelweiher, der fast den gesamten Park in seiner Südachse durchschneidet.

„Du hast recht, Schambes, vielleicht waren diese Leute doch lebensfroher als wir heute mit all unseren Möglichkeiten. Stell dir vor, hier ein Sommerfest mit feinen Damen und Herren, mit Kavalieren, Mätressen, Dekolletés und Perücken – das reinste Vergnügen, oder?"

„Also doch keine Snobs?"

„Ach was, Barock rockt!"

Schambatíst lächelt. „Ja, das Leben war für diese Leute durchaus ein Fest."

„Unser Leben ist doch auch ein Fest, Schambes. Komm!"

Doch statt auf sie zuzugehen, tritt er einen Schritt zurück, sammelt sich und holt tief Luft. „*Ja, das Leben in seiner verführerischen Banalität kann ein Fest sein*", hebt er an. „*Vor allem, wenn man diese Sehnsucht spürt, nach ein wenig Freundschaft, nach Hingebung, nach menschlichem Glück – die verstohlene und zehrende Sehnsucht, Fanta, nach den Wonnen des Sinnlichen.*"

Fanta schaut ihn sprachlos an. Dann prustet sie los vor Lachen. „Welchen Verführer-Knigge hast du denn gelesen?"

Schambatíst errötet.

„Das bist doch nicht du!", ruft sie. „Solche Sätze kenne ich. Die klingen nach … nach Thomas Mann! Genau! Dass du so was auswendig gelernt hast – ich glaube es ja nicht! Schambes, du Spinner!" Und sie springt auf ihn zu.

Ξ

26
DER WERT DER FÄLSCHUNG

Hohn, steht in seinem Terminkalender. Hohn? Wer soll das sein, fragt sich Schambatíst. Er kann sich nicht an den Namen erinnern. Möglicherweise ein neuer Kunde, den Luisa eingetragen hat. Luisa nimmt manchmal telefonisch Buchungen entgegen. Meistens jedoch informiert sie ihn, wenn sich ein Unbekannter angesagt hat. Denn Schambatíst bereitet sich stets sorgfältig auf neue Kunden vor und sucht manchmal sogar vorher im Netz nach ihrer digitalen Präsenz, um für mögliche Unterhaltungen genügend Gesprächsstoff zu haben.

„Hohn", spricht er gedankenverloren vor sich hin und kratzt sich am Kinn.

Doch schon öffnet sich die Eingangstür, und ein Mann tritt ein. Von der hohen Stirn fällt ihm dünnes braunes Haar bis auf die Schultern. Unter dem beigen Mantel mit braunem Samtkragen und klassischem Fischgrat-Dessin schimmert eine Krawatte im Paisley-Muster, deren Ende von einer Weste mit etwas zu glänzenden goldfarbenen Knöpfen verdeckt wird. Aus einer der zwei unteren Pattentaschen des Mantels lugt eine Sonnenbrille hervor – und das, obwohl der Mann schon zwei Brillen trägt, eine randlose auf der Nase, eine zweite, aus bläulichem Horn, hat er sich auf die Stirn hochgeschoben.

„Guten Morgen", sagt Schambatíst und streckt die Hand aus.

„Guten Tag. Ich freue mich, Sie kennenzulernen, mein Name ist Hohn, Malte Hohn."

„Angenehm, Dänzer-Valotti." Schambatíst nimmt dem Kunden den Mantel ab. „Da haben Sie aber ein schönes Stöffchen", sagt er und befühlt den Kragen.

„Danke. Ja, eine hervorragende Tuchqualität, kommt aus England von der englischen Weberei Moon, ein Traditionsgeschäft, 1837 gegründet von Abraham Moon."

„Sie kennen sich gut aus. Sind Sie aus der Modebranche?"

„Nein, nein", sagt Hohn und winkt fast verächtlich ab. Er zieht sein Jackett aus, öffnet die Weste, löst die Krawatte und setzt sich wie selbstverständlich in den Kosmetikstuhl direkt vor dem Prunkkamin. „Nein, keine Mode. Ich bin Professor für Kunst an der Akademie."

„Ach so." Schambatíst hängt den Mantel des Professors an die Garderobe und die Sachen in den Schrank. „Professor für Kunst? Darf ich fragen, für welche Kunst?"

„Malerei."

Schambatíst geht zu seinem Terminkalender. *Maniküre* hat Luisa eingetragen. „Sie sind das erste Mal bei mir. Ist das Zufall, oder wie komme ich zu der Ehre?"

„Ich habe einen Bekannten, der hat auch ein Faible für Kunst. Bohlscheid heißt er, Anselm Bohlscheid. Sie kennen ihn doch, oder?"

„Ja, der ist einer meiner Kunden."

„Er hat mir geraten, mich einmal in Ihre Pflege zu begeben. Er hat geradezu von Ihnen geschwärmt." Hohn legt seine Finger auf die dafür vorgesehenen Podeste am Stuhl.

Als Schambatíst die Hände sieht, hat er das Gefühl, in eine gefüllte Juwelenschatulle zu schauen. An jedem Finger trägt der Professor mindestens einen Ring, jeder mit einem kostbaren Stein verziert – darunter Saphir-Kristalle, einen Ceylon-Saphir, zwei himbeerfarbene Rubine, drei Smaragde, einen Amethyst, einen Topas-Kristall und einen Quarztopas.

Der Professor sieht Schambatísts verdutztes Gesicht und lacht auf. „Nein, glauben Sie nicht, dass die alle so viel wert oder gar echt sind. Smaragde sind ganz selten fehlerfrei. Und der Saphir zum Beispiel – der ist zwar echt, wird aber viel häufiger gefunden als der Rubin. Und wenn Sie ihn ins Sonnenlicht halten, strahlt der lange nicht so schön wie sein kleiner roter Bruder. Trotzdem mag ich ihn."

Schambatíst zögert, bis er schließlich doch seine Hände vorsichtig zu denen seines Gastes bewegt.

„Fassen Sie ruhig an. Sie kennen sich doch mit solchen Dingen aus, nicht wahr?"

„Nun, die Ringe müssen Sie eigentlich schon selbst ablegen. Aber ich gebe zu, ich habe selten Kunden, die solche Kronjuwelen an den Fingern tragen."

„Nun ja, ist ein Hobby von mir. Und die Steine beschützen mich auch. Der Saphir hier, von dem heißt es, dass derjenige, der ihn am Finger trägt, gegen alle schmutzigen Verleumdungen, gegen Versuchung und List geschützt ist – besonders, wenn der Träger im April geboren ist."

„So wie Sie also?"

„Nein. Ich bin im Juli geboren."

„Also hilft er Ihnen nicht?"

„Doch, bestimmt. Edelsteine sind nicht so strenge Richter wie die Menschen."

„Und welcher Stein ist dann Ihr Favorit?"

„Ich liebe sie alle. Aber der Smaragd ist vermutlich der einzige, der mir helfen könnte."

„Weil er so viele Fehler hat und damit so etwas wie der Sünder unter den Steinen ist?"

„Sie meinen, er nimmt uns unsere Schuld?"

„So in etwa, ja."

„Nein. So ist es nicht. Smaragden wird eine andere Fähigkeit zugeschrieben. Und deswegen soll ja auch Polykrates in seinem berühmt gewordenen Ring einen gravierten Smaragd getragen haben, und auch Nero, der verrückte Kaiser von Rom, hatte ein Smaragdmonokel."

„Als Schutz gegen das Feuer?"

„Sie meinen als Brandschutzbrille?" Hohn lacht. „Nein, von Smaragden heißt es, sie stärken die Kraft der Augen."

Schambatísts Blick fällt auf die hohe Stirn des Professors und die Brillen dort. Doch er verkneift sich einen Kommentar. „Dennoch würde ich Sie jetzt bitten, die Ringe abzulegen", sagt er stattdessen. „Brauchen Sie dazu vielleicht etwas Creme?"

„Nein, die Ringe sind alles Sonderanfertigungen, die gehen mir locker vom Finger." Er streift sie ab, und Schambatíst reiht sie auf der Konsole des Kamins auf.

„Ich werde später genau nachzählen, ob sie alle noch da sind", sagt der Professor und zwinkert ihm zu.

„Kaffee?", fragt Schambatíst.

„Nein danke."

„Etwas anderes? Wasser?"

„Nein, nichts. Vielen Dank." Der Professor legt sich zurück und lässt Schambatíst sein Werk beginnen.

Von draußen klingt das Zehn-Uhr-Läuten der Kirchenglocken herein. Das Blaffen von Hunden, die sich wohl auf der belebten Straße vor dem Salon in die Haare bekommen haben, verkehrt sich in einem Mal in ein Winseln und Fiepen, bis es durch die beruhigende Ansprache des Besitzers völlig verstummt.

Der Professor liegt mit geschlossenen Augen auf dem heruntergeklappten Stuhl – und wer ihn kennt, weiß, dass er sich gerade jene Minuten der höchsten Konzentration gönnt, die sich auch ein Jäger nimmt, bevor er schießt. Nur das Rascheln der Feile, die rau über seine Finger streicht, bricht leise durch die Stille.

Schambatíst schaut nicht auf. Wenn er mit seiner Arbeit

beginnt, kann es passieren, dass seine Gedanken sofort hinwegschweben. Er denkt an Luisa und fragt sich, ob und wie es mit ihr weitergehen könnte. Müsste er nicht endlich ehrlich sein? Was hat er sich eigentlich gedacht – Fanta heiraten? Was für ein Irrsinn! Ein Kind von ihr? Warum? Um einen Erben zu haben? Aus Liebe? Was ist Liebe?

Er nimmt die Schere und schneidet rissige Haut seitlich der Finger ab. Tief an den Rändern der Nägel entdeckt er kleine Farbreste, so tief, dass er sie nicht entfernen kann, ohne die Haut einzuweichen.

„Wissen Sie", meldet sich auf einmal der Professor, und Schambatíst erschrickt so sehr, dass er ihm fast in den Finger schneidet. „Im Grunde bin ich ein ganz pragmatischer Träumer", fährt der Professor fort.

„Äh, wie bitte?" Schambatíst ist so irritiert, dass er kurz überlegen muss, wen er da eigentlich vor sich hat. „Ich denke zwar stets an die großen Dimensionen, verliere dabei aber nicht den Blick fürs Detail."

„Ach ja? Und an welche Dimensionen haben Sie da gedacht?"

„Ich bin ja nicht nur einer, der Kunst schafft, sondern auch einer, der Kunst aufnimmt, aufsaugt, konsumiert – einer, der Kunst *lebt.*"

Immer noch hat er die zwei Brillen im Gesicht. Doch je mehr er spricht und je lebendiger er wird, desto mehr droht die obere von der Stirn auf die untere herabzurutschen. „Und da finde ich es schon immer wieder sehr bedauerlich, wie sich Kunst und Kommerz, ein sich ständig bekriegendes Paar, heute immer stärker begegnen." Er zuckt leicht mit den Händen, sodass Schambatíst vorsichtshalber die Schere auf Distanz hält. „Es gibt heute viel zu viele, die mitsprechen können und dürfen. Allein, was manche Galeristen für eine Macht haben! Wer besonders gute Werke hat, hat die Macht der Verteilung. Werke, die viele kaufen wollen, können Galeristen nach Lust und Laune an Museen oder Sammler geben. Da haben sie freie Auswahl. Sie verstehen?"

„Ja, äh, und warum ist das ein Problem?"

„Das ist an sich eigentlich gar kein Problem. Nur, die Macht dieser Leute ist enorm. Sie können sich vorstellen, wie schwierig es ist, etwas Neues für den Markt zu entwickeln, wenn da ständig Leute herumhantieren, die entscheiden, was rein- darf und was nicht."

Dass er im Salon oft die Funktion des Beichtvaters oder der Kummerkastentante erfüllt, ist Schambatíst seit jeher klar. Er weiß, dass er ein guter Zuhörer ist und seine Kunden schnell Vertrauen zu ihm fassen. Er ist aber auch aufrichtig interessiert und lernt in solchen Momenten immer eine Menge dazu. Manchmal aber stimmt es ihn auch traurig, dass manche Menschen ein so überbordendes Erzählbedürfnis haben. Haben sie denn sonst niemanden, dem sie sich anvertrauen können?

„Natürlich", nimmt Schambatíst den Faden auf, „aber überall gibt es mächtige Instanzen. Das ist immer das Gleiche – in der Musik, in der Literatur und selbst beim Weinverkauf."

„Sicher, aber ich spreche jetzt für meine Zunft. So vieles, was auf Messen und in Galerien verkauft wird, ist gar nicht so gut und käme besser gar nicht in den Handel. Und doch wird es für ein Wahnsinnsgeld gekauft. Für Summen, die keiner mehr nachvollziehen kann."

„Was denn zum Beispiel?!"

„Ach, da gibt es doch unendlich viele Beispiele. Auf der einen Seite bekommen Sie einen Damian Hirst oder einen Anselm Kiefer für dreieinhalb Millionen Dollar, auf der anderen Seite bezahlt man für einen Jeff Koons oder einen Gerhard Richter glatt 34 Millionen."

„Solange es Leute gibt, die bereit sind, so viel Geld zu zahlen, sind die Preise doch gerechtfertigt."

„Das ist alles nicht nachzuvollziehen. Hypertrophe Preise!" Hohn gibt einen tonlosen Pfiff von sich.

„Die meisten Kunden, die zu mir kommen, tauschen sich mit mir aus. Nur ganz wenige nicht. Die kommen dann oft nur einmal her, und da bin mir jedes Mal ziemlich sicher, um was für einen Menschen es sich handelt – einen amerikanischen Hedgefonds-Tycoon, einen asiatischen Milliardär, einen russischen Oligarchen oder – und die erkennt man natürlich besonders leicht – einen Scheich aus den Emiraten."

„Was wollen Sie damit sagen?"

„Es gibt einfach so viele unfassbar reiche Leute, die sind wie Phantome. Man hört sie nicht und sieht sie sehr selten."

„Ich habe ja gar nichts gegen diese Leute. Der Markt ist internationaler geworden, die Zahl der Kunden hat sich vergrößert. Wunderbar. Aber der Umgang hat sich ebenfalls verändert. Früher gab es einfach mehr Contenance, mehr Diskretion. Mehr Wohltäter."

„Sind Sie sicher?"

„Natürlich", sagt Hohn, „ich war in den 80er-Jahren noch Kunstberater. Da habe ich im Auftrag einer deutschen Bank Alberto Giacomettis Bronzefigur *L'homme qui marche I* gekauft. Ich fuhr extra nach New York, zum Galeristen Sidney Janis. 750.000 Dollar haben wir dafür ausgegeben. Und die Bank ist wunderbar mit dieser Skulptur umgegangen. Sie wurde ständig ausgeliehen. Eine Figur fürs Volk. 30 Jahre später hat man sie verkauft – für 65 Millionen Pfund. Zweifellos das beste Geschäft, das diese Bank jemals getätigt hat. Aber die Figur ist heute nicht mehr da, verschollen in irgendeinem Privatgarten." Er legt seine Hände wieder auf die Konsolen des Stuhls.

„Muss das alles heute so teuer sein?", fragt Schambatíst.

„Nein, muss nicht. Einen László Moholy-Nagy bekommen Sie heute schon für 180.000 Euro, *Selbstporträt Wachskreide auf Papier.* Oder Max Liebermanns Ölgemälde *Reiter am Strand nach links*, schlappe 190.000. Oder Warhols Siebdruck *Marilyn Monroe*, signiert, gestempelt, nummeriert, für rund 80.000 Euro. Bezahlbar, nicht wahr?"

„Für mich ist das alles nur ein einziges großes ... äh, Missverhältnis." Schambatíst lächelt etwas gequält.

„Ach, Sie glauben, ich spinne? Dann kann ich Ihnen aber Folgendes sagen: Das ist alles gar nichts. Und ich ärgere mich darüber, dass die wirklich Guten nicht auch das bekommen, was sie wert sind. Als Daniel Richter noch in der Hamburger Hafenstraße wohnte und mehr vom Prügeln als vom Malen lebte, da waren seine Bilder natürlich nichts wert. Heute, Jahrzehnte später, erzielen sie um die 100.000 Euro. Und ganz ehrlich: Sie müssten noch viel teurer sein, wenn man sieht, was andere für ein Zeug produzieren."

Der Professor lässt seinen Blick durch den Raum schweifen und bleibt an dem Gemälde über dem Kamin hängen.

Schambatíst beobachtet ihn und ahnt, was nun kommt. „Sie sind bestimmt viel auf Reisen, oder?", versucht er ihn abzulenken.

„Ja, ja", murmelte der Professor, ohne seinen Blick von dem Gemälde abzuwenden. „Furchtbar langweilig, sage ich Ihnen. Neulich war ich wieder bei so einer Eröffnungsparty. Da war auch dieses britische Duo Gilbert und George. Baselitz war da, Kiefer und die ganze feine Pariser Gesellschaft, Hermès und Rothschild. Und natürlich auch so ein paar von diesen Menschen, die ihren Promistatus zum Beruf machen, Paris Hilton, Bianca Jagger und Co."

„Aber, Herr Hohn, diese Leute mal zu erleben, stelle ich mir aber durchaus interessant vor." Schambatíst hält die

Hand des Professors nun absichtlich etwas fester, damit sich seine Augen auf ihn richten.

Doch der denkt gar nicht daran. „Ach, das ist alles viel zu anstrengend. Ich bin zwar auch Bildungsreisender. Aber am besten regeneriere ich mich bei der Jagd. Ich habe eine schöne Sammlung alter Waffen."

„Wirklich? Ich auch!"

Der Professor schaut ihn an.

Schambatíst atmet auf. Endlich, denkt er. „Ich habe zwar nur wenige Waffen. Dafür aber aus dem 17. Jahrhundert."

„Das ist ja höchst interessant", sagt der Professor, schiebt sich mit der rechten Hand die Brille auf der Stirn zurecht, nickt anerkennend und beobachtet Schambatíst ein paar Sekunden, bis er wieder das Gemälde anschaut. „Am besten aber entspanne ich mich beim Speedboat-Fahren auf dem Rhein. Da sollten Sie mal mitkommen. Das ist herrlich. Ich fahre manchmal bis an die niederländische Grenze."

Eine kurze Pause entsteht, die Schambatíst verunsichert, obwohl er sich auf die Hände konzentriert.

„Das ist doch ein Niederländer, nicht wahr?", fragt der Professor.

Schambatíst beißt sich auf die Lippen. Das musste ja passieren. „Nein, das ist kein Niederländer. Das ist Jan Wellem mit seiner Frau Anna."

„Sie Scherzbold, ich meine natürlich den Maler. Das ist eindeutig ein Douven."

„Nein, das ist kein Douven. Das ist nur die Kopie eines Douven." Schambatíst ist ungehalten. Er hat es satt, sich wieder und wieder rechtfertigen zu müssen. Er steht auf und geht in die kleine Küche. Er klappert mit dem Geschirr, schwenkt die Kaffeekanne und überlegt, ob er den Wein öffnen soll – um dem Mann das Maul zu stopfen.

„Woher wollen Sie wissen, dass das eine Kopie ist? Ich kenne mich wirklich aus. Wie eine normale Reproduktion sieht das jedenfalls nicht aus“, schallt es aus dem Salon.

Schambatíst kommt zurück. „Wollen Sie ein Glas Wein? Ich habe hier ein Fläschchen Saarburger Rausch, eine tolle Eleganz, Pfirsich, Aprikose, Mango – vollkommen schwerelos auf der Zunge!“

„Ich trinke nicht.“

„Das wollen wir ja mal sehen“, antwortet Schambatíst und öffnet die Flasche mit ziemlichem Schwung. „Hier, probieren Sie! Wenn Sie mehr über das Gemälde erfahren wollen, dann trinken Sie!“

Professor Hohn greift mit seinen dünnen langen Fingern nach dem Glas und nippt. Er spült den Schluck kurz im Mund und lässt ihn mit einem gluckernden Geräusch den Schlund hinuntergleiten. „Ich will Ihnen nichts wegnehmen“, sagt er.

„Was sollten Sie mir denn auch wegnehmen?“ Schambatíst schenkt sich nach.

„Herr Bohlscheid hat mir erzählt, dass Sie dieses Bild haben.“

„Ach ja?“

„Ja, und dass Sie ziemlich ignorant mit der Tatsache umgehen, dass dieses Bild für die Öffentlichkeit von einigem Interesse sein dürfte.“

„Für die Öffentlichkeit?“

„Ja.“

„Hören Sie mal, das ist mein Privateigentum, und das geht niemanden etwas an.“

„Sie haben ja vollkommen recht. Deswegen sage ich doch, ich will Ihnen nichts wegnehmen.“

Schambatíst stellt das Glas ab und setzt sich wieder zu den Händen des Professors. „Was wollen Sie also?“

„Haben Sie schon mal darüber nachgedacht, was eine Fälschung ist und was nicht?"

Schambatíst lacht ein wenig höhnisch. „Herr Hohn, ich habe jeden Tag mit Fälschungen zu tun. Ich sehe sie unter den Augen, zwischen den Augen, auf der Stirn, hinter den Ohren, manchmal auch auf der Brust, immer mehr auch an den Händen und der Wade."

„Stimmt, Sie sind ein Experte. Aber so meine ich das nicht. Ich meine Fälschungen in der Kunst. Die Kunst wimmelt nur so davon."

„Nein, davon verstehe ich nichts."

„Der Fall Beltracchi sagt Ihnen aber doch etwas?"

„Interessiert mich nicht."

„Oder Kujau? Es ist manchmal wirklich schwierig, die Grenze zwischen Original und Kopie zu erkennen. Dieser Beltracchi beispielweise war ja ein hervorragender Handwerker. Natürlich können Sie diesen Leuten Betrug vorwerfen, ja, Sie müssen sie strafrechtlich verfolgen. Aber sie bleiben ausgezeichnete Handwerker. Anders als zum Beispiel diese Wirtschaftskriminellen, die Geldblasen bis zur Unendlichkeit aufpumpen und früher oder später einfach zahlungsunfähig sind. Dagegen lob ich mir doch den Kunstfälscher!"

„Wie schön für Sie. Aber auch ungewöhnlich. Als Mann der Malerei dürften Sie doch überhaupt keinen Respekt vor diesen Kopisten haben."

„Leider muss man anerkennen, dass so ein Mann wie Beltracchi den besten Campendonk aller Zeiten gemalt hat."

„Aber er hat keinen neuen Stil entwickelt. Er hat nur geklaut. Er hat keine eigene Idee gehabt. Darauf kommt es doch an!", echauffiert sich Schambatíst.

„Ah. Sie glauben also, dass die Idee den großen Maler ausmacht?"

„Allerdings", sagt Schambatíst.

„Muss ein Maler denn ein Genie sein? Und was ist das überhaupt, ein Genie?"

„Kommen Sie mir doch bitte nicht so, so sokratisch, so pseudo-dialogisch."

„Ich bitte Sie!"

„Nein, ich bitte Sie. Die Technik kann man lernen. Manche besser, manche schlechter. Aber das Herz der Kunst war und bleibt doch wohl die Innovation."

Der Professor schweigt. Er hat sich zurückgelehnt und die Augen wieder geschlossen.

„Wo bleibt denn Ihr Herzblut?", fragt Schambatíst.

Hohn beugt sich leicht zu ihm, rückt sich mit der rechten Hand die Brille auf der Nase gerade und sagt: „Ach wissen Sie, je mehr man mit der Kunst zu tun hat, desto mehr distanziert man sich auch davon. Das mag nicht immer schön sein. Aber manchmal hilft es." Er zieht seine Hände an sich heran und beäugt die Fingerkuppen. „Sie haben recht, Herr Dänzer-Valotti, Beltracchi ist sicher ein sehr guter Interpret. Aber er ist kein Komponist."

„Was wollten Sie mir jetzt eigentlich sagen?"

„Stimmt, wie sind etwas vom Thema abgekommen. Ich wollte Ihnen sagen, dass Fälschungen oder auch Kopien in der Kunst genauso zum Markt gehören wie die Originale. Es kommt immer nur darauf an, wie gut die Fälschungen oder in welchem nicht mehr identifizierbaren Zustand die Originale sind."

„Ja. Und?"

„Wir fälschen alle überall und zu jeder Zeit. Wir fälschen unsere Pässe, unsere Haare und unsere Lebensläufe. Und das muss gar nicht so schlecht sein. Kennen Sie den Künstler und Fotografen Charles Paul Wilp? Oder besser gesagt, kannten Sie ihn?"

„Nicht persönlich. Ich habe zu Hause von ihm eine Schallplatte, *Bunny*."

„Genau. Das beste musikalische Zeitdokument der 60er- und 70er-Jahre überhaupt. Jedenfalls hat dieser Wilp immer behauptet, sein Vater arbeite im Ölsaatengeschäft und habe den Raps nach Europa geholt. Seine Mutter hingegen sei Pianistin und vertone in Babelsberg Stummfilme. Alles Quatsch! Tatsächlich waren sein Vater Dachdeckermeister und seine Mutter eine Bauerntochter aus Höxter. Geschadet hat es Wilp nicht. Er wurde ein großartiger Künstler."

„Ein Zufall!"

„Nein. Ist es nicht. Fälschungen sind kein Zufall. Sie sind genauso existent und allgegenwärtig und normal wie die Originale. Nehmen Sie zum Beispiel Frankreich. Neulich erst wieder, dieser Skandal um falsche Antiquitäten aus dem 18. Jahrhundert. Da waren so gut wie alle drin verwickelt: Kunsthändler, Restauratoren, Experten, Museumskuratoren – und natürlich die Käufer. Und keiner wusste am Ende wirklich, wer Opfer und wer Täter war und was gefälscht war und was nicht. Aber wissen Sie, das wollte zum Schluss auch niemand mehr wissen, denn es ging um Millionenbeträge. Man will den Fälschungen gar nicht immer auf die Schliche kommen! Das hätte eine Katastrophe zur Folge! Wenn Sie alle gefälschten Bilder, die es zurzeit gibt, aus dem Verkehr ziehen würden, wären sämtliche Museen halb leer."

„Jetzt übertreiben Sie."

„Durchaus nicht! Kennen Sie Cy Twombly? *Malerei auf Papier*? Das nachzumachen, ist ein Witz. Das könnten sogar Sie nach dem Genuss von drei Flaschen Ihres Saarburger Rausches."

„Vermutlich aber auch *nur* dann."

„Und selbst wenn Fälscher auffliegen – wen stört es wirklich? Die sind recht schnell rehabilitiert und haben dann einen bekannten Namen. Wissen Sie, was neulich passiert ist? Da wurde eine Dresdnerin verurteilt, weil Sie Kujau-Fälschungen gefälscht und als billige Massenware verkauft hat. 300.000 Euro soll sie sich ergaunert haben."

„Wieso ergaunert? Die Frau war doch schlau – einen Fälscher zu fälschen, das ist doch wohl nur fair."

Hohn lächelt, er freut sich, dass Schambatíst immer intensiver ins Gespräch einsteigt. „Das Fälschen ist ja überhaupt ein uralter Beruf. Zum Beispiel der Fälscher Han van Meegeren. Er starb kurz nach dem Zweiten Weltkrieg, ein Niederländer, kein bedeutender Maler. Aber er gilt als einer der genialsten Kunstfälscher des 20. Jahrhunderts. Er lehnte die Impressionisten vollkommen ab und kümmerte sich fast ausschließlich um die Kunstwerke des Goldenen Zeitalters, die flämischen und niederländischen Maler des 17. Jahrhunderts. Kein Mensch weiß heute, wen er alles kopiert hat. Viele seiner Bilder sind noch im Umlauf. Überall, besonders in den Niederlanden selbst, aber auch in Belgien – und in Deutschland."

Schambatíst sieht den Professor an, und dann blicken beide fast zeitgleich zu dem Bild über dem Kamin.

„Wie", fragt Schambatíst zögerlich, „wie kann man, oder besser gesagt: Woran könnte man denn so eine Fälschung identifizieren?"

„Das ist im Grunde nicht schwer. Dafür gibt es heute jede Menge Technik, also Infrarot und Röntgenstrahlen. So kann man Farbausbesserungen und Signaturfälschungen ausfindig machen. Das ging mit dem bloßen Auge gar nicht. Manches allerdings lässt sich leicht entdecken. Bis ins 16. Jahrhundert wurde zum Beispiel meist auf Holz gemalt, später dann auf Leinwand. Auch damals gab es schon auf der Rückseite der Bilder viel Offensichtliches, mit dem man auf die Herkunft des Bildes schließen konnte. Das reicht von Siegeln, Stempeln,

Monogrammen und anderen Schriftzeichen über Einkerbungen und Visitenkarten bis hin zu den typischen Löchern des Holzwurms."

„Und was hilft mir das alles, wenn ich dann herausgefunden habe, dass dieses oder jenes Gemälde gar nicht echt ist, sondern eine Kopie?"

„Andersherum: Es hilft Ihnen zu erkennen, dass eine Kopie vielleicht gar keine Kopie ist, sondern ein Original."

„Und das ist für Sie wichtig?"

„Sicher. Nur das Original hat einen wirklichen Wert. Einen ideellen und materiellen. Geld bringt nur ein Original, unangetastet und rein." Der Professor schaut Schambatíst eindringlich an. Doch der weicht seinem Blick aus. Hohn versteht und faltet die Hände über dem Bauch, um ihm zu signalisieren, dass er nicht weiterer Pflege bedarf.

Schambatíst räumt sein Besteck zurück in die Schubladen.

„Haben Sie Ihr Gemälde schon einmal genau prüfen lassen?"

„Nein. Es gab bisher keinen Anlass. Und das bleibt auch so", sagt Schambatíst streng. „Ich lasse mich nicht von Narren an der Nase herumführen. Es interessiert mich nicht, verstehen Sie?"

Er räumt die Weingläser in die Küche und ärgert sich ein wenig über seinen nun doch etwas schroffen Tonfall. Schambatíst wäscht sich die Hände, trocknet sie ab und geht zur Kasse. „Herr Hohn, eine Frage habe ich aber doch. Warum sind plötzlich so viele an diesem Bild interessiert?"

„Sie müssen bedenken, aus welcher Zeit dieses Motiv stammt, Herr Dänzer-Valotti. Das 16. und 17. Jahrhundert. Der große Aufbruch der Gesellschaft, zahlreiche bahnbrechende Erfindungen. In der Malerei kommen zunächst die Italiener und Spanier zum Zuge, dann Rubens und Rembrandt. Mächtiger und schöner malen sie, als jede Wirklichkeit es auszudrücken vermag, fantastisch inszenierte Bilder, einfach nicht von dieser Welt! Und in diesen Atem fällt auch der Maler Jan Frans Douven. Gegen all das ist unsere heutige Kunst nichts als Spielerei."

„Und mein Jan Wellem?"

„Das müssen Sie doch längst erkannt haben! Sie haben doch zweifellos mehr Zeit in seiner Gegenwart verbracht als jeder andere Mensch. Zumindest jeder, der heute lebt."

„Ich sitze meistens mit dem Rücken zu dem Bild. Meine Kunden kennen es sicherlich viel besser als ich."

„Stapeln Sie mal nicht so tief! Da muss man doch schon blind sein, um die Schönheit dieses Bildes nicht zu sehen. Ein erstklassiges Kunstwerk. Es zeigt, was für ein großer Maler Douven war. Das Bild enthält nämlich alles, was ein Meisterwerk braucht: den in die Tiefe flüchtenden Raum, die geschickt drapierten Körper, die Proportionen, das immer wieder anders einfallende Licht, das dem Bild seine Dreidimensionalität verleiht, die symbolreichen und vieldeutigen Details, die beinahe obszön schöne Haut, die scheinbar idyllische Atmosphäre und gleichzeitig die Anspannung des Paares, die Unübersichtlichkeit ihrer Beziehung, die offensichtliche Vermeidung gefälliger Harmonie zugunsten der Herrscherpose …"

„… ja, ja, sicher", unterbricht ihn Schambatíst, „aber das sind doch alles typische Merkmale von zeitgenössischen Präsentationsbildern des Adels."

„Stimmt, doch machen sie das Gemälde weniger wertvoll? Sicher nicht! So etwas muss man doch erst einmal in ein Bild transportieren. Ich finde die alten Meister bezaubernd. Da können wir heute wirklich nicht mithalten. Dieser ganze Kram jetzt aus dem 3-D-Drucker. Kunst in der *virtual reality.* Nein! Nur ganz wenig in der zeitgenössischen Kunst ist besonders und subversiv. Das meiste ist einfach zu akademisch und glatt. Sicher, jede neue Künstlergeneration will etwas für sich schaffen, einen neuen Blickwinkel, eine neue Ausdrucksweise, neue Formen. Das verstehe ich. Ich kann aber diese geplatzten Farben, diese Neon- und Soundarbeiten, die Installationen mit Leuchtstäben, ausrangierten Fernsehern und klirrenden Computern und Smartphones nicht mehr sehen. Wissen Sie, was heute emotional ist?"

Schambatíst überlegt und sagt: „Vielleicht, wenn die *Fettecken* von Beuys zu stinken anfangen?"

„Fast, mein Lieber, fast. Emotional wird unser Publikum, wenn das New Yorker Guggenheim ein goldenes Klo aufstellt. Wirklich! Die haben eine Toilette aus Gold für die Besucher präpariert. Gehen Sie hin! Fünfte Etage links. Die Leute stehen dort Schlange."

„Das ist doch eine sehr gute Idee. Seinen Allerwertesten auf Gold betten – das hat doch was. Das sollte ich mir hier auch für meinen Salon anschaffen."

„Herr Dänzer-Valotti, das ist alles Mumpitz. Für mich hat ein im alten Stil gemaltes Bild eine ganz andere emotionale Nähe. Schauen Sie sich doch nur mal diese Malweise an, mit diesen feinen, souverän gesetzten, fast in der Leere schwebenden Pinselstrichen. So etwas findet man – etwas gröber und wilder – heute höchstens bei Daniel Richter."

„Wenn das Bild an Richter erinnert, dann erinnern Sie mich an meinen Henker."

„Wie bitte?"

„Sie wollen, dass ich dieses Bild untersuchen lasse, stimmt's?"

„Nun ja …"

„Vergessen Sie's. So. Kann ich ansonsten noch etwas für Sie tun? Augenbrauen trimmen? Kajal?"

Hohn winkt ab. „Nein, heute nicht."

„Gut, dann ist die Sitzung jetzt leider vorbei. Der nächste Kunde wartet. Und bitte grüßen Sie alle Ihre Freunde und sagen Sie ihnen: Das Bild ist unverkäuflich."

„Mein lieber Herr Dänzer-Valotti, ich kann Sie gut verstehen. Doch denken Sie auch an sich. Alles kommt wieder. Nichts ist wirklich vergangen. Dieses Bild könnte in wenigen Jahren Hunderttausende Euro wert sein."

„Ja, das könnte sein. Aber Sie werden es leider nicht mehr herausfinden. Danke für Ihren Besuch. Empfehlen Sie mich weiter."

„Das werde ich tun. Wir werden uns bestimmt wiedersehen."

27

SCHAMPUS IM ALBERTI

„*No*, *no*, ich knalle nicht gern, *no*, kein Knallen." Matteo Alberti entfernt bereits zum dritten Mal vorsichtig das Stanniol von einem AR Lenoble. Erst zupft er, schließlich reißt er es ruckartig ab. Dann hält er mit der rechten Hand, etwas zittrig, den Korken der Champagnerflasche fest, während er mit der linken das Drahtkörbchen zu lösen versucht.

„Diese Knallalei ist doch nur was für Prophe... äh, Proleten", lallt Schambatíst.

„Leise, ganz leise muss man die aufmachen", flüstert Matteo. „Pscht!"

„Pscht", wiederholt Schambatíst, „pscht, pscht." Er blickt erwartungsfroh auf die Champagnerflasche, das Kinn gerade noch über der Tischkante.

Es ist kurz vor Mitternacht, und nur noch wenige Gäste sitzen im *Alberti*.

Bei jedem „Pscht" wölben sich Schambatísts Lippen, während er die Augen rollt und seine nach vorn gebeugten Schultern ihn wie Fender vom Rand des Tisches zurückstoßen. „Denn du musst wissen, Schambes, was da alles so drinne ist in so eine Korken. Völliges Gebrösel. Ganz viele gebröselte Korkteilchen, ganz sauber und viel länger haltbar als alles andere."

„Alles andere?"

„Ja, alles andere, was es so gibt, oder besser gesagt, was mir jetzt nicht so einfällt."

„Ich habe Durst", haucht Schambatíst, „jetzt ma' mal auf."

„Das Knallen aber mache ich nicht mit. Dieses Peng, Wumms, Madonna! *No*! Ein diskretes Ploppen reicht völlig."

„Plopp“, sagt Schambatíst, „plllllopp.“

„Denn das ist wirklich schade um das gute Getränk. So ein Lenoble ist ein kleiner, aber doch auch großer Champagner.“

„Hä?“

„Ja, er kommt direkt aus der Champagne. Und nicht von der Tanke, *capito*?“

„Hä?“

„Schambes, *bello*, den bekommst du eben nicht an jeder Tankstelle, sondern nur in der Champagne. Ein wirklicher Geheimtipp!“

„Egal. Ma' mal auf.“

„Aber ohne Knallen. So macht man nur die Perlung kaputt.“

„Du, meine kleine frühe Perle“, nuschelt Schambatíst und nestelt Matteo am Ärmel herum, „mach voran.“

„Weißt du, woher solche Knallgesten ursprünglich kommen?“

„Öh, Formel 1?“

„*No*, Signore.“

„Ausm Puff?“

„Madonna!“

„Ausm Barock?“

„Nein, sie kommen aus dem Hip-Hop.“

„Ah, Hick Hock …“

„… und galten als Symbol für Luxus.“

„Ach so. Und ich dachte, das Knallen hätten Leute wie Rockefeller oder Robert Redford erfunden.“

„Oh *cazzo*, Schambes, nein.“

„Aber Champagnerkorken knallen zu lassen, das gehört doch zur Partykultur. Das steht für Helau, für Spaß, für Aufstieg. Zwischen Sylt, Ibiza und Saint-Tropez gibt es doch heute fast … fast kein anderes Geräusch mehr.“

„Schambes, wenn man Durst hat und was Schönes trinken möchte, sollte man gerade bei Champagner den Korken auf eine bescheidene und stille Art entfernen, *capito*?"

„Einverstanden." Das Wort geht Schambatíst schnell über die Lippen. „Jetzt ma' mal die Pulle auf."

Matteo hält mit einer Hand die Flasche am unteren Ende, mit der anderen den Korken und dreht die Flasche langsam auf. „*Allora*, Schambes, so löst sich der von ganz allein." Doch entgegen seiner Erwartung rast der Korken mit einem gewaltigen Krachen in die Höhe.

„Wumms", rülpst Schambatíst freudestrahlend das Geräusch nach, „ooh, wie schaaade, die schööne Päärlung!"

Der Korken fällt zu Boden, und Matteo hat Mühe, ihn zwischen den Stühlen zu finden. Schließlich hebt er ihn hoch und hält ihn an die Nase. „Ah, sehr gut. Und schau, am unteren Ende ist er dünn, er ist also reif."

„Wumms", wiederholt Schambatíst, „wumms, wumms!"

Matteo gießt ungerührt ein.

„Was ist das denn für ein Glas?", fragt Schambatíst.

„Einen Champagner so *fantastico* serviere ich immer im Burgunderglas. Aus diesen tulpenförmigen Reagenzgläsern kannst du dir meinetwegen deine Gebissbrause reinziehen. Aber nicht meinen Champagner."

Er füllt die Gläser, sie heben sie an und prosten einander zu.

„Weißt du, ein guter Champagner ist wie eine gute Freundschaft", sagt Matteo.

„Prost, mein Freund!" Schambatíst kippt das Glas in einem Zug hinunter. „Mein Mundschenk!"

„Also, ich meine, gute Weine können nur aus guten Pflaumen hergestellt werden."

„Pflaumen?"

„Äh, Trauben, aus guten Trauben."

„Ja, und wir zwei Pflaumen sind die besten Freunde, stimmt's!"

„Nein. Äh, ja, aber was ich sagen wollte, ist: Eine gute Freundschaft funktioniert vor allem dann, wenn die Menschen gute Typen sind."

„Und das sind wir, mein Lieber."

„Ja, Schambes, auf uns."

„Auf uns!", brüllt Schambatíst. „Es lebe die Freundschaft! Es lebe dieser Champagner! Es lebe das Eigenlob! Und ihr alle anderen könnt uns mal!"

„*Scusa*, Schambes, pst, hier sind noch Gäste."

„Uh, ah, 'tschuldigung, *scu… scusate*!"

„Ein gutes Tröpfchen, was? Der Cuvée Prestige – ein ganz feinperliger, raffinierter Champagner."

„Wunderbar, das geht runter wie … äh, wie sagt man da?"

Matteo strahlt. „Wie flüssige Ambrosia."

„Habe ich noch nie getrunken."

„Ist auf jeden Fall super. Ein Familienunternehmen in Reuil, jede Traube handgelesen und -sortiert. Die verwenden ausschließlich die Cuvée aus der ersten Pressung zur Herstellung ihrer Champagner. Niemals die Taille aus der zweiten Pressung. *No*! Und die produzieren extra immer nur gaaanz wenig. Die lassen sogar Gras in ihren Weinbergen wachsen. So können sie die Erträge absichtlich klein halten."

„Und das reicht, dass das so gut schmeckt?"

„Nein, der eigentliche Zauber ist ein anderer. Er geschieht im Keller. Im Fass. Und ich sage dir da nur: Ein Fass ist die Ehefrau des Weines."

„Ach du Schande. Das kann ja dann gar nicht schmecken."

„Das sagst du, Schambes. Klar, du hast die Ehe ja auch nie verstanden."

„Habe ich nicht?“

„Nein, hast du nicht.“

„Was habe ich denn daran nicht verstanden?“

„Alles. Wenn ich sage, dass das Fass die Ehefrau des Weines ist, dann heißt das, dass man mit dem Wein wie in der Ehe darauf achten soll, ob es passt. Sonst leidet die Qualität.“

„Und wenn es nicht passt?“

„Dann kannst du's vergessen. Dann kannst du die gesamte Ernte wegschmeißen. Zack!“

„Das ist ja beruhigend.“

„Ja, oder du kannst versuchen, alles zu reparieren, was danebengegangen ist.“

„Und wenn es keinen Sinn ergibt? Wenn alles viel zu mühsam ist und ich keine Kraft mehr habe.“

„Das kannst nur du beurteilen. Vielleicht hast du aber auch nie gelernt, kaputte Dinge zu reparieren?“

Schambatíst hält ihm das Glas hin, Matteo füllt nach. „Apropos Gras wachsen“, sagt er, „wie kann man sich dagegen wehren?“

„Gegen was?“

„Dass die Leute Gerüchte in die Welt setzen.“

„Gar nicht. Man kann höchstens gewisse Sicherheiten einbauen.“

„Hä?“

„Ja, also zum Beispiel wie Lenoble. Die füllen alles ab in schwarzen Flaschen. Das macht sonst keiner.“

„Das heißt jetzt … was?“

„Du musst die Dinge, die dir wichtig sind, mit einem Code versehen, einem Geheimnis, das nur auf dich als Urheber verweist.“

„Sicher“, Schambatíst betrachtet sein halb volles Glas, „aber auch das bekommen die Leute heraus und fälschen es.“

„Okay“, sagt Matteo, „nichts ist wirklich sicher, aber du kannst dir zumindest Mühe geben, alles zu tun, was einen Diebstahl schwierig macht. Willst du noch einen Schluck?“

Schambatíst hält ihm das Glas hin.

„*Caro,* siehst du, Champagner ist durchaus nicht nur ein Getränk für Feste, sondern für *jede* Gelegenheit. Auch für die ruhigen Momente. Ich finde, Champagner ist etwas für alle, eine Lebenshaltung. Wenn ich überhaupt mal jemandem etwas vermachen will, dann ist es mein Keller mit all diese Flasche. Eine Weinkeller mit großen Weinen und Champagnern zu hinterlassen, ist viel bedeutender, als eine Villa oder eine Auto zu vererben, Schambes, findest du nicht?“

„Jajaja“, lallt Schambatíst, „aber dafür muss man auch einen Erben haben.“

Adalbert Strass tritt an ihren Tisch. „Schönen guten Tach, die Herren, darf ich mich der Runde anschließen?“

Die beiden schauen den Karnevalspräsidenten an, als hätte er sie gerade an die Sperrstunde erinnert.

„Na-tür-lich“, entfährt es Matteo. Er hält sich an der Schulter von Schambatíst fest, als der aufsteht, um Strass mit einer Umarmung zu begrüßen. „Adalbert, setz dich doch, du bist mein Gast“, fährt er fort, als er zur Theke geht, um noch ein Glas zu holen.

Schambatíst rauft sich die Haare. „Jetzt frag mich bloß nicht, ob ich …“

„Haste schon mit Luisa gesprochen?“ Strass strahlt Schambatíst an.

„Ja, also, nein, noch nicht.“

„Über was gesprochen?“, fragt Matteo, als er sich wieder setzt.

„Über die nächste Session. Ich fände es schön, wenn unser Freund hier unser nächster Prinz wird.“

Matteo gießt Strass vom Lenoble ein. „Schambes, das habe ich ja gar nicht gewusst?", ruft er begeistert. „Natürlich macht er das! Nicht wahr, Schambes? Das machst du!"

Der hat nun den Kopf auf dem Tisch abgelegt.

„Entschuldige, Adalbert, aber wir sind schon etwas länger hier zugange."

„Das sehe ich." Strass nippt an seinem Glas und verzieht den Mund. „Aber sag mal, hast du nicht lieber ein Alt für mich?"

Matteo gibt einem der Kellner ein Zeichen.

Schambatíst scheint sich auf dem Tisch wohlzufühlen. Sein Kopf ruht friedlich auf der Tischplatte.

Matteo drängt sich nun ganz nah an Strass heran. „Lieba Adalbert, wenn ihr da jemand Neues sucht, dann wüsste ich eine sehr gute Kandidaten." Er holt mit beiden Zeigefingern weit aus, lässt sie ein paar Mal in der Luft kreisen, um sie dann ruckartig auf sich selbst zu lenken. „Ich und meine Frau! Wir wären eine tolle Paar."

„Na ja", sagt Strass, „dat geht bei uns ja nicht zu wie auf dem Basar. Wir überlegen uns schon sehr genau, wer dat nächste Prinzenpaar sein könnte."

„Ja, aber denkt doch an die Integration. Wir Italiener! Das kommt sicher gut an."

„Boat-People kann man euch ja nun gerade nicht mehr nennen. Ihr lebt doch schon jahrelang hier. Ihr seid doch längst Rheinländer."

„Ja, wir sind grundsolide, verheiratet und *completamente* vollkommen rheinisch."

„Wir brauchen ja nicht unbedingt jemand Verheiratetes", meint Strass, „wir brauchen ein Paar, deren Beziehung nicht nur gut, sondern stark ist. Ein Paar, dat diesen ganzen Stress aushält."

„Oh, das können wir, das sind wir. Und willst du wissen, warum?"

„Muss dat sein?"

„Ja, also, eine Beispiel. Letzte Woche war doch dieser deutsche Schauspieler hier, Elias Embarek."

„Der deutsche Schauspieler?"

„Ja, sicher, ganz deutsch. So ganz. Und der spricht auch besser Deutsch als du."

„Der ist doch Österreicher?"

„Seit wann ist das denn wichtig! Damals war das doch auch nicht wichtig."

„Was heißt hier damals?"

„Na ja, damals, als ihr …"

„Was heißt hier ‚ihr'?"

„Na ja, wir hatten unsere Mussolini und ihr hattet eure, äh, Führer! Jedenfalls war dieser blendend gut aussehende Mann, dieser Elias Embarek, also ich meine, der ist eine echte Wiedergeburt von Omar Sharif, weißt du, aber viel jünger. Also, der war hier, mitten in meine *ristorante. Mamma mia,* war ich froh, dass meine Frau nicht da war. Die findet den nämlich ganz super. Die liebt den mehr als mich. Die wäre hier ja ohnmächtig vor Aufregung geworden."

„Und der soll jetzt Prinz werden?"

„*No, no*! Also hör zu. Der saß hier ganz allein. Und da dachte ich mir, wie komme ich jetzt an eine *autografo*, an eine Autogramm für meine Frau. Ansprechen? Nein, hier im *Alberti* sprechen wir keine Prominenten an. Hier darf jeder sein, wie er will. Und das ganz ungestört. Doch meine Frau hätte mich ja umgebracht, wenn ich ihr keine *autografo* von Elias Embarek mitgebracht hätte. Also ging ich doch zu ihm. Und was tat der? Der war ganz normal, er sagte, ja, er sei tatsächlich Elias M'Barek. Und ich sagte, oh, *Signor* Embarek, warum sitzen Sie hier so allein, wir sind hier im Rheinland, da können Sie sich an jeden Tisch setzen und werden freundlich empfangen.

Doch er saß da nur, wie in einem seiner Filme, in denen er diese charmante querulante Type spielt und alle Frauen vor ihm wie durch Geisterhand umfallen. So saß er also vor mir, beide Ellenbogen auf dem Tisch, und stopfte sich das Baguette rein. Dann lachte er, dass sich die Mundwinkel hochzogen und seine Zähne weiß blitzten wie frische Büffelmozzarella. Spätestens jetzt wäre meine Frau ohnmächtig geworden. Es war, als ob die Sonne plötzlich scheint, Kokosnüsse vom Baum fallen, auf einem gedeckten Tisch aufschlagen und das weiße Fruchtfleisch mundgerecht zum sofortigen Verzehr herausfällt. Ich sollte unbesorgt sein, sagte er. Ich könne mir ja gar nicht vorstellen, wie schön es sei, mal unbemerkt in einem *ristorante* zu sitzen. Wenn nur die *signora bella*, eine schöne Frau am Seitentisch neben ihm an der Säule, ihn nicht dauernd anstarren würde. Dann beugte er seinen Kopf nach vorn und zog mich an sich heran. Das Leben sei brutal, sagte er. Immer und überall würde er beobachtet werden. Er könnte fast nirgendwo mehr allein hingehen, nicht mal mehr allein aufs Klo. Ständig würden ihm die Frauen folgen. Manchmal auch Männer. Es wäre wirklich eine Katastrophe. *Disastro*! Er hätte mittlerweile größere Verdauungsprobleme als eine darmkranker Elefant. Fast nie käme er auch zum Pinkeln. So eine Typ wie ich, der Matteo, sagte er, glaubte vielleicht, dass er verrückt sei, eine Problem hätte, von dem ich nur träumen würde. So eine Typ wie ich glaubte vielleicht, dass sein Leben beneidenswert sei. Und so eine Typ wie ich glaubte möglicherweise, eine Niemand zu sein, weil er nicht so bekannt sei und nicht so gut aussähe. Doch da sollte ich mir nichts vormachen. *No*, *no*. Ich hätte es nämlich super. Und dann kam er ganz dicht an mich heran und flüsterte mir so lange ins Ohr, bis ihm die Baguette-Brösel aus dem Mund und mir auf die Schultern rieselten. Ich sei eine ganz Großer, sagte er. Eine Held. Seine Held. Denn ich hätte es ja so gut. Niemand würde mich belästigen. Dieses Gefühl, nicht ständig beobachtet zu werden, müsste doch herrlich sein. Wie sich das anfühlen würde. Ich dachte natürlich, der will mir an der Nase ziehen, mich *molto* verarschen. Oder war er vielleicht auf Drogen? Aber *no*! Der meinte das ernst. Ich zögerte.

Doch dann habe ich mir gut die Antwort überlegt, und *deswegen* sollte ich auch bei dir Prinz werden. Es ist eine Antwort, die eines edlen Prinzen würdig ist. Ich sagte ihm nämlich, meine Leben sei wirklich super. Ich könnte überall hingehen, wo ich wollte, niemand würde mir folgen, Frauen schon gar nicht. Die übersähen mich alle. Höchstens Männer, die mich verprügeln wollen, würden mir auflauern. Mehr nicht. Das sei so unfassbar gut, so *fantastico*. Embarek schaut mich an. Ja, hier in meine Augen. Diese Augen! Können die lügen? Nein. Und dann küsste er mich links und rechts auf die Wangen. Ja, er küsste mich. Und dann fragte er mich, wie es mir beim Sex erginge – ob ich mich da auch so frei fühlen könnte. *Fantastico,* sagte ich wieder, er könnte sich meine Glück gar nicht vorstellen, mir würde niemand nachstellen, selbst wenn ich wollte. Ich hätte keine Affäre. Ich hätte auch keine Sex. Nur dann, wenn ich dafür bezahle. Das sei wirklich Freiheit. Große Freiheit. Ich könnte nackt auf der Straße stehen und würde niemandem auffallen. Ja, Adalbert, so war das. Und was passierte dann? Was passierte dann? Du glaubst es nicht! Er fing an zu weinen, wie eine Baby, das den Schnuller verloren hat. Weinen vor Freude. Ich setzte mich zu ihm und reichte ihm eine Taschentuch. Er umarmte mich wie eine Papa. Dann küsste er mich aufs Ohr, sagte danke, einfach nur danke. Danke! Er trocknete seine Tränen, legte für die Antipasti Geld auf den Tisch, erhob sich und ging. Ich habe vergessen, wie viele der noch anwesenden Frauen in dem Moment fast zeitgleich aufsprangen und ihm folgten. Meine Ohr war ganz nass. Später habe ich meine Frau die Geschichte erzählt. Sie schwärmt jetzt mehr für Christian Ulmen."

Strass zieht die Augenbrauen hoch. „Die Geschichte kommt mir bekannt vor. Die hast du doch aus der Zeitung, oder?"

„Zeitung? Ich lese keine Zeitung. Nur den Sportteil."

„Nun ja, Talent für eine Rampensau hättest du zweifellos, aber ich weiß jetzt nicht, ob die Geschichte reicht, dich im Karnevalskomitee als Kandidaten vorzuschlagen."

„Was heißt: Das reicht nicht?", ruft Matteo empört und gießt Champagner nach. „In der Nachbarstadt haben sie jetzt zwei aus Kamerun zu Prinz und Prinzessin gemacht – auch um ein politisches Signal zu setzen. Das könnten wir hier doch auch mal."

„Wat soll dat denn für ein politisches Signal sein, wenn du unser Prinz wirst – *Carnival meets Mafia* – oder wat?!"

„Jetzt halte dich mal nicht für so schlau, Klüngelmeister. Du wirst eines Tages noch darum betteln, mich zum Prinz machen zu dürfen." Matteo haut so fest auf den Tisch, dass Schambatíst wieder aufwacht.

Er blickt um sich, schaut zur Tür und stöhnt: „Oh nein, nicht der schon wieder."

Ein Mann kommt mit schnellen Schritten auf sie zu.

„Matteo", flüstert Schambatíst, „ist nicht schon Polizeistunde? Müssen jetzt nicht alle raus?"

Matteo dreht sich um und erkennt in dem Mann den Gast, den er erst vor ein paar Tagen bewirtet hat. „Ach, Schambes, da kommt deine … äh, neue Freund! Der Kunstsachverständige aus der Hauptstadt der Bewegung!" Matteo begrüßt Sallenbruck links und rechts mit Küsschen.

Dem ist so viel körperliche Nähe sichtlich unangenehm. Er befreit sich aus der Umklammerung und sagt: „Guten Tag, die Herren, meine Name ist Sallenbruck, Peter W. Sallenbruck. Darf ich mich zu Ihnen setzen?“

„Aber natürlich, Herr Peter W. Sallenbruck“, sagt Strass. „Immer doch. Champagner?“

„Nein, vielen Dank.“

„Natürlich trinken Sie Champagner“, sagt Matteo bestimmt und holt noch ein Glas.

„Strass mein Name, Adalbert Strass. Ich suche gerade einen Prinzen.“

„Wie bitte?“, fragt Sallenbruck irritiert.

„Ich suche meinen nächsten Prinzen“, wiederholt Strass.

„Äh, da bin ich wohl der Falsche.“

Matteo schlägt ihm auf die Schulter. „Wie wunderschön Sie das R rollen! Fast wie eine Italiener. Nur nicht ganz so gut.“

Nun fixiert ihn Schambatíst. „Wie Sie sehen“, sagt er, „bin ich noch nicht tot.“

„Ich verstehe“, antwortet Sallenbruck, nimmt das Glas Champagner zu den Lippen, probiert und setzt es wieder ab. „Das ist ein Lenoble“, sagt er.

Matteo schaut ihn begeistert an. „Ja, lieber Herr Sallenbruck, Sie sind mir ja ein Kenner. Woher wissen Sie das?“

„Nun, als Kunsthändler kommt man in der Welt herum. Und verlässt auch mal sein Nest.“

„Wat wollen Sie damit sagen?“, fährt ihn Strass an. „Sie kennen uns doch gar nicht. Meinen Sie, wir würden uns hier den ganzen Tag nur an unserem eigenen Nabel wund gucken und der Rest der Welt ist uns egal?“

„Ja, das meine ich.“

Strass ist außer sich. „Matteo, schmeiß den Mann raus!“

Matteo macht eine beschwichtigende Geste.

„Also", wiederholt Schambatíst, „ich bin noch nicht tot. Was sagen Sie jetzt, Herr Salvendruck?"

„Die Sache nimmt allmählich Fahrt auf", sagt Sallenbruck.

„Welche Sache?", fragt Matteo.

„Tun Sie doch nicht so unschuldig. Sie hängen doch da auch mit drin."

Schambatíst schaut Matteo ungläubig an, der vor Erstaunen rot anläuft. „Wo drin meinen Sie?"

„Ach, Sie haben es dem Herrn Dänzer-Valotti noch gar nicht erzählt?"

„Was soll ich nicht erzählt haben?"

„Dass Sie eine Verschwörung geplant haben, um seinen Jan Wellem zu bekommen."

Matteo ballt die Fäuste. „*Allora*, jetzt war ich doch bis gerade der Einzige, der noch freundlich zu Ihnen war. Stehen Sie unter Drogen? Sie spinnen ja wohl!" Er greift Sallenbruck ans Revers.

„Regen Sie sich nicht so auf. Ich will es erklären."

Die anderen drei sitzen mit verschränkten Armen um Sallenbruck herum.

„Ich bitte um Entschuldigung, wenn ich vorschnell einige Vermutungen geäußert habe. Aber meine zwischenzeitlichen Recherchen sind doch so eindeutig, dass ich leider zu gar keinem anderen Ergebnis komme. Wie Sie vielleicht wissen, gibt es in Bensberg eine Freimaurerloge mit dem Namen ‚Matteo Alberti'."

Die drei schauen einander fragend an.

„Reiner Zufall", winkt Matteo schließlich ab, „keine Ahnung, wer das ist. Kenne ich nicht."

„Aber die Freimauer kennen Sie, oder? Die mit dem Zirkel und dem Winkel als Symbol? Die Geheimorganisation?"

„Damit habe ich nichts zu tun", blafft Matteo. „Da hat jemand meine Namen gestohlen."

„Wie man's nimmt", sagt Sallenbruck. „Diese Loge gibt es erst seit ein paar Jahren, aber ihr Namensgeber ist ein gewisser Matteo Alberti, der um 1700 herum Baumeister von Jan Wellem war. Den kennen Sie doch, oder?"

Matteo greift abrupt nach der Champagnerflasche, doch bevor er sie Sallenbruck über den Schädel zieht, besinnt er sich. Er hält sie gegen das Licht, um zu prüfen, ob sie leer ist. Dann gibt er einem seiner Kellner ein Zeichen, eine weitere zu bringen. „Sprechen Sie ruhig weiter, Signor Bruchpeter. Das ist alles höchst interessant."

„Der Kurfürst hatte Alberti damals am Wiener Hof getroffen", fährt Sallenbruck fort. „1694 trat er in Jan Wellems Dienste ein, wurde ein Jahr später in den Grafenstand erhoben und zum Generalsuperintendenten aller geplanten Gebäude und Festungen ernannt."

„Sie meinen, er war so eine Art Oberbaudirektor?", fragt Strass.

„Und wenn schon", unterbricht Matteo, „was hat das mit mir zu tun? Das sind nur Namen, die tausend Mal in der Welt vorkommen. So wie Ihr Durchschnittsname, Knallenbruck, stimmt das? Und weil Sie so eitel sind, haben Sie sich da eine W dazwischengesetzt. W wie Wuppertal."

Die drei Männer hauen vor Freude die Fäuste auf den Tisch und lachen, etwas zu laut.

„Nun", gibt Sallenbruck trocken zurück, „so ist es nicht. Das W hat eine andere Bedeutung."

„Oh", Schambatíst wird langsam wieder rege, „wieder so ein Geheimnis. Wahrscheinlich W wie Wursthändler."

Wieder brüllen die drei vor Lachen.

Sallenbruck lässt sich nicht beirren. „Jedenfalls ist es kein Zufall, dass diese Loge Ihren Namen trägt."

„Die trägt nicht meine Namen, *stupido*. Ich trage meinen

Namen schon selbst." Für diese Retourkutsche klatscht er sich mit Schambatíst ab.

„Dieser Alberti hat Großartiges für Jan Wellem gebaut", fährt Sallenbruck ungerührt fort, „die kurfürstliche Galerie, das Kriegskommissariat des Sicherheitshafens oder auch das Schloss in Bensberg. Geld spielte überhaupt keine Rolle. Aus Italien kamen die Handwerker, aus Frankreich und vor allem aus Holland die Künstler und Maler. Als Jan Wellem dann starb, war Alberti so gut wie arbeitslos. Bevor er dann nach Italien zurückging, hat er Globen produziert und verkauft. 1735, einen Tag vor Heiligabend, starb er hochbetagt in seiner Heimatstadt Venedig und wurde im Familiengrab beigesetzt."

Auf dem Tresen klappern die Kellner mit den Gläsern. Die letzten Gäste an den umliegenden Tischen machen sich auf, um zu gehen. Sie lassen sich die Mäntel bringen.

„Eine rührende Geschichte", sagt Schambatíst und wischt sich den Champagner vom Mund.

„So, Signor Sallenbruck." Matteo wird ungeduldig. „Und wo ist jetzt die Verschwörung?"

Sallenbruck schaut ihn streng an. „Woher stammen Sie?"

„Das geht Sie gar nichts an."

„Aus Venedig, stimmt's?"

„Nein, aus Pordenone in der *Regione Autonoma Friuli Venezia Giulia.*"

„Na ja, das ist ja nicht weit weg."

„Meine Großeltern lebten noch in Venedig, aber meine Eltern sind dann irgendwann weggezogen."

„Sehen Sie? Und wie oft sind Sie da heute noch?"

„In Venedig? Gar nicht mehr, das heißt, ich besuche dort regelmäßig das Filmfestival. Ich liebe es. Der Teppich ist dort zwar nicht längst so rot wie der in Cannes. Dafür sind die Mädchen viel schöner. Haben Sie das letzte Mal Bianca Balti gesehen? Oh! Was für eine Frau, was für eine Fotomodell, mit eine zur Hüfte offenen Trenchcoat – und offensichtlich nichts darunter. Oder Barbara Palvin. Kennen Sie diese Engel? Eine himmlische Wesen. Wie Anna Medici! Sie kam mit eine eigene Schleppenträger. Alle fünf Meter musste der niederknien, um den Faltenwurf neu zu legen."

Strass und Schambatíst strahlen Matteo begeistert an.

„Und jetzt sind Sie, Herr Alberti, wieder hier im Rheinland", zerstört Sallenbruck den kurzen Rausch, „um sich für Ihre Familie etwas von dem zurückzuholen, was an die alten Zeiten erinnert."

„Was? So eine Quatsch. Was soll ich denn zurückholen? Das Schloss?"

„Nee, den Schlossturm", jault Strass.

„Den alten Schlossturm!", kreischt Schambatíst.

„*Aaam alten Schlooossturm zu Düüüsseldorf am Rhein*", beginnt Matteo zu singen und Strass und Schambatíst fallen laut in das Lied mit ein: „*Daaa wohnt ein kleiiines, blondes Mägdälein …*"

„Ruhe", ruft Sallenbruck dazwischen.

Die drei sind so erschrocken, dass sie abrupt aufhören.

„Sie wissen genau, was ich meine", sagt Sallenbruck.

„*No*, das weiß ich nicht", reagiert Matteo genervt.

Doch Sallenbruck lässt nicht locker: „Sie sind doch auch Mitglied der Freimaurerloge, so wie ihr Ahne Alberti."

„Wovon reden Sie? Ich habe Ihnen wohl wirklich zu viel eingeschenkt. Was fantasieren Sie?"

„Es ist bekannt, dass sich Jan Wellem und sein Baumeister lange Zeit mit alchimistischen Dingen beschäftigten. Und so zog Alberti für den Kurfürsten durchs ganze Land, um dem Geheimnis des Goldmachens auf die Spur zu kommen. Nach einer erfolglosen Brüsselreise soll er seinem Herrn enttäuscht geschrieben haben, dass er das erhoffte Quecksilber nicht gefunden habe. Nach allem, was wir heute wissen, war das aber nur ein Code für etwas anderes. In der allegorischen Sprache der damaligen Zeit verwendete man den Begriff Blei für Materie, Gold für die Seele und Quecksilber als Synonym für den Geist. Alberti hatte also in Brüssel nicht nach Gold gesucht, sondern nach Geschäftskontakten."

„Die können auch Gold wert sein", meint Strass und nickt.

„Nur weil da eine Alberti mal Architekt war und freimaurerische Alchimistenkram gemacht hat, planen der Schambes und ich eine Verschwörung?"

„Nun, sagen wir mal so: Ich konfrontiere Sie damit und frage Sie: Sind Sie Mitglied dieser Loge?"

„Und wenn ich's wäre, würde ich es Ihnen nicht sagen. Auch nicht nach vier Flaschen Champagner." Er gießt allen nach, nur Sallenbruck nicht, dessen Glas immer noch voll ist.

„Sehen Sie", sagt Sallenbruck, „gerade diese Verschwiegenheit verrät Sie."

„Vielleicht wärst du ja doch ein guter Prinz!" Strass ist ganz angetan von Matteos temperamentvollem Auftritt. „Prinz Matteo der Schweiger!"

„Jetzt ist Schluss, ich mache den Laden jetzt dicht", ruft Matteo, „und Sie, Sallenhöschen, darf ich bitten, als Erster zu gehen. Und das meine ich jetzt noch höflich, *capito*?"

Sallenbruck wischt sich die Lippen mit einer Serviette ab, steht auf, verbeugt sich kurz und sagt: „Ich werde es sowieso herausfinden."

„Nichts werden Sie herausfinden", schnauzt ihn Schambatíst an, „es sei denn, Sie glauben Ihren eigenen Spinnereien."

„Vieles, was erst verrückt klingt, wird hinterher nicht selten wahr", orakelt Sallenbruck.

„Sie irren sich in allen Lagen, äh, Belangen", ruft ihm

Schambatíst nach, „und noch was: Man muss nicht Freimaurer sein, um verschwiegen sein zu können. Das funktioniert auch, wenn man gute Freunde hat. Aber wie soll man das wissen, wenn man keine hat, Sallenbruck, nicht wahr?"

Dieser blickt Schambatíst verächtlich an, dreht sich mit Schwung um, kreuzt durch die Tischreihen und Säulen des Alberti bis zum Ausgang und verschwindet durch die Tür.

Schambatíst wendet sich Matteo zu. „Weißt du, es gibt Fälle, in denen Korken eben doch knallen müssen."

„Um jemanden damit abzuschießen?"

„Auch. Aber vor allem, um die Stimmung zu heben."

„Was meinst du, Matteo?" Er erhebt sich.

Strass schaut sie beide mit großen Augen an und beginnt das Lied vom alten Schlossturm zu summen.

„Sobald der Korken knallt", schwärmt Schambatíst, „ist dieser unsagbare, energiereiche Moment einer Erwartung und Freude da, eines Aufbruchs …"

Strass wird lauter und singt: *„Eiiin stilles Weiiinhaus, gerade vis-à-vis …"*

Schambatísts Augen leuchten: „Und dann, und dann knallt der Korken. Unmissverständlich! Ruuums! Und du musst nichts weiter sagen."

Matteo nickt. „Du hast recht, Schambes, ich hole noch eine Flasche, *un attimo, per favore.*"

Und als er sich erhebt, schmettert Strass voller Elan: *„Diiie schönen Stunden dort vergeeess iiich niiie."*

28
HOFFMANNS ERZÄHLUNGEN

Eicke Hoffmann gehört nicht zu jenen vom Ruhm ihres Könnens ständig überwältigten Meistern der internationalen Modeszene, deren Protagonisten sich eher einen Wettkampf in Exzentrik als in Entwürfen und Design liefern. Vielmehr stellt der mittlerweile 84-jährige Herr in seiner offenherzigen Verbindlichkeit, Unaufgeregt- und Bescheidenheit eine Größe dar, die wohltuend mit seiner natürlichen Autorität verschmilzt – eine Tatsache, die bewirkt, dass jeder ihm so gut wie alles verzeiht. Gerade, was seine Affären in seinen mannstollen Tagen anging, war vor allem seine Familie stets äußerst tolerant. Hoffmann und sein Clan verkörpern im besten Sinne das rheinische Gönnen-Können, das Eifersucht und Neid zwar als notwendige Indikatoren schwieriger Umstände ansieht, jedoch niemals als wirkliches Hindernis oder als Erschwernis des Lebens betrachtet. Herzensgröße und gelebte Leidenschaft, ohne die nichts wirklich Großes möglich ist, gelten in seiner Familie seit Generationen als Lebenshaltung. Anders ist auch der nachhaltige Erfolg nicht zu erklären, den Hoffmann über Jahrzehnte als Modefürst erringen konnte.

„So, jetzt hab ich den Kaffee vorbereitet“, sagt Schambatíst, als er sich wieder zu ihm setzt.

„Danke, Schambes, Sie sind ein Schatz.“ Seit Jahren besteht der Modefürst auf einer ganz exklusiven Art der Fußpflege, die Schambatíst mit seinem Faible für handgekochten Kaffee besonders entgegenkommt: ein Peeling mit kaltem Kaffeesatz. Kaffee schmeckt nicht nur gut, sondern er pflegt auch. Und bei Hoffmann bewirkt er wahre Wunder.

„Ihre Füße begeistern mich immer wieder. Ist das wirklich alles ohne klinische Nachhilfe?“

„Aber Schambes, wie kommen Sie denn darauf? Das ist alles Ihr Werk.“ Hoffmanns Füße, die nicht nur Kriege, Wirtschaftskrisen und politische Konflikte, sondern auch unzählige von Kilometern auf den Modebühnen dieser Welt hinter sich haben, wirken fast unbenutzt: keine eingewachsenen Zehennägel, kein Pilz, keine Hornschwielen, kaum Hornhaut, keine Risse, die Zehen schlank und kräftig aufgereiht wie süße Trauben an der Rebe, ihr Nagelrand auf einer Linie mit den Zehenspitzen, die Haut fast samtig.

Schambatíst trägt den Kaffeesatz auf.

„Ich halte gar nichts von Schönheitsoperationen“, sagt Hoffmann. „Bei berühmten Schauspielern – na gut. Das verstehe ich vielleicht noch. Meine gute New Yorker Freundin Iris Apfel hat immer gesagt: Wenn Gott dir keine Nase wie Pinocchio gegeben hat, warum an ihr herumpfuschen? Man wisse nämlich nie, was herauskäme. Manche Leute sähen am Schluss aus wie ein Porträt von Picasso.“

Schambatíst verteilt den Kaffeesatz mit kreisenden Händen auf den Füßen. Damit er nicht so schnell trocknet und cremig bleibt, hat er ihn mit zwei Esslöffeln Olivenöl und etwas Honig angereichert. Dann lässt er die Mischung einige Minuten einwirken. „Die Modewelt hat sich aber auch verändert“, sagt er schließlich.

„Wie meinen Sie das, Schambes?“

„Als Sie vor zwanzig Jahren das erste Mal bei mir waren, gab es doch noch die großen Schauen bei Ihnen auf der Kö – mit rotem Teppich, Bühne, prominenten Models, die fast berühmter waren als die Designer. Wie in einem Gewitter blitzten überall die Lichter der Fotografen auf, und das Publikum betete die Models wie Göttinnen an.“

„Das gab es alles, sicher."

„Heute reicht das nicht mehr. Heute braucht die Mode einen Erlebniswert. Da muss es irgendeine Live-Performance geben, mit einem Modedesigner, der eine Kandidatin aus dem geifernden Publikum auswählt und sie vor aller Augen einkleidet."

„Oder auch *ent*kleidet."

„Oder es gibt einen Friseur, der einem eine Giraffenfrisur schneidet. Oder einen Kö-Dentisten, der einem ein Bleaching verpasst. Das hat alles so was Gewöhnliches."

„Die Qualität muss ja nicht schlechter sein. Es ist eine Frage des Geschmacks. Und ich bitte Sie, der darf sich doch ändern, oder?"

„Sie fanden das früher also nicht besser?"

„Nein, manches ist doch auch lustig", sagt Hoffmann. „Kennen Sie die Jalila Essaidi? Die hat jetzt auf einer Modenschau eine Kollektion präsentiert, die aus Kuhmist hergestellt wurde."

„Sehen Sie, heute ist alles Mist."

„Nein, das ist doch ganz süß. Neulich habe ich Models mit Designerkleidern aus Schokolade gesehen. Das ist Haute Couture! Wir haben ja damals auch mit Dingen angefangen, die viele für unsinnig hielten." Anfang der 60er-Jahre ist Hoffmann einer der Ersten gewesen, die Gianni Versace im Ausland gezeigt haben. Durch ihn sind Designer wie Roberto Cavalli überhaupt erst bekannt geworden.

„Warum machen Sie eigentlich heute nichts mehr?", fragt Schambatíst.

„Die Zeit ist vorbei. Ich war immer ein Macher, doch das steht mir in meinem Alter nicht mehr zu. Ich widme mich heute vor allem der Kunst und der Kultur."

Hoffmann ist ein regelrechtes Lesemonster. Über 150.000

Bücher bewahrt er in seiner Stadtvilla und seinen zwei Wohnungen auf, die Hälfte davon historische Bücher und Handschriften. Gelesen hat er sie natürlich nicht alle, aber er hat in jedes Buch mindestens einmal hineingeschaut. Oft reicht das. Denn Bücher flüstern einem zu. Öffnet man sie, werden ihre Stimmen lauter und klarer. Und oft ziehen sie einen hinein in eine unbekannte, fremde, manchmal wundersame Welt, die aber letztlich nichts anderes ist als die Vorstellung in unserem Kopf – und damit unsere eigene Welt. Für Hoffmann besitzt jedes Buch einen Zauber, der für ihn schon einsetzt, wenn er es nur in der Hand hält. Umso mehr vermisst er dieses haptische Gefühl bei E-Books, die er zwar nicht generell ablehnt, aber die für ihn dennoch nicht im selben Maße dieses Element der Verführung besitzen. Seine Sucht zu lesen ist im Laufe seines Lebens immer stärker geworden. Lange stahl sie ihm viel Zeit und damit auch Geld. Im Alter jedoch ist sie nun zu einer tröstlichen und willkommenen Droge geworden, von der er auch nicht mehr lassen möchte.

„Glauben Sie nicht, Schambes, dass ich nur durch Bücher lebe. Sicher, gerade die abstrakten Philosophen spülen mir am besten den Kopf durch. Aber immer nur Bücher? Nein. Das wäre mir viel zu akademisch. Mich langweilen allzu intellektuelle Unterhaltungen. Grausam. Die meisten Leute, mit denen ich zu tun habe, sind Gott sei Dank nicht sehr gebildet."

Schambatíst rubbelt Hoffmann die Füße. Er greift nach der Feile und korrigiert minimal die Ecken der Nägel. Mit einem Bimsstein entfernt er eine dünne Hornhautschicht und reibt die Füße anschließend mit einem pflanzlichen Öl ein. Dann tupft er sie mit einem Kosmetiktuch ab und verteilt schließlich mit den Fingern Puder zwischen den Zehen.

„Schambes, wussten Sie eigentlich, dass ich im Besitz eines der Tagebücher von Anna Maria Luisa de' Medici bin?"

„Nein, wie sollte ich?"

„Ein Original. Aus der alten Düsseldorfer Hofbibliothek."

Schambatíst staunt. Er hat schon im Studium von der alten Bibliothek gehört, der sogenannten Bibliotheca Palatina Dusseldorfiensis. 1731, einige Jahre nach dem Tod Jan Wellems, ist sie nach Mannheim gebracht worden. „Woher haben Sie das denn? Die Bücher sind doch alle fortgeschafft worden, oder?"

„Nicht alle. Manche sind auch hier geblieben. Viele Bücher verschwanden vor, während und nach dem Umzug oder tauchten auf verschlungenen Wegen später wieder auf, und zwar in den Klosterbibliotheken des ehemaligen Großherzogtums Berg. Und da habe ich mir das Exemplar einfach gekauft. Es trägt den Titel *La Serenissima Anna Maria de' Medici, principessa di Toscana.*"

Schambatíst blickt auf das Gemälde über dem Kamin. Es geschieht nicht allzu oft, dass er es während der Arbeit bewusst wahrnimmt. Er schaut sie an, die *serenissima*, und zum ersten Mal kommt es ihm vor, als sei sie die eigentliche Hauptperson auf dem Gemälde. So paritätisch die beiden dort auch sitzen, ihre Anmut ist doch weit faszinierender und ausdrucksstärker als die Entschlossenheit ihres Ehemanns.

„Kennen Sie Jackie Kennedy?", unterbricht Hoffmann seine Gedanken.

Schambatíst schaut ihn mit leicht gequältem Blick an. „Natürlich kenn ich die!"

„Auch sie hat sich den Kummer von der Seele geschrieben, in Briefen an einen irischen Priester. Es gab da wohl Details über John F. Kennedy, die so pikant waren, dass sie angeordnet hatte, die Briefe erst 20 Jahre nach ihrem Tod zu veröffentlichen."

„Sie muss ihn sehr geliebt haben."

„Das ist anzunehmen. Und es zeigt sich, dass Diskretion

auch eine Tugend sein kann und manche Geheimnisse durchaus noch reifen müssen, bevor sie überhaupt ans Licht kommen dürfen."

„Und im Tagebuch der Prinzessin gibt es ebenfalls solche pikanten Details?"

„Es finden sich in Annas Schriften zumindest Hinweise auf ... nun ja, amouröse Fehltritte ihres Mannes."

„Ist denn das so etwas Besonderes für einen Herrscher?"

„Nein, durchaus nicht. Aber es wäre interessant, ob er sich bei diesen Abenteuern nicht vielleicht das eine oder andere Mal fortgepflanzt hat."

„Nun, fragen können wir ihn ja leider nicht mehr."

„Das nicht – oder vielleicht doch? Stellen Sie sich vor, eines dieser Abkömmlinge hätte wiederum Kinder und Kindeskinder bekommen, und diese hätten sich bis heute fortgepflanzt."

„Dann hätten wir also wieder einen Jan Wellem in der Stadt?"

„Genau. Zumindest einen oder eine, die sich als seine Nachkommen bezeichnen können."

„Das wäre ja was. Und der würde dann in den Schlossturm einziehen?"

„Ja."

„Und die Wittelsbacher müssten alle Kunstwerke wieder hergeben."

„Ganz recht."

„Und auch das Stadtmuseum müsste man wieder leer räumen. Würde alles den Nachkommen gehören."

„Richtig. Und auch Ihr Gemälde würde nicht mehr Ihnen gehören."

„Natürlich, so wie wahrscheinlich auch jeder kopierte Rubens."

„Es sei denn, Ihr Bild ist wirklich eine Kopie."

Schambatíst schaut genervt zu Hoffmann hinüber. „Bitte hören Sie mir mit solchen Erzählungen auf. Das sind alles doch nur Miss ... äh, Missdeutungen!" Keine Frage, denkt er, Eicke Hoffmann muss mit jemandem über das Bild gesprochen haben. Möglicherweise mit ihrer gemeinsamen Freundin, Eveline Ginsterfing zu Mayer-Träsch. Es gibt so gut wie niemanden, den Eveline in der Stadt nicht kennt. Und Hoffmann hat schon viele Privatschauen in ihrem Haus veranstaltet. Eveline kann eine hervorragende Gastgeberin sein. Als einmal ein berühmter deutscher Modeschöpfer sie mit seinem weiß gepuderten Haar an einer ihrer Soireen besucht hatte, erlaubte sie sich den Spaß, die gleichen schwarzen Chauffeurhandschuhe mit Strass-Besatz zu tragen wie er. Ob sein schwammiger Händedruck allerdings von der Innenpolsterung des Handschuhs herrührte oder der durch strenge Dauerdiät schwindenden Muskelkraft zu verdanken war, vermochte sie nicht zu sagen. Eine ungezwungene und nette Begegnung soll es jedenfalls gewesen sein, und zum Abschied hat er sich mit französischen Küsschen so herzlich von ihr verabschiedet, dass Puder von seinem Schopf auf ihre schwarze Sonnenbrille niedergerieselt ist und sie eine Niesattacke erlitt.

Eveline war immer schon so charmant wie gerissen, und Schambatíst ist überzeugt davon, dass auch Hoffmanns heutiger Besuch auf sie zurückführt. „Woher wissen Sie das alles überhaupt?"

„Was meinen Sie?"

„Na, dieses Tagebuch und so. Vielleicht ist es ja gar nicht das Tagebuch der Medici, sondern ein anderes. Vielleicht das von Catarina oder Maria de' Medici?"

„Nein."

„Oder das von Donatella Versace?"

„Nein."

„Gina Lollobrigida?“

„Nein.“

„Die heilige Walpurga?“

„Hören Sie, natürlich habe ich das Buch prüfen lassen. Ich habe Beziehungen zur Nationalbibliothek in Florenz. Eine Direktorin ist eine Freundin von mir, ein ehemaliges Fotomodell. Ich kenne sie schon seit Urzeiten. Sie ist heute immer noch eine wunderschöne Frau und hochgebildet – Dottoressa Maria Letizia Emanuela Sebastiani Casamassima. Schon der Name ist ein Gedicht!“

„Und die weiß Bescheid?“

„Keine kennt sich besser aus als sie. Ich habe ihr schon vor Jahren mein Exemplar gezeigt. Es ist echt. Kein Zweifel. Es trägt in seinem sehr aufwendigen Exlibris nicht nur ein papiergedecktes großes kurfürstliches Siegel, sondern auch das Wappen der Medici.“

„Sie haben also das Original?“

„Ja, aber es gibt noch ein zweites. Und das gehört zur Bibliotheca Palatina, zur Medici-Sammlung im Palazzo Pitti. Es befindet sich also in Florenz.“

Der Palazzo Pitti – Schambatíst überlegt. Er erinnert sich plötzlich wieder an seinen Besuch aus Florenz. Was ist daraus eigentlich geworden? Wollte der Carabinieri ihn nicht noch einmal besuchen? Sind die Täter inzwischen geschnappt? Ist er nicht mehr in Gefahr? Ihm fällt ein, dass morgen die neue Alarmanlage im Salon eingebaut wird. Er wird sein Geschäft dafür leider einen halben Tag schließen müssen. Ein Sicherheitsschloss mit Code soll in den Türrahmen eingebaut werden.

Eicke Hoffmann ist aufgestanden. Er hat sich bereits die Schuhe angezogen und will gehen.

„Hat Ihnen Ihre Freundin aus Italien eigentlich von dem Einbruch im Palazzo Pitti erzählt?“

„Welcher Einbruch?“, fragt Hoffmann.

„Neulich war hier ein Kommissar aus Florenz und hat sich bei mir nach möglichen Spuren erkundigt, die im Zusammenhang mit einem Einbruch in Florenz stehen könnten.“

Hoffmann streicht mit den Händen über den Kamin und über die kleinen Drachen. Dann sagt er: „Davon weiß ich nichts. Vielleicht ein … Missverständnis?“

„Wie kann das sein“, sagt Schambatíst, fast verzweifelt, „wenn Sie da so gute Beziehungen haben?“

Hoffmann beschwichtigt: „Der Palazzo Pitti ist groß. Es gibt viele Abteilungen.“

„Ja, aber nicht überall wird eingebrochen.“ Schambatíst hilft Hoffmann in den Mantel. Dann hält er ihm die Tür auf.

„Mein lieber Schambes, Sie wissen doch, wie solche Leute sind. Derartige Vorfälle werden immer mit äußerster Diskretion behandelt.“

29

DIEBE NICHT ERWÜNSCHT

Ein Lächeln huscht über Evelines Gesicht, als sie an ihren ersten Hut zurückdenkt. Ihr Vater hat ihn ihr zum 16. Geburtstag geschenkt. Ein weißer Damen-Borsalino aus Hasenfellfilz, rund, mit breiter Krempe und einem grauen Hutband aus Ripsband. Für Eveline war es Liebe auf den ersten Blick, eine Liebe, die sie bis heute nicht losgelassen hat. Fortan studierte sie alle Hutmodelle, besonders die der berühmtesten Hutträgerin, der Queen, und nicht selten ließ sie sich die gleichen Modelle anfertigen. „Ich werde meinen Hut heute nicht abnehmen, Schambes", sagt sie und schwingt ihren zerbrechlichen Körper mit leichtem Gang durch den Salon, greift sich das bereits mit Trittenheimer Altärchen gefüllte Glas und lässt sich auf dem Kosmetikstuhl nieder. Die Rosen an der Krempe ihres mattgold-grauen Hutes wippen leicht, bevor sie, ähnlich entspannt wie Eveline, nach unten sinken.

„Ohne Hut würde mir bei Ihnen etwas fehlen", meint Schambatíst.

„Aber nein, Hüte sind wie Haare, man kann auch ohne sie leben."

„Aber nicht jede Frau kann Hut so gut tragen wie Sie."

„Nein, Schätzchen, da irren Sie sich. *Jede* Frau kann Hut tragen. Es kommt nur auf die Haltung an. Für mich müssen sie praktisch und bequem sein. Und nicht zu groß. Schließlich will ich ja auch noch gesehen werden."

Schambatíst beginnt, ihre Füße zu wärmen. Er nimmt einen warmen Lappen und presst ihn sanft gegen ihre Haut. Er hält ihn mehrmals in das warme Wasser, wringt ihn aus und setzt neu an. Selbst in dieser halb horizontalen Pose verliert sie nichts an ihrer eleganten Erscheinung. Natürlich weiß Schambatíst um ihre Dominanz, die sie nicht selten dazu nutzt, ganze Gesellschaften mit einem einzigen Satz aufzulösen: „Hier ist es ja entsetzlich langweilig", heißt es dann. Und: „Carl, wir gehen." Carl, ihr Ehemann, tut stets, wie ihm geheißen. Auch deswegen hegt Schambatíst eine gewisse Hochachtung vor Carl, der offensichtlich gelernt hat, Wichtiges von Unwichtigem zu unterscheiden.

Schambatíst greift nach der Feile und lässt sie kaum hörbar über ihre schmalen Zehennägel gleiten.

So geht das eine ganze Weile, während Eveline ihn aufmerksam betrachtet. Offensichtlich will sie etwas sagen, und mit jeder Minute, die vergeht, scheint sie sich ihrer Sache sicherer zu werden. „Schambes", sagt sie endlich, „ich muss Ihnen etwas gestehen."

Schambatíst schaut sie mit seinen kugeligen Augen erstaunt an. Ein Geheimnis von Eveline?

„Ich habe von diesem Sallenbruck gehört. Eine unangenehme Erscheinung, nicht wahr?"

„Ja, aber woher wissen Sie denn davon?"

Eveline lächelt und tätschelt ihn am Oberarm. „Ich kenne halt diesen und jenen. Das können Sie sich doch vorstellen."

Schambatíst setzt seine Pflege fort.

„Er will Ihnen etwas wegnehmen, nicht wahr?"

Er nickt, ohne aufzuschauen.

„Sehen Sie. Ich kann verstehen, dass Sie mittlerweile genervt sind, was dieses Gemälde hier angeht. Ich will Ihnen also helfen."

Mit einer solchen Ansage hätte Schambatíst nicht gerechnet. Freudig schaut er zu ihr hoch. „Und wie?"

„Wir müssen diesen Mann ausschalten."

„Was heißt: ausschalten?"

„Er muss weg."

Schambatíst lacht laut auf. Eveline erinnert ihn in ihrer verbindlichen Nüchternheit an Mrs. Wimmerforce, die freundliche, etwas schrullige Witwe aus dem Film Ladykillers, in deren Haus sich die Mitglieder der Diebesbande um den genialen Gauner Professor Marcus alias Alec Guinness nacheinander gegenseitig umbringen.

Eveline beobachtet ihn. „Sie sollten mich ernst nehmen. Mir ist es nämlich sehr ernst."

Schambatíst beruhigt sich. „Warum soll er verschwinden?"

„Er will etwas haben, was ihm absolut nicht gehört. Und ich habe große Sorge, dass dieses Gemälde nicht sein einziges Opfer werden könnte. Wie Sie wissen, habe ich einen echten Douven zu Hause hängen – das Porträt der Marquise d'Espinasse. Sie ist eine meiner Vorfahren. Der ideelle Wert des Bildes ist unermesslich."

Das 40 mal 30 Zentimeter große Gemälde zeigt die höchstens 20-jährige, bildhübsche Marquise in einem schwarzen, langen Kleid mit goldenen Stickereien. Um den Hals trägt sie eine große weiße Krause, in der rechten Hand hält sie einen geschlossenen Fächer, in der linken eine schwarze Maske. Denn es ist Karneval, und sie ist offensichtlich zu einem Ball im alten Düsseldorfer Schloss geladen: Deutlich sind im Hintergrund des Gemäldes die breiten Säulen des Gewölbes und der Boden mit den farbigen Steinplatten zu erkennen.

„Sie ist eine Ihrer Vorfahren? Das haben Sie mir aber noch nicht erzählt."

„Ja, natürlich, sie ist so etwas wie meine mehrfache Ururgroßmutter."

„Einen solchen persönlichen Bezug verstehe ich natürlich. Deswegen will ich ja auch mein Gemälde behalten. Es ist ein Familienstück."

„Ja, und vielleicht sogar noch mehr."

„Was meinen Sie?"

„Vielleicht bekommen Sie ja eines Tages doch noch heraus, wie Ihr Bild in Ihre Familie gelangt ist." Sie schaut ihn vielsagend an, und dann erzählt sie ihm die Geschichte von Madame d'Espinasse, die mit einem gewissen Jan Kazimierz Sapieha verheiratet war, Sapieha, ein bedeutendes polnisch-litauisches Hochadelsgeschlecht. Die Familie Sapieha war damals sehr einflussreich und hatte sogar einen erblichen Sitz im österreichischen Herrenhaus. In Polen bestimmten sie zusammen mit den Potockis und Czartoryskis maßgeblich die Politik. Hochadelsfraktionen unter sich.

„Wir sollten aber vielleicht doch erst einmal überlegen, ob wir ihn nicht mit Worten aus der Stadt treiben", schlägt Schambatíst vor.

Eveline ist wenig begeistert. „Schambes, lassen Sie uns ein Spiel spielen. Nehmen wir an, wir wollten ihn tatsächlich aus dem Leben schaffen. Nur dürften wir uns dabei nicht selbst die Hände schmutzig machen. Wie würden wir das anstellen?"

„Ach, da gibt es viele Möglichkeiten." Er greift nach der Schere und lässt sie drei Mal laut schnippen. „Sie könnten ihn doch lebendig in eine tote Kuh einnähen."

„Warum denn lebendig?"

„Sonst müssten Sie ihn ja vorher töten."

„Stimmt. Gute Idee."

„Oder Sie manipulieren die Schlösser und gesamte Mechanik seines Autos und lassen ihn dort ersticken."

„Er kann die Scheiben einschlagen."

„Stimmt, blöde Idee."

Eveline ergreift ihn an der Schulter. Dann schaut sie ihn gebannt an und sagt schließlich mit weit geöffneten Augen: „Wie wäre es mit einem Auftragskiller?"

Schambatíst überlegt. Die einzigen Auftragskiller, die er kennt, stammen aus Hollywoodfilmen. Er grübelt weiter.

„Wo bekommen wir einen her?“, schreckt Eveline ihn hoch.

„Aus dem Internet?“

„Auf keinen Fall, da hinterlassen wir viel zu viele Spuren. Ich kenne andere Wege. Im Fachmagazin *The Howard Journal of Criminal Justice* habe ich gelesen, dass der typische Auftragskiller im Schnitt 38 Jahre alt ist, für den Mord meistens eine Waffe benutzt und aus der gleichen Gegend wie sein Opfer kommt.“

Die Eingangstür wird geöffnet, und Fletcher Vogelsang tritt ein. „Morgen, die Herrschaften“, ruft er fröhlich, geht auf den Kassentisch zu und stellt mit einem lauten Knall zwei Kisten Yarsagumba auf die Ablage. Seine muskulösen Oberarme glänzen, halb von Sonnenöl, halb von Schweiß.

„Sie kommen ja wie gerufen“, strahlt Eveline.

Er geht auf sie zu und gibt ihr auf die linke und rechte Wange einen Kuss.

„Ach, Sie kennen sich mittlerweile?“, fragt Schambatíst.

„Natürlich, mein Lieber. Sie haben uns doch zusammengebracht.“

Schambatíst ist immer wieder erstaunt, wie gut sein Salon als Kontaktbörse funktioniert. Hätte er für die entstandenen Geschäftsbeziehungen von Anfang an Provision verlangt, müsste er wahrscheinlich längst nicht mehr arbeiten.

„Fletcher, was würden Sie nehmen, wenn Sie jemanden umbringen müssten?“, fragt Eveline.

„Kommt drauf an. Entweder viel Drogen, zum Beispiel meine eigenen. Oder einen guten Anwalt.“

„Nein, so meine ich das nicht. Wie viel Geld würden Sie nehmen?“

Fletcher überlegt. Gleichzeitig gibt er Schambatíst ein Zeichen, um sich zu vergewissern, ob bei der alten Dame eventuell gerade etwas durcheinander läuft.

Schambatíst reagiert nicht und packt ungerührt sein Etui zusammen. „Gut, also, es käme darauf an, wer die Person ist und wie sie sterben soll", sagt Fletcher.

„Es handelt sich um einen reichen Mann, der möglichst schnell und schmerzlos sterben soll." Eveline lächelt.

„Dieses Mal meint sie aber nicht ihren eigenen Mann", ergänzt Schambatíst.

Sofort kassiert er von ihr einen leichten Rüffel: „Schambes, jetzt nehmen Sie die Sache doch mal ernst!"

„Ich weiß es nicht", meint Fletcher, „ich muss wirklich passen. Ich bin ein ganz schlechter Killer. Ich schaffe es ja noch nicht einmal bei uns auf dem Hof, den Hund von der Nüsslein zu treten. Obwohl der uns immer die Ernte wegfressen will."

„Ach ja, diesen Zausel kenne ich auch. Der hat ja nun überhaupt keine Manieren. Frisst ja anscheinend nicht nur alles, sondern pinkelt auch, wo er Lust und Laune hat. Treten Sie ihn das nächste Mal einfach von mir mit."

Fletcher hebt die Hand wie beim Salutieren, legt die Rechnung auf die Kisten, grüßt noch kurz und verlässt den Salon.

Schambatíst hat inzwischen auf seinem elektronischen Tablet, das in die alte Kasse integriert ist, nachgeschaut, was das *Journal of Criminal Justice* über Honorare notiert. „Es kostet durchschnittlich 15.000 Pfund, ein Menschenleben auslöschen zu lassen. Steht hier."

„So wenig? Das kann nicht sein. Das müssen ja Dilettanten sein, die solche Aufträge übernehmen. Ich will keinen Billigheimer."

Schambatíst liest weiter vor, dass für einen Mord an einem erfolgreichen Autohändler auch schon mal 100.000 Pfund gezahlt wurden. Das sei aber nicht die Regel. Manche würden auch schon für 200 Pfund morden.

„Was für ein Sittenverfall! Nein. Das will ich nicht“, erregt sich Eveline, „wir zahlen vernünftig. Wir sind hier ja nicht beim Mord-Discounter. Ich will einen Profi.“

Schambatíst ist aufgestanden, um Evelines Lieblingsbalsam, Allgäuer Latschenkiefer, zu holen. Doch sie winkt ab und gibt ein Zeichen zum Aufbruch.

Er hilft ihr behutsam aus dem Stuhl, damit die Rosen an der Krempe ihres Hutes nicht abbrechen.

„Ich danke Ihnen“, sagt Eveline.

„Ich glaube nicht, dass Sie für so etwas jemanden finden werden. Abgesehen davon, dass das Ganze ja wohl sowieso nicht ernst gemeint ist.“

Sie lacht. „Wir werden sehen.“

Schambatíst geleitet Eveline zur Tür und stellt sich vor, wie bereits Scharfschützen auf Häuserdächern oder in den Seitengassen der Altstadt Stellung beziehen und Sallenbruck über Kimme und Korn anvisieren. Er sieht ihre blitzend reflektierenden, hoch konzentrierten Pupillen, hört das Ticken der Killeruhr, die langsam herunterzählt, unaufhörlich und immer lauter – und schließlich ein Rufen.

„Schambes, träumen Sie?“ Eveline klopft ihm auf die Stirn. Als er sich fängt, lächelt sie und dreht sich zum Ausgang. „Übrigens, wussten Sie eigentlich, dass Auftragskiller ihre Opfer sehr selten in dunkler Nacht ermorden, sondern eher beim Gassigehen mit dem Hund oder beim Einkaufsbummel in der Nachbarschaft? Merkwürdig, nicht wahr? Mord kann so etwas Banales sein.“

30

IN DER KURFÜRSTLICHEN GROTTE

Während Artemis, umringt von Putten, Himmelsboten und halb nackten Jägerinnen, in ihrem Zweispänner über den dunklen Wolkenrand jagt, kündet weit über ihr Aurora, die Göttin der Morgenröte, bereits vom kommenden Tag. Schambatíst fühlt eine leichte Starre in seinem Nacken, als er den Blick wieder senkt und auf Fanta richtet. Mit seinen Stuckdekorationen, Pilastern und gläsernen Kronleuchtern ist der Kuppelsaal wohl der prächtigste Raum im Benrather Schloss. Von draußen dringt hell das Tageslicht durch die fassadengroßen Fenster.

Fanta schlurft in den riesigen Filzpantoffeln, die alle Besucher des Schlosses tragen müssen, über den Boden. Sie wippt mit dem Kopf und wird allmählich schneller. Sie kreist zwei, drei Runden durch den großen Saal, wobei sie in den Pantoffeln fast zu schweben scheint. Der rote lange Pashmina-Schal um ihren Hals fliegt hinter ihr her, während sie mit einem lauten „Hu!", das sich hallend im Rund des Saales verfängt, weiterschwebt.

Schambatíst kann ihr in seinen Filzpantoffeln, groß wie Hobbit-Füße, nicht folgen. Als sie wieder an ihm vorbeizischen will, stellt er sich ihr in den Weg, sodass sie gegen ihn prallt. „Fanta, nicht so laut. Normalerweise dürfen wir hier gar nicht alleine hin. Aber es war ja dein Wunsch. Ich habe es nur geschafft, weil ich an der Rezeption so getan habe, als müsse ich die Luftfeuchtigkeit in den Räumen des Schlosses messen." Er zeigt ihr noch einmal demonstrativ das Feuchtigkeitsmessgerät, das er an einem Band um den Hals trägt.

„Das war eine tolle Idee von dir, Schambes." Sie klatscht in die Hände, hakt sich bei ihm ein und filzpantoffelt mit ihm im

Gleichschwung durch die großen, lindgrünen Türen ins Vestibül. „Das ist der richtige Ort, um den Alltag zu vergessen", sagt Fanta glücklich.

Schambatíst schaut jedoch besorgt. Schon das letzte Mal wollte er sie etwas Wichtiges fragen. Er hatte gehofft, dass sie ihn darauf ansprechen würde. Jetzt muss er es schließlich doch selbst tun. „Fanta, wie du vielleicht weißt, ist neulich eine meiner Kundinnen ganz unerwartet gestorben."

„Ja, davon habe ich gehört. Florentina."

„Du kennst Sie?"

„Natürlich. Sie hat mich ein paar Tage vor ihrem Tod noch besucht."

„Ach ja, was wollte sie denn?"

„Nichts Besonderes. Frauengespräche."

„Frauengespräche?"

„Ja, was Frauen halt manchmal so besprechen." Sie schaut ihn frech an. „Ach, Schambes, das interessiert dich doch gar nicht."

Er nickt, und sie ziehen durch die großen Gänge.

Das ganze Schloss ist mit Fluren und Treppen durchzogen – sichtbaren und unsichtbaren. Die verborgenen Räume und Gänge wurden einst für die Dienstboten angelegt, damit sie den Adligen möglichst unauffällig dienen konnten – um Essen zu bringen oder ihnen beim Ankleiden oder Baden zu helfen.

„Es gibt nur eine kleine Sache, die mich irritiert hat", fährt Schambatíst fort.

Fanta, eingehängt in seinen Arm, verlangsamt den Schritt.

„Ganz in der Nähe der Leiche wurde ein Hahn entdeckt."

„Ein Hahn?"

„Kein echter, ein Hahn aus Keramik. Mit einer geklebten Bruchstelle am Hals."

„Das kann nur der Hahn sein, den ich ihr verkauft habe."

„Du warst das?"

„Das habe ich dir doch erzählt. Er stammte vom Flohmarkt. Doch dort ist er nur zufällig hingeflattert. Ich wusste ja, dass er etwas Besonderes ist. Jedem, der ihn besitzt, bedeutet er etwas. Und als ich Florentina von dem Hahn erzählte, bekam sie ganz große Augen. Sie wollte ihn unbedingt haben."

„Wieso?"

„Du weißt doch wahrscheinlich, dass sie solche Tierkrüge und -karaffen sammelt, nicht wahr? Manche sind wirklich viel wert, manche nicht. Aber für Florentina hatte mein Hahn einen hohen Erinnerungswert. Als sie ihn schließlich in der Hand hielt, weinte sie fast. Sie meinte, er sähe genauso aus wie der Hahn, den ihre Großmutter als einen der wenigen Gegenstände aus ihrem zerstörten Haus wiedergefunden hätte."

„Kriegszerstört?"

„Nein, von den Nazis geplündert."

„Oh, das hat mir Florentina nie erzählt."

„Ja, das kann ich verstehen. Sie sagte auch, dass sie da so gut wie nie drüber sprechen würde. Aber dieser Hahn würde bei ihr viel auslösen – und gutmachen. Denn sie selbst war es, die als Kind den Hahn ihrer Großmutter kaputt gemacht hat. Ihre Großmutter hätte damals zwar gelacht und gesagt, dass es wunderbar sei, dass es nun ihre Enkelin gewesen sei und nicht die Nazis, die die Karaffe zerbrochen hätte. Sie selbst jedoch war untröstlich."

„Ich hoffe, du hast ihn ihr geschenkt."

„Nein. Das wollte sie nicht."

„Wie viel?"

„500 Euro."

„Du bist ja eine Halsabschneiderin", lacht Schambatíst.

Fanta zuckt mit den Achseln. „Florentina war so glücklich. Es ist wirklich eine Schande, dass sie nun tot ist."

Sie stehen vor einer grünen Tapetenwand. Nur bei genauem Hinschauen lassen sich die Umrisse einer Tür erkennen. Sie blicken sich an wie zwei Kinder, die einen Streich planen. Und noch bevor sie sich einig sind, wer prüfen soll, ob sie verschlossen ist, hat Fanta die Tür geöffnet. Vor ihnen windet sich eine kleine verwinkelte Treppe hinauf. Sie gehen ein paar Stufen hoch und kommen in eine der alten Gästewohnungen. Durch ein Schlafzimmer, ein Ankleide-, ein Wohn- und ein Gesellschaftszimmer gelangen sie schließlich zu einem weiteren kleinen Labyrinth von Dienertreppen und Botengängen. Die Eichenbohlen knarren unter ihren Filzpantoffeln. Durch Zwischenräume und Halbetagen können sie links und rechts immer wieder in mit Seidentapeten bedeckte herrschaftliche Räume blicken. Schon an der Türschwelle wird der Unterschied deutlich – hier im Botengang der einfache Holzboden, der ab der Schwelle zu den feinen Räumen in gemustertes Parkett wechselt. Sie spähen nur kurz in die Luxusgemächer. Die Botengänge sind viel aufregender, eine verborgene Welt und eine bescheidenere. Die Dienstbotengemächer erinnern eher an Abstellkammern.

„Die Welt der Täuschung – ein Luxus für Reiche." Schambatíst hebt belehrend den Finger.

„Ja." Fanta nickt. „Die Welt als Täuschung. Aber das ist heute ja nicht anders."

„Inwiefern?"

„Na ja, wir lassen uns doch häufig vom äußeren Schein täuschen. Wir leben heute ja fast ausschließlich in einer visuellen Welt."

„Stimmt. Aber ist das so schlimm? Als Model warst du doch auch mal Teil dieser rein visuellen Verlockungen."

Fanta umschlingt mit ihren langen Armen, so weit es geht, ihren Oberkörper. „Das Haptische scheint heute doch kaum noch eine Rolle zu spielen. Wer weiß denn schon in Zeiten sozialer und digitaler Medien, wie Dinge sich wirklich anfühlen? Früher gingen die Kinder in den Streichelzoo. Heute streicheln sie das Display und öffnen Apps, um eine Kuh oder ein Schaf zu sehen. Ein trügerischer Spaß. Und das wirkliche Ertasten verkümmert. Dabei haben wir doch alle Sehnsucht nach Berührung.“ Sie schaut ihn durchdringend an.

Schambatíst traut sich nicht, ihrem Blick länger als notwendig standzuhalten, und weicht aus. Er weiß genau, wovon sie spricht. Nicht nur, weil er den ganzen Tag in seinem Salon ertastet, wie Menschen sich anfühlen, sondern weil ihm vor allem danach verlangt, zu wissen, wie Fanta sich anfühlt.

Vor ihnen liegen die herrschaftlichen Badezimmer, eins für den Kurfürsten, das andere für seine Frau. Die Bäder liegen zum kleinen Innenhof hin, sodass niemand von den offiziellen Räumen aus hineinsehen kann. Sie stehen vor dem Bad des Kurfürsten. Die Tür ist noch geschlossen.

Fanta zögert. Das Bad des Kurfürsten gilt als der intimste Raum des gesamten Schlosses. Sie fragt: „Kennst du eigentlich das Zimmer 101?“

Schambatíst sieht sie überrascht an. „Was für einen Raum?“

„Zimmer 101.“

„Wo? Im Parkhotel? Breidenbacher Hof?“

„Nein, das mysteriöse Zimmer 101, vor dem alle Angst haben.“

Schambatíst verzieht den Mund und schüttelt den Kopf.

„Das verborgene Zimmer, das Orwell in *1984* beschreibt“, sagt Fanta. „Es befindet sich im Ministerium der Liebe.“

„Ministerium der Liebe …“, murmelt Schambatíst ihr langsam nach, als ob er letzte Erinnerungsfetzen in seinem Gehirn aktivieren wollte. „Also ein Raum der Liebe, vor dem alle Angst haben?“

„So genau ist das nicht klar. Es ist wohl eher ein Folterraum, in dem den Menschen ihr letztes Geheimnis herausgepresst werden soll oder in dem für jeden sein persönlich größtes Grauen wartet."

Immer noch stehen sie vor der geschlossenen Badezimmertür.

„Was könnte dein letztes Geheimnis sein, Schambes?"

Er schaut sie an. Sein Herz schlägt schneller. Er kratzt sich an den Schläfen, dann streicht er sich über das Kinn, während sie ganz ruhig dasteht und ihn mit klarem Blick anschaut. Er antwortet nicht.

Schließlich nimmt sie ihn an der Hand, öffnet die Tür, und sie gehen ins Bad.

Schambatíst schwirrt der Kopf. Er denkt an ihre Begegnung im Schlossturm. Manche Dinge, die wir tun, sind Hirngespinste, hat sie gesagt, schräge Ideen, verrückte Ideen. Wir heben sie uns manchmal für einen besonderen Tag auf. Und heute ist ein solcher Tag.

Ist heute ein solcher Tag?

Sie stehen in einem kleinen Raum, der einer Grotte ähnelt. Wände und die Decke sind über und über von Eichenlaub aus Stuck bedeckt. Kurz über dem Boden halten zwei in die Wand integrierte Satyrputten eine Amphora. Ansonsten ist der Raum leer. Wenn der Kurfürst früher baden wollte, wurde die Wanne hereingetragen, und nach dem Bad trug man sie wieder hinaus.

Fanta schließt die Tür hinter ihnen. Eine intime Stille erfüllt das Bad, ähnlich wie in einem schalldichten Raum. Schambatíst spürt, wie sein Blut durch die Halsschlagader, den Körper herunter und wieder herauf in seinen Kopf rast.

„Weißt du, was der Unterschied zwischen Wasser und Zeit ist?", fragt sie und tritt an ihn heran.

„Äh …"

„Pst", flüstert sie und legt ihm einen Finger auf die Lippen.

Schambatíst steht wie gelähmt. Er denkt an Florentina und ihren Tipp, Frauen könne man vor allem mit Literatur und Lyrik beeindrucken. „*Die Zeit*", beginnt er, „*die Zeit, sie ist um uns herum, sie ist auch in uns drinnen.*"

Fanta nimmt ihre Hand zurück und schaut ihn begehrend an.

„*In den Gesichtern rieselt sie, die Zeit*", fährt Schambatíst fort. „*Im Spiegel da rieselt sie, in meinen Schläfen fließt sie. Und zwischen mir und dir da fließt sie wieder. Lautlos, wie eine Sanduhr. Manchmal hör ich sie fließen, manchmal hör ich sie fließen, unaufhaltsam. Manchmal steh ich auf, mitten in der Nacht, und lass die Uhren alle stehen.*"

Sie schauen sich an. Fanta lächelt. „Sehr schön, mein Rosenkavalier. Du hast deinen Hofmannsthal gelernt."

Er grinst. „Und?", fragt er, „Was ist nun der Unterschied zwischen Wasser und Zeit?"

„Das ist ganz einfach", antwortet sie. „Zeit ist eine nicht erneuerbare Ressource. Wenn Sie weg ist, ist sie weg." Sie zieht ihre Filzschuhe aus, dann ihre Lederschuhe, wickelt sich den langen roten Pashmina-Schal vom Hals, legt ihn weit ausgebreitet auf den Boden, knöpft sich die Bluse auf, geht auf Schambatíst zu, nimmt ihm das Feuchtigkeitsmessgerät vom Hals, legt es ab und öffnet sein Hemd.

Das kann kein Missverständnis sein, denkt er noch.

Ξ

31
PANAMA UND PEDIKÜRE

„Ein Hallux valgus! Donnerwetter! Herzlichen Glückwunsch!" Schambatíst lacht. In seinen Händen ruhen die völlig verformten Füße von Alfons Märchenbach. „Ein ausgewachsener, kräftiger Hallux valgus. Faszinierend!" Er streichelt über die murmelgroße Ausbeulung des rechten, schief stehenden Zehs. Die Sehnen laufen nicht wie üblich zentral vom Gelenk über den Fuß bis zur Spitze, sondern seitlich, und ziehen damit den Zeh in eine verzerrte Position. Schambatíst drückt leicht auf den Knubbel.

Märchenbach zuckt zusammen.

„Warum gehen Sie damit nicht zum Arzt?"

„Ich will keine Operation", antwortet der Kommissar.

„Was dann? Soll ich Ihnen das wegmassieren? Oder per Peeling abschrubben? Oder mit einer toxischen Creme wegätzen?"

Märchenbach zieht die Füße zurück. Er bedauert schon jetzt, dass er in den Salon gekommen ist. Bereits in der Grundausbildung der Polizeischule hat man ihm beigebracht, dass man sich als zukünftiger Beamter niemals vor möglichen Zeugen ausziehen sollte – und wenn es nur die Socken sind.

„Machen Sie sich nichts draus. Hier in unserem Viertel leidet jede zweite Frau an so einem Ballenzeh. Die tragen ja alle die falschen Schuhe, zu eng, zu klein, zu spitz und zu hoch – und das oft von jungen Jahren an", beschwichtigt Schambatíst. Er räuspert sich. „Nur ist es halt so, dass vor allem Frauen vom Hallux valgus betroffen sind."

„Ich weiß, und jetzt glauben Sie, dass ich ein Doppelleben führe und nachts mit Damenunterwäsche und High Heels um die Häuser ziehe."

„Oh, das wäre eine sehr interessante Vorstellung." Mit einer einladenden Geste bittet er Märchenbach, seine Füße zurückzulegen, nimmt ein wenig Creme und reibt vorsichtig um den Ballenzeh herum. „Im Grunde ist da ja eine Volkskrankheit. Fast jeder Vierte zwischen 18 und 65 leidet an so einer Fehlstellung. Bei den Älteren ist es schon jeder Dritte. Das hat teilweise auch genetische Gründe."

„Ah, das kann sein, auch mein Vater hatte so einen Zeh."

„Auch Ihr Künstlervorfahre Alfons?"

„Weiß ich nicht. Kennen Sie ihn?"

„Sie haben mir von ihm erzählt. Er war Maler, oder?"

„Stimmt."

„Wissen Sie, was er für Bilder gemalt hat?"

„Nein, aber ich weiß, dass er ein Auftragsarbeiter war. Er hat von sehr vielen Originalen Kopien hergestellt. Er konnte sehr gut malen."

„Dann hätte er doch ein vortrefflicher Fälscher werden können?"

„Nein. Dazu war er viel zu anständig."

„Ah, auch bei ihm gab es also schon das Polizei-Gen?"

„Genau. Und das Ballenzeh-Gen."

Märchenbach reibt sich ein paar Hautschuppen von der Stirn. Er kombiniert: Wenn hochhackige Schuhe einen Hallux valgus provozieren, indem sie die Körperlast ungünstig auf den Mittelfuß lenken, wieso gibt es dann so viele Frauen, die den ganzen Tag mit Stöckelschuhen herumlaufen und nie Probleme haben?

„Das kann jeden treffen", schreckt ihn Schambatíst aus seinen Gedanken hoch, „schon im Kindesalter können sich die Füße zu verformen beginnen, wenn die Kinder zu kleine Schuhe tragen. Sie glauben ja gar nicht, wie viele Eltern ihre Kinder zu mir schicken."

Märchenbach blickt hinauf zum Gemälde. Noch hat er nichts herausgefunden. Und er wird auch nichts herausfinden. Die Kollegen haben den Fall bereits zu den Akten gelegt. „Was kann man dagegen machen?"

„Wogegen?", fragt Schambatíst.

„Na, gegen solche Beulen an den Füßen."

„Sie können sich operieren lassen."

„Das will ich ja nicht."

„Einverstanden. Dann versuchen Sie es mal mit Einlagen, um den Mittelfußknochen zu stabilisieren. Und laufen Sie viel barfuß. Das kennen Sie doch von Ihrer Freundin, nicht wahr?" Er schaut Märchenbach aus schrägem Winkel an. „Laufen Sie über eine grüne Wiese, barfuß. Das stärkt Ihre Fußmuskeln. Ihre Füße werden damit zwar nicht besser aussehen, aber sie schmerzen dann wenigstens nicht mehr."

Märchenbach schließt die Augen. Also Einlagen, denkt er. Weil seine Schmerzen neulich so groß wurden, hat er sich ein Gel aus Hydroxycarbonsäure in zwei Plastiksocken geschmiert und diese über Nacht angelassen, in der Hoffnung, dass die Fruchtsäure lindernd auf Haut und Knochen einwirken könnte. Als er am nächsten Morgen aufgewacht ist, sahen seine Füße aus wie geplatzter Blätterteig. Fast alle Haut- und Zellstrukturen hatten sich abgeschält, selbst die Hornhaut. Die Beule hat jedoch nach wie vor geschmerzt.

„Übrigens, hat sich ein gewisser Herr Guarnaccia bei Ihnen gemeldet? Salvatore Guarnaccia?", fragt Schambatíst.

„Nein. Kenne ich nicht."

„Merkwürdig." Schambatíst schüttelt den Kopf. „An welchem Fall sind Sie denn gerade dran?"

„Wir haben es momentan gehäuft mit Fällen der Wirtschaftskriminalität zu tun."

„So was machen Sie auch?"

„Trauen Sie mir wohl nicht zu, was?“

„Nun ja, das nicht, aber ich meine, keiner kann doch alles!“

„Ich habe nicht behauptet, dass ich alles kann.“

„Um was geht es denn da?“

„Das darf ich Ihnen nicht sagen.“

„Ach, ich darf Ihnen also Ihre Hallux-Beule von vorn bis hinten erklären, aber wenn mich etwas interessiert, ziehen Sie es vor, zu schweigen.“

„Das ist doch Ihr Beruf.“

„Schweigen?“

„Füße!“

„Und Ihr Beruf sind Fälle.“

„Und schweigen können.“

Beide verstummen, jeder ein wenig angesäuert.

Schambatíst greift zur Feile und beginnt etwas zu energisch, die Zehennägel zu formen.

Märchenbach merkt es gar nicht. Nur das ungewöhnlich schnelle Surren der Feile fällt ihm auf. „Na gut“, sagt er schließlich, „es geht um Panama.“

Schambatíst grinst. „*Oh, wie schön ist Panama!*“, singt er, und als ob er nur auf das Stichwort gewartet hätte, lässt er sich über anonyme Briefkastenfirmen aus, über Geldwäsche und Steuerhinterziehung, über die Enthüllung der „Panama Papers“, über die Tapferkeit von Whistleblowern und über die Konten von Kunden, die ihre wahren Vermögensverhältnisse verschleiert hätten. Einige dieser Leute habe er persönlich gekannt. „Es ist ja so einfach“, erklärt Schambatíst. „Da gründen Sie eine Firma, die von außen nicht zu durchschauen ist, tragen irgendeine Person als Direktor ein, die es gar nicht gibt, und führen eigentlich keine Firma, sondern nur den Kugelschreiber, mit dem Sie alles unterzeichnen, was notwendig ist, um den anderen was vorzulügen. Fertig.“

Märchenbach klatscht in die Hände und schaut ihn bewundernd an. „Sie kennen sich aus. Und Sie haben recht. Auch einige Ihrer Kunden sind auf meiner Liste."

Schambatíst gackert, ein wenig irritiert. „Das muss ja wohl ein … äh, mi … ein mieser Scherz sein! Wer denn?"

„Ich bin von Beruf Polizist und habe als solcher gelernt, zu schweigen."

„Ach ja, ich vergaß. Sie sind ein Schweiger. Und Sie wissen, ich bin Dienstleister und habe gelernt, zuvorkommend zu sein und Gespräche zu führen."

Märchenbach faltet die Hände über dem Bauch und dreht zügig die Daumen. „Ich kann Ihnen nur eines sagen: Wer mit hohen Leuten verkehrt, ist der Letzte bei Tisch und der Erste am Galgen."

„Wie bitte, Herr Märchenbach, Galgen?" Schambatíst greift nach dem Pflege-Öl und reibt die wunden Füße des Polizisten noch einmal ein. „Der Letzte bei Tisch, der Erste am Galgen? So verschworen habe ich Sie gar nicht erwartet." Schambatíst denkt an Dr. Host. Die Gerüchteküche brodelt: Es heißt, der Kö-Doc habe sich nach Mittelamerika abgesetzt. Der Verdacht, er sei Florentinas Mörder, soll ihn dermaßen geschockt haben, dass er sich eine Auszeit genommen hat. Andere Quellen sprechen von finanziellen Unregelmäßigkeiten, die den Doc zum Abflug veranlasst haben könnten.

„Die meisten der deutschen Adressen, die wir in der Datenbank gefunden haben, gehören Vermittlern von Briefkastenfirmen und Anteilseignern. Viele kommen aus Hamburg, Frankfurt, Berlin, München, Stuttgart und natürlich aus Düsseldorf. Und merkwürdigerweise auch aus Paderborn und Tecklenburg in Westfalen."

Funksenporschi, denkt Schambatíst, und er stockt. „Ich hoffe, ich verliere durch Sie keine Kunden!"

„Nicht direkt durch mich", sagt Märchenbach, „die meisten von diesen Leuten verdünnisieren sich von selbst." Er beugt sich vor, schwingt die Füße auf die andere Seite des Stuhls, setzt sich quer über den Sitz und richtet sich auf.

Schambatíst packt die Handtücher und Bestecke weg. Er will noch etwas sagen, etwas Versöhnliches, auch um seine Kunden in ein besseres Licht zu rücken. „Herr Märchenbach, waren Sie eigentlich schon einmal in Panama?"

Der Polizist knöpft sich seine Jacke zu und zieht die Mütze auf. „Nein. Und ich werde da auch nicht hinfahren."

„Das ist aber schade. Es ist ein tolles Land. Und wenn Sie auf die Karte schauen, wird Ihnen sofort etwas ganz Besonderes auffallen. Wollen Sie wissen, was?" Märchenbach hebt die linke Braue, und Schambatíst deutet dies als Zustimmung. „Auf der Landkarte hat Panama nämlich die Form eines riesigen Fußes mit einem langen Überspann. Die Knöchel beginnen bei Costa Rica, der Spann öffnet sich wie eine Brücke über das ganze Land, bis die Zehen, auf deren Kuppen der Parque Nacional Darién thront, die Grenze von Kolumbien berühren."

Märchenbach muss lachen. „Was für ein toller Fuß."

„Ja, und das Beste ist, dass auch dieser tolle Fuß an einem schmerzhaften Hallux valgus leidet."

„Wieso?"

„Genau an der Stelle, an der Panama City liegt."

Märchenbach blickt ihn anerkennend an, zahlt, gibt ihm einen freundschaftlichen Klaps auf die Schultern und geht zur Tür. Kurz bevor er den Salon verlässt, dreht er sich noch einmal um und sagt: „Übrigens, wir haben im Fall Johannsen eine Neuigkeit. Das sollte ich Ihnen vielleicht doch noch sagen. Immerhin war ja auch die eine Ihrer Kundinnen."

Schambatíst verschränkt die Arme, lehnt sich mit dem Rücken an seinen Kassentisch und nickt erwartungsvoll mit dem Kopf. „Florentina Johannsen ist an einer Überdosis Muskatnuss gestorben."

32
SALBUNG FÜR DEN PFARRER

„So, jetzt erst mal Ihre Hände in Unschuld waschen, dann können wir loslegen, Herr Pfarrer." Schambatíst säubert die Hände mehrmals mit einem warmen Lappen, legt ihn dann beiseite, beugt sich über die Finger des Pfarrers und beginnt, die Nägel zu feilen.

Klaus-Peter Kustodis ist der einzige Gottesdiener, der je den Weg in seinen Salon gefunden hat. Als Schambatíst klar wurde, dass Luisa und ihm der Kinderwunsch für immer verwehrt bleiben würde, hat er eine ganze Weile mit seinem Leben gehadert – und mit seinem Glauben. Die Kirche hat ihn zwar nie wirklich als Ort des Trostes angezogen, und auch mit den Predigten hat er nicht viel anfangen können. Die einzige Ausnahme ist für ihn Gemeindepfarrer Kustodis gewesen. Nicht, dass er deshalb wieder regelmäßig zur Kirche geht. Nein, der Pfarrer kommt ja zu ihm. Und das reicht. Er mag diesen Kustodis trotz dessen auffälliger altmodischer Frisur mit kurzem Pony, wie er bei Mönchen üblich ist oder früher bei den Kreuzrittern. Schambatíst kennt die skeptischen Gesichtszüge des Pfarrers von den Massagen zur Genüge. Unter den schwarzen Brauen, die sich an der schmalen Wurzel seiner Nase leicht verdichten, springt die große, gehöckerte Nase aus dem Gesicht hervor wie ein kleiner Fels und trägt die markante Stirnfalte, die leicht jede Stimmung entlarvt. Nur Kustodis' ständiger Ausdruck von Leiden und gönnerhaftem Mitfühlen geht Schambatíst gehörig auf die Nerven.

„Die Kirche könnte sich wirklich glücklich schätzen, wenn sie so viel Zulauf hätte wie Sie, Schambes", sagt der Pfarrer und lehnt sich im Kosmetikstuhl zurück. Er spricht fast so langsam, wie er sich bewegt.

Schambatíst setzt die Feile schwungvoll ab, neigt den Kopf und haucht: „Merci."

Schon oft hat er mit Kustodis über den Mitgliederschwund in der Gemeinde diskutiert und neben den demografischen Umständen das Weltfremde und Altbackene der Kirche als Schuldige ausgemacht. Aber auch die Sprache. „Es ist kein Wunder, dass Ihnen niemand mehr zuhört", so lautet Schambatísts regelmäßig geäußerter Vorwurf, „die Sprache der Kirche ist ja auch unverständlich." Eine verschrobene Sprache ist es, mit merkwürdigen Metaphern und Bildern, mit denen heute kaum noch einer etwas anzufangen wisse.

Kustodis blickt ihn an. „Ich weiß, was Sie gleich wieder sagen wollen. Wir sprechen Kirchenchinesisch, stimmt's?"

„Richtig", gluckst Schambatíst, „und ich verstehe immer noch nicht, wieso. Denn der Grundsatz jeder Sprache ist es, möglichst verständlich zu sein. Wie viele Übersetzungsversuche hat es seit Luther schon gegeben. Keinen hat die Kirche wirklich aufgegriffen. Und wenn ich mir die Predigten anhöre, habe ich ohnehin immer nur den Eindruck, dass es gar nicht darum geht, verständlich zu reden. Pfarrer machen Predigten für Theologen. Da sage ich: Zielgruppe verfehlt!"

„Schambes, wann waren Sie denn zuletzt im Gottesdienst? Vor zehn Jahren? Können Sie das wirklich beurteilen?"

„Ich gehe nicht mehr hin, weil ich das gestelzte Gerede nicht mehr ertragen kann. Sprechen Sie doch einfach mal ganz normal über Gott. Oder darf man über Gott nicht normal sprechen? Sprechen Sie doch mal auf der Kanzel so wie daheim. Oder wie über Ihren Fußballverein. Das verstünde wenigstens jeder."

„Wenn Sie wüssten, wie ich über meinen Fußballverein spreche. Das ist nicht gesellschaftsfähig."

„Sie sind sicher Fortuna-Fan."

Kustodis lächelt gequält. „Es ist nicht wirklich fair, über Dinge zu urteilen, die man vielleicht nur noch am Rande verfolgt."

„Ach so?", erwidert Schambatíst überrascht. „Es ist also besser zu schweigen?"

„Nein. So habe ich das nicht gemeint. Stellen Sie sich vor, ich würde an Ihrer Hand- oder Fußpflege zweifeln."

„Tun Sie nicht."

„Stellen Sie sich das dennoch vor."

„Schwer vorzustellen. Denn sonst wären Sie ja nicht hier. Aber selbst wenn – ich würde verstehen, dass ich Sie auch nicht verdient hätte. Weil ich nämlich nicht gut genug für Sie bin."

„Sie vertun sich, wenn Sie glauben, die Kirche habe eine Bringschuld. Wir zwingen doch niemanden, zu glauben. Es ist freiwillig. Jeder hat die Freiheit dazu. Und er hat auch die Freiheit, nicht zu glauben."

Schambatíst wirft Kustodis einen kritischen Blick zu. Doch ein Jesus-Verschnitt?, fragt er sich. Ihm fällt die Geschichte des Großinquisitors in Dostojewskis *Brüder Karamasow* ein. Jesus erscheint im Sevilla des 16. Jahrhunderts. Alle erkennen ihn, auch der Großinquisitor. Doch gerade deswegen verhaftet er ihn und sperrt ihn in eine Zelle. Der Großinquisitor tadelt Jesus, er habe kein Recht dazu, zurückzukehren und die aktuelle Kirchenordnung durcheinanderzubringen. Er wirft Jesus vor, den Menschen eine viel zu große Freiheit gegeben zu haben, mit der sie gar nichts anfangen könnten. Und vor allem die Freiheit, nicht zwingendermaßen an ihn glauben zu müssen, würde sie vollkommen überfordern. Um die armen Sünder trotzdem zu erlösen, habe eben die Kirche den Auftrag, für Ordnung zu sorgen. Jesus hört still zu, küsst ihn schweigend und geht, obwohl ihn der Großinquisitor eigentlich am nächsten Tag verbrennen wollte.

„Na gut", sagt Schamabatíst, „niemand wird gezwungen,

zu glauben. Aber was ist mit denen, die glauben oder glauben wollen, aber denen das nicht hilft?"

„Wer glaubt, dem wird gegeben."

„Ach hören Sie doch mal auf mit Ihren Verslein! Ich meine es ernst. Theorie und Praxis klaffen für mich einfach zu weit auseinander."

„Das sind keine Verslein."

„Was bringen die denn? Ich setze eher auf Taten, und dafür gebe ich Ihnen ein Beispiel. Neulich erzählte mir ein Freund, er sei nach Südamerika geflogen und es habe ziemliche Turbulenzen gegeben. Hinter ihm in der Stuhlreihe saß eine Frau, allein. Sie zitterte und weinte vor Angst. Mein Freund überlegte, was er tun könnte. Die Turbulenzen waren tatsächlich ungewöhnlich stark. Die Frau wurde immer lauter. Sie schrie schließlich und hörte überhaupt nicht mehr auf. Es war so unerträglich, dass mein Freund die Stewardess holen wollte, damit der armen Frau endlich geholfen werden konnte. Doch niemand war zu sehen. Die hatten wahrscheinlich selbst Angst. Die Frau hinter ihm hörte aber nicht auf. Sie rief nach ihrer Mutter, nach Gott, nach dem Teufel, nach Jesus, also eigentlich nach allem, was ihr in ihrer großen Angst einfiel. Und sie betete und knetete das kleine Kreuz aus Silber um ihren Hals. Aber sie beruhigte sich nicht. Schließlich tat sie meinem Freund so leid, dass er sich trotz des gewaltigen Gewackels im Flieger abschnallte und sich neben sie setzte. Sie schrie und sah ihn nicht. Und schrie und schrie, wirklich hysterisch, krankhaft. Da war nichts zu machen. Er nahm ihre Hand. Doch sie merkte es nicht. Er begann ganz ruhig auf sie einzureden. Doch sie hörte ihn nicht. Er sprach lauter, so laut, bis sie ihn endlich anblickte. Er nahm ihre Hand und hielt sie ganz fest. Er sagte, sie müsse keine Angst haben, es gebe keinen Grund, sich zu fürchten. Warum nicht?, schrie sie ihn an. Er habe schließlich auch keine Angst – oder glaube sie, dass er lüge? Sie könne doch sehen, dass er ganz ruhig sei. Sie fragte ihn, immer noch schreiend, warum er keine Angst habe. Er sagte, das Flugzeug sei ganz sicher. Das würde niemals abstürzen. Er wisse das ganz genau. Sie wurde zwar ruhiger, doch in ihr Schluchzen mischte sich noch stets bei jedem Rucken des Flugzeugs hysterisches Kreischen. Er sei Ingenieur, sagte mein Freund, Luftfahrtingenieur. Er habe dreißig Jahre Erfahrung. Er selbst habe das Flugzeugmodell, in dem sie sich gerade befänden, etliche Male in Crashtests geprüft. Nie sei etwas schiefgegangen. Die Flugzeuge seien absolut sicher. Dafür gebe er sein Ehrenwort. Und was geschah? Die Frau wurde ruhiger, tatsächlich immer ruhiger. Schließlich legte sie ihren Kopf auf seine Schulter, völlig erschöpft, und atmete ganz ruhig." Schambatíst schaut Kustodis triumphierend an.

„Das hat Ihr Freund gut gemacht."

„In der Tat. Er hat es gut gemacht. Er ist nämlich gar kein Ingenieur. Er hat überhaupt keine Ahnung von Technik. Er ist Bibliothekar. Er wollte einfach die Frau beruhigen. Und so hat er sich diese Geschichte ausgedacht und dadurch gehandelt und kein Verslein aufgesagt."

„Brauchte er ja auch nicht. Denn Gott war ja da."

„Gott war da? Von wegen."

„Okay, Schambes, jetzt erzähle ich Ihnen mal eine Geschichte, und zwar von dem Mann, der mit Gott die Abmachung hat, dass Gott ihn immer rettet, wenn er in Gefahr ist. Eines Tages versinkt der Mann im Moor. Leute sehen ihn und rufen die Feuerwehr. Als sie kommt, sagt der Mann zu ihnen, nein, ich bleibe, Gott wird mich retten. Geht! Und die Feuerwehr fährt wieder ab. Der Mann versinkt weiter. Wieder sehen ihn die Leute, und wieder rufen sie die Feuerwehr. Sie kommt, will ihn rausziehen, doch er sagt: Nein, vielen Dank, Gott wird mich retten. Geht! Und die Feuerwehr zieht ab. Der Mann sinkt immer tiefer. Noch zwei Mal kommt die Feuerwehr und fährt wieder weg. Bis der Mann schließlich im Moor versinkt und stirbt. Als er vor Gott steht, ist er außer sich. Du hast gesagt, du würdest mich retten, wenn ich in Gefahr bin! Gott ist erstaunt und sagt: Wieso? Das habe ich doch! Vier Mal habe ich dir die Feuerwehr geschickt, und vier Mal hast du abgelehnt. Was soll ich denn da noch machen?"

Schambatíst schaut den Pfarrer enerviert an. „Sie haben aber auch auf alles eine Antwort. Das mag ich nicht."

Kustodis grinst. „Ich kann ja nichts dafür, dass Gott überall ist."

„Ich habe einfach meine Zweifel. Diese ganze Religion – das ist doch wohl mehr oder weniger ein riesiges M … äh, Märchen. Das Ganze hat doch weniger mit Glauben als mit gesundem Menschenverstand und Herz zu tun. Dazu brauche ich nicht diese ganzen Floskeln: *Aber dich will ich wieder gesund machen und deine Wunden heilen.* Oder: *Der Herr spricht, ich sende einen Engel vor dir her, oder ich bin bei dir, dass ich dir helfe.* Nichts als Floskeln."

„Vielleicht für Sie. Andere haben den Glauben lange eingeübt und verbinden etwas mit diesen Worten und finden darin Halt. Keiner verlangt von Ihnen, dass Sie das teilen oder verstehen."

„Man muss das auch nicht verstehen."

„Natürlich nicht."

„Herrje, Herr Pfarrer, dass Sie immer den Versteher spielen müssen."

„Ich verstehe."

„*Mein Gott*", ruft Schambatíst, „*warum hast du mich verlassen*?"

„Bitte nicht solche Floskeln."

„Sie verstehen schon ganz gut, worauf ich hinauswill, oder?"

„Natürlich. Ich bin schließlich ein Versteher."

„Schön, dann nehmen wir mal Martin Luther King." Schambatíst holt Luft. „Wissen Sie, wie sich seine berühmte Rede, *I have a dream* und so weiter, wirklich abgespielt hat? Also, Martin Luther King steht auf der Bühne. Er hat sich viel vorgenommen. Er ist Theologe, er hat gut nachgedacht und jedes Wort, das er aufgeschrieben hat, ist sorgfältig ausgesucht. Er fängt an vorzulesen. Normalerweise spricht er frei. Das kann er gut. Es ist sein größtes Talent. Doch dieses Mal, denkt er, geht es um mehr. Er hat ein ausformuliertes Manuskript. Er liest seine Rede vor. So ist er sich sicher, dass alles genau nach Plan abläuft. Er liest und liest, die Minuten verrinnen. Und wissen Sie was? Nichts passiert. Das Publikum reagiert überhaupt nicht. Er liest weiter, fünf Minuten, sieben Minuten, zehn Minuten, jeder Satz ein grammatikalisches Kunststück, sauber gemeißelt. Moses' Steintafeln sind dagegen bessere Bastelarbeiten für Anfänger. Dennoch, die so schönen Worte zünden nicht. Die Leute starren ihn an. Stumm. Was soll er tun? Die Leute warten. Auf ihn. Aber er hört sich nur Worte sprechen, tote Worte. Da nimmt er sich vor, das zu tun, was er am besten kann – nämlich empathisch sein, die Stimmung der Menschen wahrnehmen, in sich aufnehmen und in seine Worte einschließen. Seine Rede wird jetzt noch knapp fünf Minuten dauern. Aber diese fünf Minuten sind es, in der er Geschichte schreibt. Er legt alles Künstliche und Förmliche ab. Nun ist er ganz er selbst, im großen Gefühlsmeer der Massen. Neun Mal fällt in diesen letzten Minuten das Wort ‚Traum', zwölf Mal das Wort ‚Freiheit'. Der Traum hat der Rede ihren Namen gegeben. Aber es geht um Freiheit. Sie ist die Sehnsucht der Menschen. Sie spricht die Gefühle an. Und die trifft sie, weil King emotional ist, authentisch. Eins zu eins."

Kustodis schweigt.

Schambatíst nimmt eine Creme aus dem Regal, dreht sie auf und trägt sie auf die Hände des Pfarrers auf. „Salbung gefällig?“, fragt er und grinst Kustodis an.

„Sie meinen, wir Pfarrer treffen nicht die Gefühle der Menschen?“

„Ja.“

„Wir reden zu akademisch? Zu vorformuliert?“

„Ja.“

„Und Sie meinen, so ist jeder Pfarrer?“

„Nein. Sie nicht oder – zumindest nicht immer.“

Kustodis schweigt. Schambatíst fühlt, dass er die Runde im Kampf um Worte gewonnen hat. Doch das will er gar nicht. Er möchte, dass sein Gegner wieder aufsteht und ihn weiter herausfordert. Er fühlt, dass Kustodis Unterstützung braucht. „Ich meine“, fängt Schambatíst wieder an, „in einer Sache haben Sie natürlich recht. Manche Menschen brauchen Floskeln, sie stürzen sich regelrecht in sie, um sich sicherer zu fühlen. Das stimmt. Das kann auch helfen. Das ist ja wie neurolinguistisches Programmieren. Man wiederholt die Dinge so lange, bis man sie glaubt. Aber ich frage mich wirklich, warum es viele Leute nicht aushalten, auf ihre Fragen mal keine Antwort zu bekommen.“

Kustodis horcht auf. „Sie können das?“, fragt er scharf. Sein Kampfgeist scheint zurück.

„Zumindest habe ich verstanden, dass es manchmal keine Antwort gibt. Und ich kenne kaum jemanden, der es aushält, auch mal zu schweigen.“ Er verteilt die Salbe gleichmäßig auf Kustodis’ Händen. Er streicht sie mit kreisender Bewegung über die Knöchel, zwischen die Finger und über die Handwurzel.

Kustodis sagt nichts.

Schambatíst fühlt plötzlich ein Drücken im Hals. Er räuspert sich, beginnt zu husten. Seine runden Kulleraugen laufen rot an und füllen sich mit Tränen. Er hat sich verschluckt. Schambatíst dreht sich kurz weg, wischt sich mit einem Tuch zunächst über die Stirn, dann über die Augen. Dann wendet er sich wieder dem Pfarrer zu.

Der schaut ihn fragend an.

„In letzter Zeit häufen sich bei mir die Probleme", murmelt Schambatíst und steckt das Tuch wieder weg, „ich habe an mein Leben mittlerweile mehr Fragen, als es vermutlich Antworten gibt." Er dreht sich noch mal weg. Seine Gedanken schießen wild durcheinander. Diebstahl, Mord, Torheit, Lust, Ehebruch – alles kommt aus dem Inneren des Menschen, denkt Schambatíst, für alles ist er selbst verantwortlich.

Schambatíst fühlt sich plötzlich von den Ereignissen der vergangenen Tage eingeholt. Er braucht einen Schnaps. Seine Großmutter hätte jetzt sicher Branntwein parat, um ihn ihm auf die Schläfen zu reiben. Er möchte schreien. Doch irgendetwas, vielleicht die Höflichkeit, schnürt ihm die Kehle ab.

Eine Geschichte aus der Bibel kommt ihm in den Sinn. Ein Taubstummer wird zu Jesus gebracht. Er soll ihm die Hände auflegen. Jesus nimmt ihn beiseite, legt seine Finger an die Ohren, berührt die Zunge mit seinem Speichel, sieht zum Himmel und seufzt: „Hephata! Öffnet euch." Und es geschieht. Die Ohren öffnen sich, und die Zunge spricht. Er hat ihn wieder hörend und sehend gemacht.

Schambatíst, wie aus einem Traum erwacht, wendet sich zum Pfarrer. „Ich werde bei Ihnen mal wieder vorbeikommen", sagt er und sucht dessen Hand, die er auf der Konsole des Kosmetikstuhls vermutet. Doch da ist sie nicht. Schambatíst erschrickt. Er hat gar nicht bemerkt, dass die Hand des Pfarrers seit einiger Zeit auf seiner Schulter ruht.

34
JAN WELLEM MACHT SICH DAVON

Auf dem kleinen gepflasterten Platz gegenüber dem Salon haben an dem frühen Morgen die ersten Marktleute ihre Stände aufgebaut. Viele Fenster in den zweiten und dritten Stockwerken der klassizistischen Wohnhäuser um den Platz herum sind geöffnet, um die bösen Träume der Nacht herauszulassen. Strahlend spannt sich über den Häuserdächern ein Himmel von hellblauer Seide, und die von erster Wärme der Sonne getränkte Frische des frühen Morgens legt sich als wohliger Dunst unter das Grün der drei Kastanienbäume, die den kleinen Marktplatz säumen. Schulkinder kreuzen die Straßen, Autos schleichen stockend über die Allee am nördlichen Ende des Platzes vorbei Richtung Innenstadt. Männer im Anzug eilen zur Bahnstation. Einige von ihnen bleiben vor dem Alberti stehen, um dem beginnenden Tag doch noch eine kleine Synkope zu verpassen – einen kurzen Moment des reinen Genusses mit einem heißen Espresso.

Als Schambatíst am *Alberti* vorbeiläuft, winkt er in das Restaurant hinein. Matteo steht meistens morgens hinter dem Mangobaum-Massivholz-Tresen, um die Kaffeependler persönlich zu bedienen – die beste Art der Kundenakquise, wie er immer betont. Dass er Cranberry-Vollkornbrötchen anbietet, findet Schambatíst noch in Ordnung. Aber dass das Alberti zur Morgenstunde bereits mit Schinken, Salami, Tomate und Mozzarella überladene Körnerbrote feilbietet, hält er für ein Relikt der Hungergeneration nach dem Zweiten Weltkrieg. Anthropologen, Nahrungsmittelforscher und sonstige Kulturbesserwisser hatten doch schon längst bewiesen, dass schon die Neandertaler nie gefrühstückt haben, sondern immer nur aßen, wenn sie hungrig waren, also zum Beispiel zur Tee-Zeit, sollte es die damals schon gegeben haben. Selbst Goethe verzichtete auf Brot und Speck und schlürfte zum Frühstück höchstens mal ein Gläschen Madeira.

Schambatíst verlangsamt seinen Schritt. Er kann Matteo nicht im Restaurant entdecken, nur die Kellner. Sie grüßen ihn, er nickt und eilt weiter zu seinem Salon. Er ist heute früher dran als sonst. Eine Gruppe behelmter und mit knackwurstengen Hemdchen und Höschen bekleideter Männer rauscht auf Rennrädern an ihm vorbei.

Für acht Uhr hat sich ein Vertreter mit neuen Produkten angemeldet. Schamabatíst entschärft von außen die Alarmanlage. Ein leichtes Piepen ertönt, dann ein Surren, er schließt die Tür auf und betritt den Salon. Wie immer begibt er sich als Erstes zur Kaffeemaschine.

Ihm fällt auf, dass die Tür zur Küche geschlossen ist. Normalerweise lässt er sie nachts immer offen, schon wegen der Durchlüftung. Und gerade, als er darüber nachdenkt, wer gestern zuletzt im Salon war, erstarrt er. Eine gewaltige Leere klafft über dem Kamin. Sie ist so groß und ungewohnt, dass Schambatíst nicht weiß, ob er wach ist oder träumt. Doch, da ist nichts, durchfährt es ihn.

Das Gemälde ist weg. Jan Wellem ist fort, samt seiner Frau.

Ein gewaltiger Schreck erfasst seinen Körper, hart und brutal wie eine Axt. Seine Sinne schwinden. Er kann sich gerade noch an einen der Freischwinger klammern, doch seine Hände rutschen vom Büffelleder ab.

Nein, es kann nicht sein, denkt er. Er rappelt sich hoch, stürmt auf den Kamin zu und tastet mit beiden Händen die Wand ab, an der normalerweise das Gemälde hängt. Schambatíst ringt nach Atem. Es ist also tatsächlich passiert. Wieder lässt er seine Hände über die kahlen Stellen gleiten, er kratzt am Putz, reibt und schlägt schließlich mit den Fäusten gegen die Wand. Wie ist das möglich? Er wendet sich um und wirbelt vor Verzweiflung mit den Armen durch die Luft. Schlägt auf Stühle und Tische. Er geht auf und ab.

Gestohlen? Ja, gestohlen. Aber wie? Es gibt überhaupt keine Spuren eines Einbruchs. Und die Alarmanlage hat er doch gerade erst abgestellt. Schambatíst jagen Blitze durch die Rinden seines gestressten Gehirns. Wo ist das Bild? Wie ist es hier herausgekommen? Hängt es vielleicht in der Küche? Und jemand hat sich einen Scherz erlaubt? Ist der Täter noch im Salon? Er hält inne.

Erst jetzt hört er dieses Geräusch, ein Zischen und Wimmern oder eher ein wütendes Knurren, in das sich ein Stampfen mischen und ein Trampeln. Es kommt eindeutig aus der Küche. Schambatíst öffnet die Tür.

Da sitzt mit dem Rücken zu ihm eine Person, offensichtlich ein Mann, so tief, wie die Stimme wütet. Er trägt einen Pyjama und ist mit den Händen nach hinten an der Lehne des massiven Stahlsessels gefesselt. Seine Füße sind an die Stuhlbeine gebunden. Um seinen Kopf klebt dickes silberfarbenes Klebeband. Schambatíst betrachtet ihn wie eine Museumsskulptur, an der *Bitte nicht anfassen* steht. Was zum Teufel macht der hier? Er traut sich nicht an den Mann heran.

Der hat ihn aber längst wahrgenommen, stöhnt immer lauter. Und als er merkt, dass Schambatíst sich nicht die Mühe macht, ihn zu befreien, fängt er an, mit dem Stuhl zu hüpfen, was aber kaum gelingt, da der Stuhl ziemlich stabil gebaut ist. Schambatíst schreckt vor dem Unbekannten zurück und will gerade wieder zurück in den Salon, um die Polizei zu rufen, als ihn eine Ahnung überkommt. Die Haare, die Haltung des Kopfes, die Körperfülle – all das kommt ihm bekannt vor. Er geht nun doch entschlossen auf den Mann zu, um ihn herum und blickt in ein ihm wohlbekanntes Gesicht. „Matteo“, ruft er laut, „was machst du denn hier? Das ist wirklich das erste Mal, dass du vor mir da bist.“ Er bückt sich zu ihm hinunter, umarmt ihn und klopft ihm auf die Schulter. „Schön, dich zu sehen.“ Er lächelt.

Matteo hebt und senkt die Augenbrauen, seine Zornesfalte wird tiefer, er wackelt mit Kopf und Oberkörper und grunzt heftig.

„Was ist passiert?“, fragt Schambatíst, „was machst du überhaupt hier? Wieso hast du einen Schlafanzug an?“

Matteo verdreht die Augen und lässt die Schultern trotz der nach hinten gefesselten Arme sehr sportlich rauf- und runterfahren.

„Brauchst du Wasser?“, fragt Schambatíst besorgt. Er ist noch so durcheinander, dass er nicht klar denken kann. „Warte, ich hole dir Wasser.“ Er geht zum Kühlschrank. „Nee, besser einen Schnaps.“ Er holt die Flasche Düsseldorfer Korn aus dem Kühlfach. „Oder weißt du was, ich rufe jetzt erst mal die Polizei an.“

Matteo stößt einen jaulenden Ton aus. Schambatíst erschrickt. „Aber natürlich!“, fällt es ihm ein, und er reißt mit einem schnellen Ruck seinem Freund das dicke Klebeband vom Mund und von den Haaren.

„Aaaah“, brüllt Matteo, „bist du bekloppt?“ Und noch einmal: „Aaaah!“ Matteo stöhnt auf. „Hast du eigentlich eine Ahnung, wie das schmerzt, du Heini, *stronzo*!“

Schambatíst schaut etwas betroffen und schüttet beiden einen Korn ein. „Hier, nimm“, sagt er, „das kühlt.“

Matteo greift nach dem Glas, und sie kippen beide den Schnaps herunter. Schambatíst schenkt nach und auch die zweite Ladung verschwindet ruck, zuck im Magen.

„Uuuh“, seufzt Matteo, „du hast ja keine Ahnung, was ich durchgemacht habe.“

„Du siehst auch gar nicht gut aus", meint Schambatíst und schüttet schnell nach.

„Schambes, ich habe mein Bestes getan. Ich wollte dich retten, aber es waren zu viele."

„Zu viele?" Schambatíst staunt. „Wer denn?"

„Ich habe sie nicht erkannt."

Schambatíst hilft Matteo aus dem Stuhl und führt ihn nach vorn in den Salon. „Dann hast du das hier ja auch schon gesehen?" Er zeigt auf die leere Stelle über dem Kamin.

„Nein", erwidert Matteo, „aber ich habe mir schon so etwas gedacht."

Die leere Wand lässt Schambatíst an die Räume in der Orangerie denken, über deren Prunkkaminen und an deren Decken ein paar Gemälde aus der alten Zeit fehlen und die dadurch teilweise ein wenig entzaubert wirken. Es ist, als hätte jemand seinem Salon die Seele gestohlen. Die Tragweite des Verlustes wird ihm jetzt immer deutlicher, er muss sich erneut festhalten. „Jan Wellem hat sich tatsächlich davongemacht", haucht er.

„Er wurde geraubt!" Matteo beginnt seine Geschichte zu erzählen. „Ich konnte nicht gut schlafen. Ich ging also an das Fenster, um besser Luft zu bekommen. Es muss gegen drei Uhr nachts gewesen sein. Ich summte gerade das Lied vom alten Schlossturm, da sah ich hinunter auf die Straße. Unten vor dem Restaurant war alles ruhig, und überhaupt schien alles zu schlafen. Es war wirklich still. Bis ich dann doch eine für die Uhrzeit ungewöhnliche Geräusch hörte. Eine kleine Piepen oder so etwas. Ich schaute genauer hinunter und sah vor deine Salon zwei Gestalten."

„Zwei Gestalten?"

„Ja, es waren zwei Männer. Ich konnte es an ihre Bewegungen erkennen."

„Wie in Italien."

„Wie in Italien?" Matteo sieht ihn entrüstet an. „Wofür hältst du eigentlich unser Land?"

„Nein, nein, mir kam da nur so ein Gedanke."

„Also, es war dunkel, ich konnte sie nicht genau erkennen. Aber es war klar, dass die zwei nicht auf eine Termin bei dir gewartet hatten. Die wollten da rein. Ich bin sofort runtergelaufen. Und als ich vor der Tür ankam, war sie verschlossen. Drinnen leuchtete Licht. Ich schaute also durch die Fenster von außen rein und sah, wie sich jemand an deine Gemälde zu schaffen machte. Ich rief und klopfte an die Scheibe. Da drehte sich der Mann zu mir um, aber es war zu kurz, als dass ich ihn wirklich erkennen konnte. Denn im selben Moment packte mich jemand von hinten, drückte mir etwas vor den Mund, und ich war ohnmächtig. Ja, und dann bin ich in deine Küche aufgewacht."

„Es waren also zwei?"

„Ja."

„Und da sie nichts kaputt gemacht haben", schlussfolgert Schambatíst, „hatten Sie einen Schlüssel und wussten sogar, wie man die Alarmanlage ausschaltet."

„So sieht es aus."

„Die haben dich als lästigen Zeugen in der Küche eingesperrt, in aller Ruhe das Bild von der Wand genommen, es herausgetragen, die Alarmanlage wieder heißgestellt und sind abgehauen."

„Si, *perfetto*! Klarer Fall von Insider-Job."

„Insider-Job?"

„Natürlich! Jemand muss sich hier blendend ausgekannt haben."

„Du meinst, ich kenne die Täter."

„Zumindest kennen sie dich."

„Oh Mann, dann kann ich ja erst mal mein ganzes Umfeld beschuldigen."

„Nein, das solltest du dem Märchenbach überlassen."

Es klopft an der Eingangstür. Ein Mann mit einer Tasche winkt herein.

„Mist, das ist der Vertreter."

„Wimmel ihn ab", sagt Matteo. „Der muss doch nun wirklich nicht der Erste sein, der von dem Einbruch erfährt."

„Ist er ja nicht, außer uns wissen es ja sicher bereits andere Leute in meinem Umfeld."

„*Madonna*, Schambes, wir sollten jetzt erst noch mal eine trinken. Denn eines ist klar, die Polizei wird uns bald alle verdächtigen. Auch dich."

Schambatíst gibt dem Mann an der Tür ein Zeichen, dass er ihm gleich öffnen wird. Dann geht er noch einmal zum Kamin zurück und betrachtet die kahle Wand. Etwas ist ihm dort aufgefallen. Etwas, das vorher nicht da war.

Er tastet mit den Fingern über eine Stelle, in die ein Zeichen eingeritzt zu sein scheint. Er geht ganz nah ran und schaut sich die Stelle genau an. „Sieh mal an, was ich hier gefunden habe", sagt er schließlich. „Da ist so eine Art Zeichnung in der Wand. Ganz frisch wohl. Auf dem Kaminsims liegen noch ein paar Krümel vom Putz der Wand. Sieht aus wie eine kleine Raute. Der obere Teil besteht aus einem aufgeklappten Zirkel, der untere aus einem Winkel." Er hält inne. „Ich glaube, das Zeichen sagt mir was."

34
SONATE IN F-DUR

Applaus brandet auf. Wieder betritt Tomoko Mayeda die große Bühne der Tonhalle. Im zweiten Durchgang des Konzerts trägt sie das lange schwarze Haar offen über dem schulterfreien roten Seidenchiffonkleid, das bis zum Boden reicht und eine kleine Schleppe mit sich zieht. Nach Mozarts Violinsonate in G-Dur jetzt Beethovens Violinsonate Nr. 5 in F-Dur, die „Frühlingssonate". Langsam wird es dunkel, und für einen kurzen Augenblick erfüllt die bläulich-weiß getränkte Flut eines Sternenhimmels die weite Kuppel mit ihren Hohlspiegeln. Für einen Moment leuchtet die Vergangenheit dieses ehemaligen Planetariums auf, bis das Licht ganz erlischt und ein Lichtkegel nur noch die Violinistin auf der Bühne erfasst. Das Allegro beginnt, heiter, beschwingt.

Was hat Mike da gerade in der Konzertpause im Grünen Gewölbe behauptet? Luisa ist immer noch irritiert. Ein normaler Täter wäre niemals so dumm, bewusst Spuren zu hinterlassen, die auf ihn rückschließen könnten. Nur ein Täter, der sich seiner Tat rühmen will, ist derart selbstbewusst? Aber wer sollte so ein Trottel sein? Waren es also nicht die Freimaurer? Selbstbewusst genug, Zirkel und Winkel als ihr Zeichen zu hinterlassen, wären sie ja. Oder wollte jemand anderes den Verdacht auf die Freimaurer lenken?

Luisa blickt Mike, der neben ihr im Parkett sitzt, prüfend an. Wer ist dieser Mike Yhprum?, denkt sie. Zu ihrer Überraschung hatte er ihr in der Pause etwas mehr von seinem Vater erzählt. Mike habe ihm einmal aus einer schwierigen Situation geholfen. Sie seien in Singapur gewesen, hätten nachts einige Drinks an einer Bar gebechert und seien anschließend mit dem Taxi zurück ins Hotel gefahren. Als sie dann bezahlen wollten, habe sein Vater im volltrunkenen Zustand den Taxifahrer beschimpft. Sie seien alle ausgestiegen. Sein Vater habe schließlich vor Wut gegen die Türen des Taxis getreten und den Fahrer so geschlagen, dass er das Bewusstsein verlor. Der Vorgang sei vor Gericht gekommen, und um den Vater, einen wichtigen Geschäftsmann, zu schützen, habe er, Mike, vorgegeben, den Taxifahrer, der sich nicht mehr an alles erinnern konnte, geschlagen zu haben. Mike kam für viele Monate ins Gefängnis. Die Schadensersatzforderung zahlte der Vater. Mike habe daraus die Lehre gezogen, dass es in der Welt der Täuschung keine Grenzen gab.

Ihre Blicke kreuzen sich. Er will ihre Hand greifen, doch sie zieht sie zurück.

Zwischen der Violine und dem Klavier entwickelt sich ein heiterer Dialog, ein gegenseitiges Necken, Einfangen und Wieder-Loslassen, wie zwei miteinander Tollende, die stets zu fallen drohen, aber letztlich nicht aus dem Gleichgewicht kommen.

Als er die Geschichte erzählt hat, hat das prismatisch schimmernde Licht im Grünen Gewölbe ein ihr fremdes Mienenspiel in Mikes Gesicht gezeichnet. Die Sache mit seinem Vater muss ihn tief getroffen haben. Zwischen all den in den Vitrinen ausgestellten kostbaren Vasen unter den grünen Gurtbögen hat Mike auf einmal weniger empfindsam gewirkt. Wie ein Rohling zwischen zerbrechlichen Schönheiten.

In die Melodie von Klavier und Violine mischen sich unter die hellen Töne Variationen von Zweifel und Fragen. Sie wirkt jetzt bedrohlicher.

Woher hat Mike von Sallenbruck gewusst? Sie hat mit ihm zwar über mögliche Täter gesprochen, aber sie kann sich jetzt nicht erinnern, dass sie Mike gegenüber den Namen Sallenbruck erwähnt hat. Oder hat sie ihn doch erwähnt?

Klavier und Violine umwerben einander und finden zu der geborgenen Melodie des Anfangs zurück. Adagio molto espressivo. Leise beginnt die Violine, noch stets zurückhaltend.

Luisa ergreift nun doch seine Hand. Er schaut zu ihr herüber.

Violine und Klavier wechseln einander ab und bereichern einander mit Verzierungen. Der Widerstand ist gebrochen. Beethoven ist verliebt.

Luisa fühlt den Ring an Mikes Hand. Bisher ist er ihr noch nicht aufgefallen. Eine winzige Uhr ist in der goldenen Fassung eingebaut. Schambatíst hat ihr einmal von einer solchen Uhr erzählt.

Das Scherzo beginnt. Die Violine hechelt spielerisch dem Klavier hinterher. Sie bemüht sich, es einzuholen, doch es gelingt ihr nicht.

Luisa streicht über den Ring, zieht an ihm, Mike hält den Finger gekrümmt. Es entwickelt sich ein Widerspiel von Ziehen und Zerren, bis sich ihre Hände ineinander verschlingen.

Beide Instrumente wirbeln miteinander, furios, staccato.

Warum hat Mike im Grünen Gewölbe darauf bestanden, dass sie ihm vertrauen soll? Inwiefern vertrauen? Worauf? Er hat souveräner gewirkt als sonst. Auch sein Stottern ist viel weniger gewesen. Die wirklichen Narben, die das Leben schlägt, sind meist nicht sichtbar. Und bis sie wirklich heilen, wenn sie es überhaupt tun, brauchen sie viele neue Erlebnisse. Gute Erfahrungen, viel Einsicht. Das Alter spielt dabei gar keine Rolle.

Während sie im Gewölbe auf und ab gegangen sind, hat Mike erzählt, dass er allmählich das Gefühl hat, sich selbst näherzukommen, zu wissen, wohin sein Weg ihn führen wird, und dass dieser Weg auch mit ihr zu tun hat. Sie hat ihm zu verstehen gegeben, dass sie irritiert ist.

Das Rondo. Das Klavier eröffnet den Satz. Die Violine setzt ein und plappert ihm nach. Doch will es nicht recht gelingen. Die Töne harmonieren weniger, erneut tritt Zweifel auf.

Mike nimmt seine Hand aus der Umschlingung und greift in sein Jackett. Langsam, fast demonstrativ holt er einen länglichen Gegenstand heraus. Er ist braun, aus Horn.

Luisa erkennt ihn sofort. Es ist ein Kamm. „Woher hast du ihn?", flüstert sie ihm zischend zu.

„Ich habe ihn gefunden", sagt Mike.

„Wo?"

„Das kann ich dir nicht sagen."

Luisa ist entsetzt. Sie will ihn ihm aus der Hand reißen. Die Zuschauer neben ihnen wundern sich. Eine Dame wirft ihnen einen zur Ruhe mahnenden Blick zu.

Das Spiel zwischen Klavier und Violine schwingt hin und her, taucht ein in Harmonie, um sich dann doch wieder neu in Zweifel zu ergehen.

Luisa erinnert sich an Fletchers Mahnung – der Kamm gehorcht nur dem Besitzer, und derjenige, der ihn stiehlt, stiehlt einem auch das Herz. Erschrocken und wütend schaut sie Mike an.

Er blickt verwundert zurück. Er will etwas sagen, doch er fürchtet einen zu lauten Wortwechsel, der ihnen die Aufmerksamkeit des gesamten Parketts einhandeln würde. Er zückt sein Handy und tippt etwas ein. Ein paar Sekunden später vibriert Luisas Handy, eine SMS erscheint auf dem Display: „Vertrau mir! Alles, was ich mache, tue ich für dich." Die Spannung in ihrem Gesicht lässt nicht nach. Sie schaut hoch in die dunkle Kuppel.

Klavier und Violine umringen einander, verfolgen, hetzen, suchen und finden einander, eine lebhafte Umarmung, virtuos gespielt, die Zweifel schwinden, Freude lässt sie tanzen.

Was will dieser Mann wirklich? Was will sie von ihm? Ist es die Begeisterung für die Jugend, die sie so sehr entbehrt und nach der sie sich zurücksehnt? Ist es allein der Zauber der Verliebtheit? Ist es die heimliche Sehnsucht, die Lust wiederzuentdecken mit einem Mann, der um sie wirbt? Ist es den Augenblick wert? Ist es mehr? Luisa weiß um die Kunst der Verführung. Sie kennt die Codes, auf die die Männer hereinfallen. Aber sie will es nicht allzu offen zeigen. Denn sie möchte nicht Jäger sein, sondern eher der Raubvogel, der sich wehrt und ziert und am Ende doch willig einfangen lässt. Denn nur so kann sie den Richtigen erspüren, erriechen und erfühlen – und zu der Erwählten desjenigen werden, den sie begehrt und haben will.

Wieder vibriert ihr Handy. Dieses Mal kommt die SMS von Schambatíst: „Sallenbruck ist tot."

35
DER PERFEKTE MOMENT

Die Bewohner des Villenviertels am linken Niederrhein gleich in der Nähe von Düsseldorf gehören zu den wohl diskretesten Menschen, die einem begegnen können. Es ist nur eine Vermutung, denn im Grunde entzieht sich hier schon der Schatten eines Lebewesens jeglicher Begegnung. Allerdings ist in dem eleganten Viertel, in dem der Anteil der Einkommensmillionäre nur durch die Anzahl der Gebäudesicherheitssysteme übertroffen wird, auch keine heitere Straßenfiesta zu erwarten. Immerhin berichten Taxifahrer häufig von dem großzügigen Trinkgeld, das sie von den Fahrgästen erhalten, die sie abends in die Stadt zur Oper, ins Konzert oder Theater bringen und nachts zurückchauffieren, bevor jene in den großen Toreinfahrten zwischen den hohen, langen und meist weißen Zäunen verschwinden, über denen die Zinnen und Spitzen der großen Dächer emporsteigen.

Auch Luisa und Schambatíst haben ein Taxi genommen, sind ausgestiegen und stehen nun ein wenig verloren in einer dieser Straßen. Sie gehen einige Meter, bis sie zu einer Pforte gelangen. Als sie links von dem schmiedeeisernen Tor den Klingelknopf finden, winkt ihnen am Ende des Kiesweges zur Villa schon Eveline zu. Das Tor öffnet sich mit einem Summen, die beiden treten ein und Eveline kommt ihnen freudestrahlend entgegen. Sie begrüßen sich herzlich, und Eveline geleitet sie zum Haus.

Sie betreten das große, verspiegelte Foyer, in dessen Mitte eine Bronzeskulptur steht, ein nackter Knabe, in dessen lockigem und langem Haar ein mit Blumen und Früchten verzierter Kranz steckt, ähnlich wie ihn die Schutzgeister tragen, die Jahreszeiten-Genien. Seine Augäpfel fehlen, und während er voranschreitet, hat er die Arme wie bei einem Balanceakt weit ausgebreitet, wobei der rechte Arm halb abgeschlagen ist, nur noch ein Stumpf.

„Darf ich vorstellen? Das ist Mutus, unser römisch-rheinischer Diener“, erklärt Eveline und tätschelt die Skulptur am Kopf.

„Ein Original?“ Schambatíst kann sich bei der Frage ein leichtes Grinsen nicht verkneifen.

„Nein, eine Kopie, mein Lieber. Aber kein Erbstück“, antwortet sie schlagfertig. „Das Original, der sogenannte *Xantener Knabe*, ist in Berlin im Neuen Museum ausgestellt. Man hat die Statue im 19. Jahrhundert bei Xanten am Ufer des Rheins gefunden.“

„Ohne die Augen wirkt er auf mich ein wenig unheimlich“, meint Luisa.

„Ja, so wie er aussieht, hat er bestimmt keinen leichten Job, oder? Ich meine, den Gästen die Speisen und Getränke reichen, das Tablett halten – das Ganze blind und nur mit einem Arm!“

„Schambes, jeder hat ein eigenes, sehr wichtiges Talent. Und das Wichtigste für mich ist doch, dass er stumm ist. Man braucht für viele Situationen im Leben stumme Diener“, sagt Eveline und blickt ihn vielsagend an. „Stumme Diener sind die besten Diener.“

Carl Ginsterfing zu Mayer-Träsch betritt das Foyer. „Herzlich willkommen“, ruft er, „endlich sind Sie mal unsere Gäste. Das wurde höchste Zeit. Ich freue mich, dass Sie da sind.“ Er nimmt Luisa den Mantel ab und bringt ihn zur Garderobe.

Schambatíst folgt ihm und hängt seinen Mantel ebenfalls auf. Direkt an das Foyer schließt der große Essraum an, dessen breite, offen stehende Terrassentüren einen großzügigen Blick in den Garten mit seiner bunten Rosenpracht zulassen.

Als sie draußen auf der Gartenterrasse stehen, bringt Herr Ginsterfing zu Mayer-Träsch vier gefüllte Champagnergläser und sagt: „Nennen Sie mich doch bitte Carl." Er reicht ihnen das Tablett.

Schambatíst strahlt ihn an. Carls gutmütige Heiterkeit wirkt auf ihn stets wie eine frische, belebende Meeresbrise.

Eveline hebt das Glas. „Auf die Toten!"

Luisa und Schambatíst schauen sie verwundert an, doch sie prosten mit.

„Ich weiß, das gehört sich nicht. Doch seitdem dieser Sallenbruck nicht mehr da ist, geht es mir viel besser", erklärt Eveline.

„Was hat er Ihnen denn getan?", will Schambatíst wissen.

„Nichts. Aber er hätte uns etwas tun können."

„Nämlich?"

„Er hätte uns berauben können."

„Sie, in diesem Hochsicherheitstrakt?"

„Nein, natürlich nicht. Solche Leute kommen durch den Haupteingang – mit einer Entourage von Juristen, Beratern und sonstigen Leibeigenen. Der hätte Himmel und Hölle in Bewegung gesetzt, um seine Sammlung zu vervollständigen." Sie weist ins Esszimmer. Zwischen einigen Ölporträts diverser Tiöttenpioniere hängt das Abbild der karnevalskostümierten Marquise d'Espinasse. „Wussten Sie denn nicht, Schambes, dass der Mann nach Douven geradezu verrückt ist?"

„Aber das ist doch kein Grund, ihn umzubringen", sagt Luisa.

Carl hebt erst die Augenbrauen, nickt ihr dann aber zustimmend zu.

„Wer sagt denn, dass er umgebracht wurde?", fragt Eveline.

„Aber Eveline", meint nun Schambatíst, „soll er sich wirklich selbst getötet haben? In seinem Schädel haben sie ein ziemlich altmodisches Projektil gefunden. Die Fahnder gehen davon aus, dass es von einer historischen Waffe stammt, einem Vorderlader. Und Sie, Eveline, wissen so gut wie ich, dass so ein Vorderlader nicht ganz einfach zu bedienen ist, schon gar nicht, wenn man sich selbst damit erledigen will. Nehmen wir doch mal unsere Radschlosspistolen. Sie haben eine und ich auch. Da braucht man nicht nur einen ruhigen Arm, sondern auch einen recht geschickten, um zu treffen. Erst recht sich selbst."

Eveline schaut ihn freundlich, aber ein bisschen mitleidig an. „Ach, Schambes, was die Polizei immer so erzählt. Das sind doch alles Vermutungen, mehr nicht. Reine Vermutungen. Und die Medien schnappen das dann auf und machen ihr übliches Nachrichtengeschäft. Blut, Mord, Tod. Das kennen wir doch. Selbstverständlich ist es schockierend, wenn jemand umkommt. Doch wenn ich mal das Geschäft der Medien übernehmen dürfte, würde ich es ganz anders machen. Ich würde schreiben: Stimmt, ein Mensch ist gestorben, doch Milliarden anderer Menschen sind wieder ganz normal ins Bett gegangen."

„Aber Eveline", unterbricht Luisa, „ist das nicht ein wenig zynisch?"

„Zynisch? Zynisch ist diese Habgier der Menschen, dieser schreckliche impertinente Materialismus. Keine Rücksicht mehr auf Werte und Tradition, keine Rücksicht auf Vergangenheit, auf Symbolkraft und auf Nachhaltigkeit."

„Liebling, wir sollten uns nicht so aufregen." Carl hält die Champagnerflasche in der Hand. „Ich meine …", setzt er weiter an, doch Schambatíst unterbricht ihn: „Eveline, die Leute werden glauben, dass Sie Sallenbruck ermordet haben."

Alle schweigen. Eine empfindliche Stille tritt ein, die von weiter hinten durch den Viertelstundenschlag der großen Uhr im Foyer unterbrochen wird.

Nach einer Weile sagt Eveline: „Sie wissen so gut wie ich,

dass das vollkommener Unsinn ist. Nur weil ich eine Radschlosspistole habe? Dann könnten Sie ebenso gut der Mörder sein, Schambes."

„Natürlich könnte ich das. Und ich hätte ein sehr gutes Motiv. Er hat mein Bild gestohlen, und deswegen habe ich ihn umgebracht."

„Ach, Ihr Gemälde! Papperlapapp. Das hat der nie und nimmer!"

„Wieso sind Sie sich bei Sallenbruck so sicher?", fragt Luisa. „Wie soll er denn Ihrer Meinung nach gestorben sein?"

„Ein Unfall selbstverständlich", sagt Eveline, „was denken Sie denn?"

„Ich denke, es war ein Auftragsmörder."

„Ein Auftragsmörder! Ja, stimmt, darüber hatten wir auch schon mal gesprochen, nicht wahr, Schambes?"

Schambatíst nickt. Er muss an den *Xantener Knaben* denken. Nur ein stummer Diener ist ein guter Diener.

Carl räuspert sich. „So interessant das Gespräch auch ist, wir lassen gleich den ersten Gang aufdecken. Wollen wir uns schon einmal hineinbegeben?"

Sie gehen zurück ins Esszimmer.

„Wir sollten einen Privatdetektiv anheuern", meint Schambatíst.

„Warum denn das", empört sich Eveline, „lassen Sie doch die Polizei die Arbeit machen."

„Ach, Sie kennen den Märchenbach nicht. Der kommt hinterher auf die Idee und verdächtigt mich. Dass ich historische Waffen besitze, weiß er bereits."

„Und was soll so ein Privatdetektiv?"

„Na, die Wahrheit herausfinden."

„Das kostet, mein Lieber, diese Leute nehmen es von den Heiligen."

„Ich weiß, ich habe da aber einen guten Kunden, Hugo Fretchen, der ist mir noch was schuldig."

„Ach, der Herr Fretchen", sagt Eveline.

„Fretchen! Das war's!", entfährt es Luisa.

„Was meinst du?", fragt Schambatíst.

„Der hatte doch so einen kleinen Ring mit einer eingebauten Mini-Uhr, stimmt's?"

„Ja, aber warum ist das wichtig?"

„Ach, lassen wir das doch jetzt", unterbricht Eveline sie jäh. „Setzen wir uns."

In der Mitte des gedeckten Tisches steht neben einem silbernen Kühler mit Trittenheimer Altärchen eine in Stein gehauene Minerva, groß wie eine Magnum-Flasche, schlank wie eine Fackel. Die Göttin der Weisheit. Normalerweise ist sie mit Schild und Lanze ausgestattet, doch dieses Mal ist sie unbewaffnet. Sie trägt nur den Helm und einen Umhang, auf dem auf Brusthöhe ein Medusenhaupt angebracht ist, zur Abwehr von Unheil. Das eigentlich Ungewöhnliche ist aber, dass die Göttin nachdenklich die Hand ans Kinn gelegt hat, so als wäre sie mit ihrer Weisheit am Ende. „Ein Original, Schambes", sagt Eveline, „aus der Römerzeit."

„Für mich sieht es so aus, als ob die Göttin eher zweifelt, ob sie ein Original ist", antwortet Schambatíst.

Sie prosten einander zu. Die Marquise d'Espinasse blickt auf sie herab.

Eine junge Frau kommt herein. Sie trägt die Haare streng zurückgebunden und zur schwarzen Hose ein weißes Hemd mit schwarzer Weste und eine locker gebundene Krawatte. Sie stellt auf dem kleinen Büfett-Tisch ein Tablett ab und serviert Gazpacho, cremig, nur leicht püriert.

„Es ist doch so", setzt Eveline wieder an, „um eine Radschlosspistole zu bedienen, nimmt man sie in beide Hände.

Nicht weil sie so schwer ist, sondern um besser zu treffen. Wenn man dann abzieht, reibt sich das Metallrad am Schwefelkies. Die Funken entflammen das Zündkraut, und das bringt dann die Treibladung zur Explosion. Bamm! Das ist also alles nicht so einfach. Und wenn man beim Laden nicht aufpasst, kriegt man auch schnell mal selbst eine Kugel ab. Man muss ruhig sein, und man muss gut treffen können. Und dieser Sallenbruck war doch ein nervöser Vogel."

„Aber man hat keine Waffe bei ihm gefunden", gibt Schambatíst zu bedenken. „Gibt es Schmauchspuren an den Fingern?"

Eveline zuckt die Achseln. „Wer weiß, vielleicht wollten bestimmte Leute, dass es wie ein Mord aussieht."

„Wer soll das denn sein?", wundert sich Luisa.

„Meine Liebe, wenn es um Macht und Geld geht, ist alles möglich."

„Okay, aber eines stimmt nicht", geht Schambatíst dazwischen. „Auf 50 Meter ist die Waffe vielleicht nicht so genau. Aber schon auf sechs Meter durchschlägt sie locker dicke Buchenbretter. Und auf Kurzdistanz verfehlt sie nie ihr Ziel. Auch wenn man nervös ist."

„Ja, natürlich. Ich spreche doch auch von einem Unfall. Oder von einem Selbstmord. Für beides hat der Mann zweifellos eine gute Waffe gewählt."

Sie löffeln die Suppen. Die Momente der Stille, die immer wieder unter den weisen Augen der Minerva eintreten, wirken wie eine Feuerpause in einem immer wieder aufflammenden Gefecht der Vermutungen und stillen Beschuldigungen. Bis Carl, wohl geküsst von der Göttin höchstpersönlich, das Wort ergreift: „Ich habe die Erfahrung gemacht, dass viele glauben, man müsse auf Katastrophen immer geschockt und heftig reagieren. Darüber vergisst man aber leider oft die Chancen, die

Katastrophen mit sich führen. Die Chancen für Verbesserungen."

Eveline nickt bestätigend.

„Wenn wir davon ausgehen", fährt er fort, „dass es keinen Tag ohne Unheil gibt, dass die Welt immer in Unordnung ist und der Mensch von Natur aus aggressiv agiert und reagiert – dann ist doch jeder Tag, an dem uns nichts passiert, ein Wunder!"

Eveline klatscht in die Hände. „Carl, dich würde ich als Ersten in meine Nachrichtenredaktion aufnehmen."

„Es stimmt schon." Luisa sieht Schambatíst an. „Wir schauen oft immer nur auf den Verlust. Doch wenn etwas verloren ist, ist das meistens der perfekte Moment, um es neu zu entdecken."

Schambatísts und ihr Blick treffen sich kurz, über Minervas Helm hinweg.

„Ja, meine Lieben", sagt Eveline, „ihr habt vollkommen recht. Heute lernt ja kaum noch jemand, Dinge, die kaputt sind, wieder zu reparieren. Und damit meine ich nicht Radios oder Handys, sondern Lebenssituationen und Beziehungen."

Carl stimmt ihr zu, indem er kurz das Glas hebt.

„Gerade, wenn Paare sich trennen wollen", fährt Eveline fort, „ist das der perfekte Moment, einander neu kennenzulernen."

„Es müssen aber beide bereit dazu sein", meint Carl trocken.

Schambatíst blickt wie bei einem Tennismatch hin und her. Er fragt sich, warum er Luisa eigentlich damals geheiratet hat. Weil er verliebt war? Weil er wie ein Betrunkener auf den verdammten Cocktail von Chemikalien im Gehirn, der dieses blinde Anfangsschweben auslöst, hereingefallen ist? Weil er romantische Vorstellungen hatte? Heiraten wir immer dann den falschen Partner, wenn wir ausschließlich romantische Vorstellungen hegen? Romantik im grauen Alltag zu leben, ist unendlich schwierig. Aber wo bleibt dann das Reden, Berühren und Schweben im Gleichschritt angesichts von Arbeit, Geldverdienen und dem Abbezahlen von Hypotheken? Geht Romantik wegen der Kinder verloren? Nein, sie haben ja gar keine Kinder. Noch nicht einmal Kinder sind bei ihm eine Ausrede.

Die Kellnerin trägt die leeren Suppenschalen hinaus. Er schaut Luisa an. Luisa hat die Beine übereinandergeschlagen und hält ihr Glas in der Hand. Wasser mit Eiswürfeln.

Amors Pfeile zielen nicht nur auf Herzen. Das hat Schambatíst lernen müssen. Amor zielt auch auf den Schoß. Bei Männern und bei Frauen. Seit der Vertreibung des Menschen aus dem Paradies geht die Liebe mehr oder weniger schief. Schambatíst ist sich sicher. Und die Rückkehr wird verwehrt bleiben. Vielleicht geht für den einen oder anderen, dem die Liebe gelingt, mal wieder ein Gartentörchen auf. Aber im Grunde ist die Liebe doch nur ein Zustand dauernder Umnachtung. Wieso verlieben wir uns manchmal ständig von Neuem und versetzen uns damit jedes Mal in diesen vermaledeiten Taumel eines krankhaften Geisteszustands? Vielleicht hält dieses Stadium der Liebe auch nur deswegen so kurz an, weil wir es gar nicht aushalten könnten, ständig so stark unter Strom zu stehen?

„Schambes", ruft Eveline, „Schambes, träumen Sie?"

„Oh, Entschuldigung, nein, ich war nur kurz mit meinen Gedanken woanders. Ein … äh, Missgeschick!"

„Das haben wir gemerkt."

Die drei anderen lachen, während Schambatíst fühlt, wie ihm Wärme ins Gesicht steigt.

Die junge Dame bringt die Gerichte für den Hauptgang. Bereits vor Tagen haben Eveline und Carl ihre Gäste per Mail gebeten, einen Essenswunsch zu äußern. Es gehört zu ihren Diner-Gepflogenheiten, jedem ihrer Freunde die Lieblingsspeise zukommen zu lassen – für Luisa Putensahnegeschnetzeltes mit Champignons, für Carl Jungschweinbraten mit Kümmeljus, für Schambatíst Kräuter-Gnocchi mit Rucola und für sie selbst Seezunge.

„Wir überlegten gerade“, fährt Eveline fort, „ob man durch die Einnahme von Antidepressiva möglicherweise die Fähigkeit verliert, sich zu verlieben.“

„Das kann sein“, meint Schambatíst und stochert in seinen Gnocchi herum, „ich gehe aber davon aus, dass das nicht die einzige Fähigkeit sein wird, die man verliert, wenn man solche Tabletten schluckt.“

Carl schaut amüsiert.

Luisa hat gerade ihr Glas Wein wieder abgesetzt, als sie fragt: „Sie sagten Oxytocin?“

„Ja“, antwortet Eveline, „man nennt es auch das ‚Kuschelhormon‘. Carl und ich haben es früher fast täglich genommen, nicht wahr, Carl?“

Carl nickt und schiebt sich ein Stück Schweinebraten in den Mund.

Eveline lächelt beseelt und schwärmt: „Es sorgt für Vertrauen, eine wärmere Beziehung und sogar für besseren und längeren Sex.“

Luisa und Schambatíst schauen die alte Dame verdattert an. „Ach ja?“, rufen sie fast zeitgleich.

„Und es handelt sich hier nicht um ein … äh, Miss … äh … Versehen?“, fragt Schambatíst.

„Neeein“, tönt es gedehnt aus Evelines Mund. „Sie können es als Lutschtablette oder auch als Spray kaufen. Im Internet! Nicht wahr, Carl?“

Carl lächelt wieder und sagt: „Natürlich, Liebling.“

„Oh Schatz, wie romantisch du bist!“ Sie prostet ihm zu. Offensichtlich meint sie es ernst.

„Ach, zum Teufel mit der Romantik", platzt es aus Schambatíst plötzlich heraus, „wahre Liebe, das Glück ohne Worte! Oh Mann! Die Vereinigung zweier sich mystisch verbunden fühlender Seelen! Okay, das mag ja alles sein. Aber wohin führt das? Wohin? Ich sage es Ihnen: Es führt geradewegs und zwangsläufig ins Missverständnis. Denn sobald es mal nicht so läuft, sind wir enttäuscht und fordern, dass dieser Mensch, mit dem wir uns ach so romantisch verbunden fühlten, uns bitte doch bald wieder zu verstehen hat. Und wenn er das nicht tut, läuft was falsch, und wenn etwas falsch läuft, muss man etwas erklären, und wo es etwas zu erklären gibt, kann keine Liebe mehr sein. Und über diese Dinge liest man nichts in Liebesromanen – nämlich darüber, was ist, wenn das gewöhnliche Leben die Liebe verjagt, ja sie regelrecht verdrischt. In Liebesromanen gibt es immer nur das Tragische oder das Wunderschöne. Ich möchte mal einen Liebesroman lesen, in dem kein Wort der Liebe vorkommt, sondern das Leben, das ordinäre, langweilige Leben."

Sie schauen ihn an, überrascht über seinen Wortschwall und den temperamentvollen Ausbruch.

Luisa wirkt konsterniert. Sie fühlt Enttäuschung in sich aufsteigen. Und auch Wut. Sie hat immer gewusst, wie er denkt. Doch dass er sich ausgerechnet jetzt so offenbaren muss? Ist es der Wein? Ist es seine kleine Freundin, von der sie schon lange weiß? Sie gibt sich einen Ruck und findet zurück zur Sprache: „Es gibt so etwas wie gegenseitige Fürsorge und Achtung. Und ich weiß, dass manche es Liebe nennen."

Wieder entsteht eine Pause.

„Sie haben vollkommen recht, Luisa", sagt Eveline schließlich, greift mit ihrem Arm quer über den Tisch und tätschelt Luisa leicht die Hand. „Schambes", sagt sie schließlich streng, „Sie sollten mal ab und an auf Ihre Frau hören."

„Nun, ich weiß nicht", meldet sich Carl zu Wort. „So ganz unrecht hat er nicht. Im Grunde versteht doch niemand die Liebe. Sonst würde es doch nicht schon seit Ewigkeiten Liebesliteratur geben. Ich kann mich gut erinnern, als ich jung war. Immer wenn ich mich gerade verliebt hatte, glaubte ich ganz genau zu wissen, was die Liebe ist. Später stellte ich dann fest, dass man immer weniger weiß, was von diesem Gefühl der Beseeltheit nun wirklich Liebe oder aber auch Eigenliebe, Eitelkeit oder gar Gewohnheit ist."

„Ist Liebe also mehr oder weniger eine Projektion?", fragt Luisa.

„Für mich bis zu einem gewissen Grade ja", antwortet Carl, „ich meine, wir vier wissen doch, wovon wir sprechen. Irgendwann beginnt der Partner einen sogar zu stören, weil man eigentlich nicht ihn liebt, sondern das Bild, das man sich von ihm gemacht hat."

„Wir sollten in der Tat skeptisch gegenüber den Gefühlen bleiben", wirft Eveline ein.

„Liebe ist Arbeit", sagt Carl, „tägliche Arbeit. Und, Schambes, wir sollten die Hoffnung nicht aufgeben."

Schambatíst stopft seine Gnocchi in sich hinein. Ein wenig aus Scham vor Luisa, ein wenig aus Ärger über die altklugen Ansichten seiner Gastgeber schweigt er lieber. Er fühlt sich schlecht. Seine Liebe steht zur Disposition, sein Jan Wellem ist verschwunden, möglicherweise droht ihm eine Mordanklage. Er hebt den Kopf. „Eveline", ruft er auf einmal, wie von einer Glocke wach gerüttelt, „dieses W in Sallenbrucks Namen – wissen Sie, was das heißt?"

„Aber Schambes", erwidert sie, fast empört über die Naivität dieser Frage. „Das ist doch klar – W wie Wittelsbacher natürlich."

Ξ

36

VICE VERSA

Der leichte Nieselregen am frühen Morgen legt sich wohltuend auf seine Haut. In den Erdgeschosswohnungen, an denen er im schnellen Schritt vorbeigeht, leuchtet Licht. Es ist kurz vor halb neun. Der Kiosk an der Ecke, in dem er sich eine Zeitung kauft, ist immer noch der gleiche, in dem er sich zum ersten Mal in ein Mädchen verliebt hat. Er muss sieben Jahre oder acht Jahre alt gewesen sein, sie zweiundzwanzig. Natürlich war ihre Beziehung von Anfang an zum Scheitern verurteilt. Doch Schambatíst weiß noch genau, wie sie ihn angelächelt hat und wie er trotz seiner vollkommenen Unschuld ahnte, dass dieses Mädchen in ihm Gefühle weckt, die er bis dahin nicht gekannt hat – die ihn dann lange schmerzvoll verzehrten, und er nicht wusste, warum.

Er legt ein paar Münzen auf die Ablage, greift nach der Zeitung und hält sich mit der anderen Hand den Sommermantel am Kragen zu.

In einer Seitenstraße steht ein Krankenwagen mit blinkendem Blaulicht. Zwei Sanitäter legen gerade einen verletzten jungen Mann auf die Trage. Sein verbogenes Rennrad liegt noch auf dem Boden. Eine kleinere Gruppe von Bikern steht weiter hinten und trinkt aus Bechern, aus denen es heiß dampft. *Die schönen Stunden dort vergess ich nie* – Schambatíst weiß nicht, ob er die Truppe schadenfroh belächeln oder Mitleid mit ihr haben soll.

Der Wind frischt auf, rüttelt an den Scheiben und fegt durch die Bäume. Ein Lindenblatt segelt hinab und landet genau zwischen Schambatísts Schulterblättern. Einen Moment bleibt es liegen, dann entscheidet es sich doch, weiterzuziehen, löst sich und dreht sich in leichten Kreisen endgültig zu Boden.

Als Schambatíst seinen Salon erreicht, parkt vor dem Geschäft ein ungewöhnlich großer, weißer Hochdachkombi, an dessen Seiten in großen Lettern die Aufschrift *Reinhold Cowalsky, Haus- und Küchengeräte* klebt. Der Name kommt ihm bekannt vor. Er kann sich aber nicht erinnern, wieso. Er schaut sich nach dem Fahrer um, doch niemand ist zu sehen. Schambatíst entschärft die Alarmanlage, öffnet die Tür und geht schnurstracks in die Küche, um Kaffee zu kochen.

Im Hotelzimmer des toten Sallenbrucks hat die Polizei nichts gefunden außer Kleidung, ein paar Unterlagen und einigen Büchern über die Kunst des 17. und 18. Jahrhunderts. Von seinem Jan Wellem keine Spur. Natürlich hat Schambatíst Märchenbach vorsichtig auf die Möglichkeit aufmerksam gemacht, dass es Sallenbruck gewesen sein könnte, der den Diebstahl seines Gemäldes zumindest in Auftrag gegeben hat. Doch Märchenbach hat nichts davon hören wollen. Er war fest davon überzeugt, dass es sich um einen Insider-Job handelt, bei dem Sallenbruck keine Rolle gespielt haben kann.

Vielmehr hat er Schambatíst selbst im Verdacht – um den leidigen Anfragen zuvorzukommen, habe er das Bild möglicherweise selbst mitgenommen und an einen sicheren Ort gebracht. Als Sallenbruck ihm dann schließlich auf die Spur gekommen sei, habe Schambatíst seine historische Waffe genommen und den Kunsthändler erschossen.

Dass Märchenbach auf keine andere als diese dumme Version der Ereignisse gekommen ist, war für Schambatíst weniger überraschend. Dass der Polizist aber bei dieser These geblieben ist, obwohl er ihm versichert hat, die Waffe seit Jahren nicht aus seinem Banksafe geholt zu haben, erscheint ihm jetzt noch als pure Böswilligkeit.

Schambatíst gießt das heiße Wasser über den Kaffee im Filter. Erst jetzt registriert er den zitronigen Geruch, der sich bereits im Salon in seiner Nase verfangen hat. Er schaut durch die Küche in den Salon. Doch nichts fällt ihm auf. Er gießt den letzten Rest des Wassers auf, lässt es im Kaffeepulver versickern, gießt schließlich den Kaffee in den Becher und geht in den Salon.

Ein schriller Schrei. Der Becher saust ihm aus der Hand und birst krachend auf dem Boden.

Schambatíst traut seinen Augen nicht. Als ob es nie anders gewesen wäre, hängt das Gemälde wieder am alten Platz über dem Kamin. Jan Wellem ist zurück.

Die Flasche Ruinart fast geleert, sitzen Luisa und Schambatíst in den beiden Freischwingern vor dem Prunkkamin. Der Regen ist stärker geworden und prasselt, getrieben vom Wind, monoton gegen die Fensterscheiben. Sie haben sämtliche Behandlungstermine für den Morgen abgesagt. Die Polizei anzurufen, kommt nicht infrage. Das würde Märchenbachs Verdacht der Täuschung nur bestärken, zumal wieder keine Spuren eines Einbruchs zu entdecken sind. Fest steht nun, dass tatsächlich jemand außer ihnen einen Schlüssel zum Salon haben muss und auch das Alarmsystem bestens kennt. Schambatíst hat Luisa in den vergangenen Tagen bereits mehrfach gefragt, ob sie ihren Schlüssel zeitweise vermisst oder verloren hat. Sie hat sich nicht erinnern können. Und dann hat sie sich auch nicht mehr erinnern wollen, denn natürlich hatte sie inzwischen einen Verdacht, einen ziemlich offensichtlichen. Es kann nur Mike gewesen sein. Zumal sie sich gestern getroffen haben und sie heute Morgen ihren Schlüssel zum Salon nicht hat finden können. Schon wieder.

Luisa schaut auf das Gemälde. Sie ist froh, dass alles wieder an seinem Platz ist. So muss sie ihren Verdacht auch nicht mehr aussprechen.

Schambatíst reibt sich das Kinn. „Wenn der Einbrecher hier rein- und rausgehen kann, wie er will, werden wir wohl besser die Schlösser neu machen lassen", sagt er.

Luisa will ihm gerade beipflichten, da schrickt sie zusammen. An der Tür zur Straße hat es heftig geklopft. Ein Mann in einem schwarzen Regenmantel steht vor dem Eingang.

Sie können nicht erkennen, wer es ist. Luisa und Schambatíst blicken einander an. Sie verständigen sich, die Tür zu öffnen.

„Ah, Sie sind es, Professor Hohn", ruft Schambatíst überrascht, „wir haben doch gar keinen Termin."

„Doch, das haben wir", antwortet Hohn, tritt ein, schlägt sich die Wassertropfen vom Mantel, zieht ihn aus und gibt ihn ungefragt an Schambatíst weiter. „Doch, doch", wiederholt er, „haben wir, haben wir." Er nimmt sich die Brille von der Nase, greift sich von den Auslagen ein Stofftuch, wischt sie sauber und setzt sie wieder auf. „Wo kann ich mich setzen?"

Luisa steht auf und bietet ihm ihren Stuhl an.

„Nein, nicht doch." Schambatíst ist über das Auftreten des Professors einigermaßen erstaunt. Dennoch holt er aus der Küche den schweren Stahlstuhl, den er seit Matteos nächtlicher Aktion nur noch „Gefangenensitz" nennt. „Da Sie sich ja anscheinend vorgenommen haben, sich hier wie zu Hause zu fühlen, nehmen Sie sich doch einfach aus dem Kühlschrank, was sie wollen", empfiehlt ihm Schambatíst mit einem gewissen Zynismus in der Stimme.

Der Professor dankt, ohne auf den Unterton einzugehen, setzt sich, schlägt die Beine übereinander und erklärt: „Wenn Sie möchten, können Sie mich jetzt auch festnehmen. Dieser Stuhl eignet sich ja prima dazu. Ich kenne ihn und habe exzellente Erfahrungen mit ihm gemacht."

Schambatíst Augen quellen hervor, Luisa plumpst zurück in den Freischwinger.

„Nur die Ruhe", meint Hohn, „wir haben Ihren Freund ja nur ganz kurz ein wenig aus dem Weg geräumt. Schmerzfrei, könnte man sagen. Aber warum musste er uns auch in die Quere kommen? Er sollte mal versuchen, nachts zu schlafen. Dieses Herumwandeln ist auf Dauer sehr ungesund."

„Sie waren es also, der Matteo gefesselt und geknebelt hat?"

„Nun, ja, so ungefähr."

„Und dann waren Sie es auch, der mein Bild gestohlen hat?!"

„Das kann man so nicht sagen. Denn wie Sie sehen, hängt es doch hier."

„Sie kommen sich wohl sehr schlau vor, was? Ich werde jetzt die Polizei anrufen, und man wird Sie festnehmen." Schambatíst steht auf und geht zum Telefon. Bevor er wählt, sagt er: „Ein Geständnis, zwei Zeugen! Wunderbar! Märchenbach wird sich freuen. Wahrscheinlich haben Sie ja dann auch noch Sallenbruck umgelegt."

„Herr Dänzer-Valotti, Sie sollten nichts Voreiliges tun. Sie können mich gern festnehmen lassen. Ich laufe auch nicht davon. Im Gegenteil, ich bin ja zu Ihnen gekommen. Ich bleibe auch hier und werde in aller Ruhe abwarten, was Sie tun. Aber meine Geschichte sollten Sie schon gehört haben, bevor Sie die Polizei verständigen. Diese Chance müssten Sie mir schon geben."

„Nichts muss ich! Sie haben mir von Anfang an Ärger gemacht, mit unangenehmen Fragen, mit Ihrem arroganten Auftreten und Ihrer Selbstgefälligkeit. Ein bisschen Knast wird Ihnen sicher ganz guttun."

„Ich habe nur im Auftrag gearbeitet."

„Im Auftrag? Im Auftrag von wem?"

„Das kann ich Ihnen gern sagen, wenn Sie mich dann auch mal erzählen lassen."

Luisa, die die Situation längst durchschaut hat, ist in die

Küche gegangen, um eine neue Flasche Ruinart zu holen. Sie öffnet sie und lässt den Korken so laut knallen, dass man es bis ins *Alberti* hören kann. „Liebling, setz dich", sagt sie und gießt allen drei ein.

Schambatíst kann sich nicht erinnern, wann sie ihn das letzte Mal so genannt hat. Hat sie ihn überhaupt jemals so genannt? Verdattert legt er den Hörer wieder auf und setzt sich. Er kann diesem Verbrecher doch jetzt nicht so einfach zuhören? Und wieso auch – soll er ihn etwa danach laufen lassen? Soll der Einbrecher einfach so davonkommen?

„Ich bin kein Verbrecher", sagt Hohn. „Ich lebe und arbeite für die Kunst."

„Das muss sich nicht unbedingt ausschließen."

„Herr Dänzer-Valotti!"

„Es geht hier schließlich um meinen Besitz. Und es ist eine Frechheit, wie Sie damit umgehen."

„Jetzt werden Sie nicht auch noch undankbar!"

„Wieso undankbar? Was habe ich Ihnen denn zu verdanken? Dass Sie das Bild zurückgebracht haben? Wahrscheinlich mit diesem Lieferwagen, der vor der Tür steht?"

„Woher wissen Sie das?"

„Na ja, groß genug ist er ja, und außerdem kommt mir der Name bekannt vor."

„Der Name spielt überhaupt keine Rolle. Die Familie Cowalsky hatte früher ein Eisenwarengeschäft hier auf der Straße. Das ist aber lange her."

„Und jetzt arbeiten die für Kriminelle?"

„Nein, ich habe nur den Wagen ausgeliehen."

Luisa steht auf und füllt die Gläser nach. „Schambes, lass den Mann einfach mal ausreden. Dann können wir ihn immer noch einsperren lassen, ja?" Einen Moment lang hört man nur das leise, sanfte Prickeln des Ruinart.

„Sie waren ja so stur, Herr Dänzer-Valotti, da sahen wir schließlich keine andere Möglichkeit mehr, als diesen Weg zu gehen."

„Wer ist ‚wir'?", fragt nun Luisa und beginnt nervös mit dem Bein zu wippen.

Hohn schaut sie zweifelnd an. Natürlich weiß sie es, denkt er, sie muss es wissen, und da sie es weiß, muss er ihr es auch gar nicht sagen. „Es ist ein junger Freund von mir, er heißt Michael und ist der Sohn eines Kunden, den ich berate."

„Michael? Wer ist Michael?", wirft Schambatíst ungeduldig ein. „Kenne ich nicht."

„Michael ist ein ausgesprochen talentierter und sympathischer junger Mann, der nie etwas tun würde, was offensichtlich falsch wäre." Der Professor schaut Luisa an.

Sie wippt jetzt noch stärker mit dem Bein. Ihr Gesicht ist starr.

Hohn blickt Luisa tief in die Augen. „Er würde aber nie absichtlich andere verletzen. Es sei denn, es ginge darum, das Glück eines anderen zu mehren oder jemanden zu retten."

„Was schwafeln Sie denn da?", zischt ihn Schambatíst an.

Luisa hat längst begriffen und nickt dem Professor schweigend, fast dankbar zu.

Dieser räuspert sich kurz und wendet sich nun Schambatíst zu: „Herr Dänzer-Valotti, weil Sie so störrisch waren und noch nicht einmal selbst das Gemälde untersucht haben, mussten wir handeln."

„Sie haben es für eine Prüfung entführt? Was sind Sie denn für ein Spinner?"

„Bitte, Herr Dänzer-Valotti. Es geht hier eben nicht um ein einfaches Bild. So ein Testverfahren ist äußert zeitaufwendig. Und Sie können froh sein, dass wir es in so wenigen Tagen geschafft haben."

„Ich bin Ihnen ja so dankbar, Herr Räuber."

„Sparen Sie sich Ihre Komplimente. Wie ich Ihnen ja schon sagte, können wertvolle Bilder heute mit Röntgentechnik und Infrarotanalyse untersucht werden. Wir können alles prüfen, Materialien, Farbausbesserungen, restauratorische Eingriffe oder Signaturfälschungen. Mit dem bloßen Auge lässt sich das nicht erkennen. Wir schauen viel zu oft nur auf die schönen Seiten. Das ist zu wenig. So wie im Leben bildet nämlich auch beim Gemälde die Kehrseite einen Teil vom Ganzen. Und diese Kehrseiten sind oft von unerwarteter Schönheit. Vice versa sozusagen, verstehen Sie? Es liegt nur an uns, was wir daraus machen."

„Sie entzückender Poet!"

„Warten Sie es ab. Ich habe Sie schon einmal darauf aufmerksam gemacht, dass die Rückseite eines Gemäldes mit seinen Inschriften, Klebezetteln, Stempeln und Etiketten sozusagen sein Archiv darstellt. Sie wollten ja nicht auf mich hören."

„Und auch jetzt fällt es mir ehrlich gesagt schwer, Herr Hohn." Schambatíst hat sich neben Luisa in den Freischwinger gesetzt.

Sie legt ihm beruhigend ihren Arm auf den seinen, während der Professor vor ihnen dozierend auf und ab schreitet. „Das Archiv eines Bildes ist wirklich aufregend. Manchmal findet man bei Bildern aus dem 17. Jahrhundert Brandmarken der Rahmenmacher. Zum Beispiel die 4 mit verlängertem Längsbalken und zwei übereinandergestellten M. Das Symbol von Malern aus dem Umfeld von Michiel van Mierevelt aus Delft. Nur sehr selten haben sich einzelne Maler auf der Rückseite mittels Signaturen verewigt. Wenn, dann verbanden sie damit eine bestimmte Absicht. Meistens waren es aber Fälschungen späterer Besitzer. Denn Original-Monogramme waren schließlich auf der Vorderseite üblich."

Schambatíst hat eine Idee. Er steht auf, geht zum Kamin, streicht ganz vorsichtig über das Gemälde, als ob er die Farbe prüfen wolle, und sagt: „Vielleicht haben Sie mir ja gar nicht mein Bild zurückgegeben, sondern eine ordinäre Fälschung."

„Habe ich nicht. Ihr Bild ist viel zu schön. Ich würde niemals wagen, es gegen ein anderes auszutauschen. Das schwöre ich Ihnen."

„Ach, Sie sind ja so ein Ehrenmann, Herr Hohn."

„Wollen Sie nun die ganze Geschichte hören?"

„Und Italien?", fragt Schambatíst und richtet sich wieder auf.

„Was soll mit Italien sein?" Hohn nimmt seine Brille ab und wischt sich den Schweiß von der Nase.

„In Italien sind Sie also auch eingebrochen?"

„Eingebrochen? Italien? Nein, das muss ein anderer Fall sein. Wir waren nur noch im Stadtmuseum."

„Im Stadtmuseum? Also Sie waren das?"

„Ja, aber nicht, um Ihr Bild einzutauschen."

„Wozu dann?"

„Um es zu prüfen."

„Ach, klar, ich vergaß, Sie sind ja vom Technischen Überwachungsdienst und morgen ist der Louvre dran, stimmt's?"

„Falsch. Wir …"

„Wir, wir, wir! Mit wem machen Sie denn noch alles gemeinsame Sache? Sicher doch auch mit diesem Wolkenheim. Anders kann ich mir nicht erklären, warum er neulich bei mir so geheimniskrämerisch tat."

„Auf keinen Fall, mit dem doch nicht! Sobald es ums Stadterbe geht, schlachtet der Oberbürgermeister alles für sich selbst aus."

„Stadterbe? Was für ein Stadterbe? Sie meinen mein Bild? Was für eine Frechheit! Das ist *mein* Erbe!"

„Das will ich Ihnen ja erklären."

„Sie müssen mir gar nichts erklären, Sie und Ihre Freimaurer. Wahrscheinlich hatte Sallenbruck doch recht, und Sie waren es, der ihn beiseitegeschafft hat."

„Freimaurer? Nein, wir haben ganz andere Leute."

„Andere Leute? Ah, Sie meinen vielleicht Musketiere? Natürlich Musketiere! Und Sie, Kardinal Hohn, kämpfen freilich mit allen anderen für das Gute, voilà!" Er schaut zu Luisa und hebt das Glas: „Einen Toast auf diesen tapferen Mann!"

„Kennen Sie Frau Kuslakowa?", fragt Hohn barsch.

„Nein."

„Dann sollten Sie mal dringend zu ihr gehen. Sie arbeitet im Stadtmuseum. Sie treffen sie meistens im Lesezimmer der Bibliothek. Sie wartet auf Sie – und das schon ziemlich lange."

„Warum kommt sie nicht zu mir?"

„Sie ist der Meinung, dass man manche Menschen wie frei fliegende Vögel behandeln muss: Um sie zu fangen, wartet man, bis sie kommen."

Schambatíst schaut mit leerem Blick nach draußen. Der Regen hat aufgehört, und die Tropfen fließen in kleinen Rinnsalen an den Glasscheiben seines Salons herunter, bis sie immer schwächer werden und vereinzelt stehen bleiben.

Die Aufschrift des Autos, *Reinhold Cowalsky*, springt ihm wieder ins Auge. Sein Vater hat ihm einmal von Familienmitgliedern erzählt, Carl und Anna Cowalsky, die 1934 aus politischen Gründen mit dem Schiff von Hamburg über Liverpool nach New York ausgewandert sind. „Ich lasse mich nicht fangen", sagt er und schaut Hohn scharf an.

„Ich will auch nur, dass Sie mir zuhören, bitte setzen Sie sich doch wieder", antwortet der Professor ruhig.

Schambatíst blickt zu Luisa, die ihm zunickt und die Hand reicht.

Er setzt sich, beugt sich vor und vergräbt den Kopf in den Händen.

„Wir haben uns in den letzten zwei Tagen erlaubt, Ihr Gemälde sehr gründlich zu untersuchen. Ihr Bild ist ein Erbstück. Das ist wohl richtig. Aber es ist keine Kopie, so wie Sie sich das vorstellen. Es stammt, wie ich schon angedeutet habe, eindeutig aus der Zeit von Jan Frans Douven."

„Haben Sie Beweise?"

„Natürlich. Vielleicht dürfte ich Sie bitten, mir zu helfen, Ihr Gemälde doch noch einmal abzunehmen."

„Schaffen Sie das nicht allein? Sie haben doch jetzt Übung."

„Bitte, Herr Dänzer-Valotti."

Die beiden Männer schieben die Freischwinger vor den Prunkkamin, stellen sich darauf und heben vorsichtig das Gemälde aus der Verankerung. Sie nehmen es herunter, drehen es um und stellen es mit der Gemäldeseite zum Kamin auf den Boden. Verschiedene Zettel und Aufschriften kleben auf der Rückseite.

„Kommen wir erst einmal zum Offensichtlichen", erklärt der Professor. „Hier sehen Sie an dem Eichenholzrahmen herausgequollenen Leim. Es ist tierischer Leim. Damit hat man vor etwa 150 Jahren ein paar Risse im Rahmen geflickt. Der weiße Klebezettel hier zeigt, dass der Firnis wohl erstmals 1815 restauriert wurde. Und auch über eine Vorbesitzerin werden wir informiert." Hohn weist auf eine Visitenkarte, die in der Mitte der Bildrückseite klebt. „Sehen Sie hier? Handschriftlich datiert auf das Jahr 1866. Vermutlich wollte man das Bild in eine Auktion geben und hat diese Karte dort angebracht. So weit kam es wohl aber dann doch nicht."

Auf der Karte ist *Freifrau von und zu Brenken, geb. Freiin von Haxthausen* zu lesen.

„Haxthausen? Nie gehört", sagt Schambatist trotzig und

zeigt auf einen kleinen vergilbten Zettel daneben, auf dem *C. de Guibert* steht. „Und wer ist das?"

„C steht für Comte", erklärt Hohn. „Es handelt sich wohl um den Grafen Guibert. Soweit wir nachgeforscht haben, soll er während des Siebenjährigen Krieges seinen Vater, einen Stabschef, bei der in Deutschland stationierten französischen Armee begleitet haben. Später, um 1760, bereiste er erneut Deutschland und lernte in Düsseldorf eine Madame Valotti kennen. Sie bekamen ein Kind, einen Sohn – und da er weiterziehen musste, schenkte er ihr das Gemälde, das er von seiner Mutter erhalten hatte. Guibert machte Karriere, wurde zum Brigadegeneral und wurde schließlich zum Feldmarschall ernannt. Anfang Januar 1781 starb er in der Schlacht um Jersey in Saint Helier. Es war der letzte Versuch der Franzosen, die britische Kanalinsel Jersey zu erobern."

„Das ist ja schön und gut, aber woran erkennen Sie jetzt, dass dieses Bild keine Kopie ist?"

„Die Lösung liegt noch tiefer. Schauen Sie mal!" Der Professor löst den gelben Zettel ein wenig. Unter ihm ist ganz klein ein weiterer Schriftzug zu erkennen.

„*Julie d'Espinasse*", liest Luisa, „ist das etwa Evelines Marquise?"

„Nein", sagt Hohn, „das ist der Name ihrer Tochter, den ihre Mutter, die besagte Marquise d'Espinasse, im Jahr 1710 dort hat eintragen lassen. Hier – sehen Sie die Jahreszahl?"

Schambatíst kneift die Augen zusammen. Und tatsächlich lassen sich schwach ins Holz geritzte Zahlen erkennen. „Ja, und was heißt das jetzt?"

„Nun ja, das ist wie ein Stammbaum, das sind alles Ihre Vorfahren."

„Schön, das ist ja nett. Ahnenforschung. Prima. Aber es erklärt noch überhaupt nichts."

Hohn nickt, nimmt einen kleinen nassen Lappen und legt ihn auf den Klebezettel an der linken Seite. „Ich kann Ihnen nur sagen, auch die Kehrseite dieses Gemäldes ist ein Mysterium. Es hat viele Schichten. Alle im Verborgenen. Wenn Sie diesen weißen Zettel hier lösen, finden Sie darunter eine Farbschicht. Und bei ganz vorsichtigem Abkratzen leuchtet ein kleiner Schriftzug auf. Hätten Sie mal eine Pinzette oder so etwas?"

Luisa reicht Hohn zum Schrecken ihres Mannes wie selbstverständlich eine von Schambatísts Pinzetten.

Der Professor kratzt nur ganz wenig, da er die Stelle offensichtlich schon bei seinen ersten Versuchen in den vergangenen Tagen fast freigelegt hat.

Schambatíst und Luisa strecken die Köpfe vor. Zwei ineinander verschlungene Buchstaben sind zu sehen, fast zu einem Schriftzeichen verschmolzen, und ein längeres Wort. „*JF Douven*", liest Schambatíst und kugelt mit den Augen. „Kommen Sie, das haben Sie doch dahingeritzt! Schöne Show, Herr Zirkusdirektor."

„Nein, das wäre dann doch zu albern gewesen. Sie stammen wirklich nicht von mir. Im Gegenteil. Sie sind das Zeichen eines großen Malers." Hohn streckt die Hände in die Luft. „Eines jener Maler, die einfach nicht von dieser Welt sind."

Schambatíst und Luisa werfen einander einen Blick zu, der deutlich verrät, dass sie beide glauben, dass hier jemand ganz anderes nicht von dieser Welt ist.

„Sie haben doch selbst gesagt, dass diese Monogramme der Maler meistens Fälschungen sind", moniert Schambatíst.

„Ja", erwidert Hohn, „aber in bestimmten Fällen nicht. Ich habe extra für Sie alte Bücher gewälzt. Ein Freund von mir besitzt eine großartige Bibliothek."

„Eicke Hoffmann?"

„Kennen Sie ihn?"

„Ihr steckt alle unter einer Decke."

Hohn schaut irritiert. „Jedenfalls habe ich dort die Notiz gefunden, dass Douven die Angewohnheit hatte, nur solche Bilder auf der Rückseite mit seiner Signatur zu kennzeichnen, die nicht für die Öffentlichkeit bestimmt waren – und zwar mit JF Douven. Ich kann Ihnen das Buch zeigen."

Schambatíst winkt ab. „Ich kenne diese Angewohnheit der Maler." Ihm kommt Rembrandt in den Sinn, der seine ersten Bilder mit dem Monogramm RH, später mit RHL versah. L stand für die Stadt Leiden. Schambatíst schaut sich die Signatur noch einmal genauer an. „Da steht ja noch was", sagt er. „*NAT. i. December 1710.*"

Der Professor nickt. „Ja, noch mal 1710, die Zahl gehört zur Signatur und gibt vermutlich das Produktionsjahr an. Das sollten Sie aber lieber Frau Kuslakowa fragen. Die weiß da besser Bescheid."

„Aha", ruft Schambatíst, „also ist es doch kein Original. Denn das Original stammt aus dem Jahr 1708. Ha! Und das hängt in Florenz."

„Sicher, aber wissen Sie, wie viele Originale van Gogh von seinen Sonnenblumen gemalt hat?"

„Nein."

„Mehr als ein halbes Dutzend. Und so hat auch Douven von Jan Wellem und Anna Medici mehrere Versionen gemalt. Das ist nicht ungewöhnlich. Es waren mindestens drei oder vier. Einige haben ihm nicht gefallen, und er hat sie einfach vernichtet. Das Ihrige aber nicht."

„Und wenn es so wäre, warum sind alle hinter diesem Bild her? Ich meine, was sind solche alten Meister heute denn noch wert?"

Hohn erklärt noch einmal ausführlich, was Douven für ein

erfolgreicher Maler war. Drei Kaiser, drei Kaiserinnen, fünf Könige und sieben Königinnen hat er porträtieren dürfen. „Der Preis für einen gewöhnlichen kleinen Douven liegt heute bei 20.000 bis 30.000 Euro. Bei Ihrem Bild allerdings können wir von einem ganz anderen Wert ausgehen."

„Warum?"

„Das sollten Sie mal Ihre gute Freundin Eveline fragen. Oder noch besser Frau Kuslakowa. Sie wartet, wie gesagt, schon länger auf Sie."

37

IRINA KUSLAKOWA BEKOMMT BESUCH

Schambatíst stapft lustlos die Stufen zur Bibliothek des Stadtmuseums hinauf. Das Treppenhaus ist eng, die Luft stickig und der Aufgang unwirtlich. Vor einem kleinen weißen Schild mit dem Hinweis *Lesezimmer* bleibt er stehen. Die aufgedruckte schwarze Schrift ist in Fraktur gehalten, einer Typografie, die schon Mitte des 16. Jahrhunderts gebräuchlich war. Muff aus 500 Jahren, denkt sich Schambatíst und öffnet langsam die Tür. Sofort staken ihm die Kanten und Ecken von hohen, mit Büchern beladenen silberfarbenen Regalen entgegen. Der Raum wirkt mit seiner eher tiefen Decke überfüllt. Die Regalreihen sind so schmal, dass zwischen ihnen keine zwei Menschen nebeneinander hindurchpassen. Selbst das von den Fenstern einfallende Licht scheint sich nur schwer Bahn entlang des muffigen Mobiliars brechen zu können. Alles wirkt diffus, fast surreal.

Schambatíst streckt die Hände nach vorn und tastet sich durch den Raum. „Hallo?", ruft er. „Ist hier jemand?" Keine Antwort. Er schaut nach rechts, dann nach links und beginnt die Regale langsam abzulaufen. Bis er in der Ecke einen runden Tisch sieht, hinter dem eine mollige Frau gebeugt über Akten und Zeitungsartikeln sitzt, auf die der Lichtkegel einer schwarzen Metalllampe fällt.

Die Frau blickt ruckartig auf, sodass die kurzen Locken ihres dunklen Haars, das vom Grau des Alters durchzogen ist, wie tausend kleine Kugelblumen im Wind tanzen. Durch ihre dicken Brillengläser blitzen Schambatíst zwei kleine Schlitze an. Es dauert ein wenig, bis die Frau ihn erkennt, doch dann ruft sie freudig aus: „Herr Dänzer-Valotti, wie schön, Sie zu sehen!“ Sie klatscht begeistert in die Hände. „Sie wissen gar nicht, wie lange ich schon auf Sie gewartet habe.“

Schambatíst nickt ihr zu. „Frau Kuslakowa?“

„Ja, natürlich. Irina Kuslakowa, Stadtarchivarin. Herzlich willkommen, setzen Sie sich doch, bitte, bitte hier. Ich hoffe, Sie fühlen sich wohl unter all meinen Schätzchen, meinen alten und meinen sehr alten Schätzchen.“ Sie streckt die Hände aus, öffnet die Handflächen und zeigt schwungvoll auf die Regale um sie herum. Die Schlitze ihrer Augen funkeln und scheinen sich immer wieder kurz zu zwei kleinen hellblauen Knöpfen zu formen. Sie erhebt sich, zeigt auf einen der freien Stühle um den runden Tisch, wartet, bis Schambatíst Platz genommen hat, und setzt sich wieder. „Wunderbar, dass Sie sich endlich entschieden haben, zu kommen. Ich weiß Ihre Mühe zu schätzen. Ich weiß, dass Sie erst gar nicht kommen wollten. Ich weiß, ich weiß. Aber seien Sie versichert, es wird sich für Sie lohnen, ganz bestimmt.“ Ihr Gesicht verzieht sich zu einem breiten, lustigen Lächeln, das man fast nur bei Neugeborenen sieht, wenn sie das erste Mal lachen.

Sie muss den ganzen Tag schon still in ihre Unterlagen vertieft hier gesessen haben, denkt sich Schambatíst, anders ist ihr Willkommensschwall nicht zu erklären.

„Herr Dänzer-Valotti, es gibt ja so viel zu erklären. Wo soll ich überhaupt anfangen? Ich weiß gar, ich weiß gar nicht. Am besten fangen Sie an, oder? Nein, ich fange an. Sie wollen Antworten, nicht wahr? Darum sind Sie doch hier, oder nicht? Doch natürlich sind Sie deswegen hier. Warum denn sonst. Aber trotzdem, der Reihe nach, also bitte, wie kann ich Ihnen helfen?“

Schambatíst lehnt sich zurück, verschränkt die Arme, presst die Lippen aufeinander, zieht die Mundwinkel nach rechts und links, zuckt mit ihnen abwechselnd nach oben und unten, schaukelt die fülligen Lippen hoch zur Nase und wieder runter zum Kinn, zehn Mal, spitzt die Lippen nun, als ob er pfeifen wolle, zieht mit ihnen kleine Kreise, bläht dazu die Nasenflügel weit auf. Nein, Schambatíst fühlt sich nicht wirklich bemüßigt, auch nur eine Frage zu stellen.

„Gut“, sagt sie, „dann fange ich an. Alles begann ja damit, dass wir diesen Artikel über Ihren Salon in der Zeitung fanden.“

„Oh, Fanta“, durchzuckt es Schambatíst, „ich wollte überhaupt nicht, dass sie etwas über mich schreibt.“

„Wie auch immer. Die junge Dame hat es getan – und wie wir wissen, war das ja auch nicht ihre einzige Absicht.“ Sie lächelt Schambatíst an.

„Das war doch ein ganz mittelmäßiger Artikel. Wieso fällt Ihnen so etwas auf?“, fragt er.

„Nichts gegen die Mittelmäßigkeit, Herr Dänzer-Valotti. Meistens ist es doch die schreibende Mittelmäßigkeit, die die Macht über die veröffentlichte Meinung hat, nicht wahr? Wir sollten also vorsichtig und nicht zu laut mit unserer Meinung sein.“

„Ich lasse mir meine Meinung von niemandem verbieten“, brummt Schambatíst.

Kuslakowa lächelt wieder, als hätte sie seine Antwort erwartet.

„Wer ist denn eigentlich ‚wir‘?“, fragt Schambatíst. „Sie sprachen gerade von ‚wir‘.“

„Ach so, natürlich.“ Kuslakowa nickt ihm zu. „Mit ‚wir‘ meine ich natürlich Titus und ich. Titus Mortifer. Sie kennen ihn doch, oder?“

„Natürlich kenne ich ihn. Aber … das ist ja wohl ein … äh … Witz! Der steckt mit Ihnen unter einer Decke?“

Sie lacht. „Wir sind ein Paar. Da steckt man schon mal unter einer Decke. Aber das kann er Ihnen gern selbst erklären. Ich rufe ihn an." Sie holt ihr Handy heraus und drückt ein paar Tasten. Dann sagt sie: „Titus, ich bin's. Er ist da. Komm doch bitte mal rauf."

„Er arbeitet also auch hier im Stadtmuseum?"

„Ja, hier haben wir uns ja auch kennengelernt."

„Wie romantisch."

„Das ist es tatsächlich. Nur wahrscheinlich entspricht es nicht *Ihrer* Vorstellung von Romantik."

Sie schweigen. Ein paar Minuten vergehen, bevor sich die Tür öffnet und Mortifer die Bibliothek betritt. „Schambes, hallo, schön, dich zu sehen."

Schambatíst bleibt sitzen und gibt ihm, ohne ihn anzublicken, säuerlich die Hand. „Das hättest du mir ja auch mal selbst sagen können, statt mich mit diesem Wirrwarr von Wahrheit und Realität verrückt zu machen."

„Entschuldige, damals war aber noch nicht die richtige Zeit, dir alles zu sagen."

„Du hast das also alles von Anfang an gewusst, Titus?" Schambatíst läuft rot an. „Ihr zwei habt das alles geplant, du und Frau Maulwurf? Ihr habt mich zu einer Figur in eurem Spiel von Lüge und Wahrheit gemacht? Stimmt das?"

Kuslakowa klopft energisch mit einem Stift auf den Tisch. „Beruhigen Sie sich, lassen Sie uns darüber sprechen."

Mortifer setzt sich zu ihnen an den Tisch.

Kuslakowa holt tief Luft, sammelt sich und beginnt zu erzählen – eine Geschichte vom fürstlichen Glanz, als Jan Wellem noch in Düsseldorf residierte, vom Aufschwung, von den vielen vornehmen Adligen, vom üppigen und fröhlichen Hofstaat, von den Festen, Kostümbällen und den vielen Italienern, den Hoflieferanten und Bediensteten, die als Gefolge von Anna

Medici die Stadt bevölkerten und bereicherten. Sie erzählt von den Straßen, die unter Jan Wellem neu gepflastert wurden, von der modernen Straßenbeleuchtung und der besten Abfallentsorgung weit und breit. Und schließlich auch vom Baumeister Matteo Alberti, der Jan Wellems architektonische Träume in Stein zauberte. Mit dem Tod des Kurfürsten waren Glanz und Spaß mehr oder weniger vorbei. Der Bruder Jan Wellem, Karl Philipp, löste den Hof auf und residierte vorwiegend in Mannheim. In Düsseldorf setzte er einen Polizeichef als Statthalter ein. Auch die Italiener verließen die Stadt, als Anna Medici zurück nach Florenz ging, und nur noch, wenn die Grundherren tagten oder der begüterte Landadel der Region im Winter in der Stadt abstieg, erlebte Düsseldorf eine kleine Auferstehung einstiger Residenzherrlichkeit. „Und als Kurfürst Karl Philipp 1742 starb …“ Kuslakowa stockt, und für einen Moment scheint sie fast ein wenig erschüttert. „Als er starb, ging die Zeit der pfalz-neuburgischen Herrschaft zu Ende. Die Linie war erloschen.“

Schambatíst hat längst seine Stirn in die Hände gestützt. Er gähnt. Schon für eine Geschichtsstunde hat er eigentlich keine Zeit. Aber dass er sich jetzt auch noch Sentimentalitäten anhören muss, mit denen er nichts anfangen kann und will, gefällt ihm überhaupt nicht.

„Und wie Sie wissen, Herr Dänzer-Valotti, ist der größte Teil der kurfürstlichen Kunstsammlung heute in München. Und auch Anna hat ihren Kunstbesitz nach Florenz mitgenommen.“

„Ja, ich weiß.“

„Bis auf dein Bild, ist das nicht merkwürdig?“, fragt Mortifer und zieht provozierend die Augenbrauen hoch, als ob sich Schambatíst die Frage selbst beantworten müsste.

„Was soll daran merkwürdig sein?“

„Wie du ja bereits weißt, hat Douven zwei Porträts vom selben Motiv gemalt, stimmt's?"

„So wurde es mir zumindest erklärt. Und ich frage mich nach wie vor, warum man mir mein Bild gestohlen hat, um das herauszufinden. Daran seid ihr doch schuld, oder?" Er schaut sie böse an.

„Du warst ja so bockig."

„Mann, das hättet ihr mir doch gleich am Anfang sagen können, und ich hätte einfach meinen Salon in Ruhe weiterführen können."

„Das konnten wir nicht", ermahnt ihn Mortifer, „du warst nicht bereit für die Wahrheit. Und wer nicht bereit ist, muss durch ein Tal der Irrungen gehen, um die Wahrheit zu erkennen. Denk an den *Simplicissimus*. Oder *Don Quichotte*. Uns blieb keine andere Wahl."

Schambatíst schaut sie genervt an.

„Trotzdem bleibt die Frage", setzt Kuslakowa wieder ein, „wieso Douven zwei Porträts vom selben Motiv gemalt hat, stimmt's? Und warum die gute Anna es nicht auch mit nach Italien genommen hat, so wie das andere."

„Vielleicht hat sie es vergessen", sagt Schambatíst.

„Nein. Wir befinden uns nicht irgendwo in einem Hinterhof oder in einem Jugendcamp. Es handelt sich hier um einen kurfürstlichen Hof, an dem alles durchgeplant war."

„Also gut", sagt Schambatíst, „wieso wurde es dann wohl vergessen?"

„Aber Herr Dänzer-Valotti, da müssten Sie doch mittlerweile selbst drauf kommen." Kuslakowa blickt ihn durchdringend an. Plötzlich zwinkert sie ihm mit einem Auge zu. „Anna Medici wusste von der Existenz dieses Gemäldes gar nichts."

„Das kann doch nicht sein. Der Kurfürst und seine Frau haben alles miteinander geteilt."

„Nicht alles." Kuslakowa lacht. Sie erinnert ihn an die Rückseite des Bildes und den Namen Julie d'Espinasse, die Tochter der Marquise d'Espinasse. „Wieso gelangt ein Bild von Jan Wellem in den Besitz der Marquise?", fragt Kuslakowa. „Ein Geschenk? Gut, aber warum sollte Anna der Marquise ein Bild von sich und Jan Wellem schenken?"

„Das weiß ich nicht. Frauen verstehe ich sowieso nicht."

„Vielleicht war es ja ein Geschenk von Jan Wellem?"

„Wofür?"

„Ein Geburtsgeschenk."

„Für die Tochter der Marquise?" Schambatíst runzelt die Stirn.

„Ja", sagt Mortifer, „und für die Mutter seiner Tochter, geboren im Dezember 1710."

„Du meinst, der gute Jan Wellem hatte ein Küddelschen, 'n Krösken?"

„Ich meine es nicht nur. Es war so. Es steht alles in den Tagebüchern der *serenissima,* der Anna Medici. Hat Eicke Hoffmann dir nichts davon erzählt? Wir haben ihn doch extra zu dir geschickt."

Schambatíst muss schlucken.

„So, und jetzt werden Sie auch verstehen, warum dieses Bild in Ihrer Familie wie ein Heiliger Gral von Generation zu Generation weitergewandert ist", doziert Kuslakowa. „Zwischendurch muss dann auch das Geheimnis dieses Bildes verloren gegangen sein, und wir, Herr Dänzer-Valotti, haben uns einfach darum gekümmert, dass das Vergangene wieder wahr wird, verstehen Sie?"

„Das hätten Sie mir doch alles schon längst sagen können."

„Das wollten wir. Doch Sie haben ja nie zugehört. Und wie gesagt, ich warte schon lange auf Sie."

Schambatíst steht auf und geht zum Fenster. Er schaut hinaus. Doch er sieht nichts, vor sein inneres Auge hat sich eine Nebelwand gelegt.

„Aber eines muss man Ihnen lassen. Sie haben sich in den vergangenen Wochen als würdiger Hüter dieses Gemäldes gezeigt. Wir sind wirklich zufrieden mit Ihnen. Und als wahrscheinlich einziger heute lebender Nachkomme unseres geliebten Kurfürsten sollten Sie auch weiterhin alles tun, dass dieses Gemälde nicht verschwindet."

Schambatíst kommt an den Tisch zurück. „Was ist mit der Marquise geschehen?", fragt er und setzt sich wieder.

„Es hat zwar ein bisschen gedauert, bis wir das herausgefunden haben, aber hier waren die Dominikaner so nett, uns zu helfen", meint Mortifer und schaut verschwörerisch zu Kuslakova hinüber. „Wir haben ein wenig gewühlt – selbstverständlich alles im Namen des Herrn und des Kurfürsten. Wir durften in ein paar Gräber schauen, und wir haben ein paar DNA-Proben entnommen und mit dir verglichen."

„Mit mir verglichen? Was denn für Gräber?"

„Die Gräber im Mausoleum", sagt Mortifer, „da liegt ja nicht nur der Wellem, sondern auch eine seiner Geliebten. Erinnerst du dich an die polnische Prinzessin, Name unbekannt? Du glaubst ja wohl selbst nicht, dass in Kurfürstens letzter Kammer jemand Unbekanntes liegt. Diese Anonymität ist reine *political correctness*. Es ist natürlich das Grab der Marquise."

Kuslakowa nimmt die dicke Brille ab und wischt sich mit einem Taschentuch den Schweiß vom Gesicht. „Übrigens", sagt sie und setzt die Brille wieder auf, „wir haben alles vom Notar beglaubigen lassen. Dieser Medenbrinck hat uns zwar etwa fünfzigmal gefragt, ob das nicht alles ein großes Missverständnis sei, aber wir hatten ja Beweise."

Schambatíst sackt in sich zusammen. Ihm ist, als ob ihn jemand zu fest am Kragen gepackt hat und er den Griff immer noch spürt, obwohl dieser Jemand schon längst losgelassen hat. „Okay. Sagen Sie mir jetzt die Wahrheit, die ganze Wahrheit: Was ist mit den Hubertusbrüdern?"

„Die waren an dem Bild interessiert. Wir konnten sie aber abschütteln. Wir erzählten ihnen schlicht, wir hätten das Bild auf Echtheit überprüfen lassen, seien aber leider zu dem Schluss gekommen, dass es sich um eine Kopie aus dem 20. Jahrhundert handele", erklärt Kuslakowa.

„Und die Freimaurer?"

„Die gleiche Ausrede."

„Der eingeritzte Winkel und Zirkel waren also ein reines Ablenkungsmanöver?"

„Ja."

„Wie kindisch!"

„Finden Sie? Uns hat es Spaß gemacht, das in Auftrag zu geben."

„Und wie war Florentina an der Sache beteiligt? Wusste sie zu viel?"

„Nein, um Gottes willen! Sie war überhaupt nicht beteiligt", sagt Kuslakowa. „Sie mochte Sie ja viel zu gern. Aber Florentina war sehr schlau. Sie wusste natürlich alles. Von manchen Dingen vielleicht zu viel. Aber sie hat sich immer herausgehalten."

„Wer von euch hat ihr denn dann die Dosis Muskatnuss verpasst?"

„Niemand, es war ein Unfall, ein dummer Zufall", meint Mortifer. „Kaum einer weiß, dass Muskat in zu starken Mengen tödlich sein kann."

„Und die Nüsse an ihrem Mund?"

„Nicht Nüsse, Erdnüsse! Und Erdnüsse sind Hülsenfrüchte, völlig ungefährlich für eine Nuss-Allergikerin. So wie Erbsen oder Bohnen. Von denen bekam sie höchstens Blähungen."

„Und der Kö-Doc? Was ist mit dem?"

„Fragen Sie ihn doch selbst“, schlägt Kuslakowa vor.

„Er ist seit Tagen verschwunden“, Schambatíst senkt die Stimme.

„Nein, ist er nicht“, sagt Titus. „Wo würdest du hinfahren, Schambes, wenn die Steuerfahndung dich sucht?“

Er überlegt. „Panama?“

Kuslakowa lacht. „Der Kö-Doc ist in Brasilien. Und ich kann Ihnen sagen, er ist ein anderer Mensch geworden. In Rio de Janeiro baut er gerade eine Klinik für Brandopfer auf – ganz wie sein großes Vorbild, Ivo Pitanguy. Und das Beste: Die Patienten sollen in seiner Klinik nichts bezahlen.“

Wilhelmchen, Wilhelmchen, denkt Schambatíst, da hat er sich ja großzügig etwas beiseitegelegt. „Wer hat denn dann Sallenbruck ermordet?“

„Das war Suizid“, stellt Mortifer ganz nüchtern klar.

„Glaube ich nicht“, erwidert Schambatíst, „ich kenne mich mit historischen Waffen aus. Sich gezielt damit umzubringen, ist so gut wie unmöglich.“

„Hören Sie, Herr Dänzer-Valotti“ – Kuslakowa wird langsam ungeduldig –, „es kann Ihnen doch wirklich egal sein, wie dieser Mann zu Tode gekommen ist. Wir werden es sowieso nicht herauskriegen. Manche Leute kennen einfach die richtigen Leute. Und über allem liegt ein Mantel des Schweigens.“

„Sie meinen Frau Ginsterfing zu Mayer-Träsch?“

„Das kann ich Ihnen nicht beantworten.“

Schambatíst wird plötzlich zornig. „Ich kann Ihnen nur sagen, dass Frau Ginsterfing zu Mayer-Träsch eine absolute Dame ist. Auf sie lasse ich nichts kommen.“

„Beruhigen Sie sich doch. Jetzt, da Sie mit ihr ja über Madame d’Espinasse quasi verwandt sind, verstehe ich Sie doch. Und ich habe doch auch gar nichts gesagt.“

„Und Bohlscheid?“, fragt Schambatíst zischend.

„Soweit ich weiß, hat er zusammen mit Herrn von Preuß, Herrn Fretchen und Frau Ginsterfing eine Stiftung für den modernen Bogenbau in Düsseldorf gegründet. Eine fabelhafte Idee. Von Preuß will jetzt endlich auch das Dealen sein lassen."

Schambatíst ist immer noch außer sich. „Es sind Menschen gestorben ..."

„Jeden Tag sterben Menschen, mein Lieber", unterbricht ihn Mortifer.

„... ermordet worden!" Schambatíst schlägt mit der Hand auf den Tisch. „Und ein Bild wurde mir gestohlen. Glaubt ihr denn, dass ihr da ohne Strafe davonkommt? Das Gemälde habe ich als gestohlen gemeldet, und der Märchenbach wird der Sache auf den Grund gehen."

„Herr Dänzer-Valotti", beschwichtigt Kuslakowa ihn, „Herr Märchenbach wird die Sache nicht weiterverfolgen. Auch das ist geregelt. Er hat mittlerweile seinen alten Job bei der Polizei gekündigt und betätigt sich anderweitig."

„Wie bitte?"

„Er ist jetzt Puppenspieler und besucht Grundschulen, um den Kindern die Verkehrsregeln beizubringen. Ebenfalls eine fabelhafte Entscheidung! Er ist ein wirklicher Künstler, wissen Sie. Ich kenne keinen, der mit Kindern fantasievoller umgeht. Er hat ja auch einige Künstler in der Familie. Alfons Holländer war sein Ururgroßvater."

„So richtig zugegeben hat er es aber nie."

„Natürlich nicht. Er ist viel zu bescheiden."

Draußen vor dem Fenster jagt unter dem blauen Junihimmel ein Schwarm grüner Halsbandsittiche vorbei, der seit einigen Jahren die Platanen am Stadtgraben auf der Kö als Brutstätte gewählt hat. Wie eine Kanonade Granny-Smith-Äpfel rasen die Vögel auf die Dächer zu, setzen sich kurz, um gleich darauf wieder abzuheben und weiterzujagen.

Schambatíst würde am liebsten mitfliegen – oder in einen tiefen Schlaf fallen, wie die sieben Brüder, die „Juni-Siebenschläfer“, die wegen ihrer religiösen Überzeugung verfolgt wurden und in einer Höhle bei Ephesos Schutz suchten. „Was ist mit dem Einbruch in Italien?“, fragt er.

„Wir haben nichts herausgefunden“, erklärt Mortifer.

„Nichts? Aber der Polizist war bei mir und hat mit mir gesprochen.“

„Ich weiß nicht, mit wem Sie gesprochen haben“, sagt Kuslakowa schulterzuckend, „aber als wir in Italien bei dem Kollegen vom Palazzo Pitti angerufen haben, sagte man uns, es habe keinen Einbruch gegeben.“

„Das kann doch nicht sein. Haben Sie bei der Station der Carabinieri angerufen?“

„Ja, haben wir. Die waren ganz erstaunt und haben uns ausgelacht, als wir einen gewissen Salvatore Guarnaccia sprechen wollten.“

„Gelacht? Wieso das denn?“

„Das haben wir die auch gefragt. Und als die uns erklärten, warum, mussten wir ebenfalls lachen.“

„Ja, und?“

„Es handelt sich wohl um ein ... äh, Missverständnis.“ Sie muss lachen.

„Sie machen sich über mich lustig?“

„Ja, sogar ein großes Missverständnis“, sagt Kuslakowa, „einen Salvatore Guarnaccia gibt es in der dortigen Polizeistation nicht. Den einzigen Salvatore Guarnaccia, den man dort kennt, der lebt in der Welt der Fantasie. Er ist die Hauptfigur der britischen Krimischriftstellerin Magdalen Nabb. Ich bin überzeugt, Sie kennen sie, Herr Dänzer-Valotti. Und vielleicht kennen Sie auch das Phänomen des Tagtraums?“ Sie kann ihr Lachen nur mühsam unterdrücken.

Dunkel erinnert sich Schambatíst. Es ist lange her, aber irgendwann hat er tatsächlich mal einen Krimi gelesen, der in Florenz spielte. Wie hieß das Buch noch? *Tod im Palazzo* oder so ähnlich. Er schüttelt ungläubig den Kopf und steht auf. Das Ganze war also tatsächlich nur ein Traum. „Prima, jetzt habt ihr euren Spaß gehabt. Dann werde ich jetzt gehen."

Irina Kuslakowa springt ebenfalls auf. „Entschuldigen Sie meine Unhöflichkeit. Ich wollte Sie nicht kränken. Bitte hören Sie mir noch einen Augenblick zu."

Schambatíst ist sich nicht sicher, ob er erst Mortifer eine pfeffern oder lieber gleich der kleinen Dicken die Brille wegnehmen und zertrampeln soll.

„Was ist jetzt, Herr Dänzer-Valotti, nehmen Sie Ihre neue Aufgabe an?"

„Welche Aufgabe?" Schambatíst schaut sie fassungslos an. „Ich weiß immer noch nicht, was Sie wollen und was das alles soll. Das Bild gehört nach wie vor mir. Es gehörte immer mir. Warum soll sich daran jetzt etwas ändern?"

„Es ändert sich auch nichts", sagt Kuslakowa, „nur, dass Sie bisher von falschen Voraussetzungen ausgegangen sind. Diese haben sich geändert, und daraus müssen Sie neue Schlüsse ziehen."

„So? Muss ich das?"

„Als Nachkomme von Jan Wellem tragen Sie eine Verantwortung."

„Ich trage gar nichts."

„Es ist immer schwer, Tradition und Gegenwart miteinander zu versöhnen. Aber mit Ihnen könnte es wirklich gelingen. Die Stadt hätte ihren Jan Wellem wieder."

„Was für ein Quatsch! Das können Sie meinetwegen im Karneval feiern."

„Da sollen Sie doch schon Prinz werden, oder?"

„Jetzt hören Sie auf." Erschöpft sinkt er in den Stuhl zurück. Seine Hände zittern. Er hat nur einen Gedanken: so schnell wie möglich raus hier.

Kuslakowa versucht es noch einmal: „Ich setze auf die, die nicht davor zurückscheuen, die Mächtigen herauszufordern. Ich setze nicht auf die, die mitlaufen. Und deswegen sind Sie der Richtige."

„Wieso die Mächtigen? Soll ich Politiker werden?"

„Es wäre zu überlegen. Auch Jan Wellem hat in die Geschicke der Stadt hineinregiert, er hat Hofbeamte im Magistrat installiert, die ihm sympathisch waren, und die kommunale Selbstverwaltung auf ein Minimum reduziert."

„Das war früher."

„Sicher, aber unter Ihnen würden wir sicher nicht noch einmal so ein Desaster erleben wie vor einigen Jahrzehnten. Da hatte der damalige Oberbürgermeister ein Angebot des Barons Heinrich von Thyssen-Bornemisza abgelehnt, dessen legendäre Kunstsammlung zu kaufen. 300 Millionen Mark waren der Stadt zu teuer. Stattdessen ging sie nach Madrid. Und heute? Ist sie eine Goldgrube. Vor dem Museo Thyssen-Bornemisza stehen täglich so viele Touristen an, wie Düsseldorf in einer Woche hat."

„Das war doch alles einmal!"

„Nein, wie gesagt, die Vergangenheit ist nicht tot. Sie lebt! In diesem Fall in Ihnen. Und ich bin mir sicher, Sie könnten unsere Ambitionen unterstützen, weiterhin Kunst in die Stadt zu holen. Sie sind ein großartiger Botschafter. Sie könnten unser neuer Influencer sein."

„Unser was?"

„Influencer – so heißt das heute im Marketing."

„Ich soll Ihre Werbepuppe werden?"

„Jetzt seien Sie doch nicht so empfindlich und nehmen

endlich Ihre Rolle an. Sie heißen doch schließlich sogar so wie Jan Wellem."

„Wie heiße ich?"

„Jan hieß Johann, genau wie Sie! Jean heißt nichts anderes als Johann."

„Wenn ich der einzige Nachkomme des Jan Wellem bin, steht mir dann auch der gesamte Kunstschatz Jan Wellems zu?"

„Im Prinzip schon", meint Mortifer.

„Herr Dänzer-Valotti, jetzt mal im Ernst. Machen Sie sich zum Helden Ihres Lebens – nicht zum Opfer. Seien Sie für uns da! Nehmen Sie uns sozusagen in Pflege! Gerade Sie, der Meister des Duftes, der Fürst der Pflege, der Kunst und der Verbindlichkeit. Seien Sie unser Kur- und Pflegefürst."

Die Exzentrik und leidenschaftliche Penetranz dieser kleinen dicken Person fängt Schambatíst langsam zu gefallen an. Dennoch zögert er. „Und das ganze Komplott?", fragt er. „Ich soll die Leute alle ungestraft davonkommen lassen, die mir mein Bild geklaut haben?"

„Sehen Sie es doch mal positiv. Ihr Gemälde hat viele Leute zusammengebracht – und damit genau das gemacht, was Kunst eigentlich soll: Menschen verbinden."

Schambatíst steht auf und schiebt den Stuhl an den Tisch heran, so wie jemand, der aus Verlegenheit etwas aufräumt, was gar nicht aufzuräumen ist. „Ich gehe jetzt."

„Moment ...!" Irina Kuslakowa hakt sich bei ihm ein und begleitet ihn zur Tür. „Wissen Sie eigentlich, wie traurig die Bürger unserer Stadt waren, als sie Anfang des 19. Jahrhunderts das Herzogtum Berg an die Franzosen abtreten und damit den letzten Tropfen aus dem kurpfälzischen Erbe aufgeben mussten?"

„Ist das so?"

„So ist das. Heine schildert diesen traurigen Tag im März 1806 in seinem Buch *Le Grand.*“

„Ach, jetzt auch noch Heine? Suchen Sie vielleicht auch noch dessen Wiedergänger? Vielleicht hatte er ja doch Kinder?“

„Vielleicht.“ Sie blinzelt ihm zu.

„Ich kenne Heines Kurfürsten-Story, Frau Kuslakowa. Aber ich höre sie mir selbstverständlich gern noch einmal an.“ Dann gähnt er so offensichtlich, dass Irina Kuslakowa Mühe hat, sich nicht davon anstecken zu lassen.

Sie räuspert sich und fährt fort: „Heine jedenfalls beschrieb diese stumpfe Beklemmung, diese Begräbnisstimmung, die über die Leute kam, das trübe Wetter und die Tränen der Menschen sehr eindrücklich. Das Einzige, was die Menschen damals von ihrem geliebten Kurfürsten behalten durften, war ...“

„... ein Gemälde?“

„Ein ...“

„... uneheliches Kind?“

„Ein Brief mit dem Abschiedsgruß: *Der Kurfürst lässt sich bedanken für die bewährte Untertanentreue.*“

„Der Kurfürst lässt sich bedanken?“

„Ja.“

„Was für ein höflicher Mann, ohne Frage.“

Sie gehen noch einige Schritte, bis sie an der Tür angelangt sind.

Schambatíst muss plötzlich an Irwin Corey denken, den alten US-Komiker, den er auf der Kö gesehen hat. Der im hohen Alter begann, Almosen für die Armen zu sammeln, um so die Straßen von Manhattan zu einer neuen Bühne zu machen. Die Aufmerksamkeit war ihm gewiss. Wie viel Aufmerksamkeit braucht man im Leben, fragt sich Schambatíst. Ist ein Leben, das reich ist an sozialer Nähe, nicht genug?

„Was sagen Sie jetzt, Herr Dänzer-Valotti? Stehen Sie zu Ihrer Vergangenheit? Nehmen Sie Ihre Rolle an? Was soll ich den Menschen, die auf Sie setzen, sagen?"

Kuslakowa schaut ihn mit ihren kleinen, schlauen, blitzenden Augen erwartungsvoll an.

Er überlegt kurz, grinst und spricht voller Pathos: „Sagen Sie ihnen: Schambatíst lässt sich bedanken." Dann verbeugt er sich, dreht sich um und verschwindet.

38
LE GRAND DÉPART

Das gelbe Fieber hat die Stadt erfasst. Überall an den Laternen und Schildern der Plätze, der Straßen und Gassen hängen Fahnen oder sind Wimpel-Ketten in Gelb gespannt. Kneipen, Restaurants, Geschäfte und Stadtbehörden haben bunt geflaggt oder als Fahne das *maillot jaune*, das Gelbe Trikot des führenden Fahrers der Tour de France, an die Fenster gehängt. Einige Taxiunternehmen haben es sich nicht nehmen lassen, ein gelbes Fahrrad auf die Dächer ihrer Autos zu montieren. Auch mehrere schwarze und weiße Rolls-Royce Phantom einer luxuriösen Leichenwagenflotte kurven mit knallgelben Edelstahlrennrädern auf den Dachgepäckträgern durch jene Alleen und Straßen, die noch nicht gesperrt sind, oder stehen wohlplatziert an der Fahrerstrecke der Tour de France, die heute in wenigen Stunden in Düsseldorf eingeläutet wird.

Unzählige Bands spielen in den Cafés und auf den Straßenterrassen der Altstadt. Die Menschen haben Picknicktische herausgestellt, übersät mit Essen und Getränken. Unter dem Motto „Doping fürs Volk" lassen die Düsseldorfer Brauereien entlang der Strecke für das Einzelzeitfahren an der Rheinpromenade und der Königsallee Altbier aus mobilen Zapfstellen fließen. Hunderttausende Besucher, in gelbe, grüne oder rotweiß gepunktete Trikots gekleidet, sind unterwegs und schreien und klatschen, als die ersten Hobbyfahrer die Rennstrecke rauf- und runterfahren, um sich in der Szenerie des größten Radsport-Events der Welt von Freunden und Familie fotografieren zu lassen. Hier will jeder für später ein Beweismittel haben, das zeigt, dass er dabei war, als die Tour in „seiner" Stadt begann.

Dietrich Wolkenstein steht auf dem Balkon des Rathauses. Seine nackten Arme und Beine quellen aus dem aerodynamisch geschneiderten blau-weiß-roten Bike-Suit hervor wie ein zu stark aufgepumpter Schlauch aus einem Fahrradmantel, und doch strahlt er über das ganze Gesicht. „Liebe Düsseldorferinnen und Düsseldorfer!", beginnt er, und seine Stimme ist durch die an der gesamten Rennstrecke befestigten zahllosen Lautsprecher über die halbe Stadt hinweg zu hören. „Liebe Radsportbegeisterte, liebe Profifahrer, liebe Welt!", schallt es über den Himmel.

Die Menschen auf den Straßen schrecken zusammen. Doch dann erkennen sie die Stimme des größten Tour-Fans der Stadt und wenden sich wieder den wichtigen Dingen des rheinischen Lebens zu – trinken und klönen.

„Deutschland hat keinen Mont Ventoux", schrillt die Stimme Wolkenheims weiter durch den Äther. Klar, den Mont Ventoux, diesen kahlen, mythisch verklärten Berg in der Provence, hat dieses Land nicht. „Aber Deutschland hat Düsseldorf!", brüllt der Oberbürgermeister. Über die Lautsprecher ist verhaltenes Klatschen zu hören.

Unter den Platanen auf der Kö stehen einige Models am Rand der Rennstrecke. Ein Fotograf versucht sie irgendwie in die Tour zu integrieren. Von der Giradet-Brücke über dem Kö-Graben aus tönt lautes Kinderlachen herüber. Kasperl und Seppl rasen in winzigen gelben Trikots mit dem Fahrrad im Fenster eines Puppentheaters hin und her. Davor steht Alfons Märchenbach in Polizeiuniform, schimpft mit den beiden und will ihnen einen Strafzettel wegen zu schnellen Fahrens verpassen. Doch Kasperl und Seppl können entwischen. Die Kinder kreischen und klatschen.

Vom Hofgarten radelt Adalbert Strass auf einem riesigen, etwas wackeligen Hochrad heran. Der Wagenbaumeister des

Düsseldorfer Karnevals hat ihm ein überdimensionales Rad aus Aluminium und Pappmaschee gebaut. Strass sitzt auf einem thronartigen Sattel, der nahe am Lenker über dem großen Vorderrad aufgehängt ist. In seinem grünen Trikot, dem *maillot vert* für den besten Sprinter, winkt er generös dem Radsportvolk zu, während ein paar pralle Schönheiten im rotweißen Bikini um ihn herumtänzeln und aus riesigen Fahrradpumpen Konfetti in die Menge schießen.

Matteo hat sich mit seinem Feinkoststand direkt an die Kö-Brücke zur Bastionsstraße gestellt. In der mobilen Küche lässt er frische Nudelgerichte und gefüllte Teigtaschen zubereiten. Er hat die Ärmel seines weißen Hemdes hochgekrempelt und wischt sich gerade die von den kalten Getränken nassen Hände an seiner Latzschürze ab, die er an grünen Bändern um den Hals trägt. „Blut-Doping für alle“, brüllt er die Passanten an, „Blut-Doping! Heute ganz legal!“, und schwenkt eine geöffnete Champagnerflasche durch die Luft. Die Leute stehen Schlange und lassen sich einschenken.

Gleich neben Matteo teilen sich Katharina Nüsslein und die Vogelsangs einen Stand. Hinter ihnen prangt ein großes Plakat mit der selbstbewussten Aufschrift: *Epo war gestern – TCY ist heute.* Auf dem Tisch stapeln sich Trüffel in Dosen, dazu pyramidal aufgebaut Fläschchen und Tuben der *Tinctura Composita Yarsagumba.* Passanten bleiben stehen, riechen und probieren, und immer wieder hört man aus Fletchers eifrigen Verkaufsgesprächen einige Wortfetzen: „Alles legal, alles ganz sauber!“

Dass in diesem Moment Rémy Turners brünstige Skudden den Zaun zu seiner Farm durchbrochen haben und ihm die Raupenpilze im Boden fast zur Gänze wegfressen, kann er nicht ahnen. Glück ist wechselhaft, und dort, wo es hinfällt, treibt es die fröhlichsten Spiele: Gepusht vom Viagra des Himalajas tollen die Böcke über Fletchers Hof und bespringen die bereits ungeduldig wartenden Zibben. Eines ist sicher: Der kommende Skudden-Jahrgang wird so stark sein wie keiner in den 4000 Jahren zuvor. Wie gut, dass Turner schon jetzt beschlossen hat, die höhergelegene große Wiese eines Nachbarn im Rotthäuser Bachtal dazuzukaufen – seine „Alm", wie er sagt. Zwar wird er sich in fünf Monaten über den vermehrten Nachwuchs wundern. Doch schon immer hat er darauf vertraut, dass alles, was die Natur selbst anordnet, zu irgendetwas gut ist. Und er wird glücklich sein.

Luisa und Schambatíst haben vor Matteos Spezialitätenstand Stellung bezogen. Immer wieder wollen Touristen und Passanten, vor allem Japaner und Chinesen, sie fotografieren. Luisa trägt ein blaues, weit fallendes Kleid, bestickt mit goldenen Verzierungen, das vor ihr elegant auf den Boden fällt. Eine schwarze Brosche ziert ihr breites Dekolleté. Sie hat das dunkle Haar zu einem Turm hochgesteckt und ein winziges Velo ganz oben auf der Spitze drapiert. Schambatíst steht neben ihr. Trotz der warmen Sommertemperaturen hat er sich eine graue Allongeperücke übergezogen und einen roten, pelzartigen Mantel über die Schultern geworfen. Mit der rechten Hand stützt er sich auf einen Ebenholz-Gehstock mit Barock-Derbygriff, in der linken trägt er ein rotes Samtkissen, auf dem ein goldener Fahrradhelm ruht. Und natürlich denkt er, dass das alles nur ein großes Missverständnis sein kann.

„Wir sind immer noch eine Stadt", quäkt es nun wieder aus den Lautsprechern, „in der es alles gibt!" Wolkenheims Stimme hat mittlerweile hörbar gelitten. „Wir werden in Düsseldorf weiter dynamisch wachsen. Dann kann auch das ganze Umfeld profitieren. Stillstand ist Rückschritt, und ich sage Ihnen, wir müssen und werden uns immer weiterentwickeln!"

Großer Applaus brandet um Schambatíst und Luisa herum auf. Allerdings gilt er weniger dem Oberbürgermeister als vielmehr dem Karnevalspräsidenten, der gerade mit seinem halb nackten Gefolge Matteos Champagnerimbiss passiert.

„Ich bin selbst Radfahrer", kreischt der Oberbürgermeister weiter, „und ich kenne wenige Sportereignisse, die so viele Menschen so sehr faszinieren. Und natürlich, liebe Freunde, gibt es das Thema Doping. Da ist nichts kleinzureden. Aber das Bewusstsein aller ist geschärft, und wir wissen genau: So etwas darf einfach nicht mehr vorkommen. Sonst ist dieser Sport erledigt!" Verhaltenes Klatschen mischt sich mit zynischem Gelächter. Auch Fletcher muss lachen. Gleich wird der Bürgermeister beim Promi-Vorlauf in den Sattel steigen – und vermutlich gewinnen. Fletcher hat ihn mit seinem Kälberblut gut eingestellt.

Am südlichen Ende der Kö steigen drei Tenöre auf die Bühne. Sie singen die Marseillaise: „*Allons enfants de la patrie, le jour de gloire est arrivé*" – dramatisch und laut. Und als das Publikum zum Ende begeistert klatscht und „Zugabe" brüllt, lassen sie sich nicht lange bitten und intonieren das Lied, bei dem selbst die vorbeiradelnden Biker zu schunkeln anfangen: „*Aaam alten Schlooossturm zu Düüüsseldorf am Rhein. Daaa wohnt ein kleiiines, blondes Mägdälein ...*"

Auch die kleine Gruppe älterer Herren, die als wohl berühmteste Düsseldorfer Band vor dem Bühnenaufgang in Position gegangen ist, wippt im Takt der Musik. Die Bandmitglieder, die gleich ihre *Tour de France Soundtracks* zum Besten geben werden, tragen zum *maillot jaune* schwarze, hautenge Fahrradhosen. Anselm Bohlscheid, Eicke Hoffmann und Eveline, mit einem großen, gelben Sonnenhut, stehen nur ein paar Meter von ihnen entfernt. Sie begrüßen wie selbstverständlich die Musiker, umarmen sie mit Küsschen und beglückwünschen sich gegenseitig zum *Grand Départ* – im sicheren Wissen, dass sie sich normalerweise nichts zu sagen hätten.

Evelines Mann ist zu Hause geblieben. Carl entfernt gerade das Zündhütchen im Hahn der Radschlosspistole. Er hängt den Lauf aus und füllt ihn mit einer zitronenhaltigen heißen Seifenlauge. Mehrmals zieht er den Reinigungsstab durch. Auch den Kolben schraubt er heraus und reinigt ihn mit heißem Wasser. Anschließend ölt er den Lauf. Danach wischt er mit einem feuchten Läppchen die Schmauchspuren an Lauf und Hahn ab. Er betrachtet in Ruhe sein Werk, nickt zufrieden und schließt die Waffe schließlich wieder im Schrank ein.

Morgen werden sich die Hightech-Fahrer auf die erste Etappe Richtung Osten machen, durch den Wald der Urzeitmenschen, das Neandertal. In der ersten Reihe des Starterfeldes wird dann auch Herr Vavaseur, der Chauffeur mit dem Barett auf dem Kopf, voller Spannung mit seinem Fahrrad auf den Startschuss warten. Er darf als Erster über die Startlinie fahren. Wolkenheim hat es arrangiert. Für die Profis wird es dann weitergehen, hinweg über Hügel und Berge, durch zahllose Dörfer und Städte, durch Hitze, Regen und gegen den Wind. Und durch unzählige Dopingkontrollen. Ein zehrendes und blutiges Spektakel. Drei Wochen lang wird die Welt zuschauen, wie sie ihre Körper schinden und sie selbst sich mit jedem Tag verändern.

Das Zeitfahren beginnt. Fanta steht ganz nah an der Begrenzung zur Strecke. Sie schwenkt ein gelbes Fähnchen und feuert die ersten Fahrer lautstark an. Sie weiß noch nicht, wie sich ihr eigener Körper in den vergangenen Tagen verändert hat und noch stärker verändern wird: Anna, ihre Tochter, steht ihrerseits bereits an der Startlinie. Sie wird im nächsten Jahr am 18. Februar zur Welt kommen – und ein Wesen des Himmels sein. Denn am Tag ihrer Geburt werden auch die Florentiner feiern, so wie sie seit Jahrhunderten am 18. Februar schon immer gefeiert haben, mit einem großen Fest und einem Umzug. Trommler, Fahnenträger, Fanfarenspieler, Gildenvertreter, Hellebardiere und viele andere Bürger in mittelalterlichen Kostümen bahnen sich dann wie jedes Jahr ihren Weg durch die engen Gassen von Florenz, vorbei am Palazzo Vecchio durch die Menge bis zur Kirche von San Lorenzo – und schmücken in der Krypta das Grab der letzten Medici mit Blumen.